2018

滴江年选 ∩ 品质阅读 ∩ 恒久珍藏

2018中国年度报告文学

何建明　主编
丁晓平　纪红建　副主编

漓江出版社

图书在版编目（CIP）数据

2018中国年度报告文学 / 何建明主编.
—桂林：漓江出版社，2019.3
ISBN 978-7-5407-8622-9
Ⅰ.①2… Ⅱ.①何… Ⅲ.①报告文学—作品集—中国—当代
Ⅳ.①I25
中国版本图书馆CIP数据核字（2018）第301346号

2018 ZHONGGUO NIANDU BAOGAO WENXUE
2018中国年度报告文学
主　编：何建明
副主编：丁晓平　纪红建

出版人：刘迪才
出品人：张谦
责任编辑：张谦
助理编辑：刘红果
书籍设计：石绍康
责任监印：张璐

漓江出版社有限公司出版发行
广西桂林市南环路22号　邮政编码：541002
发行电话：010-85893190　0773-2583322
传真：010-85890870-814　0773-2582200
邮购热线：0773-2583322
电子信箱：ljcbs@163.com
网址：http://www.lijiangbook.com
三河市西华印务有限公司印刷
［河北省三河市泃阳镇化甲屯小学东　邮政编码：065299］
开本：690mm×1000mm　1/16
印张：22.75　字数：314千字
2019年3月第1版　2019年3月第1次印刷
书号：ISBN 978-7-5407-8622-9
定价：50.00元

目录

contents

向改革开放中的文学呐喊者致敬！［序言］

何建明*

中国改革开放40年发生了历史性的巨变，我们有目共睹，因为与40年前的中国相比、与我们每一个人和每一个家庭相比，你会清晰而又惊叹地感受到这一点。世界也为之惊叹。

40年来，中国各界都有崭新而巨变的景象，文学也不例外。但文学中最与改革开放时代紧密相连相亲相近的恐怕要算报告文学了！从呼唤科学春天到来的《哥德巴赫猜想》到今天，多少报告文学作品记录了我们这个时代和国家前进的动力与方向。尽管有一些报告文学作品并不全然令人满意，但谁也无法否定上面的事实。

我们就是时代的书写者。作为一名报告文学作家，我的创作也正好是40年。40年来我和我的文友们一直努力地在做一个时代的"书写员"，并且始终用自己真挚的爱，用报告文学文体为祖国和人民忠诚地做"笔录"。

令人感动和欣喜的是，在改革开放40年间，我们有一批批报告文学作家纷纷投入到了火热的生活现场，快速并艺术地反映着时代和生活的强音，其作品成为反映伟大时代巨变的一面镜子。作品的背后是改革带来的政通人和，是作家们向改革先锋致敬的热忱，以及向民族内心追寻的情怀。报告文学的蓬勃发展，既是广大报告文学作家共同努力与追求的结果，也是这一时代对这一文体真切的呼唤与选择。许多时候，报告文学并不简单的只是一种记录时代现象

* 何建明，中国作家协会副主席、中国报告文学学会会长。

的文字，它还是进步时代的先声，这是文学史需要特别关注到的。“科学的春天”“反腐败”“保护大自然”“新时代”等概念和时代风云的历史性标签，都是报告文学作家们最先提出来的，他们以自己的作品思想，照亮了这个时代和我们的社会。

时代造就文学，文学映照时代。《2018 中国年度报告文学》必将聚焦改革开放 40 年。这一年有不少优秀的报告文学作品是纪念改革开放成就的。当然更多的是这个时代的现实写照。比如黄传会的《致潍坊舰》，因潍坊舰在二赴亚丁湾护航途中，作者写信回顾了对该舰护航经历及官兵情况的了解，这岂止展现新时代海军风采，难道这种质的飞跃不是改革开放下的丰硕成果吗？杨黎光的《家园——对现代化进程中“城市病”治理的思考》书写了改革开放以来深圳地区的历史实践，兼具学者哲思与诗人激情，提供了一份优秀的报告文学时代样本。李朝全的《梦工场追梦人》则记述了改革开放最前沿的深圳青年高科技创业者群体，他们的实际努力和国家发展密切相关，作为一名文学理论家，能够亲手写作作品，意义就不同一般了！李延国、许晨是报告文学老兵，他们的《“未来之路”——世界首段高速公路光伏路面诞生记》，旨在告诉读者公路可以发电，自融冰雪，畅通无阻，一条路就是一座太阳能发电站，这样神奇、梦幻的公路绝非神话，已经在我国变为现实。火箭军的徐剑所创作的《第一朵蘑菇云》节选自《大国重器——中国火箭军的前世今生》一书，该书用心至极，描绘了前后几代国家领导人、中国科学家、军队实际负责人在这支战略部队从筹建、初见规模、发展壮大等不同阶段的高瞻远瞩、擘划决策，可以说，这是一部充满时代精神，充满正能量的作品，也可以说是反映我们这个时代，反映新中国成立以后的巨大成就，特别是改革开放以来巨大成就的致敬之作。马娜的《田野上的钢琴曲》用优美的旋律讲述了浙江省德清县洛舍一群农民在田野上奏起的中国钢琴乐曲，事不大，但意义重大。

其他入选作品，既有对改革开放以来涌现在各条战线的先进集体和先进个人的记录，也有观照现实的历史回味，还有对地域文化的思索。如裘山山的《踏遍青山》，让我们跟随作家的笔触，感受作家跟随科学家所经历的一次新鲜神秘的科学之旅；朱晓军、杨丽萍的《大国粮仓——北大荒留守知青口述实录》真实记录了多位至今留守北大荒的知青复杂而曲折的生活经历与心路历程，客观展现了留守知青们对于北大荒土地与人情无法割舍的热爱与羁绊；丰收的《弯弯的界河，绵绵的界山》记述了戍守边疆者的感人故事；高洪雷的《楼兰啊楼兰》将我们带到了黄沙尽头、大漠之下的楼兰文化；王剑冰的《生命的重量》为我们展示了生动而深刻的全国道德模范形象；陈新的《九寨祥云》集中再现了九寨沟人民面对灾难迸发出的顽强精神和坚毅品质。

军事题材报告文学是一片创作的沃土，也始终是阅读的亮点。在习近平总书记“政治建军、改革强军、科技兴军、依法治军”的强军思想指导下，近年来报告文学界也陆续涌现出诸多这一题材的优秀的作家和作品。杨绣丽的《风展红旗——武警上海总队执勤四支队十中队长篇纪实》，真实还原了1994年被武警部队授予“南京路上学八连模范中队”荣誉称号的英模部队——武警上海市总队执勤第四支队十中队官兵的风采；傅逸尘的《温暖的桥》生动刻画了党的十九大代表的形象，等等。

这一年还有不少好作品限于篇幅原因，没有选入，是个遗憾。但我更感到遗憾的是作为改革开放40周年这样一个大的节点，老实说，除了《浦东史诗》等，我还没有看到几部像样的大作品与好作品是专门书写改革开放史的。一些作家仅限于“人物”“事件”的书写，或者以靠题材、靠多跑路、靠“领导交给的任务”来进行报告文学创作，恐怕既不能让自己的文学成就走到高峰，也不能让文体本身更具艺术魅力。这是特别需要同行们注意的。

新时代，面对丰富而多元的社会，报告文学作家只有深刻认识报告文学文体艺术流变和经典意义，只有不断增强自己的责任感、使命感及文体艺术感，才能创作出反映新时代、新气象、新风貌、新成就，让人民喜爱、认可的优秀报告文学作品。

期待同行们来年更精彩！

致潍坊舰

黄传会*

潍坊舰：

你好！

昨夜读书累了，我打开电视，有一搭没一搭地看着新闻节目，一支舰艇编队正劈波斩浪疾驰在茫茫大海上，“550”三个白色的舷号像一道白光在眼前闪现，流线型的舰体，坚实的舰岛，威武的导弹发射架……我一个激灵，没错，“550”——潍坊舰！随着电视镜头拉近，我看见驾驶室里的舰长董方亮、航海长曹辉、操舵兵希林塔娜……

电视画面消失了，我的心却如海浪般翻腾起来，久久无法平静……哦，潍坊舰，请告诉我，此时此刻的亚丁湾、索马里海域，几级劲风几级浪？几多艰辛几多险？

中国海军自2008年12月执行亚丁湾护航任务以来，已持续派出二十八批八十九艘舰艇、两万四千余名官兵，为六千四百余艘中外船舶护航，有效遂行海外重大任务，彰显了中国维护世界和平的负责任大国形象。今年春节期间，以第十九批护航编队赴也门撤侨为背景改编创作的电影《红海行动》热映，影

---

* 黄传会，中国报告文学学会常务副会长，中国作家协会第七届全委会委员，海军政治部创作室原主任，享受国务院政府特殊津贴。著有长篇报告文学《托起明天的太阳——希望工程纪实》《中国山村教师》《中国贫困警示录》等。曾获庄重文文学奖、徐迟报告文学奖、第十三届中国图书奖、新中国60年优秀中短篇报告文学奖，等等。

片结束时，许多观众报以热烈的掌声，这是对中国海军“勇者无惧，强者无敌”精神的礼赞，同时也是人民对国家和军人的一种期许。

去年初冬，在由导弹护卫舰盐城舰、潍坊舰以及综合补给舰太湖舰组成的中国海军第二十八批护航编队，奔赴亚丁湾护航前夕，我在你们舰上生活了四天四夜，一个有着四十五年军龄的老兵，又当了一回水兵。

那几天，你们正在做出航前的最后准备，补给食品用品，调试武器装备，制定各种预案。即将出征的舰员们，忙而不乱，人人自信。

你们踏上了征程，也带走了我的牵挂。

记得曹航海长带我参观舰艇时，在驾驶室里第一次见到蒙古族姑娘、操舵兵希林塔娜。

蒙古族姑娘，操舵兵，不由得让人有些新奇。

我问：“这么大一艘现代化的军舰，你能开着它走？”

希林塔娜笑了。“我哪有这么大本事？是按照舰长下的舵令执行的啊！”

我又问：“你晕船吗？”

“不晕。”

“还有不晕船的女兵？”

希林塔娜又笑了。“我从小在马背上长大，晃荡惯了，所以不晕船。”

出生于锡林郭勒盟镶黄旗新宝拉格镇都日本呼都嘎嘎渣乌日图诺定居点的希林塔娜，父亲是牧民，童年时代印象最深的是父亲教她骑马，先是父亲将她抱在怀里骑，慢慢地，要她自己骑，最后是父亲一扬鞭，她骑着马飞奔。2009年，她考上呼和浩特市民族学院法律系。2012年毕业，赶上海军第一次到内蒙古征兵，她幸运地成为第一批二十五名海军蒙古族女兵之一。

到了青岛，希林塔娜第一次看见大海，哇，比草原还辽阔。三个月新兵训练，半年专业学习，这个连普通话都说不好的蒙古族姑娘，付出比别人更多的心血，取得优异的成绩，成为潍坊舰一名操舵兵。

“左十度。”“十度左。”

“右满舵。”“满舵右。”

操舵兵绝不仅仅是执行舰长口令，希林塔娜在老班长身旁整整跟更三个月，才正式走上操舵台。

2014 年 12 月，潍坊舰随第十九批护航编队赴亚丁湾护航。站在操舵台前，手握舵轮，希林塔娜突然发现，这里的海同青岛的海完全不一样，首先是颜色，蓝得发黑，蓝得闪光；还有那浪，一波连着一波，常常像小山似的翻涌着。如同良驹遇到大草原，正可以扬蹄飞驰。

航渡中，舰上组织“我要当尖兵”比武，内容包括打绳结、穿防毒衣、包扎（战伤救护）等，她以三十八秒获得穿防毒衣第一名。舰长在军人大会上说：“看我们有些男兵，整天牛皮哄哄的，真比赛起来，还不如小希林塔娜，虚心向我们的‘草原女水兵’学习吧！”舰员们都将目光投向了她，腼腆的希林塔娜脸红了。

三年后，再赴亚丁湾护航之前，已经是上士士官的希林塔娜，成熟多了。

我问她准备得怎样，她说：“老实讲，第一次去护航，我还有一些担忧甚至害怕；这一次，踏实多了，恨不得明天就起航。”

母亲听说她又要远航执行任务，快递来一大箱奶茶、奶豆腐、奶片和牛肉干。希林塔娜称它为“战备储备物资”，可以解三个月馋。

希林塔娜望着海面，几只海燕正在穿刺飞翔……

唐启新，潍坊舰上的士官长，有着二十一年军龄的老水兵，被舰员们称为舰上的“兵头”“管家婆”。一上舰，我便注意他了。

“士官长，请你到码头，送水果的车到了。”“士官长，副长找你。”“士官长，座谈会马上要开了，请你到餐厅。”广播里不断传来找士官长的呼叫声，我想见缝插针找他聊聊都难。

断断续续听说了他家里的难事。结婚后，妻子一直在农村老家，既要带孩子，又要照料患老年痴呆症的岳母。2012年家属随军，条件好了些。不幸妻子得了间质性肺炎，干点累活就呼吸急促、咳嗽。唐启新整天在舰上忙，家里大小事妻子全包了。儿子正在上中学，支队家属院到学校没有公交车，妻子每天都得骑电动车接送。近半年来，妻子每半个月就得去南京看中医，住两天，儿子只好交托老乡照看。

夜里，在舱室里好不容易“逮”着唐启新。

桌子上摆放着一张需要补给的主副食及其他物品清单，大到大米、面粉、猪肉、蔬菜、水果，小到花椒、大料、生日蜡烛、各种奖品，基本都打了对钩，看来已经准备得差不离了。

唐启新说：“上次护航，花椒带少了，后来吃不上水煮鱼，四川兵、湖北兵还提意见呢！”

我问：“你这一走要小半年，家里事情都安顿好了吗？”

“忙得脱不开身，真顾不上他娘俩了，好在这些年她也习惯了。要说困难，谁没个难处？上次护航期间，我们有三位舰员的亲人‘走’了，最后都没见上一面，他们只能将悲痛埋在心底。”唐启新又说，“不过可以放心，编队起航以后，支队会组织专门的班子，帮助照顾家里有困难的军嫂们。”

唐启新曾在一艘老式驱逐舰上当过十六年雷达兵。他告诉我，当兵上舰以后好多年，舰艇活动范围基本是黄海和渤海，那时候，一艘舰一年出海两三千个小时已经算多了。有一次，他们舰奉命赴南沙巡逻，光准备工作就做了一个多月，一个舰长不够，支队还派了教练舰长保驾。而2014年，他随潍坊舰赴亚丁湾护航，半年的航程，超过了前十六年的总航程。

我心里一动。一趟亚丁湾，超过十六年，这难道仅仅是量的累积吗？不，这是一种质的飞跃！

迢迢护航路，将士踏征程。这是潍坊舰二赴亚丁湾。

回想起第一次在亚丁湾护航，舰长董方亮总是充满豪情。2015年初，也门局势动荡，战火升级，中国政府为保证在也门的中国公民的生命安全，果断撤侨。3月26日，正在亚丁湾、索马里海域的中国海军第十九批护航编队临沂舰、潍坊舰和微山湖舰，奉命紧急驰援。这是中国首次动用军舰直接靠泊外国港口撤侨，也是中国军舰首次帮助撤离外国公民。

其时，董方亮是潍坊舰的副舰长。

3月28日6时，潍坊舰经过连续三十四小时高速航行后，抵达也门荷台达港外的就位点。航渡和待机期间，全舰多次组织图上推演，拟订了五类三十种方案预案。

30日上午8时，潍坊舰开始向港口机动。那几天，由沙特领头的多国联军“果断风暴”空袭仍在继续，港口周边激战正酣。而荷台达港是我国军舰首次停靠，港内安全通道不足两百米宽，吃水浅，港池小，驶入后难以掉头。

时间紧迫，晚一分钟，就多一分危险。舰上做了分工，张在歌舰长负责操纵舰艇，范冠卿政委负责码头人员登舰，董方亮副舰长负责对空目标防御。鉴于当时战乱局势，为避免他国导弹误击，舰上决定各种雷达全时值更。

中午12时19分，潍坊舰顺利靠泊荷台达港3号泊位。由于计划周密，处置有序，仅用八十一分钟，四百五十五人就全部登舰撤离完毕，平均不到十秒就有一人登上中国海军战舰。

31日5时30分，潍坊舰安全顺利将人员送达吉布提共和国吉布提港。

十天内，编队三舰转战三国四港一岛，五次赴也门安全撤离中外公民八百九十七人。

董方亮说：“海军的战场在大海，对于一艘战舰来说，你不能老在家门口晃荡，必须开出去，驶向大洋。潍坊舰上次执行亚丁湾护航、赴也门撤侨，返航时，还参加了中俄海上联合-2015（1）联演，成功访问土耳其、克罗地亚、意大利三国，任务共历时二百二十一天，总航程十一点七万多海里，先后航经十五个海峡水道，进出十国十一港。而且，在航渡中还组织搜索反潜、实弹射击、综合攻防、损管操演……抓住难得时机，锤炼舰员遂行远海机动作战能力。

我记得上次我们从亚丁湾回来，舰队组织一批离退休老领导上舰参观，一位老舰长听说我们一趟亚丁湾护航，编队来回跑了十来万海里，连说‘不可思议’，他干了大半辈子海军，都没达到这个数。”

我问：“听说咱们舰上有许多舰员到过七八个、十来个国家？”

“这几年出访任务多，对于舰员们来说出国已经不算什么新鲜事儿，舰上有位老士官，到过二十一个国家。跨海越洋，去的国家多了，视野自然也开阔了。我同意那种观点：舰员的素质和视野也是战斗力。”

再次赴亚丁湾护航，董方亮走马上任潍坊舰舰长。

潍坊舰，从你离开母港的第一天起，祖国和人民便时刻在关注着你的航迹……

编队刚刚从中国南海转向印度洋，便多次遭遇大风大浪等复杂气象。你们抓住这一时机，展开多科目针对性训练，锤炼执行多样化任务能力；

2018 年 1 月 22 日上午 8 时 03 分，在亚丁湾西部海域，你们在护送巴拿马籍商船“旺旺”号航渡中，成功驱逐一疑似海盗艇；

2 月 2 日，编队开始为运输世界粮食计划署人道主义物资的“赛林 –M”号船舶护航；

2 月 13 日晚，舰上举办“甲板春晚”，欢声笑语回荡亚丁湾……

哦，范冠卿政委，晚会上你的节目肯定又是太极剑表演吧？听舰员们说，每次舰上联欢，太极剑表演是你的保留节目。我开玩笑说：“难道就不能有点创新意识吗？”你一脸严肃。“弘扬传统文化责无旁贷，贵在坚持！”你告诉过我，上次在亚丁湾护航，每遇水兵生日，你便下厨房为他们做上一碗香喷喷的手工拉面。这些日子，你已经做了多少碗生日面？

那天，在《解放军报》上看到一张照片和一条说明：潍坊舰机电部门电工班长、四级军士长刘伟妻子高丽丽顺利产下一女，母女平安。这是第二十八批护航编队首个“护航宝宝”。中午就餐时，战友们通过“蓝盾之声”广播向刘伟表示祝贺，并为他点播歌曲。范冠卿政委将精美的护航宝宝相册送到刘伟手中。刘伟第一次看到宝宝照片，忍不住深情一吻。

刘伟给女儿取了什么名字？第十九批护航编队在护航期间，共有十八个护航宝宝诞生，隋新航、王远航、于子航、周宇航、胡博航……这一个个与“航”有关的名字，是对中国海军亚丁湾护航的纪念，同时也寄托着护航官兵走向深蓝的情怀！

走向深蓝！

走向深蓝！！

潍坊舰，期待着你的凯旋……

选自 2018 年 3 月 19 日《人民日报》

家 园

——对现代化进程中“城市病”治理的思考［节选］

杨黎光*

为改革开放四十周年而作

人类为解决“城市病”带来的危害，付出了极大的成本和代价，至今仍有很多问题没有根本解决，但人类治理“城市病”的努力和探索从未停步，并持之至今。

中国，自十一届三中全会以后，开始了为实现现代化的改革开放。40年来，在实现现代化的过程中，推动了世界历史上从未有过的飞速发展的城市化，这一宏图被学者们称之为“人类历史上最大规模的城镇化进程”。

迄今为止，中国平均每年仍有接近2000万的人口，以各种形式进入城市，中国城镇化总人口已超过7亿。联合国设定人口100万以上的城市，即为特大城市。而中国人口100万以上的城市，已经有100多座，还有2万多个大小不

---

* 杨黎光，高级记者，一级作家，享受国务院特殊津贴专家，现为中国报告文学学会副会长，广东省作家协会副主席。出版有《杨黎光文集》（十三卷）。代表作有长篇报告文学《大国商帮——承载近代中国转型之重的粤商群体》（获广东省精神文明建设“五个一工程奖”）、《横琴——对一个新三十年改革样本的五年观察与分析》《没有家园的灵魂》《打捞失落的岁月》《惊天铁案》等。长篇小说《园青坊老宅》入围第七届“茅盾文学奖”。

一的城镇，如雨后春笋般在中国大地上生机勃勃。

40年来，中国几乎所有的集镇、县城、中大型城市（即是人们所说的一、二、三、四线城市）的城市面貌和人口结构都发生了翻天覆地的变化。这种飞速发展的同时，也带来了规划滞后、管理粗放、空间老化、城市生态失却活力等问题，并以一种外人难以想象的速度与力度，降临到这些似乎才刚刚进入“城市化”中的人的头上。

“城市病”，是一个世界范围内的人类课题，但由于我国经济基础单薄，聚居人口众多，城市化进程太快等原因，使得我们不但遭逢西方积淀已久的那些城市“通病”，更有源自本身发展基因而充满着中国特色的个性问题。而这些问题，有时候会以灾害的形式危害社会和民众，使解决问题的时间变得越来越紧迫。

为此，城市的管理者、规划者、建设者和学术界的许许多多有识之士，都投入到治理“城市病”的行列中，进行了不懈的努力和研究，提出了一个又一个的解决方法。政府部门更是为治理“城市病”起到了决定性的作用。中国的城市化进程，就这样在不断地解决问题中前进。

当我决定写作此书时，迎面而来的第一个问题，便是它在我的思考主脉上处于什么位置，这样的一种精神劳作可能在哪些方面深化我的关于“追寻近代中国现代化脚印”的思考。

为了找到落笔的着眼点，2018年元月8日的晚上，我特意来到深圳罗湖桥头。罗湖桥架在深圳河上，沟通着深圳与香港，因此这里通常被称为罗湖海关。罗湖海关恐怕是全世界最繁忙的口岸，此刻已是夜晚，罗湖桥的两端仍然人流如织，往返穿梭，不胜熙攘。

在海关朋友的陪同下，我登上了口岸大楼的平台，望着这座串联起深港两地的铁桥，不知道为什么，突然怔怔地竟有点恍惚起来了。

关于罗湖桥，最早的记载可以追溯到詹天佑主持修建的广九铁路，当然，历经一百多年风雨沧桑的那座旧桥，已经作为文物移到新桥旁边的空地上了。

时光之上，月光之下。

短短的一段轨架，集聚了历史所有的感喟与沧桑，最终以这样的一种僵硬的姿态，静卧在莽草与枯枝之中，在月光和灯光混杂映照下，闪射出一种沉着坚韧的别样光泽。

历史健忘，难为情的只是患历史感的人。

选定今天的日子来到罗湖桥，对于我有两个意义：一是，2018 年是我国改革开放 40 周年，而面前的罗湖桥是中国改革开放一个标志性的地点；二是，今天也是我南下深圳工作 26 周年的日子，1992 年的元月 8 号我来到深圳定居，下车的地方就是罗湖桥边的罗湖火车站。

两个时间节点在我的脑海里慢慢地浮起：40 年，中国的历史被改写了，古老而又蹒跚的中国，发生了前所未有的巨变；26 年，我见证了罗湖桥头的日新月异，也用自己的笔，孜孜不倦地记录了许多日新月异的历史细节。

想到这儿，我的心被重重地撞了一下，此时此刻，天启般的灵感使我转过身来，面对身后这座城市，一座梦幻般的不夜城，一段中国现代化进程中的传奇。

都市的夜，总是愿意把它全部的能量，以一种喷薄而出的姿态，在太阳转过身去的这一段时间里闪耀绽放。

它的美，它的壮观和宏伟，竟是如此地令人感奋战栗。

我不知道别人会以什么方式来描述 1978 年，或者会以什么来标示中国现代化进程中最为关键的这次演化进步。但我认为，我转过身来看到的这一片，此时已经完全沉浸在无尽繁华之中的土地上，毫无疑问是最合适的具象化标志。

如今近 40 年过去了，在我眼前拔地而起的是一座极具现代化特质的城市。从一个当时人口只有三四万的边陲小镇，跻身国内一线城市，管理人口达 2000 多万，GDP 总量至 2017 年底已达 2.2 万亿，超过了广州，逼近香港。进出口总额超 2.6 万亿，连续 25 年位居全国第一。1980 年香港的 GDP 总量达 467 亿人民币，而当时的深圳仅 3 亿，还不到香港的一个零头，如今近 40 年过去了，深圳的 GDP 总量已经与被称为“东方之珠”的世界金融中心——香港，只有小小的一段距离。

凝望着夜空，40 年前那些岁月的片段与细节，已经渐渐隐没在时光的流逝中了，那些已在时光中写就的闪亮歌句，却仍在眼前的楼宇间吟诵。

激越，而且辽远。

我出神地凝望着这一片歌声逝入的夜空，我想，已经为这本书找到了一个出发的支点了。

2008 年改革开放 30 周年之际，我的文学创作进入了一个有点“宏大”的主题，即是对近代中国现代化进程的探索与思考。八年中，我完成了三部以“思辨”为主旨的长篇报告文学。其中《大国商帮——承载近代中国转型之重的粤商群体》，追溯的是“一条线”，探索的是粤商发展的历史脉络和现实意义；而《中山路——追寻近代中国的现代化脚印》，考察的是“一条路”，研究的是民国时期提出的“实业救国”之路的意义与成败；《横琴——对一个新三十年改革样本的五年观察与分析》，了解的是“一个岛”，分析的是改革向纵深发展后的试验点“自贸区”的创新与局限。如今着笔所要书写的《家园——对现代化进程中“城市病”治理的思考》，记录的是“一个点”，核心是深圳罗湖“二线插花地”棚户区改造的缘由和意义。四本书，一百多万字，形成一个系列，纵观千载，近看百年，俯视今天，表面枝蔓纷繁，根脉却是一致的。潜隐在文字底下的脉络是清晰的，那就是近现代以来中国现代化进程的曲折和艰难。

现代化进程，从某种意义上说，就是城市化的进程。

这本书的主题，探索的是城市化进程中人类所要付出的代价，而这个代价包括关于“城市病”的治理。

深圳经济特区早期的城市中心——罗湖，是中国改革开放的出发地，而新中国这一轮改革开放又是中国近现代史上规模最大的城市化时期，那么对于这一片土地的观照与省思，在这样的历史节点，就显得特别有意义了。

在着笔书写对“城市病”治理的思考时，选取中国最早进入城市化进程的深圳罗湖为着眼点，有着一定的典型参考价值。而深圳罗湖的“二线插花地”棚户区的产生，正是“城市病”的一种极端的表现形式，对类似棚户区这样的“城市病”的治理，恰恰细节化和具象化地呈现探求“城市病”治理的中国路径。

以40年走完世界其他地区三四百年城市化进程的中国，它是如何以一种“制度动能”破解“城市病”这个世界难题的，当然极具样本意义和借鉴价值，何况它还携带着一个在现代化进化史标轴上的“城市重生”的命题。

由于历史沉重，中国在迈向现代化的过程中，始终步履维艰，辗转曲折，但令人惊讶的是，在这个文化母体当中，在这片深沉的大地上，它总能生生不息生长出一种自我矫正、自我更新、自我奋进的力量出来，并在命运共同体的名义下，在团结、同情、渴望美好事物的情绪中，产生出明确且富于建设性的内生动力，引领我们一代代人迈向清丽胜景。

冬天的南方说不上寒冷，但悱恻轻寒却是笃实的。从楼上下来的时候，已近午夜。眼前的一切，依然沉着而且生动，恍如深奥而又亲切的寓言。

说不清理由，但再出发的感觉清晰锐利，我写过这座城市里的许多人许多事，但这座已经浸入我灵魂的城市，却从未以一种生命主体进入过我的笔，这是一个意外。

或许它缺乏的恰恰只是一个时机，比如现下，又如此地。

我们先从“12・20”深圳光明特大滑坡事故说起。

在自然界中，我们习惯把它分为宏观世界和微观世界。宏观世界，指的是星系、宇宙。微观世界指的是分子、原子。那么一块土，一片树叶，一只虫子，不管它们是属于哪个世界，它们的移动一定是微不足道的，因为它们太平常，太微小了。

可是20世纪70年代，美国有一个名叫洛伦兹的气象学家，在解释空气系统理论时，提出了一个流传久远的理论："蝴蝶效应"。对于这个理论最为通俗的阐释是：亚马孙雨林里一只蝴蝶翅膀偶尔的振动，也许两周后就会引起美国得克萨斯州的一场龙卷风。

对于后来酿成重大灾难的深圳光明新区"12·20"特大滑坡事故来说，它的源起，也一定是来自一次"蝴蝶翅膀的振动"，即最先一块泥土的蠕动。

2015年12月的一天，那是一个平平常常的上午。深圳光明新区红坳村一处山边的余泥渣土受纳场，堆积着从各处运来的成百上千万方余泥渣土。突然有一处渣土开始蠕动起来，最初，这一定是一个不太容易引起人们注意的细节，因为对于像一座小山似的渣土受纳场来说，一处泥土的蠕动一定是毫不显眼的。

一开始的蠕动一定是缓慢的，缓慢得无法察觉，就像人们无法察觉到江河里一股水最初的流动。可是成千上万股的水，朝着一个方向流动时，它所逐渐产生的推力是无法估计的。这块泥土的蠕动，就是由一个神秘的力量推动的，这股神秘的力量就是——水。

人们一定很疑惑，这水是从哪儿来的？其实，成千上万吨的淤泥和渣土都是带有水分的，当它们在堆积如山的时候，水分因地球的引力是朝着底部渗透的，此时如果没有做好排水，把不断聚集的水分排出去，就会形成基底的松软，松软的底部承受不了越堆越高的余泥渣土的重压，在一个临界点上开始移动。这个移动不断地加大，于是成块成块的泥土，就动起来了。刚开始，它可能只是在已经堆积如山的渣土中慢慢地蠕动，一寸一寸，甚至可能是一厘米一厘米，以一种肉眼几乎无法觉察的位移，在开裂，在蠕动。但人们还是发现了它的异常，可是由于采取的措施不得力，最后，这个蠕动带动一团，拳头大的一团，包裹大的一堆、课桌般的一股、绿道般的一带，终于在12月20日的这一天，在多处力量汇集下，整座堆积起来的渣土泥山，刹那间就被一种积聚起来的巨大力量撼动了。随即，天崩地裂，朝着低洼处，摧枯拉朽般地奔涌而下。这就是所谓的“滑坡”。

滑坡的力量，究竟有多大？

如果不是亲眼所见，你根本无法相信，究竟是怎样的一种力量，能够将整栋八九层高的楼房推动着平移几十米。一次滑坡竟有如此巨大的破坏力量。

事后统计，事故中总共有22栋楼房坍塌，究竟有多少栋如前所述被平移埋没的楼房，没有人能给出准确的数字，但有记者目睹有两栋楼房，被滑动着的泥土推动着前行。

国务院事故调查组在2016年公布的调查报告中，将这种力量具体化成这样细想极恐的数据：在经过24天的清理处置后，事故现场外运土方278万立方米，现场见底验收面积18.4万平方米。

对于我们常人来说，恐怕一下想象不出278万立方米土方，堆叠在一起是多大的体积，滑动中的它又有多大的破坏力。

让我们看一看它所造成的破坏，在它经过的土地上，除了摧毁了22栋楼房，还死亡了73人，17人受伤，有4人失联，即是既没找到人，也没找到尸体，90家企业受到影响，直接经济损失达8.81亿元。

我再次来到现场是两年后的2017年12月的一天，这里早先是老宝安县的光明农场，深圳全面城镇化以后，被划为光明新区。虽为新区，离老城区罗湖却有几十公里远，发生灾难的地方，更是在一处山边。

趁着午间这段寂静，我终于还是得以再度端详：几丛青草从黄土中执拗地长出，一切已被重新翻过，包括脚下这片曾经翻滚的黄土，只是生命已经没了叹息。散落在各个角落的一座座塔吊，突兀却是鲜明，整个现场现在已经是一个大建筑工地。或许是工人午间休息的缘故，骤然间便有种被魔法突然点化似的，呆立在那片灼烫的阳光下。偌大的一片土地，就这样刹那间没了曾经的喧闹与繁杂，怔怔地，泄露出不易觉察的落寞。

时光，有时真是很玄妙的一种存在，从故事到历史，从历史到传说，从这本书到那本书，挟风带电，一路奔跑，最终抵达的，往往却是如此这般的模糊境地。

不管在别人眼里，深圳光明新区“12·20”特大滑坡事故此刻已成了怎样的一种叙述，但在陪同我的记者脑海里，却是铁一般的存在：坚硬、清晰而且尖锐。他是第一个抵达事故现场的记者。当年那刻，逃生的人们嘶叫凄厉，慌忙呼号，事故本身的记录，是一种动词形态的刻骨记忆。

两年之后的今天，我们在努力地揣摩那次骇人的事故，当时到底是以一种怎样的顺序惊心动魄地展开的。

但揣摩就是揣摩，细节已经很难得到证实了，因为一些了解细节的人被埋在这片黄土之下了。

午间的阳光，燎烤得眼睛有点儿疼痛，这样的死生现场，抵达与转身都是一种痛苦，一种无从闪躲的伤与痛。这场被称为“深圳光明新区‘12·20’特别重大滑坡事故”所造成的破坏，超出我们想象的事情还有许多许多。

造成这场特大滑坡事故的原因，后来相关的专业调查报告上是这样描述的：

深圳光明新区红坳受纳场没有建设有效的导排水系统，受纳场内积水未能导出排泄，致使堆填的渣土含水过饱和，形成底部软弱滑动带；严重超量超高堆填加载，下滑推力逐渐增大、稳定性降低，导致渣土失稳滑出，体积庞大的高势能滑坡体形成了巨大的冲击力，加之事发前险情处置错误，造成重大人员伤亡和财产损失。

严谨而又专业的描述，失却的往往是丰富的人性和细节的鲜活。

灾难对当地的后续影响，也是巨大的。例如受波及最严重的红坳村。

滑坡造成的灾害使得红坳村不得不整村搬迁。在相关新闻报道中，此次搬迁行动被定义为“凤凰涅槃，红坳新飞”。但对于自小就生活在这里的原村民吴红琼来说，心中那股不舍和依恋，依旧鲜明而且深刻。

吴红琼告诉我：“整个滑坡过程，也就十几二十分钟，你甚至都感知不到在一些灾难电影里我们看到的，那种绝望的号叫和慌乱的奔逃，一切就在你猝不及防中发生了。等你回过神来，熟悉的楼房、村道、树林和建在旁边的工厂，都没了。”

苏世雄不是原居民，他来自湖南平江，在这里开了一家生产天花板的工厂。事故发生时他就在现场，所以他的描述则更形象些。苏世雄介绍说，2015 年 12 月 20 日那天，自己是在 11 点 40 分时打算开车离厂外出吃饭的。

而 11 点 40 分，这正是“光明新区特别重大滑坡事故”发生的时间——一个天崩地裂的时刻。他说，那时的他刚刚上车，透过汽车挡风玻璃，看到远处的山边斜坡上黄土滚滚，直奔工厂而来。感觉不对劲的他，立即下车跑回工厂叫上妻子和尚在机器前忙碌的 20 多名员工赶快逃命。“下了楼本来还想去开车的，但一看奔涌而来的黄泥，离自己的小车不足 50 米了，已经来不及了，只好拉着老婆的手，和大家拼了命似的往厂外的长风路方向跑，3 分钟，也就 3 分钟，整个工厂全部淹没在黄泥中了。”

苏世雄在光明“12・20”特别重大滑坡事故中，抢救出的人最多，他的厂 20 多名员工全部脱险。

“10 多天后，抢险救援的部队官兵挖了 18 米，找到了写有我公司名字的一份文件交给了我。”这是苏世雄除了那 20 多名员工生命外，唯一拿回来的东西了，价值几百万的货、车和整条生产线就完全埋在泥土里了。

事发后，他依然选择留在深圳从头再来，只是把工厂搬到几十公里外的龙岗区去了。

彭楚鑫的父亲老彭，神情里带着一种凄凉，话语中哽咽的全是悲伤，他说，2015年12月20日中午，大概是他这辈子跑得最快的一次，也是生命中最不堪回首的一次奔跑，因为他身后的道路，就在他奔跑的过程中一寸一寸地破碎了。他的妻子与大儿子，就消失在那滚滚而来的泥土中。

19日晚，在龙岗区木棉湾小学当老师的儿子彭楚鑫，来到位于红坳村边的恒泰裕工业园看父母，并一同商量12月31日结婚的事宜。20日中午11点，一家人正准备吃饭，突然感到地板一阵一阵地颤动。老彭他就跑出去看看究竟，刚一出门就猛然回头对屋里的人喊："不好了，山上的泥土滚下来了，大家赶紧跑！"家人还没有反应过来是怎么一回事，翻滚的泥流已经到了跟前了。慌乱中，大家各自逃命。

沿着地皮滑来的泥土，像一条条巨龙，裹挟着地面上的一切物品顺坡而下，摩擦着大地发出一阵一阵的颤动。一辆被黄泥裹挟下来的货车，成了老彭的救命稻草，他紧紧地抓住货车的车头保险杠，任凭巨大的冲击力往前不辨东西南北地拖滑。大约滑了50米后，车被一块大石头卡住了，老彭的一条腿也被黄泥压在下面。这时，刚刚逃出来的苏世雄厂里的工人们，见状赶紧将他抬出来。当老彭刚刚被从车下抬出后，身后的两栋楼房，在滑坡泥石的巨大推力下，轰然倒塌了，一眨眼工夫连屋顶都没了。

老彭是逃出来了，但妻子和即将成婚的大儿子却消失在泥土中，永远失联了，同时失去的还有那场再也无法举行的婚礼。

顷刻之间，灭顶之灾。

关于深圳光明新区这场特大滑坡事故，没有比这更准确的描述了。田泽明或许是唯一的例外，他是唯一一个在事故现场被抢救出来的人，在抢险"黄金72小时"里，他的出现曾给彻夜祈祷的人们，带来了无尽的希望。

毫无疑问，他应该是我此次写作最想采访的人之一，可惜的是，诊疗后的他，很快又没入了茫茫的人海，我们怎么也联系不到他了，我们甚至不知道他是否还留在深圳——他差点把命也留下来的地方。

唯有祝福！

事实上，此前就有机会应约来写这次事故，但都被我谨慎地拒绝了，不是因为把握不了，而是始终相信，剔开这些多少已经结痂的伤口，无论是对当事人还是我自己个人来说，都是件非常不容易的事。

比如，河南人何卫明。

38 岁的河南人何卫明现在去到哪里，都会把手机紧紧地攥在手里，因为，这里存放着他生命的全部。存留在手机里的照片，是现在的他与已逝的亲人建立联系的唯一方式。话题刚一挑起，他便已泣不成声：爸、妈、小儿子和女儿，老婆、妹妹、弟媳、妹妹的孩子，弟媳的三个孩子以及 5 名工人，全都埋在滑下来的泥土里面了，永远的阴阳两隔……

我满含着泪合上了我的采访本，这是一次不得不瞬间就宣告结束的采访——他已讲出了灾难的全部，再也无法往下说了。我们也理解了所有，探求生动的细节和具体的场景都是异常残酷的，望着他那满面泪痕的神情，再往下谈已纯属多余了。在他的心里来不及和亲人告别，最后的那一抔覆盖亲人们眼帘的黄土，该是怎样地冰凉与绝望啊！

事发后，国务院成立了由多部门人员组成的调查组，对滑坡事故进行了全面深入的调查。后来多达 110 名责任人员受到了处理，被采取刑事强制措施的 53 人，包括被检察机关立案侦查并采取刑事强制措施的涉嫌职务犯罪的 19 名党政干部。后来，总共有 23 名责任人和 19 名国家工作人员被追究刑事责任。

国务院审查后公布的调查报告指出，此次特大事故暴露出 5 个方面的问题和教训：一是涉事企业无视法律法规，建设运营管理极其混乱；二是地方政府未依法行政，安全发展理念不牢固；三是有关部门违法违规审批，日常监管缺失；四是建筑垃圾处理需进一步规范，中介服务机构违法违规；五是漠视隐患举报查处，整改情况弄虚作假。

从事故本身来看，这样的分析与批评，无疑是中肯、准确和权威的。但从何卫明厂里走出来的时候，望着不远处那一片曾经发生灾难的现场，望着光明新区已经恢复正常的蓝天绿地，想着那些已经消逝了的厂房和生命，我又觉得事情的缘由，可能不仅仅止于这些。它会不会也借助那么一个看起来毫不起眼的突如其来的偶然，袒露出它全部的狰狞与酷烈呢？

古希腊神话里，有一个特别的理念，叫作命运，上至诸神下到众生，无不在它的覆盖笼罩之下，它高于一切主宰一切，一切在它面前都难以逃遁无从规避。当然，这种理念后来有了一个更为具象的名词：宿命。

作为一名追求一定要亲临现场的作家和记者，在我的职业生涯中，亲历过太多的灾难。例如 1998 年的“嫩江抗洪”，我曾在吉林省的镇赉县蹚着齐腰深的洪水，采访有关方面紧急抢救被淹没了的四个监狱里的一万多名犯人；2003 年的初春，我沿着“非典”疫情发生发展的路线，从广东省的河源、惠州、顺德、深圳、珠海，直到重灾区的广州，跑过珠三角几乎所有的城市，记录了抗击“非典”疫情的全过程；2008 年的四川省“汶川大地震”后，我到过重灾区北川县城，那时一线救灾虽然已经结束，但见识过大地震后仍在咔咔作响的废墟和倾斜的房屋，心在一阵阵地颤抖。

虽然不能说对于灾难已经见多不怪，但作为一名彻底的人道主义者，我总是会为每一场突如其来的灾祸而一次次体验那种直达肺腑的痛。自然界一场接一场的悲剧，悍然摧折的是生命，却又让我相信：偶然之下，一定有一个已被我们习惯称之为宿命的东西踞立其上。

其实在我的一生中，对我内心冲击最大的灾难事故，还不是以上我所提及的洪水、瘟疫和地震，而是 1993 年 11 月 19 日，发生在深圳市龙岗区葵涌镇致丽工艺制品厂的一场特大火灾。

那时我刚从安徽南下深圳不久，在一家报社做编辑。当时的葵涌镇致丽工艺制品厂发生了一起火灾事故，我知道这是一场特大事故，因为它烧死了 84 个人，其中绝大部分是打工妹，还重伤了 20 人，轻伤 25 人。这是我到深圳后，遇到的第一场特大火灾。

由于我当时是报社编辑，并没有到现场去采访，所以对灾害到底有多严重，并没有形象的印象。当时报社有一位年轻的摄影记者，非常优秀和敬业，他千方百计地深入到已被封锁的现场，拍了一批新闻照片回来。

记得那是一个傍晚，当时还没有数码相机，他是用胶卷拍的现场。那时的报纸版面，也还没有完全彩色印刷，所以仍然需要一些黑白照片。他把胶卷冲洗成黑白照片后，装在一个大信封里放在桌上，然后他就吃饭去了。

由于是晚饭时间，当时的编辑部办公室里，只剩下我一个人，我想看一看灾难现场“特大”到什么程度，于是拿起了信封，抽出了第一张照片：我看到的是一间空空的大房子，夕阳从窗外斜斜地透进来，照射在地板上停放着的一排一排覆盖着白色床单的遗体，一具挨着一具，几十位昨天还是鲜活靓丽的姑娘，今天静静地躺在地上，整齐得叫人一阵一阵地心慌。房间内没有一个活人，只有夕阳还在依依不舍地抚摸着这些年轻姑娘们的遗体。

这样充满冲击力的画面，已经使我不忍再往下看了，但照片紧紧地粘在我的手上。接下来是一张一张的特写，看着看着，我仿佛被重重地捶击了一下，只听脑子里“轰”的一声，心里有一口热血要喷出来。

画面拍的是仍然还活着的人，但都在医院的病房里，一个个被严重烧伤的姑娘，赤裸的身上涂满了柏油一样的黑色烫伤膏，痛苦地蜷在白色的床单上，形成强烈地黑白对比。

我又看到一张已被燎烤烟熏得乌黑乌黑却依然难掩俏丽的青春脸庞，从白色的床单下露了出来。她无望地看着镜头，满脸都是痛苦难耐的神情，那对眼白显得特别的醒目，眼睛里全是渴望活下去的企盼。灾害就是这样残酷无情地摧残着青春靓丽的生命。

这些活着的苦难者的画面，冲击得我热泪夺眶而出，心里堵得喘不过气来。我跑到窗边打开窗户，想吸一口新鲜的空气。当时报社编辑部在深圳红岭中路司法局大楼的6楼，窗外对面的马路上，是深圳青少宫的“大家乐”舞台。“大家乐”，顾名思义就知道是共青团提供给青少年们娱乐的地方，有点像大型的卡拉OK。那时的舞台是露天的，一群年轻的打工者正在舞台上忘情地欢唱。欢快的歌声通过高音喇叭，不管我愿不愿意硬是挤进了我的耳朵。此刻，不知为什么，我竟忍不住号啕大哭起来，放纵的哭声混杂在欢快的歌声里，在空旷的大办公室里，显得是那样地难以抑制，那样地忘情忘形，泪水模糊了我眼前的一切，怎么也擦不清晰。

这是一个让我一生也挥之不去的，关于城市灾难对生灵伤害如此严重的人生体验。

后来，有位文友收集了遗留在现场宿舍里的女工们的家书，编印成薄薄的一本小册子寄给了我：质朴纯真的语言、无处停放的心跳、戛然而止的梦想，就这样无数次地停泊在我一个又一个辗转难眠的夜里，一下，又一下地，撞击着我的心，我的梦。

无从告知的伤与痛，25年过去了，也没有从我心灵中抹去，时至今日仍使我难以忘怀。

且不说从电视、报纸、网络目睹耳闻的那些都市悲剧，就说深圳这窄窄两千平方公里不到的土地上，在我来到的二十多年的时间里，这座年轻的城市，随着它以人类历史上从未有过的速度发展过程中，也无可避免地遭逢不少灾害。抛开那些冰冷的数字，我总是不由自主地浮想联翩，不期然而然地想探知这一个个跃动的生命，在戛然而止的生命旅程中，有着怎样的曲折来路，潜藏着怎样的幽隐故事，甚至他们曾经火热的心灵，跃动过怎样的追求与远方。

这是一个文化人的情怀，一个人道主义者的内心世界，又是多少有点偏执的个人思想，它让我时时陷入痛苦不堪的境地，却又欲罢不能。

可是为什么会发生这些灾难？

后来，用了许久我才明白，无论是自然的灾难，还是人为的祸患，恐怕都是现代化进程中，人类要付出的许许多多的代价之一。

可我总是无法简单地接受，由几个失职者来承担责任的结果。我所想的是，人类文明发展的进程中，虽然不可避免地要付出代价，但，聪明的人，负责任的人，应该更多地去研究避免灾难的发生。

这是一个思想者的思考。

英语中“文明”一词Civilization是从拉丁语Civitas发展衍化而来的，在我原先的理解中，城市天然地应该与文明、富足、美好联系在一起，否则，人们为什么要从四面八方涌来城市？可实际上，城市在给予人类种种美好与梦想的同时，却又周期性地在自己的母腹里，孕育了一个又一个的悲剧，一场又一场的麻烦、不堪、困局，甚至灾难。

2015年12月20日当天，据说深圳有位网民就光明新区这场特大滑坡事故，在网络上推出了一个帖子，标题是——“最发达城市的最不可思议”，当晚的点击量还很大。

真的是不可思议吗？多年以后，我依然在思考这个问题。是，又不全是。偶然背后的必然，这是最浅显的哲学认知。

深圳，这个“最发达的城市”，为什么会发生这么大的“最不可思议”的滑坡事故？

我想去寻找其中的原因，追究人的责任不是我的方向，因为国务院调查组、公安、检察、法院等，已经给出了结论并做出了处理。

我想在人为因素之外，探究原因。

费了很大的周折，终于找到了一位采访对象，由于我可以理解的原因，他提出一定不要在我写的这本书中出现他的姓名，这是他接受采访的唯一条件，如果我同意，他可以和我谈谈从他的角度所了解的一切。我接受了，因为我相信，作为一名在固体废弃物处置领域工作了十几年的执法人员，他的看法，是我们理解光明新区“12·20”特大滑坡事故极为关键的逻辑板块。

采访是在福田中心区一间不太起眼的咖啡厅里进行的。刚刚落座的他，始终还是有点局促，看得出他的紧张。

采访很快就进入了主题，他说：“我不是说这桩事故中人没有责任，人是有责任的，在付出了那么多生命代价的前提下，否定人的责任是良心的泯灭。但我们是不是也应该好好想一想，这种偶然事故背后的必然。我知道现在说这种话，多少有点儿逆势而为的味道，但我相信这样的反思，对于我们城市的建设和管理，不是完全没有意义的。”

他一开口，就切入了我的思考，我认真地听，飞快地做着笔记。

他将手中的咖啡拿起来，可并没有喝又放下了，语速还是有点快。但，他的介绍，确实让我看到了灾祸由来的另一面。“2000年以前，也就是我开始进入这个执法领域的时候，因为深圳在建的项目数量相对较少、规模也不大，待建地和低洼地广泛分布，建筑类的余泥渣土排放，应该说还是基本平衡的，不同的建设项目间基本上就可以自行消化，绝大部分余泥渣土也都用在‘三通一平’中的土地平整，以及滨海地带大型工程的填海造地中，也没太多听说要建渣土受纳场的强烈诉求，我们的执法主要也只是针对渣土撒漏、违法倾倒等进行管理。”

他喝了一口咖啡，接着说：“但到了2005年左右，渐渐地，就感觉到压力了。那时候市内待建地已大幅减少，低洼地带也基本填平，盐田港、大铲港、滨海大道等大型填海工程也基本结束。国家也开始加强对填海行为的管制，平衡，在这一阶段开始被打破了。为了应对这种局面，政府层面也把渣土受纳场的建设列入工作范围，深圳真正意义上的余泥渣土受纳场，其实就是那时候开始出现的，主要分布在龙岗中心城、塘朗山和宝安西乡一带，印象中较大的有

4 个受纳场。

“问题是，这种压力并没有随着受纳场的出现而有所缓解，随着深圳地铁建设地推开，和世界大学生运动会的成功申办，建筑余泥渣土排放难的问题，在原特区内外终于全面爆发，甚至对深圳市的社会经济、城市环境、交通安全形成了严重挑战。

“2007 年全市产生的各类余泥渣土，我印象中是不到 1000 万立方，应该在 950 万立方米左右。但后来这一数字却一再被刷新，你猜一猜，现在有多少，现在这个数字已经达到年产生 3000 万立方米的数量了。”他说，进入 2010 年以后，他在深圳相关部门的各类文件里，“井喷”一词，成了描述余泥渣土数量的固有搭配词汇。导致余泥渣土数量井喷的一个重要原因，就是地铁轨道交通的建设。

他说，他自己算过一笔账：“深圳的地铁站通用尺寸为 190（米）×19（米）×20（米），这些从地下挖出来的土方再乘以 1.2 的松散系数，可以计算出一个地铁站所产生的土方量达到 8.7 万立方米，用 20 立方米一车的泥头车要运 4350 车次！例如地铁二号线的建设，后来的统计数字显示，开挖的土方就达到 540 万立方米。加上这一时期火热到烫手的房地产建设，特别是地下车库的配套，开挖的土方也不容小觑。如何处理这些数量巨大的余泥渣土，成了相关部门头痛的事情。深圳后来又不得不陆续建设了 5 座受纳场，但依然难以满足轨道交通、旧城改造，再加上遍布深圳的房地产开发项目所产生的余泥渣土。

“发生特大滑坡事故的红坳村受纳场，就是在这种背景下产生的。事实上，在政府部门规划建设的受纳场之外，深圳原特区外地区，也时不时地会冒出一些小规模的‘地下’受纳场。这些私设在旧村荒地上的受纳场，也开始暗自收费接纳余泥渣土。为掩人耳目，这些受纳场的作业时间往往选择在夜里进行，一夜之间能倾倒一两百车次，一车根据所载土方数量收费 300 元左右。这些受纳场尽管很多都是夜里才收纳渣土，但往往动作迅速，有的甚至几个月内就填满封场。而事故发生地的光明新区由于相对地广人稀，更是成了泥头车乱倒余泥渣土的重灾区。2012 年、2013 年泥头车乱倒现象猖獗时期，光明新区不少偏僻道路的路边甚至路面，时不时就可看到乱倒的土堆和建筑垃圾。

“但在巨大需求和巨大利益面前，虽然深圳市政府有关方面三令五申，严厉打击私设余泥渣土受纳场的行为，但仍然有人以各种名目在打着擦边球，消化着越来越多的余泥渣土。很多场地承包方更是对外声称，他们承包的是基本农田的泥土改良项目，需要接纳这些‘优质土壤’。

“事故的发生可以说是偶然，但我始终认为，从某种程度上讲，它也是必然的，不是在光明新区就会在其他什么地方，不是在 2015 年发生，就会在 2016 年或者 2017 年发生，打个未必恰当的比喻，体内的新陈代谢系统出现了问题，人早晚是会病的，人是这样，城市也是这样，城市其实也是一个生命体，它也会生病的！”

在他看来——是城市病了。

无论是过去还是现在，对于现代化对于城市化，我们总是陷入了一种过于乐观的情绪当中，我们甚至经常会把它与幸福美好画上等号，但，它们真的是这样吗？

历史无声。难为情的，永远是我们此类患了历史感的人。

在城市研究当中，有一个如雷贯耳的名字，列斐伏尔。列斐伏尔是一位现代法国思想大师，是西方公认的城市社会学重要奠基人。他在反思城市给人类带来的一切正向效用外，也深刻地关注到城市作为一个社会产物，给人类、人性带来的戕害和异化。在 20 世纪 60 年代，他动情地写下了这样的文字：人类发展的手段与目的颠倒，在这种颠倒中，城市越来越表现为反对人的动机，不受人意志控制的坚硬的实体。

马兴瑞，现任中共广东省委副书记、省长，在深圳光明新区“12·20”特大滑坡事故发生的时候，他刚刚履职深圳市委书记，作为深圳市的一把手，主持了救险工作的全过程。他是怎样熬过那一个又一个的抢险之夜，我并不完全清楚，但是与他一同参加抢险的人们，经常看到他即使劳累得靠在指挥部办公椅上小憩的时候，仍然深皱着的眉头，表明他的脑子一直在思考。

他在思考什么呢?

那些年，深圳的发展可谓顺风顺水，科技创新、产业升级、城市建设各方面都取得不菲的成就。深圳用了 35 年就超过了许多西方发达城市几百年走过的历程，创造了人类城市建设史上前所未有的发展速度，已经让她傲然跻身于国内一线城市之列，其经济竞争力直逼近在咫尺的香港，成为无可争议的国内“最发达的城市”之一。光明特大滑坡事故就如同一声响雷，将种种“最发达城市的最不可思议”，以一种极端而且尖锐的方式，推到了这座城市的每一个人的面前。

5 小时一次轮番上演的事故抢险新闻发布会，事故现场的消息时时传出，除了祈祷，不少人的眼光也已投向城市的深处，投向繁华背后的那些不易觉察的积垢沉疴了。

而此时的马兴瑞思考的不仅仅是眼前的抢险，而是在全市范围内还有多少类似的安全隐患。在听取市安监部门汇报情况的时候，马兴瑞的眉头又再度紧锁起来，目光长久地盯着桌面上那张深圳地图，此时聚集的是东起小梅沙，西至南头安乐村，这方长达 84.6 公里的狭窄地带，然后将手指落在一块地方，目光停在那儿很久。

这块地方离光明新区滑坡现场有五十多公里，在深圳的罗湖区与龙岗区的交界处，绝大部分属于罗湖区管辖，一小部分属于龙岗区，基本都在山的边坡上。在深圳它有一个专有的地名叫“二线插花地”。

看着这块地方，马兴瑞的心情不由得又凝重起来。

差不多与此同时，深圳罗湖区委书记贺海涛正站在这片“二线插花地”上，这里距光明新区滑坡现场，中间隔着福田、南山、宝安好几个行政区，差不多在深圳一东一西两个地理方位上，但此时区委书记贺海涛的心情和市委书记马兴瑞一样沉重。光明新区滑坡事故发生以后，马兴瑞书记要求全市普查城市重大安全隐患，贺海涛立即联想到了这里，因为眼前的现实就像一座山，而且是压在心头很久的山。光明的“山”滑坡了，罗湖的“山”呢……

作为罗湖区的一把手，贺海涛深知自己的面前也有一座“山”，这座“山”同样存在着“滑坡”的风险。如果罗湖的这座“山”发生了“滑坡”，那么它所产生的危害，一点儿也不会比光明红坳村余泥受纳场的这次“滑坡事故”小。因为在这个风险区里，沿着山的自然边坡，很多年来密密麻麻地建有多米诺骨牌一样的一千多栋房屋，居住着9万多人。

所以那天，刚刚参加完市里的抢险救灾后续处置会议的贺海涛，特意让司机绕到龙岗区与罗湖区交界处的这片被称为“二线插花地”的地方来，这里属于罗湖区管辖。

其实对这块地方，贺海涛早已烂熟于心，他从福田区调任罗湖区区长时，就专门到这儿来做过调研。几年来，这里一直是他的一块“心病”，特别是一到台风雨季，区里在做各种防风防洪抢险预案时，对于这块地方总是给予特别地强调。甚至对一些建在边坡危险地带的楼房，区里还要求街道有关部门在台风来临前，开展“清楼行动”，帮助一些住户暂时搬离，安排到安全的地方临时居住，避免风险。所以，当光明特大滑坡事故发生后，市里要求各区各部门严查城市各种安全隐患时，他就在第一时间到了这儿。

今晚他穿行其间，曲道窄巷，已近子夜时分的这里，却依旧是万家灯火，人影川流，从各个窗户闪射出来的繁星般的灯光，衬在背后黝黑的山坡背景下，形成黑白两重世界。

巷道上、墙壁里随处可见裂缝断隙，藤蔓类植物穿插其中，电线与电话线蛛网般胡拉乱扯纠缠其间，一千多栋未经政府规划批准而搭建的楼厦，沿山边的斜坡一幢挨着一幢，连接成一个多少有点玄幻色彩的“非写实世界”，而这个“非写实世界”里，却真真切切地蜗居着成千上万的人！像这样的地方，还不止一处。

作为一名在罗湖工作多年的区委领导，贺海涛还知道，这片区域的边缘地带，还有个已经封存多年的垃圾填埋场。更令人忧虑的是，深圳已经探明的三条地震断裂带，其中一条“横岗—罗湖断裂带”恰恰就从这片区域底下穿过。

走在逼仄的巷道上，望着不远处陡峭的山壁，贺海涛心里头真的是在翻江倒海，他不敢也不愿想象：万一有一天光明的滑坡事故发生在这里，会是怎样的一种场景……

贺海涛心情沉重地站在那儿，一声叹息，落地成坑。

过了不到一个星期，贺海涛忽然得知市委书记马兴瑞要来罗湖“二线插花地”调研。果然 2015 年 12 月 26 日，马兴瑞书记带着市委市政府的有关领导和规划国土委、住房建设局、水务局、城市管理局等职能部门的负责人，来到了罗湖。此行目的只有一个，更加深入地调研“二线插花地”的现状，以便于研究确定解决方案。此时，光明特大滑坡事故现场的抢险，正在紧张地进行中，上千台挖掘机在日夜不停地奋战，抢险指挥部每 5 小时就要向外公布一次抢险近况。市委市政府的主要领导，差不多日夜都在指挥部指挥抢险。可就是在这个万分紧张的时刻，马兴瑞却带着一行人来到了罗湖“二线插花地”现场，可见对这个地方的高度关注和解决这个地方问题的紧迫性。

罗湖区的“二线插花地”一共有三块，并不相连，它们分属不同的街道办事处管辖。马兴瑞书记要求每一块都要到现场去看看。

连日来，一直在全面指挥光明特大滑坡事故抢险的马兴瑞满面倦容，可以看出由于缺少睡眠，眼圈有些发黑。可他十分仔细地穿行在“二线插花地”狭窄的巷道里，看着那一幢挨着一幢的楼房，乱拉乱扯的电线，没有市政和消防设置的巷道等，他不时地停下来，眉头越拧越紧，指着一些地方询问贺海涛一些情况。

当马兴瑞走到“二线插花地”玉龙片区的山边，看着那沿着山的边坡，层层叠叠盖上去的一幢一幢楼房，非常担忧地回过头来问大家："这样的楼房，一旦上面的一幢倒下，会不会像多米诺骨牌一样，一起倒下？"大家都没有直接回答，因为答案是明确的。

马兴瑞神情凝重，喃喃地说："不能再拖了，不能再拖了，必须马上办！"

城市为什么会"生病"？

诺贝尔经济学奖得主，美国著名经济学家斯蒂格利茨曾经说过，影响二十一世纪人类社会进程最深刻的两件事：新技术革命和中国的城市化。

斯蒂格利茨博士先后在耶鲁大学、斯坦福大学、牛津大学等世界著名大学任教。他的研究方向是宏观经济学、微观经济学以及金融学等。1997 年斯蒂格利茨任美国总统经济顾问委员会主席，1997 年至 1999 年，任世界银行副行长兼首席经济学家。2011 年至 2014 年，任国际经济学协会主席。2014 年 12 月，他在提前出版的美国《名利场》杂志上，发表了《中国世纪从 2015 年开始》一文，引起全世界的关注和争论。

斯蒂格利茨所说的，始于 1978 年改革开放之后的中国城市化进程，确实是人类 20 世纪末到 21 世纪初，最为动人心魄的人类图景之一。它用了近四十年的时间，便完成了世界其他各国，几百年才走完的现代城市化道路。

权威机构统计数字显示，我国的城镇人口由 1978 年的 1.7 亿人，增加至 2010 年的 6.7 亿人，平均每年增加 1584 万人。城镇人口占全部人口的比重，从 1978 年的 17.9%，提高到 2010 年的 49.68%。到 2011 年，中国城镇人口比重首次超过 50%，达到 51.27%。到 2014 年，进一步上升到 54.77%，达到欧美发达国家的城市化人口平均水平。2016 年末，中国的城镇常住人口 7.9298 亿人，常住人口城镇化率已经达到了 57.4%。

2018 年 1 月 18 日，国家统计局局长宁吉喆在国新办举行的新闻发布会上介绍称，2017 年末中国大陆总人口（包括 31 个省、自治区、直辖市和中国人民解放军现役军人，不包括香港、澳门特别行政区和台湾地区以及海外华侨人数）13.9008 亿人，城镇常住人口 8.1347 亿人，比上年末增加 2049 万人；乡村常住人口 5.7661 亿人，减少 1312 万人；城镇人口占总人口比重（城镇化率）为 58.52%，比 2016 年末提高了 1.17 个百分点。

城市人口占总人口比重达到 58.52% 是个什么样的概念呢，一般人也许并不能充分理解它的深远意义。事实上，这在人类发展史上，绝对是一个关键性的概念。

比如英国，不少西方历史学家就把英国城市人口占比，达到总人口 54% 的 1851 年，作为英国进入现代化的标志。1851 年作为一个分水岭，将英国的历史划分为近代国家和现代国家。这样的一种学术论断，未必为所有人接受，但如此这般的历史分期，绝对不是故作新奇语的做法。

我们知道，城市的最早起源是人类安全与生活方便的需要。但随着人类社会的进步，城市的功能慢慢地成了优化人类资源配置、提升资源聚合效率的社会平台，而资源聚合的前提，则是以产业为导向的人口聚集。所以西方史学界以城市人口的占比，作为人类历史分期的衡量指标。从这个角度上讲，人类现代化的进程与人类城市化的高歌行进是画等号的。

我认为，谈论城市，即是谈论人类的命运。实际上，无论是从历史维度，还是从现实角度来看，城市的的确确不仅在过去，而且更重要的是在将来，是人类命运之所在。所以我一直有这样的一个客观认知，现代化从现实意义上讲，就是人类的城市化，它们是一块硬币的两面。

正如亚里士多德所说的那样，人们来到城市，是为了生活，人们居住在城市，是为了生活得更好。从目的上讲，城市的发生与发展，是以人类福祉的进步为依归的。

问题是：与世上的其他很多事物一样，城市本身的发展也总在不知不觉地演进中，逆向地走向了自身目的的背面，成为一个“人类的异化存在”，变身为一种违背人的本性、抹杀人的尊严、忽略人的需求的负面力量，这其中最突出的恐怕便是所谓的“城市病”了。

异化，是德语 Entfremdungd 的意译，这是一个来源于德国古典哲学的术语，一般的世俗解释是：主体在一定的发展阶段分裂出它的对立面，变成外在的异己力量。当我们在讨论城市的发展时，我们通常是指人类以城市发展的名义，制造了一个反对自身的异质存在。

这是一段被过度引用的文字——狄更斯在他的《双城记》里写道：这是最好的时代，这是最坏的时代；这是智慧的时代，这是愚蠢的时代；这是信仰的时期，这是怀疑的时期；这是光明的季节，这是黑暗的季节；这是希望之春，这是失望之冬；人们面前有着各样事物，人们面前一无所有；人们正在直登天堂，人们正在直下地狱。

事实上，除了狄更斯，像雨果这样的睿智，也对法国大革命后如日方升的巴黎，充满了鄙夷厌恶之情。仅是一句"环绕巴黎的城墙使巴黎悄声埋怨"，已经足以让人苍然欲泣。但雨果对于大革命后迅猛扩张的巴黎，显然没有停止批判的意思。在不厌其烦地详细描写肮脏、邋遢、杂乱和种种隐而不彰的生命威胁之后，他用独有的细腻笔触动情地写道：从路易十一王朝以来，巴黎顶多不过扩充了三分之一，但事实上它失去的美好成分，比它增加的面积还要多。

我们也许会感到奇怪；无论是英国的光荣革命还是法国的大革命之后，在工业革命的强力推动下，英法两国的城市化都得到前所未有的发展，弥漫在每一个角落里的，都是昂扬乐观积极向上的城市精神。而为什么狄更斯、雨果、左拉、巴尔扎克，他们却对急剧演化的城市保持着高度的警惕？仅仅将这归结为一种作家内心的那种根深蒂固的田园诗意是肤浅的。

一种更广为接受的解释应该是，作家天赋里的那种直觉，让他们比常人更敏锐地感受到已在城市深处萌动的异化力量。无数次出现在狄更斯小说里的伦敦毒雾，终于在 1952 年 12 月，演化成死亡人数多达 4000 多人的"伦敦烟雾事件"。

英国工业革命之后，经济发展蒸蒸日上，吸引大量的人口涌向城市、涌向伦敦。城市为获得经济能源使得燃煤量飞速上升，城市发电靠煤，蒸汽火车的动力也来自煤，工厂靠烧煤进行生产制造，居民家庭烧饭取暖也靠烧煤。我们知道，煤炭在燃烧时，会生成二氧化碳、一氧化碳、二氧化硫、二氧化氮等物质。这些物质排放到大气中后，会附着在烟尘上，凝聚在水汽中。在城市上空空气流动不好的时候，烟尘与水汽就会混合变成“毒雾”，笼罩在城市的上空多日不散，它们不仅使空气质量恶劣，还影响视线，妨碍交通，熏黑房屋，污染衣物，危害居民的身体健康。高浓度的二氧化硫和烟雾颗粒，进入人的呼吸系统后，会诱发支气管炎、肺炎、心脏病。伦敦居民的肺结核、咳嗽的发病人数，比世界其他地方都多。烟雾经久不散，就会使当时的伦敦城，犹如一个令人窒息的毒气室一样。

1952 年的“伦敦烟雾事件”并不是伦敦第一次受到烟雾侵扰。英国本来就是一个多雾的国家，但是从 19 世纪末期的工业革命起，烟雾就越来越重，1813 年的 12 月、1873 年的 12 月、1948 年的 11 月，伦敦都曾发生过较严重的烟雾事件，因此，伦敦也就逐渐有了“雾都”的外号。

狄更斯的《雾都孤儿》就是在这种历史背景下创作的。

1952 年的 11 月至 12 月初，伦敦出现了异常的低温，居民为了取暖，在家中大量烧煤。大量的煤带来了大量的烟，这些煤烟从成千上万的烟囱里直接排到伦敦的上空。如果煤烟在大气中迅速扩散，就不会聚集而产生浓雾。可当时正好有一股反气旋在伦敦的上空，使伦敦上方的空气升温，导致高处的空气温度高于低处的空气。这样，伦敦的气流就无法上升了，全部停滞在了伦敦城的顶上，同时把煤烟也留在了伦敦上空，并且越聚越多。这时，城里的煤烟和废气仍在不断地从市民家中和工厂中排放出来，于是聚集在伦敦空气里的污染物就越来越多。同时，那几天的空气里水蒸气含量很高，在寒冷的空气中，水蒸气被冷却到了“露点”。“露点”是个气象学概念。它指的是在气象学中，空气中所含的气态水达到饱和而凝结成液态水所需要降至的温度。在这温度中，凝结的水飘浮在空中称为雾，而沾在固体表面上时则称为露，因而得名“露点”。此时到达“露点”温度的伦敦上空，由于大量的煤烟为它们提供了凝结核，于是浓厚的烟雾就出现了。

据后来有关专家统计，在此次事件的每一天中，伦敦排放到大气中的污染物有1000吨烟尘、2000吨二氧化碳、140吨氯化氢（盐酸的主要成分）、14吨氟化物，以及最可怕的370吨二氧化硫，这些二氧化硫随后转化成了800吨硫酸。燃煤烟尘中有三氧化二铁，它能催化二氧化硫氧化生成三氧化硫，进而与吸附在烟尘表面的水化合生成硫酸雾滴。

1952年12月5日白天，伦敦出现烟雾，但是烟雾不是很浓。当天下午，烟雾渐渐呈现黄色。当天晚上，烟雾逐渐变浓，能见度变得只有几米。此后几天一直到9号，烟雾一直很浓，并且有股臭鸡蛋的气味，覆盖了30英里的范围。许多伦敦市民因烟雾感到身体不适，例如呼吸困难、眼睛刺痛。发生哮喘、咳嗽等呼吸道症状的病人明显增多，尤其是在老年人、婴儿和本身就有呼吸道疾病的人群，以及本来就有心血管疾病的人群中，死亡率陡增。后经统计，因支气管炎死亡704人，为正常时期的9倍；因冠心病死亡281人，为正常时期的2.4倍；因肺结核病死亡77人，为正常时期的5.8倍。除此之外，因心脏衰竭、肺炎、肺癌、流感以及其他呼吸道疾病死亡的，也都成倍增长。

居民们出门都要小心翼翼，因为迎面而来的人看不清对方的面孔，外出一趟回家时，发现脸和鼻孔都变黑了。最严重的地方，居民们说，自己走在路上看不见自己的脚。伦敦的公共交通都受到很大影响，泰晤士河上的船、陆地上的火车，以及机场的飞机，在这几天都被迫停止运行。城区内需要一种叫作交通引导员的人，手持电筒或火炬，指引公共汽车缓缓前行。大街上的轿车都亮着车前灯，司机把头伸出窗外，仔细地观察着前方，一点一点地缓缓行驶。政府建议家长把孩子留在家中，因为出门怕孩子走丢。社会治安恶化，拦路抢劫、入室抢劫、盗窃案件在这几天增多，因为烟雾可以掩盖罪犯的行踪。

在这场大雾期间，有个著名的农牧业展览在伦敦伯爵宫举办。参加展会的农民把牲畜带到伦敦的过程中，有些牲畜就呼吸困难了。抵达伦敦后，有一头牛因呼吸困难死亡。后来在这场展会中，一共350头牛中，竟有52头严重中毒，11头死亡。吓得有些农民赶快自制了一些口罩，给牲畜们戴上。

这起后来被归入20世纪十大环境公害事件之一的环境污染事故，震惊了世界。据说，当年在悼念活动中，狄更斯的《雾都孤儿》是除了素花之外，最为炙手可热的悼念品，这也从侧面印证了作家们的敏锐和深刻的洞察力。

至此，伦敦毒雾事件倒逼英国政府开始对空气污染高度重视。

1956年，英国政府颁布了世界上第一部现代意义上的空气污染防治法——《清洁空气法案》，大规模改造城市居民的传统炉灶，逐步实现了居民生活天然气化，减少煤炭用量，冬季采取集中供暖；在城市里设立无烟区，区内禁止使用可以产生烟雾的燃料。发电厂和重工业作为排烟大户被强制搬迁到郊区。1968年又追加了一份《清洁空气法案》，要求工业企业必须加高烟囱，将烟雾排放到更高的空域，从而更好地疏散大气污染物。1974年出台了《空气污染控制法案》，规定工业燃料里的含硫上限等硬性标准。在这些刚性政策面前，空气污染明显好转。到1975年，伦敦的“雾日”已经减少到了每年只有15天，1980年降到5天，伦敦此时才开始丢掉“雾都”的绰号。

但是，随着经济的发展，城市的环境问题并没有让英国政府一劳永逸。20个世纪80年代以后，汽车走进千家万户，数量激增。汽车尾气取代煤烟成为英国大气的主要污染源。汽车尾气中的铅，吸入人体后就无法排出，会严重影响人类后代的智力。随后英国开始推行无铅汽油，但是到了80年代末、90年代初，人们发现汽车排放的其他污染物如氮氧化物、一氧化碳、不稳定有机化合物等也极为有害，它们被阳光中的紫外线照射后，会发生复杂的光化学反应，产生以臭氧为主的多种二次污染物，形成“光化学烟雾”。这并不是仅在遥远的伦敦，而已在我们身边严重地存在，每年秋冬季节在深圳上空出现的空气污染，相信是我们每一个人的切身体验，我们称之为“雾霾”。

可见与城市污染进行斗争任重而道远。

城市急剧发展所带来的问题，远不仅仅局限于空气污染。我们来看看欧洲另一个超大型发达城市——法国巴黎。

巴黎又有小巴黎和大巴黎之分。小巴黎指的是大环城公路以内的巴黎城市内，面积 105.4 平方公里，人口 200 多万；大巴黎地区包括城区周围的七个省，共同组成的巴黎大区，这片地区在古代就已经被称作“法兰西岛”，面积达 12000 平方公里，至 2016 年底人口约在 1100 万，占全国人口约五分之一。这些人们知之甚多，但在巴黎地下墓穴里，安放着 600 多万具尸骨，知道的人可能就不一定多了。

这个地方叫巴黎地下尸洞，在现今巴黎 4 区、5 区和 15 区的地下，以及闻名遐迩的蒙玛特高地的地下，延绵的总长度达 300 多公里，离地面深约 20 米。而它们的成因，就是由于 18 世纪城市人口的逐渐膨胀，巴黎恶劣的卫生和环境，造成了绝命瘟疫的流行。

1786 年巴黎暴发天花疫症和瘟疫，致使大批巴黎居民感染死亡。当时的巴黎人习惯死后葬在家附近街区教堂的墓地里，可是由于突然死亡人口骤增，以至于巴黎地面上的墓地严重不足，大批的尸体无地掩埋。于是一块墓地就会被挖掘好几层，人们为了埋葬新的逝者，将以前地下的白骨都掘出地面，尸骨多得真的是满到溢了出来。当时的巴黎市长为了解决公众卫生危机，毅然决定将市区公墓里的死者全部挖出来，把翻出的尸骨全部转移到当时巴黎地下废弃的采石场。这项工程由教堂的教士们来操作。没想到工作量大得远比当初预料要多得多，后来竟然到 20 多年后的 1810 年才正式完成，最后堆放的尸骨大约在 600 多万具。好多法国名人也长眠于此，其中有哲学家孟德斯鸠和帕斯卡、科学家拉瓦锡、讽刺作家弗朗索瓦·拉伯雷、女作家赛维妮、诗人兼作家拉封丹。还有大革命时期的罗伯斯庇尔及其政敌丹东、路易十五的情妇蓬帕杜，甚至还有莫扎特的母亲。

1994年，巴黎市政府将300多公里的地下尸洞中的1公里左右开放为参观区域，因此我有机会在巴黎朋友的带领下，亲眼看到了这条令人骇然的地下尸道。这里最初是一个地下采石场的通道，这个采石场历史悠久，自中世纪就开始采掘了，现今的巴黎圣母院、罗浮宫和巴黎市区的许多古老的石头建筑，大都是用从这里开采出的石头建造的。巴黎尸洞工程由于太大，持续了很久。因为尸骨太多而无法一一相配，有很多已经找不全尸骨了，最后教士们决定不再寻找整个人的全部骨头，而是将骨头分类堆放，只简单地标志出哪堆骨头是哪一年的，哪些骨头是从哪个公墓转移来的，然后零星地设了几块石碑刻上几句拉丁文的铭文。

当你走进这些尸洞时，看到的是高约2米至3米光线昏暗阴森潮湿的地道。地道的一边是石墙，另一边就是成堆的尸骨，当中宽度仅2米左右供人通行。你穿行其间会惊讶地发现，不计其数的人的大腿骨，被排列成了比较整齐的骨头墙，而头盖骨则在大腿骨组成的墙上镶了几道边。这些骨头让人忘记了它们曾经是血肉之躯，是无数个生命。

18世纪的最后20年，是法国最激荡的20年，皇帝和革命者先后一个一个被推上断头台，大革命的血雨腥风中，巴黎人的生活还要继续，人们还要生存，环境卫生还要改善，城市仍在发展。可政府迅速更替，这个被遗忘的尸骨转移工程，得益于教堂的坚持。那些虔诚刻苦的教士们，在那样混乱恶劣的环境中，负担着那么繁重肮脏沉闷的工作，竟然还有心思把人们的遗骨，整洁优雅却无奈地拼成一幅幅接近图案的形状！

我后来从网上看到一篇介绍巴黎尸洞的文章，一位没有具名的网友在参观完巴黎地下尸洞后，在网上留下了这样的感叹：

探索地下尸洞，从几百万人的遗骨排列成的小径中穿过，不仅需要勇气，还需要一颗平静的心。回到地面，再一次呼吸到新鲜空气的你，一定

> 对死亡有了新的敬畏。人的骨头可以这样不计尊严地堆放，却又被堆放得如此地有尊严。用希腊文、拉丁文和法文撰写的石碑，其中不乏拉辛、荷马、维吉尔、贺拉斯、卢梭和《圣经》里的名言。例如，这里有《奥德赛》的名句："辱没亡灵，天诛地灭！"还有贺拉斯的警言："切记，每一天都是你的末日。"
>
> 地下墓场的变迁，颇具讽刺意味。巴黎圣母院、卢浮宫等宏伟建筑均由早期采石场内的石块建成。往昔不见天日的地底顽石，今朝成了世人景仰的大厦；然而，巴黎的建造者和设计者们，以及几代建筑师、劳工、商贾、士兵和农民，如今却长眠地下，不为人知。

我有同感，这段文字写得极为贴切，显然书写者有着极大的人文情怀。参观完巴黎地下尸洞，最令我过眼难忘的还是墓道口石碑上写着的古罗马著名诗人贺拉斯的警句：切记，每一天都是你的末日。必须承认，这的确是一句让我们难忘的箴言，同时它的存在，也似乎毁掉了我那次巴黎之游的所有美好的回忆。

当我们的眼光扫过纽约、莫斯科、东京、里约热内卢，甚至像河内、曼谷、约翰内斯堡这样世界范围内我们习惯把其称为二三线的城市时，我们也无不为它的环境、交通、卫生、人口、治安和贫民窟问题而心怀忧思。

2015 年我到菲律宾首都马尼拉时，恰逢马尼拉郊区一个贫民窟发生特大火灾，大火吞噬着贫民窟里乱搭建的简易房，居民们像蚁虫一样四处奔逃，电视画面上的悲惨情景和贫民窟内那些无奈绝望的神情，尤其是那些老人和孩子的哭声，让我这个外国人也为之揪心。其中有一个画面时到今日依然历历在目，因为贫民窟里的乱搭乱建，把本来就窄小的巷道挤得像是一条羊肠，消防车根本无法驶入其间，为了阻止火势的迅速蔓延，居民们只好与消防队员联手，以手推肩撞的方式，将一堵堵简易房间的墙壁推倒，而数以千计的居民，抱着年幼的孩子和抢救出来的少得可怜的财物，伫立在当局为他们临时圈定的公园里避难。这情景令人唏嘘不已。

看过电视新闻，晚上恰好没有其他的安排，我叫了一辆出租车喊上当地华人导游，绕行到了那个名字有点拗口的公园里，借助导游的翻译，我与其中的几位难民聊了几句，对他们的艰辛与坚韧，算是多少有点了解了。

那一晚的月色很好，明净而且皓洁，但我知道这一捧月色，照在他们身上，肯定是一种与我完全不一样的感受。

类似的情景，从电视新闻中，我还看到过巴西的里约热内卢郊区的贫民窟火灾。里约热内卢的贫民窟，在世界上知名度都很高，不仅经常出现在新闻中，还有不少好莱坞电影是在这儿拍的。那儿的房子许多建在山坡上，那个山坡比深圳“二线插花地”要陡峭多了，极简易的房子一层叠着一层，让人一边感叹巴西贫民顽强的生存力量，一边让人揪心，万一发生大火，消防车怎么进来？所以火灾发生的时候，从新闻中我们看到的救火，基本是靠人手扑灭，那种惨状真的让人不忍目睹。

每当碰到类似的情景，我就不由自主地怀疑起亚里士多德说过的“城市的存在是为了人类‘优良的生活’”的论断。

人类创造了城市，但它真的给人类带来了所期待的福祉吗？

似乎是，又似乎未必是。这是一个充满二律背反意味的论题，但我认为在人类的泪水和历史的悲伤面前，这样的反思与质疑是必要的，不可或缺的。

城市也会生“病”！

我们知否？

儿时的教育让我们相信，祖国发展已经找到了独特的康庄大道，避开其他人遭遇到的所有麻烦，直通美好与幸福，但改革开放打开国门，我们最有价值的收获之一，却是通达美好的道路上向我们迎面走来的挫折与麻烦，真的一点也不比其他国家少。当下最为现实的一个，便是自以为是地认为，只要精心谋划，国外经见的那些“城市病”就有可能全面避免。

事实远非如此。它其实只是我们一个一厢情愿的迷思罢了。

不过在中国，“城市病”似乎还有一个更具特色的表达方式——城市的历史欠账。如此这般的表达方式，充分地反映了中国人，面对城市这个体量惊人的人造物时，那种发自心底的谦卑心态。传之久远的文化，让我们更愿意相信，城市的这种反目的异质力量，其实只是我们自己在某一方面做得还不够好罢了，或者叫缺乏经验。

按照这种理解，“城市病”这种城市发展过程中滋长的异质力量，其实是我们人类自己囿于视野局限、资源支持和配置缺失等原因，才致使了城市的规划和资源分配，难以匹配城市历时性发展，最终导致了城市整个生态系统的失衡，引发了像人口膨胀、交通拥堵、环境污染、治安恶化、灾祸频仍等一系列与城市“生产、生活、生态”有关的系列结构性问题。

不管我们对于在城市自身躯壳里生成的异质力量有着怎样的理解，给予怎样的命名，它总是以一种不以人的意志为转移的加速度，反作用于我们人类自己。

关于“城市病”，还有一个并非众所周知的规律，来自权威专家的研究表明，当城市化在 30%到 50%时，“城市病”尚处于显性阶段，多以零星、间断的形式出现。但当城市化达到了 50%到 70%时，“城市病”则呈现集中多发、爆发的明显态势。

这也是为什么近年来，“城市病”这个以前还是那样的陌生和不明就里的名词，开始进入平常百姓的日常言谈中的原因，人们总需要为频仍加诸自己身上的难题，找到一个解释，或者分析。

但对于只有短短不到四十年历史的深圳来说，对于来自天南地北的深圳人来说，关于“城市病”，在他们自己心底里依然愿意相信：那只是一件与自己相隔遥远的事，这也解释了当光明新区特大滑坡事故传来的时候，他们在电脑上敲出的文章标题，竟然还是“最发达城市的最不可思议”。因为人们没有看到“最发达城市”辉煌下的阴影，所以发出了“最不可思议”的感叹。

但，它确确实实来了，仿佛一眨眼工夫，就到了你跟前跟你脸贴脸似的。事实上，它已不是一种恍恍惚惚的感觉了，而是一种坚硬的现实。

2016 年的 5 月 30 日，由中国社会科学院财经战略研究院、中国社会科学出版社与中国社科院城市与竞争力研究中心，联合完成的《2016 年中国城市竞争力报告》发布会在北京举行。会上该报告主编、中国知名城市学研究专家倪鹏飞，介绍了报告中体现了的一个重大转变，除了继续对国内各大城市的竞争力进行排序外，报告还首次引入了中国“城市病”的研究内容，并对国内 38 个大城市进行了“城市病”指数排名。

对此倪鹏飞是这样解释的，为推进中国城市化健康发展，关键在于针对性地预防和治理“城市病”，为所有城市居民创造一种可以幸福工作、生活于其中的氛围。他在报告中也分析了中国各大城市产生“城市病”的原因，他认为中国在城市化加速推进的同时，由于基础设施和公共服务难以跟上城市化增长的步伐，加上缺乏科学、合理和前瞻性的人口及产业的空间活动的规划及政策引导，中国城市化面临着越来越严峻的挑战，中国一些城市已经患上比较严重的“城市病”。“城市病”在中国所表现出的特征有：交通拥堵、环境污染、贫困失业、住房紧张、健康危害、城市灾害、安全弱化等。

倪鹏飞在接受媒体采访时还强调，中国的“城市病”也是有别于国外以前发生的“城市病”。国外的“城市病”可能是在大城市，比较单一，中国的“城市病”爆发的范围特别广，不仅是特大城市和超大城市有“城市病”，一批中等城市也出现了“城市病”，像太原、石家庄都有不同程度的“城市病”，而且病症模型太多，像摊大饼似的在城市的各个角落蔓延滋长。

而倪鹏飞研究团队根据“城市病”的产生机制，为中国“城市病”开出的药方是：

第一个方向是人口和产业空间分布均衡化调整，建构一个适度倾斜而平坦的城市中国。人口空间分布均衡化调整的目的，就是要推动人口从高密度区域向低密度区域迁移，以满足生态系统与社会系统的承载能力限制。

第二个方向则是提高城市配套建设与管理服务水平。研究团队相信，城市的生态系统与社会系统的最大承载力，不是恒定不变的，而是与生态资源的利用效率、社会管理的水平相关。因此，提高配套建设与管理服务水平，等同于在资源约束条件不变的情况下，扩大人口承载能力，缓解城市病的发生。

这些对于深圳人来说，或许都不是重点。重点是报告中赫然列明“城市病”指数前五的城市分别是：深圳、北京、杭州、温州、广州。——深圳竟然排在第一位。

虽然深圳本地媒体对此多采取低调处理的态度，并没有广泛见报，但此份报告通过各大网络平台的传播，还是引起了深圳网友的疯狂吐槽，正如他们在网络空间贴出的帖子所说的那样，这个话题自带槽点，“实在太容易引起共鸣了”。

当然，引起共鸣的岂止是网民，深圳的管理者们对此也是高度重视，报告的核心内容，经过不同方式的编辑、择要已经一一摆放在深圳领导者的案头了。

我不清楚，类似的报告是否也曾摆放在马兴瑞、贺海涛这样的市区主要领导的案头上，但作为深圳市罗湖区的一把手，贺海涛对这些所谓的“城市病”早已深有感受。

余泥受纳场滑坡作为一种城市灾害，自然是“城市病”的一个极端样本，但无论是在深圳市，还是具体到罗湖区，“城市病”事实上已经出现在这个城市里的一些角落，排列在城市生物钟的时针上。

2014 年的 5 月，发生在深圳的“5・11”特大暴雨，相信深深地印刻在每一个深圳人的记忆中，也正是从那一天起，那个关于“城市良心”的地下管道问题，便开始规模化地一遍又一遍地出现在我们的讨论话题中。为了查明辖区的内涝情况，那天贺海涛与司机也是从红岭中路发车，自西向东纵贯罗湖全境。

从最西边的深圳大剧院开始，到毗邻盐田罗沙路西岭下路段，映入他眼帘的内涝点就不止有六七处，不少名贵小车干脆就在积水里直接趴窝了。

理论是苍白的，而生活教给我们更多。事实上没有什么比这些鲜活得有点苦涩的现实场景，更准确地诠释了什么是城市发展的“历史欠账”。

贺海涛是在罗湖发展的关键节点上接任区委书记的。他自己则说是他与罗湖新一届领导班子，是在实现全面振兴的转型期，领命走上领导岗位的。但每一个罗湖人都知道，他们身上承受的又是怎样的压力与重担。

而“城市病”的治理，无疑是重中之重。

罗湖区与龙岗区交界处的这块“二线插花地”，贺海涛何尝不知道，它是安置在罗湖的一颗“定时炸弹”！他与罗湖区历任的领导班子，都曾多次推动它的整体性整治改造，但因为这样那样的难以克服的困难，那些雄心勃勃的计划先后都无疾而终不了了之了。

2016年2月17日，深圳市城市公共安全和安全生产工作会议，在“12·20”特大滑坡事故事发地——光明新区举行，也就是在这次会议上深圳市委市政府宣布全面改造“罗湖二线插花地”。

“二线插花地”改造启动消息的公布，对于罗湖来说，绝对是天大的事情，刚从会场出来的罗湖区委常委、区属职能局委办的相关负责同志上车以后，就你一言我一语地热火朝天地议论起来了，而贺海涛在进入罗湖地段后，却突然沉默了起来，他又陷入了沉思。

他在想什么呢?

是的，他在定位“二线插花地”的改造之于罗湖的意义，而号称深圳“改革橱窗”这条街景对角线，此时此刻恰如其分地为他提供了一个由历史与现实交织而成的绝好思考坐标。

读书的时候，我并不是十分清楚，为什么古人一到那些有历史感的地方，往往就会浮想联翩，写出无数极具纵深感和穿透力的诗篇来。步入社会以后，我才慢慢地明白，从某种意义上讲，这些名胜古迹，它将历史延揽入内的方式，延展了我们思考的时间轴和空间轴，并架设了一种意义非凡的人文坐标，而这种人文坐标天然地具有定位功能，让你在时空交错中清晰你的思维、你的人生方向。

深圳经过 40 年的迅猛发展，取得了举世瞩目的成就，但基于它独特的成长基因，以及任何人都无法规避的时代局限，它也留下了许多历史欠账，蓄积了不少可以概括为“城市病”的城市发展问题。

深圳要继续保持自身澎湃的发展动能，力争让自己跻身于世界明星城市之列，实现国家对它要求的辐射、带动功能，就必须要围绕“生活、生产、生态”这三个既相互区别，又彼此紧密联系的系统，重塑城市的发展动能源体。

这是生长于斯的重托，也是历史的必然，更是深圳这座光荣城市的内在使命，舍此，深圳无法瞭望到另一个“辉煌的四十年”。

也就是说，包括“二线插花地”在内的城市品质的提升、城市能量系统的改造、城市文化精神的重塑等城市振兴计划于深圳而言，已是箭在弦上了。

只不过一个突如其来的光明滑坡特大灾难性事故，将此项计划提前了，并迅速地落实了。而突破前锋的任务，又再次落到四十年前已经充当过类似角色的罗湖区身上了。

为了写作此书寻找灵感，我曾经冒着骄阳爬上了“二线插花地”背后的那座被称为蚊帐山的峰顶。一直没有弄明白它为什么叫蚊帐山，这座山虽然不大，却有点陡。尽管不高，但它毕竟是山，也是罗湖的一个制高点，从这儿努力地往东南罗湖方向眺望，我看见了深圳的摩天大厦“京基 100”和“地王大厦”的雄健身姿，并动情地想象大厦旁的种种繁华与无尽的喧闹。必须承认，那一刻，我的心有一种想飞起来的感觉，已经许久没有这种类似的感觉了。

我相信世间万物就像家乡田间里的一粒种子一样，它的基因决定了漫长的时光度过，并让自身的精神，以一种螺旋式上升的方式，一而再再而三地重现。

天，时势也。

时势所然，故曰天命。

受命而正，所谓雄杰。

人，就是一步一步地受命而前行。

而人们受命前去的“二线插花地”，到底是怎样的一番前世今生呢？

……

节选自广东人民出版社 2018 年 10 月《家园——对现代化进程中“城市病”治理的思考》

梦工场追梦人

李朝全*

启 梦

二〇一二年十二月七日，习近平总书记视察深圳前海。

那时的前海，还是一片荒野滩涂，是十五平方公里的新填海区域。五年多过去，这里崛起了一座现代化新城。

在前海前湾区一路，有一处占地五万八千平方米的黑、白、灰色调建筑群。从空中俯瞰，这片建筑像是书写在大地上的一个繁体的“梦”字，这里便是“前海深港青年梦工场”。每栋楼虽然只有三层，看起来一点儿也不起眼，却是深港青年创业的热土，也是他们孵育梦想的窠巢。

目前入驻的创业团队三百零四家。从团队构成看，国际的、内地的、香港的各占三分之一，创业项目多属移动互联网、智能硬件、文化创意和科技创新四大领域。

作为特区中的特区，前海肩负着为深圳、为全国改革开放再探新路的重任，同时肩负着服务香港、促进香港繁荣稳定的战略使命。随着我国经济建设的不断发展，内地的机会不断增加，香港青年对到内地创业跃跃欲试。毕业于香港科技大学、在深圳成功创业的“大疆”无人机创始人汪滔，便是他们的偶像。

---

* 李朝全，中国作协创研部副主任、研究员，中国报告文学学会副会长。

在深圳，内地的创业者大多是年轻人，年轻人创业一般从小微企业起步。他们与香港青年一样，需要一个创新、创业的平台。

前海管理局审时度势，与深圳市青年联合会、香港青年协会研究，决定在前海打造一个创新创业社区，作为香港青年走向内地的桥头堡和内地青年放飞梦想的港湾。

基于这样的宗旨，香港青年建筑设计师何周礼以繁体“梦”字为理念设计深港青年梦工场，寓意着在这片土地上将有一场关乎青春与梦想的孕育和创造。

二〇一三年，梦工场开始兴建，主体工程仅用七个月即告竣工。

二〇一四年十二月七日，习近平总书记视察前海两周年之际，梦工场迎来盛大的开业仪式。

站在青年梦工场，可以看到八栋高度相近的建筑，分别是展览及创业服务中心、青年创业园（A、B、C座）、智慧云中心、创新中心、人才驿站、创业学院。

梦工场建筑面积两万七千平方米，入驻的团体、企业可以在这里酝酿创意，筹谋创业。在苗圃期，运营管理方对创新创业团体不收取任何场租；企业孵化和加速阶段则可享受租金减免的政策优惠；待到企业孵化成功、翅膀够硬后，就会飞出去，飞到更广阔的天地。

在这里，不仅有场租减免，还有政策优惠。梦工场的所有企业均可享受前海及广东自贸区内的所有优惠政策，符合资格的企业，其所得税仅按百分之十五税率征收，境外创业团队个人所得税亦照此税率执行。梦工场还提供免费的创业服务，包括投融资、会计、法律及人力资源等，从公司注册到上市均可一站式解决。梦工场创投引导基金等多支基金，更是提供了全方位的金融支持。

如今，梦工场已形成功能齐全、独具特色的创新创业生态圈，除了现代化办公场地，还有会议室、演讲厅、新闻中心和青年公寓等。工作环境佳，生活便利。在办公楼的楼道里，有自动售卖柜，随时可购买食品，方便加夜班的人吃夜宵。梦工场还引进了咖啡厅、快餐店、超市和便利店，更配有健身房、网球场等，入驻团队所有人的吃、穿、住、用和娱乐在五百米内全都可以解决。

种好梧桐树，引得凤凰来。梦工场建成后，吸引来一批又一批年轻创客，演奏了一曲青春与梦想的交响乐。

逐 梦

青春是炽烈的，梦想是瑰丽的，有梦的青春充实而美好。有了梦想就去追，有了梦想就去圆，让梦境开花，让人生出彩，让美梦成真，这是寻梦者们共同的心愿。

三月初的深圳，春意渐浓，鹏城无处不飞花。三角梅、杜鹃花、红木棉、黄金钟，各种花渐次绽放，到处是花的世界、花的海洋。在明媚的春光里，我走进了深港青年梦工场，来到事业部事先安排的会议室，准备采访来自深港的一些创业者。

一位留着时尚发型的年轻人迎过来，敏捷地握住我的手。

我大声寒暄："你好！你好！很高兴见到你！"

对方却"置若罔闻"，似乎毫无反应。

这时，旁边一位更年轻的小伙子走过来，告诉我："这是邱总，他是一位聋人。"

龙人？我一时没有反应过来。

待到大家落座，小伙子自我介绍："我叫陈明星，是'声活'科技媒体宣传负责人，也是一位手语翻译。我身边这位是我们'声活'的老总邱浩海先生。"

直到这时我才真正反应过来，原来邱总是聋人。

"你是怎么聋的？"

"聋人会说话吗？"

"你上过学吗？"

"你是怎么产生创业想法的？"

"你结婚了吗？"

"你有孩子吗？"

"你同孩子会有冲突吗？"

……

我的问题泉水一般冒出来。

陈明星比画着手语，一一翻译。邱浩海再一一解答，陈明星又一一译成口语……

一上午的时间，几乎就在我们仨这种奇特的交流方式中悄悄溜走。

借助陈明星出色的翻译，我终于清楚了邱浩海的生活和创业经历。

一九七六年出生于广东茂名阳江市的邱浩海，并非天生就是聋人。那时，父亲当公务员，母亲在银行工作，邱浩海还有一个弟弟，一家人过着幸福美满的生活。小时候，邱浩海性格活泼，爱讲话。四岁时，一次麻疹引发了肺炎，未经皮试他就被注射了链霉素。结果，这一针导致他脑神经中毒，从此再也听不到声音。

那时，家人也不懂科学训练，邱浩海耳聋后，没有人及时训练他说话。渐渐地，他便丧失了说话的能力。

从小学一年级到四年级，还有一点儿听力的邱浩海都在健听人的学校读书。年幼的他孤独地生活在安静的世界里，即便在同一间教室，同学也不会找他说话。他常常一个人在旁边安安静静地看老师在黑板上写的内容，再默默地抄写下来。老师讲得快一点儿，他就听不清，只能看着黑板上的字，课后再"问"老师。一、二、三年级还好，但是慢慢地他就跟不上了。四年级后他几乎完全失聪，只能依靠手语交流，父母不得不将他转学到特教学校。

一九八七年，十一岁的邱浩海在家里看电视连续剧《西游记》。看到齐天大圣孙悟空变化无穷，大闹天宫，惩恶扬善，锄强扶弱，他非常兴奋。孙悟空的形象给了他巨大的冲击，为他后来设计"声活"APP形象提供了灵感来源。

邱浩海从小喜欢画画儿。上帝在关上耳朵这扇窗户的同时，也把他心灵和感受的世界打开了。通过画画儿，他找到了美丽的花草树木、可爱的飞鸟虫鱼，他沉浸在一个充满童趣、想象和欢乐的世界里。

茂名和阳江都没有特教学校，邱浩海是在广州特教学校读的中学。在那里，听障孩子远离大城市的喧嚣，拥有独属于他们的静谧校园。他们在彼此的交往、游戏和学习中寻到了无穷的乐趣。

学习的快乐激发了邱浩海巨大的潜能。中学毕业后，他考上了被称为“特教界的清华大学”的长春大学特教学院。

一九九九年毕业后，邱浩海进入佛山一家设计公司，从事网页设计工作。后来，他又从佛山转到深圳的一家公司，担任美术设计和视觉顾问。

在周围都是健听人的公司里工作，邱浩海感受到了各种尴尬。

“遇到困难时，请同事指导，他们觉得用纸笔交流麻烦，嫌我不会说话。中途休息时，没人愿意和我说话，我偷看着同事们说笑，那么开心，我一个人坐在电脑前，感觉很孤独。”邱浩海说。

小时候看《西游记》时，邱浩海就觉得孙悟空很帅、很棒，而与此同时，国外推出了许多动漫英雄形象，如蜘蛛侠、蝙蝠侠、钢铁侠等，国内却没有一款属于自己的公益卡通英雄形象。工作后，邱浩海就希望通过自己的努力，设计出一款专属于中国人的卡通形象。

二〇〇七年起，他开始利用业余时间学习制作CG动画，金刚猴的形象逐渐浮出水面。

“我心中最初的英雄是美猴王孙悟空，所以就以孙悟空为原型设计了一只警恶惩奸、行侠仗义的猴子。”

孕育的过程充满了艰辛和欢乐。在反复设计了四十多张草稿后，二〇一〇年，金刚猴的形象诞生了。

一九九八年，腾讯成立；二〇〇四年，腾讯上市。二〇〇三年，淘宝网成立。一个个健听人创业成功的故事让邱浩海很激动，他开始追问自己，听障者能否进行创业？如果说没有一个听障者独立创业过，我敢不敢做第一个吃螃蟹的人？

很快，他就得出了答案：敢！我只是比健听人少了听力，为何不相信自己的能力呢？

邱浩海的网名叫“小虎”。二〇一〇年，他辞掉工作，然后花了大半年时间，以小虎为主角，根据自己的经历创作了励志动画短片《梦想》。在这部动画短片里，一个年轻人小虎自幼热衷于玩具模型。在他的工作室里，他画出了一个超级猴子，名字就叫“金刚猴”，会七十二变。从此，摆满各种各样外国超级英雄玩具模型的工作室里，出现了一个备受主人宠爱却屡遭外国超级英雄白眼的金刚猴，他正义且有担当，逐渐成为深入人心的中国英雄形象。小虎的人生信条是：你可以失败，但不可以放弃。历经百般挫折，小虎始终都没有放弃对创作动漫的热情和信心。

邱浩海说：“这部动画的创作灵感，就源于我自身的故事。毕业后我的第一份工作是网页设计，但做 CG 动画是我的梦想，业余时间我会把精力都放在学习动画软件制作上。当积累了一些资金后，我选择辞职，独自在家创作《K. 猴侠》这部动画片。经过一年多的反复修改，最后确定了现在这个造型，其间征集了亲友的意见，没想到获得了一致认可。然后我打算邀请优秀的朋友加入团队，一起做《K. 猴侠》系列动画片。朋友们帮我联系了好几个投资人和客户，向他们介绍 CG 概念片和剧本的项目计划书，结果没有一个人愿意投资，一度让我很沮丧。在这部片子里映射了自己的一些经历，但不是讲我个人的故事，而是希望有更多的人能来关注残障人士，希望他们能继续勇敢地追寻自己的梦想。”

当初创作这部作品时，邱浩海的想法很简单，就是想做一部自己的动画电影，对于这个短片的长度等都没有确定，所以这也给他出了个难题。为了让自己的电影更逼真、更接地气，他带上相机去外面采风，实地取景，把主要城市的高楼群、新安故城的小街小巷都拍下来。然后绘制故事板，等资料收集完毕后就开始确定剧本，推敲情节、角色、场景和制作。最后制订进程表，并用这个进程表提醒自己、约束自己，按照时间规定完成动画。

一名业内人士评价道，一部两小时的3D动画电影，通常需要数百人的团队用几年时间来完成。邱浩海制作的短片虽然只有七分多钟，却是一个人完成的，任务堪称艰巨。

创作过程中，音乐和配音是听障者的痛点。动画不能没有声音，邱浩海用文字描述励志的背景音乐，请音乐制作人配合动画，制作声音。“其实听障人士也能听音乐，靠触觉感受，重要的是感觉。”邱浩海戴上耳机，触摸着小音箱，从头到尾一遍遍看动画，感受音乐节奏的震动。

二〇一二年土豆映像节，《梦想》动画短片在一万五千部参赛作品中脱颖而出，进入TOP200名单。在香港入围了第三届香港国际聋人电影节参选影片，在台北国际短片电影节上又入围全球华人非常短片创意大赛微动漫类奖百强。邱浩海应邀前往台湾参加大赛颁奖首映会，面对来自各界的嘉宾，他却没有机会做自我介绍。“我后悔没有请专业的手语翻译者一起去台北，错过了这个大好机会。”看着其他人互递名片并自我介绍，邱浩海却只能拿出纸笔，费力地与别人交流。

大赛组委会执行长曹先安得知邱浩海的身份，向他竖起了大拇指：“你是唯一成功入围的听障人士，不容易！”

《梦想》的成功给了邱浩海极大的鼓励。就在这一年，他拉上与自己相识十年的听障伙伴韦创军一起创业。当时韦创军是深圳环球数码科技有限公司的高级渲染师，邱浩海已是圈内知名的高级动画设计师、多家公司的视觉顾问。

然而，邱浩海创业的想法却受到家人的一致反对。家里人认为，创业风险太大，此前还从未听说有严重听障者创业的，更何况邱浩海本来拥有一份收入十分可观的好工作。

可越是别人没做过的，邱浩海就越想去尝试。他要让大家看到，正常人可以做到的事情，听障者也可以做到。

为了创业，邱浩海和韦创军几乎拿出了各自所有的积蓄。

起初，邱浩海还是从事他的老本行——设计。他设计了一组可爱的金刚猴公仔，用不同的手语表达“谢谢”“我爱你”“拥抱”等意思，这些也是他最想向全社会传达的听障者的美好心愿。

然而，无论是之前在公司从事设计工作，还是之后自己创业的经历，邱浩海和韦创军都感到了一种深深的无奈——听障者平常只能用手语与外界进行沟通交流，实在太困难了。

有没有一种技术能解决听障者和外界的沟通障碍，让听障人群与健听人群无障碍沟通，不再疏离于社会，只生活在自己的小圈子里呢？

二〇一三年年底，邱浩海和韦创军参加深圳市南山区创业之星比赛。邱浩海带来了自己设计的各种形象的金刚猴公仔。

上台之前，看到场上选手对答如流，和评委谈笑风生，邱浩海的手心捏了一把汗，他感觉全场只有自己是个异类。但是他知道，这是个极其宝贵的推介自己创业项目的机会，因此，轮到他上台展示时，他努力借助一旁的手语翻译义工解说，表达出自己想要打造金刚猴玩偶系列的热切愿望。

在场的评委们对听障人士创业大感意外、好奇，也深为感动。

邱浩海感受到了台下评委和观众的笑容、热烈的掌声，他觉得，这一天是他最受肯定、最骄傲的一天。

在场的许多投资人都觉得邱浩海的项目不错，很励志，但从商业的角度来看，却不一定有市场，所以当场没有人表示有兴趣投资，只能给予精神上的鼓励。邱浩海最终得到了年度“自强不息奖”。

这时，台下一位评委向邱浩海伸来了橄榄枝，他是知名投资人陈维伟。陈维伟之前从事文化产业，他觉得能够帮助残障者创业本身就是一种情怀。他向邱浩海明确表示：“这个项目我投资了，不管它赚不赚钱我都投资！”

二〇一四年，他们迅速组建了一个不到二十人的创业团队，其中创始人邱浩海、韦创军和一名软件测试员都是听障者。在核心成员都是听障者的情况下，沟通成了摆在他们面前的第一大难题。

邱浩海执着于创造一个属于中国听障群体的英雄形象，希望打造一个本土特色IP，并开一家金刚猴周边产品专卖店。而投资过动漫和影视公司的陈维伟则认为，单纯的一个动漫形象并不能吸引人，他们必须首先为金刚猴这样一个IP寻找载体，于是他把目光投向了互联网。

一个健听人、一个听障人，一个专注IP、一个面向互联网，在长达半年的沟通与磨合中，无声的争吵时常发生。邱浩海有时甚至不愿意打手语，宁愿保持沉默，而陈维伟也不愿意每次面对面进行一笔一画的纸上交流。大家都在想，有什么办法可以更方便彼此沟通呢？帮助听障者之间、听障者与健听人之间沟通的“声活”APP的概念由此产生。

邱浩海和韦创军都是学动漫设计的，很多想法都能达成一致。而且他们都是听障者，面临着同样的融入社会的问题。据统计，目前全世界有近三亿六千万听障患者，其中中国的人数高达三千万，听障者影响波及的人群达上亿之多。

“作为一名听障者，我在生存中碰到很多常人没有想到的问题，其中一个就是没有一款便于听障者融入社会的社交平台。听障者也渴望贴近健听人群并融入社会，目前国内还没有一个类似这样的社交APP。所以我们希望为听障群体搭建一个他们自己的生态圈，改善听障人群的沟通和社交，让他们活出自己的‘声音’，让聋人和健康人更好地融合。”邱浩海说。“声活”的名称正是由此而来。

二〇一五年初，他们开始聘用专业的外包技术团队设计打造正式的“声活”APP1.0版本。该技术团队本身也是创业公司，以取得百分之十五的“声活”股份作为他们设计这款产品的酬劳。但就在邱浩海他们准备拿这个APP赴北京参加《创业英雄汇》节目录制时，却遭到外包技术公司抛弃。

《创业英雄汇》是中央电视台开设的一个创投类节目，能够参加这个节目是一个极好的宣传推介机会。不得已，陈维伟用自己在该技术公司估值两百万元的百分之二股权，换回了还在创业萌芽期的“声活”百分之十五的股权和一份简陋的“声活”APP小样，成了深圳“声活”科技文化有限公司的联合创始人。

“声活”团队在《创业英雄汇》上完美地展示了自己的创业项目，之后拿到了三百六十万元天使轮投资。

这个节目让邱浩海逐渐走进公众视野，越来越多的媒体前来采访他。大多数媒体希望挖掘听障者创业背后的艰辛，用煽情的故事和泪水引发共鸣。他们一直都在追问邱浩海：“你的创业过程有什么特别大的困难？有没有想要放弃的时刻？”

这些问题都被他轻轻地挡了回去：“我不想太多地讲述艰辛，也没什么想要放弃的时刻，一直坚持下去，总会有成功的一天。”

有了资金扶持和专业辅导，“声活”逐步走上正轨。二〇一六年九月，在第五届中国慈展会期间，“声活”APP正式宣布上线。

打开“声活”APP界面，首页就是线上语音实时翻译功能。无论是语音转文字还是文字转语音都非常便捷，准确率高达百分之八十。另外，APP还提供听障者的时事资讯、励志故事、线下相关活动的开展及报名，以增强社交黏性。

在“声活”APP中，听障者除了可以实现手语翻译预约，还推出听障用品售卖和招聘功能等服务板块，帮助听障人群在就业、就医、法务、商业交流、生活场景中实现顺畅沟通与交流。

“声活”团队选择了前海梦工场这片创业沃土孵化项目。这个听障者创业项目也获得了南山区政府的大力支持，经层层筛选，“声活”出现在了二〇一六年的“双创周”上。

十月十二日下午三点四十分左右，二〇一六全国大众创业万众创新活动周（简称“双创周”）深圳主会场熙熙攘攘。本届全国双创周以“发展新经济、培育新动能”为主题，在展览区域超过一万六千平方米的主会场深圳湾创业广场，共分为双创蓬勃发展、新技术、新产品、新业态、新模式、创新引领未来六个主题展区，云集了涵盖领域广泛的二百八十九家参展单位，展品达一千二百余件。

邱浩海站在面积只有两三平方米的小小展位前，什么也听不见。但他知道，有一位重要人物要来了，他们的展位只留下他和合作伙伴陈维伟。

在距离只有两米的对面摊位上，隔着一条过道，挤满了人。

邱浩海与陈维伟一同往人群里钻，一路高举着手中的牌子。

“请支持听障者创业。这个牌子是我以您为动漫原型设计的，希望您能支持我们，让更多听障者活出自己的声音。”邱浩海用手比画着，激动而安静。他知道李克强总理看到了自己，因为陈维伟的嘴唇在动，他们被允许接近了。

“总理，我这里有个听障者创业项目。”陈维伟喊道。

总理回过头，转身走到“声活”的展台前。

在听完陈维伟的介绍后，总理亲切地问：“现在有没有很多听障者用品的生产厂家，生产这些听障者用品帮助他们能够听到？”

陈维伟回答：“这个我们也在关注，而且在我们的展位上，就有不少这样的合作厂家。”

在听到肯定的答复后，总理勉励邱浩海和陈维伟：“现在有很多的技术、助听器材，能够帮助听障者与外界沟通，你们团队要继续加油！”

在交谈过程中，总理一直面带笑容，语调亲切，并对手语翻译表现出了浓厚的兴趣。

为此，陈维伟特别向总理介绍了“我爱你”的国际通用手语手势，一旁的邱浩海为总理做了示范。总理随即微笑着打出同一手势，记者赶紧抓拍下这个令人感动的瞬间。

接着，总理应邀在他们设计的卡通画像上签名：“李克强 2016. 10. 12。”

李克强总理的肯定与鼓励令邱浩海和陈维伟无比振奋。

在“双创周”展会现场，邱浩海向访客示范如何使用“声活”APP，这些访客大多是好奇地张望着金刚猴玩偶的听障儿童。一位可以勉强发声的小男孩，勇敢尝试了语言识别功能，对着手机略微吃力地讲话。看着屏幕上语音转换的文字，他觉得新奇有趣，羞涩地笑了，打着手语与小伙伴交流着感受。周围的小伙伴也好奇地探过头，看屏幕上显示的是什么。在喧闹的会场中，他们安静地交流着，不时咧嘴无声地笑。

在“声活”APP，健听者只需通过手语表情包便可学习各种手语表达，甚至可以通过手语打出二十六个字母，与外国人进行交流。通过这样的方式，“声活”APP能让健听者了解听障者的世界。

而对于听障者而言，“声活”APP犹如一位贴身手语翻译。大多数听障者只能通过手语同外界沟通，但懂手语的正常人寥寥无几。“声活”能够通过语音翻译，实现听障者与正常人之间的沟通交流，现在正逐渐覆盖医院、商务、学校等基本场景的社交需求。

比起市场上的竞争产品，“声活”最大的优势是核心人员基本都是听障者，其他团队只能通过收集意见了解听障群体的需求和感受，“声活”在贴近用户、挖掘用户需求方面拥有天然的优势。

在研发过程中，邱浩海发现，为听障群体设计专门的手语表情是一件很有意义的事。正常人在网络聊天中，表情主要是起点缀娱乐的作用，并非必备功能。但邱浩海意识到，手语表情更贴合听障人群的使用习惯，让他们倍感亲切。

现在，以金刚猴形象设计的静态手语表情已经上线，邱浩海和团队正在紧锣密鼓地设计以真人为原型的动态手语表情。

邱浩海的梦想是，不仅将“声活”做成一个单纯的语音翻译软件，还要借此帮助更多听障者走出封闭的世界，活出“声音”、活出精彩。“声活”正陆续开发手语学习课堂、读书角、听障者求职信息发布等功能板块，希望打造一个听障人的社区互动平台。

在“双创周”开幕式当天的中外创客领袖峰会上，李克强总理说：“我们把创新创业和大众结合起来……实际上是尊重每个人的智慧和尊严，让他们都能发挥自己的特长和优势。”

面对记者采访，邱浩海一再说：“我们不要同情，我们要盈利。”他拒绝被塑造成一个悲情的创业者。

陈维伟也对媒体坦言：“在我投资的三十多个创业项目中，‘声活’是最让我操心的。”然而他同时又坚定地表示：“这个项目不需要成为‘独角兽’，我需要的是听障人群逐步受到启发、影响，融入社会。残障者创业的不多，而且大部分残障者的创业项目都是纯公益项目，通过捐款做很多爱心活动，但是生存很艰难。在我看来，残障者创业未来是一片蓝海，我也呼吁其他投资人关注这片蓝海。让有爱的项目做大做强，自我造血。”

在团队的努力下，“声活”不断获得各类荣誉奖项，社会知名度与影响力迅速提升。“声活”也成为了“大爱深圳”二〇一六年度十大关键词之一。

如今，越来越多的单位和机构慕名而来，要同邱浩海合作。

“声活”的盈利模式除了在线 APP 服务外，更注重将线上与线下服务结合，开拓新的创收路径。譬如，二〇一七年年底，邱浩海他们决定，在“声活”APP 上开设手语课堂，并面向社会提供手语翻译服务。他们还每年协助深圳残联做手语培训，二〇一七年举办了十场培训，净收入十几万元。在这些培训中，有三场是面对残联的工作者，另外七场则是面向社会大众的。他们还为深圳地铁集团、各种社工协会、康复机构、手语翻译中心、儿童等细分人群举办各式各样的手语培训，这样便可辐射到 N+1 个受众，同时也为“声活”增加了收入。

回顾自己的经历，邱浩海说：“我从未责怪命运，我只想证明聋人与其他人没什么差别。”

邱浩海的爱人也是一位听障者。

在念初三时，邱浩海发现自己喜欢上了班上的一位女生。这个名叫黄少东的女生不仅长得好看，而且待人热情，喜欢笑，特别惹人注意。

黄少东一九七六年出生于汕头，也是小时候药物性致聋，但是她很顽强乐观，而且刻苦好学。所有这些都让邱浩海产生了美好的印象。

两人开始了甜蜜的交往，两小无猜、青梅竹马式的无声的爱情就像一个长长的、美丽的童话。他们都喜欢画画儿，都报了美术班，又双双考上了大学。

毕业后，黄少东在深圳机场找到了一份不错的工作。

“她的父母开始时不同意我们交往，说我没有房子也没有好工作。我就拿笔同他们交流。我说我非常非常喜欢少东，我保证会好好照顾她，并且让她幸福。”邱浩海用手语告诉我。

看到邱浩海执着不渝的追求和真诚的感情，也看到他毕业后勤勤恳恳地工作，黄少东的父母渐渐地接纳了这个忠厚能干的英俊小伙。

二〇〇〇年，两人走进了婚姻的殿堂。二〇〇一年，他们生下了一个男孩。孩子是个健听者，平时交给奶奶照顾。

孩子从小看着父母、家人用手语交流，慢慢就学会了手语。

他也有过不理解父母的时候和青春叛逆期。学校开家长会，他坚决不让父母去参加，问他为什么，他回答：“因为班里的同学都在议论，为什么我的爸妈不会说话，只会一个劲儿地用手比画。”

等到儿子长大一些，就开始懂事了。他知道，自己的父母都是听障者，只能通过手语来交流。从此，家长会也就顺理成章地请父母参加了。

如今，儿子已念高三，身体强健，性格开朗，懂得体贴父母，学习成绩也不错。这些，都让邱浩海感到特别欣慰。

妻子也很出色。二〇一六年，她辞掉自己的工作，加入丈夫公司的团队里，担任手语顾问兼行政总监。二〇一一年起，中国残联开始在全国范围内进行统一手语、规范通用手语的工作，黄少东被聘任为广东省手语采集小组组长。

三月八日下午，我走进了前海梦工场里的“声活”科技公司，感受到一种出乎意料的氛围：一两百平方米的大厅里，摆满了分隔式办公桌。每个人都在电脑前忙碌着，但却听不到什么声响。那里非常安静，没有人声嘈杂，仿佛一根针掉到地上都能听到声音。在恍惚一瞬间，我甚至怀疑自己丧失了听力。

陈明星迎上来，热情地介绍：公司团队现有十三人，五位是听障者，包括首席设计师。

在一个沉静的世界里，听障创业者会处于劣势。但在这个喧闹的世界里，邱浩海他们反而拥有天然的优势专注于产品和设计，这一点是很多创业者做不到的。

我见到了热情大方的黄少东，她光鲜的脸庞，微微上翘的嘴角抿着笑容，与邱浩海果然是夫唱妇随、琴瑟和鸣的一对。在他们夫妇身上，我一点儿也看不到岁月的艰辛与磨难留下的痕迹。他们是那样健康俊朗、激情洋溢，对未来充满了希望和信心。

各种荣誉在不断地向他们涌来。

短短几年间，“声活”科技获得的荣誉有几十项。邱浩海本人也获得了“二〇一六年度中国残疾人十大新闻人物”等荣誉。

和听障者一起创业是一种怎样的体验，陈明星最有发言权了。这个二十岁出头的小伙子，二〇一四年开始就在“声活”实习，现在对外负责品牌宣传，对内则是手语翻译。

陈明星一九九六年出生于深圳，祖籍广东河源市，客家人，有一个姐姐。当年，父母跟随改革开放的脚步来到深圳发展，陈明星属于“深二代”。父亲从事建筑行业，在业内做得风生水起，人脉很广，他特别希望儿子能子承父业。

中学毕业时，遵照父亲的建议，陈明星报考了深圳职业技术学院建筑学专业。

大学期间，一件偶然的小事改变了陈明星的人生方向。

有一次上街，在斑马线上，陈明星看到几个听障者隔着马路不停地相互比画手势“喊话”。那一刻，他感觉这情景非常像古侠传音授密，双方不用张口，只需通过手势就能把意思传达清楚。这实在是太神奇了！

陈明星后来知道，这些人实际上是在用手语进行交流。他想：手语也算是一门语言吧。掌握一门语言，就是掌握一项技能。技不压身，每个人都要尽量掌握一两门语言。全国学习英语的人太多了，每年单是通过英语四六级考试的人，起码有几十万几百万。然而，即便通过了四六级考试，绝大多数人还是只会读英语，而不会听、说、写。因此，陈明星心里琢磨：相较于英语，手语可能是一种更有用的技能。

于是，他开始上网查，自己学，不断地比画，并且寻找各种机会接触听障者，同他们进行手语对话交流。

那时陈明星已有女友。当得知他在自学手语时，女友感到特别诧异，不理解他为什么要学这个，难道将来也要从事这方面的工作吗？

陈明星就同女友谈心交流。他说：“听障者在参与社会生活时，非常需要手语翻译的协助。比如去医院就医，医生给每位病人看病通常只有短短几分钟，他不可能一点点地琢磨清楚听障者用手势比画‘说明’的病情。虽然有的听障者看得懂唇语，但是医生通常都戴着口罩，这样就无法看到医生的嘴唇。听障者的身体外表基本没有残疾，表面上根本看不出来，因此他们特别容易受到社会的忽略，人们也就不会特别关照他们。但是，他们在出行、就医、商务谈判和法律事务沟通交流等各个方面都会遇到莫大的障碍和诸多的困难。譬如涉及违法犯罪调查时，他们无法自辩，容易遭到误解。而在就医方面，如果有人陪同，提前了解病情，就能帮助其得到更好的医治。”

女友是一名医护工作者，富于同情心，听到陈明星这一番解释后，她完全认同。既然男友是出于爱心去学习手语，那就让他好好学吧。

经过三年的刻苦自学，陈明星逐渐掌握了手语。

读大二时参加一次志愿活动，他结识了邱浩海的朋友。

二〇一四年十月，读大三的陈明星正在找实习单位，在学校的手语角遇见了邱浩海。邱浩海告诉他：“我们在创业，你愿不愿意过来试试？”

陈明星答应了。

大学毕业时，陈明星打算到邱浩海的“声活”公司任职，负责对外宣传和手语翻译。这遭到了家人强烈的反对。

父亲说：“你大学学的是建筑专业，我就是希望你来接我的班。你怎么能放弃自己的专业，去同一群残疾人共事？”

陈明星极力解释，他想让家人明白，自己热爱这份职业，它让自己找到了自身的价值。

在极力争取之后，父母妥协了。

二〇一六年起，陈明星正式加入“声活”团队。

和陈明星一起的三个工作人员，听力都没有问题，其中一个女生也懂手语。大多数时候，只有他和这个女生、邱浩海、韦创军待在办公室。

有时候，他们能一整天都不开口说话，只通过手语交流。“有时候，实在太安静了，我就故意找几句话同那个女生说。”陈明星笑着说。

邱浩海常常是闷着头做设计，听力的缺失帮他过滤掉很多外界的打扰。他可以一连十几个小时都在做设计，有时看到陈明星打手语，也不愿意把头从电脑前面移开，一直到陈明星把手伸到他面前使劲晃，才恋恋不舍地抬头。

陈明星告诉我：“要将手语转换成文字或声音还面临着诸多困难。比如，手语可以分为肢体语言（展示语言）、自然手语和文法手语。自然手语是听障者自然而然用手势打出来的，文法手语则是健听者与听障者一起参与并根据一定的规则编写出来的。在国际上，各国手语都不统一；而在中国，手语还存在着南北方言的差异。手语翻译也考级，专职翻译一般都能达到三、四、五级。在手语这个领域，还有许许多多的事情可以做。”

如今，陈明星忙碌得很。几乎天天都有记者、像我这样的作家和社会各界人士到“声活”来采访、参观、学习，邱浩海的社会交往也比较多。陈明星一面要负责好公司的宣传推介和媒体运营，一面还要充当全天候的手语翻译。

在业余时间，他还去做一些志愿服务，担任手语教师等，每天都忙得不亦乐乎。

在梦工场采访期间，我遇到了一个小伙子。他早在大学读书时就有一个梦想，将来有一天要到前海青年梦工场工作。

邓添彦至今清楚地记得，二〇一四年十二月七日，梦工场举行隆重的开园仪式，他和许多同学也来到了现场。热闹非凡的场面，领导和创业者激情四溢的发言，让邓添彦感觉自己全身的血液都在沸腾。那些创业者团队，百分之九十以上都是留学生、研究生等高层次人才，身手不凡。

开园仪式结束了，邓添彦和同学们专门建了一个微信群，名字就叫“我要进前海”。这是他们这群意气风发的同学的共同愿景。

没想到，不到两年，邓添彦的这一美梦便已成真。

一九八六年出生的邓添彦，中等个子，身材略胖，圆脸，戴着眼镜，神情专注，似乎总是在打量和思考。他是茂名人，父母从部队转业到了深圳，他还有一个弟弟。

二〇一五年，邓添彦加入专注于大功率 COB-LED 照明灯具节能升级的玖星光能低碳科技（深圳）有限公司。现在他已是公司运营总监。

邓添彦一直向往前海梦工场，期待着能有机会入驻，终于，在二〇一六年四月看到了梦工场招收团队的通知。由于玖星光能拥有自主知识产权，且他们的技术低碳节能，可以为社会带来巨大效益，符合梦工场招收基本条件，于是，邓添彦他们便报了名。

二〇一六年四月至六月，是邓添彦最为紧张的日子，因为他知道梦工场的要求极高，同时有许多比他们更优秀的团队也参与角逐。

通过严格的初选和紧张的路演比赛，玖星光能幸运地获得了入驻梦工场的珍贵门票。

得益于梦工场高规格的孵化标准，玖星光能团队获得了质的飞越。入驻后，邓添彦感触最深的就是梦工场高大上的拎包入驻硬件设施、一条龙的注册服务、免租政策。这些都让他们节省了大量的准备工作，入驻第一天就能马上高效地开展工作；同时也减少了企业运营负担，可以将更多的资金投入到研发当中。因此，邓添彦他们由衷地写道：“梦工场是玖星光能的加油站，也是我们在深圳的家，我们希望梦工场能够越办越好，吸引和孵化出更多优秀的团队。”

作为一家创新型高科技企业，玖星光能产品获得发明专利三项、国际 PCT 一项、实用新型等技术专利共计三十六项。玖星光能与中科院半导体研究所共同研制的相关产品，通过国家质量认证中心 CQC 安全、节能等相关认证，并已通过欧盟 CE 认证。产品被列入二〇一六年、二〇一七年“国家发改委节能产品政府采购目录”、商务部“流通领域节能环保技术产品推广目录”。

玖星光能主要从事 COB-LED 照明的技术开发，产品主要应用于道路、机场、港口、码头、体育场馆等大功率照明领域。公司目前员工规模一百多人，工厂设在惠州，设计产能达年产值五亿元。核心研发团队以中科院半导体研究所副所长陈弘达为首，二〇一七年一月，荣获惠州市天鹅惠聚工程“创新团队”称号。

邓添彦为我介绍了玖星光能产品的巨大优势：玖星光能注重做单颗功率六十瓦以上大功率 COB-LED 光源。COB-LED 照明灯核心是一个高度集成的光源芯片，发光源大约只有一元钱硬币大小，节能率高。在同等亮度条件下，比传统 LED 灯节能百分之二十至四十，比高压钠灯节能百分之七十。目前在国际上，玖星光能的产品可谓同类产品中最节能之一。

玖星光能灯具的第二个撒手锏是拥有优越的“三防”设计——防水、防风、防尘。灯具浸泡在水里都不碍事，能抗击十四级台风，有些灯具运用到风沙很大的非洲，性能依旧良好。

更厉害的是，玖星光源照明效果特别好。普通光源只能照亮灯下方，两灯之间会有一段无光区。而 COB-LED 灯具的光可以直铺下来，做到“见光不见灯”，在一百米外只看见路面的光亮而看不见灯的发光点，可以起到非常好的防眩效果。应用到路灯上，就不会影响汽车司机的视线，避免干扰司机而导致驾驶分神。

COB-LED 灯具还有一个更大的优势是，能够实现智能控光，可以通过物联网按需调光。譬如，在傍晚六点到早晨六点，路灯可以分时段调光：十八点到零点，百分之一百给光；零点到四点，降到百分之三十给光；四点到六点，百分之五十给光。而在深圳，下雨阴天等也可以及时按需补光，当亮则亮，当暗则暗。玖星光能的智能灯具可以实现更优的持续节能减排效果，而节能减排这一块，属于政府大力倡导的方向，国家都有补贴。玖星光能的智能灯能够将每分钟每盏灯的用电数据记录下来，因此可以精确记录每盏灯每年的省电数量，凭此数据申请节能补贴。这些数据皆可复查，且都来源有据。由于灯源系统是智能的，因此可以无缝对接智慧城市建设，包括结合灯杆实现 WIFI 覆盖或在灯杆上进行视频监控以及图像、语音等内容发布。

散热技术也是玖星光能的核心技术之一。传统光源散热成本高，玖星光能已开发完成的第四代产品，可将照明核心体积再减小一半左右，成本降低三分之一,二〇一五年经科技部鉴定已达国际先进水平。

二〇一六年十二月，玖星光能参与并完成了广东省重点工程惠州市 S119 龙门至龙华段扩建工程道路照明项目设计及灯具安装，已通过验收。

二〇一七年二月，玖星光能参与并完成了江西省麻丘镇重点示范工程两条干道照明升级工程。该项目采用合同能源管理模式，已通过验收。

二〇一七年六月，玖星光能参与并完成了天津市重点工程津围公路毛家峪隧道建设工程照明项目，已通过验收，照明效果得到了业主的高度肯定。

二〇一七年六月，玖星光能参与并完成了商务部对外援助司“援厄立特里亚太阳能路灯项目”，主导并提供从照明方案的设计到产品供应、安装指导等一系列服务。

二〇一七年七月，“深圳国际机场停机坪照明节能升级项目”选用了玖星光能的 COB-LED 高杆灯。停机坪原先采用高压钠灯，总功率八千多瓦，而安装玖星光能的 COB-LED 高杆灯总功率只有三千多瓦，节能近百分之七十。更为了得的是，在三十五米高灯柱下，玖星光能的 COB-LED 高杆灯的光更亮，机位工作照明效果更佳。机场在机位工作照明方面有极高的要求，机位工作照明要求机翼之前有光，而机位四十米后（机翼之后）不允许有光，以防干扰地面信号指示灯。在这一点上，以前的光源基本上做不到，而 COB-LED 高杆灯则可以智能调光、补光、控光。经过 PK，玖星光能的产品综合效果排名第一。

玖星光能的项目成果不仅仅是这些。他们专注于做大功率照明灯具，始终瞄准国际一流水平、一线品牌，同时更勇于超越同行。别人设计灯具使用寿命五年，质保三年；玖星光能则提供五至八年质保，产品设计寿命二十年。

邓添彦告诉我："入驻前海后，玖星光能的生意越来越好做。河北交投有一个隧道供灯的项目也交给我们了。根据测算，这些光源采用玖星光能产品后，比钠灯节省的电费，两年半即可收回投入成本，而比 LED 灯节省的电费，亦可在三年多收回成本。二〇一五年前，交通部市政部门在做政府光源采购招标时，都明确标明要采用 LED 灯，但对更节能的 COB 光源灯具技术存在疑虑。而现在已将更节能的 COB 光源灯具列入了技术清单，这正是玖星光能产品能够大面积推广应用的好契机。在河北沧州、雄安，玖星光能都有一些小的示范项目，并获得了高度好评。而在新疆，有十四个县计划采用玖星光能的产品用于市政照明升级，有一个县要把一条入城主干道的四百盏高压钠路灯交给玖星光能来做升级。双方计划采用玖星光能投资，靠每年节省的电费冲抵玖星光能的投入及收益。"

邓添彦住在深圳滨海大道边上的一个小区。每天夜里驾车回小区，看到滨海大道灯火通明，路灯采用的都是高耗能的高压钠灯，他就想，这些路灯要是交给我们来做节能升级，在保证照明效果的前提下，借助我们的产品优势把每盏灯降到更低的功率，一年可以省多少电啊！而全深圳一共有三十多万盏路灯。如果交给我们来做，既提高了照明效果，又能节省财政开支，让深圳更美更低碳。

在商言商，对于商人而言，盈利固然不是唯一目的，但也必然要追求利润。而君子爱财，取之有道。在邓添彦看来，采用大功率 COB-LED 灯具做照明的节能减碳升级，实在是一件利国、利民、利己、利他的大好事。

目前，玖星光能的盈利模式灵活多样。一是以玖星光能为投资主体，一般约定六年（有的十年）内节省电费归其所有；二是维护费用的收入；三是节能减排项目政府的补贴。因为有过硬的产品质量做支撑，所以玖星光能在许多项目上都主动建议采用双赢的 EMC（合同能源管理）合作模式，既让业主增值，又让自己获利。目前，玖星光能已把市场开拓到了中东、巴西、日本、非洲等国家和地区。经过努力，玖星光能在全国范围内的市场知名度和占有率也在不断攀升。仅二〇一七年，其样板示范工程销售就突破三百万元，目前正在参与的项目金额累计超过四亿两千万元。

选自 2018 年第 11 期《人民文学》

“未来之路”

——世界首段高速公路光伏路面诞生记

李延国　许　晨*

公路可以发电，自融冰雪，畅通无阻，一条路就是一座太阳能发电站，这样神奇、梦幻的公路绝非神话，已经在我国变为现实。

——题记

一公里的突破

寒风呼啸，雪花纷飞。

公元2018年1月27日，一场姗姗来迟的大雪终于降临了。地处黄河下游的泉城济南，迎来了进入新年的第一场雪，也是“久旱望云霓”的早春之雪。

---

* 李延国，中国作家协会会员，国家一级作家，曾任中国报告文学学会副会长。报告文学《废墟上站起来的年轻人》获第二届全国优秀报告文学奖，长篇报告文学《在这片国土上》获第三届全国优秀报告文学奖、中国人民解放军八一文学大奖，长篇报告文学《中国农民大趋势》获第四届全国优秀报告文学奖、首届徐迟报告文学奖，长篇报告文学《根据地——共产党人不可忘却的记忆》（与李庆华合作）获第六届徐迟报告文学奖。

许晨，中国作家协会会员，山东省作家协会副主席，中国散文学会理事，中国报告文学学会理事。曾获“冰心散文奖”“文艺精品工程奖”等多种奖项，并入选山东新文学大系。《第四极——“蛟龙”号挑战深海》获第七届鲁迅文学奖。

从中午一直下到晚上，纷纷扬扬，密密匝匝，城镇乡村漫天皆白，仿佛变成了童话般的世界。瑞雪兆丰年。千里沃野百万农人笑逐颜开，孩子们打雪仗堆雪人，其乐融融……

不过，这对于以通达四方为己任的公路人，以及在路上奔跑的汽车司机与旅客来说，无异于一场难言的灾难。数九寒天滴水成冰，雪落在地上加之车轮碾轧，道路转瞬就成了“溜冰场”，如不及时清除，一声声尖利的车祸警笛便可能会响彻云霄。尤其是设计时速百公里左右的高速公路，有时只能关闭了事。此刻，养护人员往往紧急出动，用扫把、铁锹、雪推等工具，抑或喷洒融雪剂、工业用盐等办法，清除冰雪路障，司机则给车轮捆绑上防滑链，以便车辆正常通行。无形中，增添了不少烦恼和成本。

这一天，一个令世人惊叹的奇迹出现了：济南绕城高速公路某一公里的路段上竟然没有一点雪花、没有一片冰凌！来来往往的轿车、大巴车、载重卡车风驰电掣般地驶过，完全不受一点影响。这是怎么回事？难道老天爷厚爱这里，把雪团都扔到别处去了？还是它有什么特异功能，可以“百毒不侵刀枪不入”？嗬，走近细看，真相大白：原来这里铺设的是光伏路面，电驱动的自动喷淋融雪装置感应周边温湿度，冰雪天气启动融雪剂喷淋，自然就畅通无阻了！

什么？公路发电，电驱动喷淋自融冰雪，这不是天方夜谭吗？不，不，眼见为实。这就是在纪念我国改革开放40年之际，由齐鲁交通发展集团有限公司铺设的世界首条高速公路光伏路面试验段，其中应用的数十项专利，都是属于中国人完全自主知识产权的高科技！事实上，融雪只是其中一个微小功能，更大意义是成功实现了“光伏与交通”的完美结合。一条路就是一座太阳能发电站，解决了占地、供电、环保等问题，是地地道道的时代新动能，也为将来打造“超级公路、智能生活”奠定了坚实基础。

因为，发电绝不是光伏高速公路的最终目标，路上预留了信息化端口和用于无线充电的电磁感应线圈，未来可实现电动汽车的行进中充电，打造一整套立体智能出行的交通系统。即以光伏路面为全线电气化、智能化载体，实现高时速(120 公里 / 小时以上)、高效率(智能编组、同速汇流、智能分流)、高能效(无线移动充电、智能供电管廊)、高智能(预约出行、即时出行、无人驾驶、车路协同)的绿色、安全、无接驳、点对点的全新出行方式。

神奇、高超、不可思议，简直是梦幻一般的公路啊！

迄今为止，它是世界上名副其实的首段高速公路光伏路面。虽说欧美等国家也在研究铺筑，但大都停留在自行车道或者乡镇公路上，而用于车辆密度与承载力最强的高速公路，只有在中国济南变成了现实！别看长度只有一公里，却是迈出了交通革命的一大步，堪称人类文明发展史上的里程碑！

来自海内外的媒体人闻风而至，美国《纽约时报》的一位资深记者参观采访之后，感佩莫名又百感交集："我最想问的一个问题是，这样的公路为什么首先在中国建成了。"

一个历史性的发问！让我们沿着这条道路去寻根溯源吧。

西雅图小镇上来的不速之客

雪后初晴，天空还是一片灰蒙蒙的，如同电影蒙太奇镜头一样，画面转亮，眼前已不是中国济南了，而是来到了美国西部海滨城市西雅图的一个偏远小镇。

几个黑眼睛、黑头发的人顶风冒雪，心情急切地乘车奔向前去。他们是来自太平洋西岸的中国客人——齐鲁交通发展集团董事长徐春福和他的团队成员。

汽车在一个具有硕大车库的住宅门前停下，主人是一对姓布鲁索的工程师夫妇。徐春福等人通过翻译与其交流起来，希望看一看他们研究的一项新工艺。

前不久，徐春福在网上读到一则新闻报道：美国布鲁索夫妇发明出一种太阳能电池板，表面是一种超耐磨的钢化玻璃，铺在路面上可以行驶汽车。这引起了他浓厚的兴趣，长期以来一直思考的问题似乎有了答案。他多方打听，得知这对夫妇住在西雅图一个小镇上，便立刻联系，从大洋彼岸飞了过来。

中等个头且体格壮实的徐春福，头发浓密而卷曲，鼻梁上架着一副近视眼镜，显示出豪爽的性情和学者的风度。他生于20世纪50年代末，原籍山东潍坊，成长于黄河入海处的垦利区，中学毕业回家务农，得益于“文革”结束恢复高考的新政策，首批考入当时的曲阜师范学院中文系，毕业后被分配到东营市商校当了一名教师。

他爱好读书，喜欢思考，还写得一手好字，几年后被选调走上了从政之路。时光荏苒，徐春福从东营市纪委干部做起，历任副县长、区长、县长、县委书记等职。2010年12月，他调任德州市常务副市长，从此热爱上了太阳能事业。因为德州是闻名遐迩的太阳城，较早发展太阳能产业，刚刚在此召开了由世界太阳城协会、科技部主办，德州市人民政府、皇明集团承办的第四届世界太阳能大会，主题就是“太阳能改变生活”……

“太阳能的作用太大了！”徐春福回想起大学时期，他看过一本书，名字就叫《太阳城》，是意大利空想社会主义者康帕内拉的作品，塑造了一个人人平等幸福的理想国。虽说与现实中的“太阳城”是两个概念，但追求人类光明前景的出发点是一致的。在政府工作分工时，徐春福自告奋勇负责“新能源”——当时主要是太阳能产业。

太阳能，一般是指太阳光的辐射能量。万物生长靠太阳，地球自有生物以来，主要依赖太阳提供的光和热生存。古人类在太阳下晒鱼、晒野菜、制盐，用阳光照射光片点火，这都是直接利用太阳能。还有一种间接的利用，比如开采煤炭、石油，因其为埋藏地下数万年的树木演变而成，可以看作太阳能的转换。近代以来，有一批勇于创新的人尝试开发太阳能产业，这样成本更低，范围更广。

首先是“光热”。基本原理是将太阳辐射能收集起来，通过与物质的相互作用转换成热能加以利用。如今遍布城镇人家房顶、阳台上的太阳能热水器，就是最典型的产品，此外还有太阳能温室、太阳灶，等等。目前集热装置有平板型集热器、真空管集热器、陶瓷太阳能集热器等几种。然而，这种光热转换还是被动地利用太阳能。真正可以大规模地开发太阳能，使之造福于人类生活，还是要发展“光伏”。

光伏，是太阳能光伏发电系统的简称，一种利用太阳电池半导体材料的光伏效应，将太阳光辐射能直接转换为电能的新型发电系统。它的发电装置就是光伏板组件，由半导体物料——单晶硅、多晶硅制成的薄身固体光伏电池组成。简单的光伏电池可为手表及计算器提供能源，较复杂的则可为房屋提供照明，并为电网供电。光伏板组件可以制成不同形状，而组件又可连接，以产生更多电力。

真是太好了！太阳光普照大地，无论陆地海洋，还是高山岛屿，处处皆有，用它发电无须开采和运输。同时，开发利用太阳能不会污染环境，是最清洁的能源之一。它的能量巨大，每年到达地球表面上的太阳辐射能相当于 130 万亿吨煤。另外，根据目前太阳产生的核能速率估算，氢的贮量足够维持上百亿年，而地球的寿命约为几十亿年，由此可见，太阳能是取之不尽，用之不竭的理想能源。

徐春福是一个执着干事的人，由此心中装上了“太阳能”，为促进德州市的太阳能事业，奔走呼吁，尽到了一个分管副市长的责任。可是随着时间推移，他也发现了问题：一是占地多，二是输送成本高。光伏发电要在空地上铺设光伏板，内地城镇密集难有大的空间，如果放在西部空旷地带，又需建设长距离输变电系统。如何解决呢？直到 2013 年，他奉调出任山东高速集团有限公司总经理，无形中触发了电光石火般的灵感——

一个烈日炎炎的夏天，徐春福到高速公路上检查工作，尽管预先准备了草帽戴上，还是晒得大汗淋漓，一步步如同走在烧热的铁板上，个别地方沥青路面甚而发软了。

他问随行人员：“你们测过路面温度吗，有多少度啊？”

“测过，最热时达到了摄氏 60 多度。公路完全裸露在太阳下，就是平常也比其他地方热。”

这不就是天然的光伏用地嘛！如果把光伏发电与公路结合起来，既解决了占地问题，又可以节省输电成本，两全其美啊！徐春福为这个想法兴奋起来。不过他也知道光伏发电组件是很脆弱的，经不起载重车轮的碾轧，开始只是想在服务区空地上搞搞试点。可那毕竟有限，无法大规模发电，要是有一种能够铺设在路面上、承载各种车辆行驶的光伏产品就好了！

梦想的种子一旦播下，总会生根发芽的。工作之余，徐春福博览报刊、漫游网络，上穷碧落下黄泉，开始了寻觅与研究。他发现国外不少人有同样的想法：荷兰人建设了一条光伏自行车道，只准跑自行车。法国人修筑了一条乡村光伏公路，等级低，重型卡车不能跑。这都与他心中的光伏高速公路相去甚远。困难重重。在高速公路上铺设光伏的要求极高，既能透光发电，又要经受重压、撞击，还要防滑、防雨雪等，一般材料根本不行。

两年后，徐春福调任新组建的齐鲁交通发展集团有限公司党委书记兼董事长，成了主管全省三分之二高速公路管理、养护的一把手，修建光伏路的信念更加强烈了。

直到有一天，他看到一对美国夫妇正在试验重载光伏路面的新闻，立即迫不及待地飞来参观考察，希望能有所突破。可是现实却让他大失所望：人家知识产权意识很强，并不欢迎这些不速之客，没有详细介绍，只是带领他们看了看试验路面。而这一看，已在筑路行业滚打了几年的徐春福就看出了毛病。

那是一小块铺在自家院子里的路面，上面还盖着一层刚下过的雪，布鲁索先生拿着扫帚扫了几下，露出了一块钢化玻璃，说："你们看吧，上面是透光层，下面就是多晶硅组件。"

徐春福问道："先生，能不能上去走一走？"

随着一声"Yes"，几位中国客人站了上去，还用力踩了踩。继而，徐春福蹲下身子用手敲了敲，发出当当的清脆声响，再往下看，一片片六角形的发电材料铺在那里。他心里有了数：这还是在玻璃透光面上做文章，尽量打磨形成颗粒，以便增加摩擦力，使车轮不打滑，实则承压力不强，而六角形状也不宜于连接，无法大面积铺设。

乘兴而来，扫兴而归。他们礼貌地与布鲁索夫妇告辞，两手空空地回来了。但徐春福毫不气馁，仍然积极寻找新的路径。这一年，他已经 58 岁了，面临退休，原本可以安安稳稳地度过这两年，用不着操心费力地折腾了。可一种责任感、一种担当精神始终燃烧在他的心里，要为未来的光伏公路闯出一条路来。

殊不知，众里寻他千百度，蓦然回首，那人却在，灯火阑珊处。冥冥中，一种缘分降临了……

黄河岸畔的追梦人

“啊！黄河！你是中华民族的摇篮！五千年的古国文化，从你这儿发源；多少英雄的故事，在你的身边扮演！”这是诞生在抗战时期的雄壮战歌《黄河大合唱》中的歌词。她具有永恒的生命力，和平年代同样振聋发聩 ......

在改革开放的新时期里，黄河下游南岸的泉城济南与全国各地一样，仍然不断演绎着无数动人的传奇，光伏高速公路的理想照进现实，就是其中之一。本来两条平行线一直往前延伸，似乎永远没有相交的机会。然而，因为一个共同的追求、一个宏大的愿景，他们在某一个点上相遇了、相知了，携手并肩奔向铺满鲜花和荆棘的远方。

就在徐春福苦苦探求心中美好的“光伏梦”时，生活在同一个城市，有位名叫李武的科技企业家，也在锲而不舍地探索光伏与交通的结合，寻找志同道合的合作伙伴。为此，他和他的光实能源公司经过几年的努力，已经在实验室成功地试制出样品，并且通过朋友帮助在黄河边上一个停车场，修建光伏路面的示范段。

同时，他们深知要想真正到高速公路上试用，抑或是大面积推广，必须找到实力雄厚且深明大义的投资者，以及交通主管部门的大力支持，仅靠本身的小公司单打独斗是不行的。为此，他们曾经四处奔波联系了几个有钱有权的大单位，人家一听，大都笑笑说：“在公路上发电？这不是天方夜谭嘛！”就礼送出门了。

茫茫人海，大千世界，到哪里去找目光远大、志趣相投的投资方呢？如果一再落空，好不容易研究出来的专利技术就半途而废了。李武和他的助手们陷入了迷茫之中……

生于70年代的李武，老家在胶东半岛的烟台牟平区，地道的农民的儿子，1994年考上了山东工业大学，聪明好学，四年后以优异成绩毕业，被山东省公路工程总公司录用，当了一名筑路技术员。每天在修路架桥工地上奔波，经受了锻炼，增长了才干。尤其是研发推广改性沥青材料，他利用所学知识，发挥了重大作用。

上级领导一看，这是个好苗子，一纸调令把李武调到了山东华瑞道路材料技术有限公司——这是一家与美国合资建立的新公司，专门研发生产新型筑路材料。他沿着技术员、工程师、销售经理的台阶走过来，一直干到了总经理。这期间，他与张暄、张宏超等人结下了不解之缘，为共同从事光伏路面事业奠定了坚实基础。

异想天开，本是一句形容想法荒诞离奇的成语，如今已演变成大胆想象、敢于探求的意思。没有异想哪来的天开？任何时代都需要第一个敢吃螃蟹的人。李武他们究竟是如何异想天开，走上这条研发之路的？

2009年，时任华瑞公司总经理的李武被一则新闻报道吸引，中国一架航班降落在法兰克福机场，发现欧盟加收了一种航空碳排放税。它的依据是燃油排放出二氧化碳，产生温室效应导致全球变暖，必须通过征税加以限制。主要针对发展中国家，中国首当其冲。显然这是不公平的，中国民航据理力争，应一视同仁。

这引起了李武的极大关注。通过进一步了解，他发现随着经济社会的发展和全球环境治理需求，低碳经济将大行其道。也就是说，今后会把碳排放作为一种平衡经济和环境保护的交易手段。美元从与黄金挂钩到脱钩，改为与石油挂钩，未来可能发展到与碳排放挂钩。碳交易会成为世界范围内一种新型经济形式。如果建立一个网站专门管理碳交易，前景十分可观。

他越想越兴奋，回到国内立即着手运作。可惜身为老总事务太繁杂了，忙得顾不上。天遂人愿，一位得力助手“由天而降”。她就是“80后”的海归女硕士——张暄。她生在青岛长在海滨，身上保留着青岛姑娘的秀丽与洒脱，大学毕业被推荐到英国大学读研究生，拿到学位后留在英国工作。虽说生活待遇不错，但她是家里的独生女，乡情思绪始终缠绕在心头，不久还是回国了。

说来也巧，张暄到山东华瑞公司应聘时，正是李武总经理面试。面对一些专业问题，她视野开阔思维敏捷，答得头头是道。“行！就是你了！”李总高兴地一拍桌子，当场录用，并且专门安排她负责调研碳经济。她不负众望，利用娴熟的英语和国际规则，很快将全世界的有关情况掌握完备，并与李武一起研究制订方案，准备在这个新兴的经济领域大干一场。

当然，新生事物不会一帆风顺的，运作过程中遇到了种种困难与挫折。好在他们毫不气馁，屡败屡战，从中寻找各种商机。当联想到自己公司的主业时，灵感来了：减少碳排放不仅仅是种树，也可以与修路结合起来啊！路面天天躺在那里晒太阳，如果安上光伏板发电，不就减少了煤炭燃烧和二氧化碳排放嘛！

一旦认准方向，立刻奔向前去，这就是李武与张暄们的长处所在。不用说，具体任务又落在了年轻干练的张暄身上。别看她外表是俊俏文静的“女白领”，内心里却是能吃苦善钻研的“女汉子”，只要李总明确目标发出了指令，她总是千方百计超出预想地去完成。果然，他们很快就拿出了调研结果和实施计划。

大数据计算：各地公路特别是高速公路用电量很大，有的隧道长明灯，一年电费以百万计，且全是火电厂发电高压线输送，路多长电线多长。成本很高，甚而输电费用都高于发电了。平常呢，却有90%路面在晒太阳，可堪利用。而太阳能发电技术日益提高，一本书大小的单晶硅电池片由300多元一片，如今降到5元左右。我们国家大力扶持光伏产业，从生产到使用已是世界第一位！如果二者结合起来，无论是经济效益还是社会效益都是巨大的！

他们了解到，欧美国家正在研究，但都没有获得突破性的进展。因为把公路和光伏整合起来十分困难，要么成本昂贵，要么承载力不强。李武是做道路材料出身的，便想在这方面做做文章。毕竟不是专门科研者，缺乏试验设备和材料，他想到了一个人——光伏团队创始人之一。

此人名叫张宏超，与李武同龄，也是山东黄河边上长大的。20 世纪 90 年代，他于同济大学毕业留校当了教师，业余做交通材料的研发工作。李武在做改性沥青时，常去上海找他探讨有关问题，相交不错，知根知底。现在，张宏超已经评上了副教授，仍然与李总保持着良好的合作关系。

这一天，李总带领着张暄专程前往同济大学，把自己的设想告诉了张宏超，并请他加入研发。好啊！张宏超是个明白人，一听就感觉靠谱。“这个想法可行，我同意，咱们一起干！”

接下来的日子，他们在济南、上海之间不停地奔波。李武与张暄拿出某种材料，就跑到同济请张宏超试验检测；或者张宏超从理论上论证，再飞到济南一起研讨。2013 年，李武干脆辞去了公职，专心致志做起了研发。张暄则为了照顾父母，来到了离家近的一家大型国有企业出任部长，可心里还是牵挂着光伏路面。

开始，他们与欧美同行一样，总是在玻璃面上打转转，好不容易不打滑了，却一加压力就破碎，日志上写满了失败二字。数年的积蓄很快砸进去了，李武不得不拾起了老本行，成立一家小公司做道路材料，以解生存危机。可他的信念一直在燃烧着，并且越来越旺，赚了钱就再投入到研发光伏路上……

2014 年，李武的公司有了起色，便想大干一场。他找到回到家乡工作的张暄，再次邀请她加盟进来。经过前几年的奋战拼搏，张暄深深了解其中的酸甜苦辣，真想进行到底，可是父母年高体弱，身边需要人，自己工作稳定待遇很好，一时难以取舍。她说：“李总，感谢你的信任，不过我得考虑一下好吗？”

“好，这项事业是咱们共同创造的，希望你来接着做！”李武真心需要这位得力助手，但人家确有实际困难，也不好勉强，一步一回头地走了。

张暄心里如同大海的潮水，起伏不平。回到家相商，父母充满了担忧：目前的工作多好啊，而到济南去一切都是未知数，再说你老大不小了，还没有时间好好交一个男朋友，还是在家好好过日子吧！然而张暄不这样想：人生是短暂的，事业是长久的。光伏路面为人类造福，也许我们最后不成功，但毕竟努力过，那就不会后悔！

一周后，她毅然办理了辞职手续，提着简单行装出现在了李武、张宏超等人的面前。古人讲：国家兴亡，匹夫有责。虽说还不至于说到“兴亡”的地步，但这种为了实现理想抛弃“铁饭碗”、高待遇而义无反顾的人，值得称道和钦敬。

就这样，一群有梦的人又整装出发了……

通向未来的东方之路

一次次试验、一次次失败。

光伏路面一般分三层，上层是透光层，中间是发电组件，底层是绝缘保护层。其中的关键技术在第一层，既可以使太阳光照射进来，为光伏板提供发电能量，又能够像普通公路一样经得起大小车辆的载荷与碾轧，并且还要防滑防雨雪。欧美专家都在玻璃钢路面上打转转，经历了数年波折还是达不到理想效果。起初，李武他们也是如此，直到连续无功而返，才觉得必须改变方向。

本身是做道路材料起家的，天天与沥青、石子、混凝土打交道，为什么不在这上面动动脑筋呢？李武和张宏超、张暄带领团队一帮人苦思冥想，开始了新的征程。经过了种种磨难和阻碍，他们终于试制出了一种叫作“透光混凝土”的材料，能够实现两种物质的完美结合，只是抗压力还欠缺。

生活在齐鲁大地的亚圣孟子曰：天将降大任于是人也，必先苦其心志，劳其筋骨，饿其体肤……这是形容人才的成长，也同样适用一种新材料的诞生。为了省钱也为了保密，李武租用了朋友企业的地下室，夜以继日地干起来。张宏超教授还有授课工作，业余时间也在自己车库里研究，一有空就飞过来共同

“鼓捣”。别看张暄不是路桥专业出身，可通过这些年一起攻关，耳濡目染加之聪明好学，也成了行家里手。

功夫不负有心人。什么扭力、摩擦力、冲撞力，一点点试验，一步步攀登，反复摸索修正工艺设计和技术参数，断裂了一块，再做一块，他们用汗水和心血锻造着心中的梦想。历经 8 年研发、5 代试制产品革新，终于成功解决了光伏路面技术难题，获得了数十项国家技术专利。2016 年，他们成立了山东光实能源有限公司，李武担任董事长，张宏超任首席科学家，张暄任运营总监，专门从事光伏路面的研究、生产与建设。

产品基本定型了，是骡子是马拉出来遛遛。他们在黄河北岸找了一个停车场，铺筑了一条短短的光伏路面，作为样板供人参观，起到一个展示作用并进行一些试验数据采集。同时四面出击八方联络，寻找实力雄厚的投资方，实施产业化。这方面，运营总监张暄发挥了本身特长，制作了详尽且科学的 PPT，看图说话，图文并茂。

然而，生活中有许多的然而。他们说得口干舌燥，却没有换来应有的认可，不少人像听天书一样挥挥手打发了。无巧不成书，也许信息不对称会使很多东西失之交臂，而一旦偶遇，共同的理想和追求会燃起干事创业的火花。正是在徐董事长一行赴美国西雅图考察之时，一个偶然的机会，李武认识了齐鲁交通集团投资部部长郭伟，简要介绍了本公司的技术成果。

郭部长知道徐董去美国就是考察这件事情，一听正中下怀，立即说：“你先别找其他单位了，等听听我们领导的意见再说。”没过几天，他就打来电话说：“你们快来，徐董事长回来了，要听你们详细介绍。”

“好！马上就到。”李武放下电话，立即招呼正在公司里的张宏超、张暄带上有关资料，飞车来到齐鲁交通集团办公楼。

偌大的公司会议室里，董事长徐春福、总经理周勇、投资部部长郭伟等人早已等候。李武他们一到，寒暄几句，立即打开电脑、投影仪现场汇报。按计划，先由张暄全面讲解，再由李武和张宏超分别介绍技术工艺、实施方案，等等。

“各位领导请看，这是光伏发电组件，这是路面构成……”张暄没有现成的汇报稿子，只有一个提纲，一边看着PPT画面，一边临场发挥。这些年她一直从事这项研发，而且是首创团队成员之一，满脑子全是光伏路面，从国际到国内，从现实到未来，娓娓道来，尤其遇到了真切想了解这项技术的“知音”，效果极佳！

话音刚落，徐春福感慨万千：“我满世界地找，想不到在家门口遇到了！你们有没有具体的产品？”

“有！我们正在搞样板段，还没向外发布呢！”李武回答，“下边我和张教授再说一说……”

“不用再说了，咱们走，马上到现场看看。”徐春福雷厉风行，抓起大衣，当即起身驱车前去察看。

一路风驰电掣，他们来到了位于黄河岸边的停车场，看到了那段光伏路面，表面上像玻璃，摸起来像土，亮亮的呈深灰色，摸上去粗拉拉的，颗粒感较强。两辆汽车停在上面。徐春福等人走上去踩了踩，还特意跺了跺脚。

李武介绍说：“这段全建好了，每天发的电自用绰绰有余。”

徐春福十分兴奋。“这个技术路线对！好了，你也不用东奔西跑地找别人了，我们合作！”

真是踏破铁鞋无觅处，得来全不费功夫。李武他们摸索了七八年，碰了不知多少钉子，失去了许多挣钱的机会，甚至漂亮能干的张暄，都把终身大事耽搁下来。如今终于感到天亮了、太阳出来了！

有过多年政府和企业经历的徐春福，既有敏锐的眼光，又有做事的章法。他及时召开集团党委会、董事会，研究决定拿出部分科研经费，分两步走，先让光实能源公司在集团办公楼前做660平方米示范区，而后在济南绕城高速公路上铺设一公里的试验路。双方签订协议后，李武和整个光实能源公司立即忙碌起来。这可是展示多年研究成果的良机啊，一定要完美呈现！

由于有了黄河边停车场的成功经验，2017 年 9 月，他们顺利完成了光伏路面试验区的铺设并实现并网发电，同时配备了电动汽车充电桩、智能引导标线等衍生应用设施。这给了徐春福、周勇和齐鲁交通发展集团更大的信心，接下来，马上着手高速公路试验段的建设。

事实上，这正是齐鲁交通接盘的优势：可以提供正在运营的高速公路进行测试。过去没人敢介入，就是认为没有把握，担心影响了正常交通。试想谁敢扒开正在通车的高速公路搞试验，万一造成拥堵、发生车祸，后果不堪设想。而如果走不出这一步，光伏路面技术只能停留在实验室里。从这个角度上讲，徐春福他们的决策是多么地重要和宝贵啊！

怎样落实呢？各方先后提出了三种想法：一是铺设试验段所有车道，获得更多的试验数据，不过万一不行会危及车辆安全，甚而中断交通；二是仅铺设超车道，这样风险小安全有保障，但交通量小，轴载轻，不具备普遍性。几经论证，综合考虑，各方认可了第三套方案：铺设行车道和应急车道，保留超车道作为战略缓冲。

此外，他们还采取了最严格的标准施工：选择济南绕城高速东出口不远处，紧接长大下坡，位于不设超高的缓和曲线和圆曲线段区间的外侧。平均日交通量约为 4 万余辆，峰值达 8 万余辆，重车和货车占比高达 51.4%，时有超载车辆出现。这就是说，如果在这段路上经受住考验，那么所有的道路均不在话下。如同“有了这碗酒垫底，什么样的酒都能对付”！

光伏路面结构为“透光混凝土 + 光伏发电组件 + 绝缘保护层”，总厚度不超过 3 厘米。实施方案为：在原路基和沥青混凝土路面上，用机械刨出路槽，加铺光伏路面，底层和周边无缝粘连，保持路面标高不变，既具备承载能力又利于通行和排水。准确地说，这种路面的全称是承载式高速光伏路面。最上面一层是类似毛玻璃的半透明新型材料，摩擦系数高于传统沥青路面，保证轮胎不打滑的同时，还拥有较高的透光率，可以让阳光穿透它，使下面的太阳能电池把光能转换成电能，实时输送上电网，就好像一个巨大的充电宝。

从秋天到冬天，经过近两个月的紧张施工，由齐鲁交通发展集团全额投资、光实能源公司承建的世界首段高速公路光伏试验段诞生了！ 全长1120米，铺设光伏路面1080米，分为主行车道和应急车道两部分，总面积5875平方米，分布式光伏并网发电装机容量峰值功率817.22千瓦，年发电量约100万千瓦时，可为路灯、电子情报板、融雪剂自动喷淋设施、隧道及收费站提供电力供应，余电并入国家电网。

2017年12月28日，齐鲁交通发展集团在济南绕城高速公路南线上，隆重举行了“世界首条高速公路光伏路面试验段建成通车仪式”。犹如石破天惊，震撼四面八方。正是寒冬腊月、滴水成冰的季节，这里却突然“火热”起来，得到消息的国内外媒体、同行企业和社会各界人士顶着寒风纷纷前来，一睹这“发电公路”的风采。

身穿黑呢大衣的徐春福特别高兴，站在临时搭起的仪式台上发表了热情洋溢的讲话：“今天阳光灿烂，我们的心里更是一片亮堂，因为一代人的梦想就要实现了……”

随后，一辆辆中巴客车、载重卡车、小轿车冲过系着红花的红绸，驶向了全球第一条光伏路面高速公路，嘀嘀的喇叭声犹如新生儿的啼哭，嘹亮地向全世界宣告：中国人首创的光伏高速公路诞生了！

通向未来之路

时光如流，一晃，半年过去了，这条与众不同的公路究竟怎么样了？

正值国务院批准山东省为全国新旧动能转换试验区，齐鲁大地团结奋战之时，我们两位作家来到了齐鲁交通集团采访体验，立即被“光伏路面技术”几个字牢牢吸引了：这是典型的新动能啊，这是中国人的智慧结晶！

当我们的汽车行驶在高速公路光伏路面上，只见它比普通公路颜色略浅，很像一片片网格似的光伏板，却没有一点异样的感觉，平稳快捷。走进试验段的展示室，倾听讲解员详细介绍：经历了阴天、雨雪、雾、雾霾天气、电网检修、阶段遮挡及动态遮挡养护实验等，特别是繁忙春运的考验，日均通车量逾 4 万余辆，光伏路面安全可靠，没有出现断裂或者隐裂的情况。每日发电量 1402.2 千瓦时，现已累计达到 16 万千瓦时。利用的太阳能相当于燃烧 68.481 吨标准煤、减排 170.692 吨二氧化碳、等效种植 9329 棵树。据测算：山东省已通车高速公路的紧急停车带和外侧行车道，总面积为 6696 万平方米，如果全部铺设路面光伏设备，年发电量可达 156 亿度，年减排二氧化碳 1550 万吨，直接效益 198 亿元。以此类推：倘若全国各地高速公路都使用这项技术，那是多么可观而令人振奋的前景啊！

此外，路面下预留了电磁感应线圈，未来随着电动汽车无线技术的配套，可实现电动汽车边跑边充电，再也不用担心电池不够用了。同时预留的信息化端口还可接入各种信息采集设备，统一汇聚车辆、路况等交通大数据，可实现无人驾驶，定向出行旅游、运货。未来，我们开车从济南到青岛，可以预定好路线地点，按一下按钮，等于坐在移动的客厅里，喝着茶聊着天就去了……

嗬！高速公路本来只是跑汽车的地方，在这里竟破天荒地给它植入了“大脑和神经”，彻底颠覆了公路行车的概念，为未来的智能交通、智慧城市迈出了关键性的一步。在宏伟的“中国制造 2025”计划中，建设智能交通体系是其内容之一。国家十分重视无人驾驶汽车和智能公路的开发，齐鲁交通发展集团走在了前列。

这还只是表面所在，当我们与堪称光伏高速公路建设“奠基人”的徐春福交谈时，真切感受到了经过 40 年改革开放风雨洗礼，蕴含在中国人内心深处强大的精神动能。

在“齐鲁交通”宽大的会议室里，他挥动着双手侃侃而谈，近视眼镜后面目光炯炯：“修一条路，就是建一座发电站，路修到哪儿，就把能源和光明送到哪里。现在我们只不过迈出了一小步，即使这样压力还是巨大的。因为试验就有可能失败，失败了就要承担责任。当前我们只做了路面光伏，应该说技术上是成功的。将来还要试验车辆高速行进中充电、路车互感无人驾驶……

“创新未来人们出行的全新模式，它会对传统产业和人们的生活习惯产生某种颠覆性革命。我相信快则5到10年，慢则20年，这种全新的模式必然出现，从山东沿着‘一带一路’走向全世界。历史上我们有四大发明，新时代里同样会为人类做出应有的贡献！”

听了这番话，我们情不自禁肃然起敬！ 可以说，那位《纽约时报》美国记者的问题，在此找到了答案。某些别有用心之人说什么中国人只会仿制、缺乏创造力的言论，应该休矣！

是的，这是一条炎黄子孙开辟的通向未来之路。当然前面还会有种种风雨坎坷，但阻挡不住中国人披荆斩棘、奋勇前进的脚步……

选自2018年第10期《北京文学》

第一朵蘑菇云

徐　剑*

1. 弱水受命，出任首次核试验办公室主任

李旭阁走出炮兵教导大队之后，却一天也没有离开过导弹。

彼时，他在军委作战部空军处，主管地空导弹。因 50 年代末，台湾海峡局势紧张，蒋介石政权挟美自重，以为“反攻大陆”时机已到，便在国民党空军之中挑选飞行精英，组成一个黑猫中队，频频驾驶美制 RB-57D 和 U-2 高空侦察机，飞临中国腹地。

1959 年国庆将近了。马上就举行国庆十年大阅兵，毛泽东主席要登天安门城楼检阅，还要邀请苏联共产党总书记赫鲁晓夫等社会主义阵营党和国家最高领导人观看建国十周年大阅兵，如果美蒋高空飞机此刻临空，生出一些事情来，那就不仅仅是示威了，而是在向新中国宣战。党中央、中央军委决定给美蒋一点颜色看看。可是，当其黑猫中队窜入大陆，飞临北京城时，我军的歼 - 5 飞机和高射炮的射程，都达不到其飞行高度，奈何不得，敌机如入无人之境。

* 徐剑，火箭军政治工作部文艺创作室主任，中国作协全委会委员，中国报告文学学会副会长，一级作家，享受国务院特殊津贴，中宣部全国宣传文化系统“文化名家暨四个一批人才”。著有小说、散文、报告文学、电视剧剧本共计 600 万字。曾三获中宣部“五个一工程”奖、两获中国人民解放军文艺奖，并荣获首届鲁迅文学奖、中国图书奖、中华优秀出版物奖等三十多项全国、全军奖项，被中国文联评为“德艺双馨”文艺家。

最终，总参作战部根据敌情判断，敌高空侦察机必然窜入北京上空进行侦察，应抓住战机，用长辛店训练的苏军 543 地空导弹，将其打下来。

当时，李旭阁在总参作战部具体分管这项工作，参与完成长辛店炮兵教导大队地地导弹和地空导弹集训之后，苏军导弹营走了，但是苏制 543 地空导弹，却装备了华北防空军四个营，布置在北京周边一线，保卫首都安全。

那天，作战部长王尚荣对李旭阁说，你随我去沙河基地，执行一项秘密任务。

部长，去沙河做什么？

坐直升机选点。

王尚荣将大比例北京城图打开，在通州、南口和西边丰台一带，画了三个圈，说，老蒋气焰太嚣张，欺我空军战机和高炮够不着，总理交代，用新组建的 543 地空导弹将其击落，给美蒋一点颜色看看。

应该如此。李旭阁沉思片刻说，我们就在北京东、北、西三处布防，严阵以待，如果它敢进犯，就择机将其打下来。

总理和罗总长就是这个意思，但我们不打无把握之仗。

明白！

于是，李旭阁跟随总参主管作战的副总参谋长杨成武和作战部长王尚荣、北京市委副书记赵凡，乘坐总参陆航团的直升机，开始在北京城周边遴选地空导弹阵地。

那天下午，他们乘坐的直升机先选定了通州的阵地，然后又飞到石景山的北面，寻找一个叫墨市口的地点。因陆航团的飞行员第一次飞掠北京上空，对京城空域的环境不熟，在西边城郭之上盘旋半天，仍然找不到地图上标定的点。当时在机上也有点眩晕，旷野茫茫，村落点点，阡陌纵横，不知墨市口究竟在何处。李旭阁只好建议飞行员找一个操场降落，下去问路。杨成武副总长笑了，李参谋，直升机降落问路，这可是头一遭啊，并点头同意。直升机缓缓降落在一所煤矿学校的操场上，几经询问，再度起飞后，终于找到了准确的位置，接着又飞往昌平方向，选定南口一带的作战阵地，结果落到了十三陵水库工地。正在修水库的老百姓第一次看到直升机，欣喜若狂，蜂拥而上，将直升机围了个水泄不通。李旭阁连忙请群众让出一条道，让杨成武副总参谋长、空军领导和北京市委的同志撤离，并找来公安维持秩序，使直升机很快飞离。

国庆将至，北京城东西南北的通州、石景山、房山和南口的阵地上，空军遵照总参作战部的命令，迅速部署543导弹营进入阵地，四个地空导弹营四个区域，以20公里射程的范围，以逸待劳，只待蒋军空中侦察机自投罗网。

1959年10月4日，国民党空军一架美制RB-57D高空侦察机果然大摇大摆地飞入了祖国大陆，从东边掠过北京上空，进入了通县地区的地空导弹二营的阵地空域。营长岳振华指挥发射三枚导弹，一举击落了美制最先进的高空侦察机，创造了世界上首次用地空导弹击落高空侦察机的纪录，世界一片哗然。

外交部部长陈毅召开记者会。有外国记者问中国是用什么秘密武器打下美国高空侦察机时，陈老总风趣地说，我们用竹竿捅下来的。捷报传来，那天晚上，李旭阁夙夜未眠，挥毫填词一首《清平乐·地空导弹》："美蒋勾结／派飞机侦察／欺我射程不够高／往返毫无惧怕／引起地空导弹／巧妙布局待战／敌机进入空域／瞬时烟消云散。"

那一刻，李旭阁觉得在长辛店学习所付出的心血没有白流。

一幕辉煌过尽，便是绵绵无尽期的寂静。

四年时间匆匆过去。中国人仿制苏式543导弹的"红旗一号"地空导弹终于1964年春夏之交，在弱水之滨的酒泉卫星基地开始首飞了。

5月24日那天，总参作战部部长王尚荣通知李旭阁，让他们随队去酒泉，观看"红旗一号"的发射情况，了解武器型的试验和进展情况，以便将来好装备更多的地空导弹营、导弹团。

那天早晨7时，李旭阁准时赶到西郊机场，空军专机"子爵号"406航班早已经停在停机坪上。走出候机室，太阳刚从京畿的城郭上升起，一抹晨曦涂在了机翼之上，阳光折射，一片炫目。"子爵号"系中央领导和军委首长的专机，曾多次担负周恩来总理出访东南亚专机任务。而他们乘坐的这架专机是前几年从英国引进的，比苏制伊尔系列的运输机更豪华、宽敞，堪称空军最好的专机了，由此可窥此次行程之重要和神秘。不过，登机之后，李旭阁环顾左右，并没有军委首长和总部领导，同机而行的都是一些负责红旗地空导弹的有关工作人员。

飞机8时准时起飞，往酒泉方向飞去。高度6000米，航速每小时460公里。飞机穿过云层，如一叶方舟，融入了一片蔚蓝。李旭阁倚在舷窗旁边，翼下簇簇白云，悠然入梦来。

50年代末，党中央、中央军委决定发展中国的“两弹一星”工程，选定了在这块大漠上建立东风发射基地，他在总参作战部空军处技术组，具体分管这项工作。记得当时张爱萍副总长和工程兵司令员陈士榘，坐着飞机在这里的上空转了几圈，觉得此地最适合建东风基地靶场，遂上报了中央。

当时中央决定，将清朝乾隆时期从俄罗斯东归的蒙古土尔扈特部的额济纳旗旗府所在地让出来，留给东风基地，而他们则沿黑河往末端迁徙140多公里，到达东居延海的来库布镇。随后，工程兵司令员陈士榘率领数万将士，上不告父母，下不告妻儿，悄然进驻东风基地和远去一千多公里外的罗布泊马兰基地，开始试验导弹基地工程建设。在弱水之滨的绿洲里，崛起了一座航天城。

这片空旷的大漠，曾经离我们那么远，却又是这样近。

它通过一曲胡笳、一首唐诗、一座沙掩的古城，在“大漠孤烟直，长河落日圆”“弱水三千，独取一瓢”这些童叟皆宜歌能诵的诗句中，将这片瀚海变成了我们每个人文化的故乡，也成为一个民族的历史遥望和记忆。

11时40分，飞抵酒泉机场。走下舷梯，已经到了吃午饭的时候，在机场附近匆匆吃了一顿中饭，再改乘火车前往东风基地。

这是一条秘密的铁路运输专线，一百八十多公里的转运线路，每个站点因涉密程度高，不纳入地方铁路运输网，都由东风基地管理，包括司机、乘务人员，都编入军队序列，在中国乃至世界，也是独此一家。

李旭阁一行是从清水车站登上列车的，东风基地来接的同志说，这是条军事运输专线的起点。列车过了金塔县，便穿越浩瀚的戈壁，极目远眺，广袤无垠，尽是一目千里的枯黄和死寂。沿途有几个小站，是空空和地空导弹部队的试验场。他们一行下榻代号为“十号”的招待所，条件不错，每个人一个房间，推窗便可看到绿洲，还有淡淡的枣花清香飘来。三年困难时期，这些野沙枣树，曾救过导弹部队官兵的命。

这次国产地空导弹试验发射，参试的官兵大多是第一次发射导弹，经验不多，部队的压力也很大，但是准备却非常充分，各种设想和预案已经做过许多遍了。在东风基地，试验官兵最流行的一句话，便是总理的16字赠语：“严肃认真，周到细致，稳妥可靠，万无一失。”

晚春戈壁滩，是沙尘暴肆虐最厉害的季节，当天晚上，便遇上了沙尘暴。

风是从晚上10时开始刮的。风尖啸着掠过屋顶，浮冉尘土随风潜入屋内，一股呛人的尘土气息四散弥漫。李旭阁无法入眠，坐在床上，静听戈壁狂飙四起。如惊雷，如魔歌，如秦腔，如鬼哭，如盘马的长啸，如醒狮的长嗥，直至曙色初露，仍然刮个不停。倚窗俯瞰，整个东风基地都笼罩在一片黄沙滚滚之中，天地一片昏暝，仿佛回到远古的混沌岁月。

没有发射窗口，就只有等待。从此，发射窗口这个词进入了他生命的记忆之中，伴随了他的一生。

发射窗口，说得通俗一点，就是气象问题，当年李旭阁所知道的导弹发射、原子弹核试验，并不是全天候的，遇有雷暴、沙暴、冰暴，都不能发射，这个困境一直困扰了他们多年。按照发射行程安排，今天是听地空导弹“红旗一号”导弹概述和发射程序介绍。

到了中午时分，沙尘暴停歇下来了。此时，“红旗一号”地空导弹发射架已经进场，昂首兀立大漠之上，如一柄长剑，扬眉出鞘。它是苏制543地空导弹的仿制品，不过完全国产化了。信步戈壁，走近“红旗一号”导弹阵地，仍旧怦然心动，几年前的一件往事仍然历历在目。

苏制 543 导弹，最风光的开始是岳振华指挥地空导弹发射二营一举击落了美制 RB-57D 空中侦察机，让世界一片惊叹。

从那以后，李旭阁多次去大连、福州和青海格尔木踏勘阵地，在东南、西北方向国民党空军高空侦察机欲出入的航道上部署地空导弹，以打游击的方式陆续击落了美制高空飞机五架，从此，敌机再也不敢贸然飞临大陆上空。

作为总参分管这项工作的参谋，李旭阁对“红旗一号”导弹的概述和指挥作战程序已了如指掌，但是空军第一次接触新型武器的同志们，仍然瞪着一双双好奇的眼睛，不停地问这问那。李旭阁站在一旁，感慨颇多，我们这支从战争年代走来的人民军队，正开始一场从小米加步枪到高尖端武器、从传统战争到现代化战争的转型。

这次的任务很轻松，李旭阁就是来观摩的，压力比部队小得多，但是蛰伏在招待所里，也无所事事。大家起床后的第一件事情，便是倚窗看天，等好的发射窗口，连打扑克的心情也没有，气象成了最关心的问题。以后几天，天亮一起床，就在问天气，今天会晴吗，沙尘暴能停下来吗？

发射零时延后，反倒给发射部队赢得了准备时间，他们在查找发射过程中可能出现的原因，制定方案。而李旭阁却再没有别的任务，只有盼着天晴了。

终于有发射窗口了。

早晨起床，步入十号小招待所的院子，戈壁滩又恢复了往昔的寂静，晴空万里，旷野无风，天上没有一丝云彩。极目远眺，瀚海空阔无边。唯见天地接壤处，仿佛一片古海复活，大海奔涌而来，海水与沙滩的分界清晰可见。满目的焦灼与枯黄消失了，远天隆起成一片湛蓝，让人看得有点目眩。

部队一片欢欣鼓舞。吃过早餐，李旭阁从十号登车前往发射场。说来令人难以置信，东风基地虽是现代化的航天城，条件却并不好，他到发射场去看最后一次综合操作测试，坐的是大卡车，穿着一件皮大衣，爬上货厢，往“红旗一号”地空导弹发射场疾驰而去。戈壁的气候就是这样，纵使到了夏天，仍然是“早穿棉袄午穿纱，抱着火炉啃西瓜”。大卡车行驶在大漠里，瀚海的黄沙就像波涛一样，在车后滚滚而去，凉风吹在脸上，如刀割一般疼痛。

东风航天城有许多发射场，有地地战略导弹试验场，有地空导弹试验场，甚至还有空空导弹发射场，从十号招待所到地空导弹发射场，则需溯弱水而上，沿路返回，往金塔县方向行数十公里。一路风尘，只待一柄利剑，像一只凤凰浴火而生，直冲云天，凤翥九霄。

那天上午跳下卡车，空军地空导弹发射部队已经进场，进行最后一次综合测试。大家站在一旁观看，“红旗一号”导弹是1959年引进的苏联的“543”地空导弹改进型号。作为当年长辛店炮兵教导大队的第一批学员，李旭阁在总参作战部空军处工作后，一直在关注和追踪这个型号的导弹，从发射训练到作战要素的选择，都倾注了心力，特别是当年岳振华营长在通县一举打下了美制“R2547”空中侦察机，苏制543导弹，亦称萨姆-2导弹曾风靡世界。经过5年多的消化吸收，中国人已成功仿制出第一代国产“红旗一号”地空导弹，性能和作战指标并不逊色于苏制的“543”。空军地空导弹营的官兵虽然是第一次操纵国产地空导弹，但是技术非常熟练，每个号手的动作都无可挑剔，让初看的同志眼花缭乱，惊叹声四起。

惊叹之余，几辆嘎斯吉普车驶入了发射场，在离导弹阵地不远的停车场戛然停下。李旭阁抬头望去，只见副总参谋长张爱萍上将跨出车来，在东风基地司令、政委的陪同下，朝着发射场健步而来。

副总参谋长同志！空军导弹营长连忙跑步上去报告，导弹营正在进行综合测试，请指示！

继续测试！

是！

部队继续操作，张爱萍副总长却走过去与参观人员一一握手，看到李旭阁后，他先是有点愕然，继而脸上绽开欣慰之色，说，李参谋，你也来了？

是！张副总长。

哪天到的？

5 月 25 日。

好啊，我一下飞机就问作战部来人没有。你来了正好啊，时逢其人，正待其人，你有事没有？有没有带其他任务？

没有！李旭阁答道，就是来看地空导弹发射。

好！那我就临时抓差了。张爱萍副总长高兴地说，试验发射结束后，你随我去出差。

是，首长！他顺口问了一句，去哪个方向？

天机不可泄露！张副总长神秘一笑，说，6 月 2 日，你随我的专机走。

好的！首长，我要不要向作战部领导报告？

不必，我给王尚荣部长亲自打电话。

张副总长亲自打电话，为他请假，却又不交代去向和任务性质，李旭阁心想，此事非同小可，凭一个高参的直觉，自然是涉密程度极高的国之大事。

1954 年，李旭阁到总参作战部后不久，指挥“一江山岛”三军联合作战的张爱萍，提升为中国人民解放军副总参谋长，主管装备建设，自然成为我军国防尖端武器发展的有功之臣。虽然在这十年间，有很长一段时间，李旭阁经常跟随总参谋长粟裕大将、空军司令员刘亚楼上将、国防部副部长陈赓大将往返于北京与大连之间，处理苏军撤出后的武器装备购买和移交，以后，他又在作战部空军处任技术组组长，主管空军、海军和军委炮兵的特种兵的尖端武器研制、实验，但是还没有直接跟张副总长下过部队。在旃坛寺总参大楼办公时，张爱萍副总长与彭德怀元帅在六楼办公，而作战部则在四楼，上下出入经常相见，也有许多事情要向他当面请示汇报，接触很多，彼此之间已经非常熟悉。也许首长觉得李旭阁还是一个能办事的人，就在一个临时参观现场，事先未向作战部领导打招呼，便让李旭阁跟其出差。这既在情理之中，也有点出乎意料。当然，他十分乐意跟着首长外出。

那天，张爱萍副总长看完空军地空导弹营的综合操作后，站在队前，给部队发表了热情洋溢的讲话。鼓励官兵放下包袱，不要紧张，以科学严谨的态度，搞好第一枚中国自己制造的国产地空导弹的试验发射任务。

根据各自的准备情况，张爱萍副总长与东风基地的领导决定，“红旗一号”导弹的发射零时，定在明天早晨拂晓时分。

东边的天幕上刚露出了一抹曙色。

时间还早，但是因为导弹发射时间选在早晨，便起床比较早，匆匆洗漱后，走出了招待所。天刚拂晓，戈壁滩上挂着一轮明月，月色惨淡，水一般洒在荒原上，抚照着一个个沙丘，仿佛在抚摸一个个千古不死的戍边将士的坟茔。李旭阁觉得，在戈壁滩铺陈向前的沙丘、黄尘掩埋之下，一将功成万骨枯，应该有一代代边关军人的忠魂。

穿上一件皮大衣，匆匆爬上了大卡车，穿行在戈壁之中，清风徐徐，一片寒凉。眺望着天边的一轮冷月，很低，很近，照着边关，照着大漠，照着一代代前仆后继的铁血英魂。醉卧冰雪，挑灯看剑，会挽弯弓射天狼，那确实是古代将士戍边卫国的一种境界。不过，可以告慰的是，今日之弯弓已经不是当年飞将军石破天惊的神箭，而是可以喷射烈焰、扶摇飞翔数十公里的地空导弹了。

箭在弦上，蓄势待发。坐车到了发射场，“红旗一号”地空导弹已经展开了地面设备，一声令下，从发射架上缓缓而起，呈 45 度角，遥指天穹。

所有参观人员，被安排在离发射架身后不远的观看台上。今天安排参观的两场发射，一场是地空“红旗一号”，另一场则是空空导弹发射，都是国产品牌，莫不让人欢欣鼓舞，感慨良多。

东方既白，戈壁滩上露出了一道光亮，如一条白绸滑过天幕，一抹祥云飘在天地接壤处，白绸渐渐被染成了彩练。谁持彩练当空舞，自然是当代导弹健儿了。

随着 3 分钟准备的发射口令下达，远天之处，传来了一阵嗡嗡的轰鸣之声，一架飞机拖着靶机，从地平线那边的鼎新机场飞了过来。车载雷达迅速捕捉到了目标，锁定了靶机。发射连长对控制员下达了最后的口令，10、9、8、7、6、

5、4、3、2、1，按转电，点火！

只见小旗子朝下一挥，一枚绿色的导弹，如一只浴火的神鸟，翺然而起，朝着飘摇在天穹上的靶机，呼啸而去，轰的一道火光，将空中的靶机击毁。

成功了！站在看台上的人都禁不住欢呼雀跃。李旭阁经历过许多这样的发射，但是，第一次看到国产的地空导弹捕捉到了目标，一举击毁了“敌机”，感动处又热泪潸然。男儿有泪不轻弹。激动的，原来不止他一个，李旭阁觉得那天观看发射的人个个欢天喜地。

下一个试验项目是空空导弹发射试验。只见三颗红色信号弹划过天穹，两架飞机先后从空旷的大漠上飞掠而过，一架靶机在前，拖着靶机先滑过天幕，悠然巡天。后边则是一架挂弹飞机，紧随其后，几个回合跟踪和格斗过后，挂弹飞机上的飞行员终于出手了，按下发射按钮，只见双臂合体的抱夹迅速打开，一枚导弹从机翼下轻轻落下，在半空中点火，喷着烈焰，如一条飞旋的火龙，朝着靶机追踪而去，迅速捕捉目标，轰的一声巨响，烟云腾空而起，碎片四落。

站在观看台上的人抑制不住激动，不少人将帽子往空中一扔，几乎蹦了起来。

这次试验的成功，标志着我国已经拥有国产的地空和空空射击能力。

当天晚上，张爱萍副总长专门在酒泉基地“十号”招待所举行酒会，招待试验圆满成功的地方专家、科技人员和发射试验官兵。这已经是一个惯例了，发射成功之后，总要加几个菜，上点酒，庆贺一番。张爱萍副总长即席讲话，并赋诗一首。

李旭阁不胜酒力，但还是为国产的地空导弹扬眉剑出鞘干了一杯。

2. 上马与下马之争

李旭阁随张爱萍副总长登上停在鼎新机场的专机，飞越河西走廊，会当凌祁连，最终落在距青海湖不远的一个机场，然后，直驱金银滩原西北军阀马步芳的上五庄别墅。车抵之时，天已经黑下来了，冷雨凄凄，夜幕包围中，无法一观马步芳别墅全貌。

核工业部原子弹制造基地就建在金滩、银滩，离此不远。上五庄的马步芳别墅自然成了指挥中心。二机部九院分院就坐落于此，路虽不远，却有一段路走起来很艰难。此地海拔达到 3200 米，上楼时都感到呼吸短促，夜里也睡不好，梦多。昼夜温差很大，暮霭涌起，天气开始变冷了，有点高山反应。走急了、爬楼梯快了，便气喘吁吁。夜间凉风徐徐，寒侵入骨，这就是高原气候，让人有点冻得受不了。见张爱萍和李旭阁他们带的衣服不多，厂里专门给他们找来了军大衣用以御寒。

翌日清晨，太阳照样从金银滩上血潮般涌起，壮哉斯晨，天空透亮，伫立别墅楼上，能看到很远。草原尽头像一片野火扑来，染红祥云，朝霞在草原和村庄上空燃烧着，极目远眺，湛蓝的天幕像打翻了一瓶番茄酱，甚是壮美。

吃过早餐后，李旭阁随张爱萍副总长驱车去了金银滩的原子弹制造基地，看望干部与职工。

独怆然四顾，厂区占地很大，50 年代末，就开始在这里建厂。这座核工厂分布在金银滩方圆数十公里的地域，由九院分管，警卫森严。为了防核辐射，也为了抗击敌人动核手术，主要的制造车间皆建在地下，或者用土山包掩盖起来。几十公里的厂区甚是壮观。

然，最令李旭阁激动的是，陪张爱萍副总长参观制造车间。他们换了一件白大褂，像大夫一样，站在现场，围成一圈看装置加工过程。工人在车两个甲乙球，用车床在铣，进行切割。李旭阁第一次看核弹头的核心部分，当时工人并没有什么防护，用铣床切割，火花四溅，站在一旁，没有谁心惊胆战，望而却步。李旭阁问现场一位工程师，有什么防护，今后会有什么影响。他说，没有什么啊，吃了核剂量，喝点茶水就可以排泄了。其实最好的办法是喝啤酒，或者吃猪血。那个年代，在遥远的大西北，啤酒是奢侈品，猪血也不是随便能够寻找到的啊。

李旭阁觉得眼界大开，给他们讲解的是一群大名鼎鼎的物理学家，王淦昌、彭桓武、程开甲、邓稼先、朱光亚等人。英雄不问出处，可是这群科学家却大多为世家子弟，留学欧美，有的还在诺贝尔物理学奖获得者麾下求学，受过一流的高等教育和学术训练。归国前，不少人已在世界物理学界小有名气。可是新中国成立后，他们毅然朝着东方、朝着五星红旗升起的地方归来，用知识报国。个个拥有高学历，却又改名换姓，做了无名英雄。王淦昌是德国柏林大学的哲学博士，彭桓武是英国爱丁堡大学的哲学和科学双博士、诺贝尔物理学奖得主薛定谔教授的学生。两个一级教授，一人坐镇一个部，王淦昌是实验部主任，彭桓武是理论部主任，王淦昌改名为王京，彭桓武很幽默，说自己长得很难看，起了一个名字，叫无颜，是一个国君的夫人的名字。李旭阁顿生敬意，感到王淦昌、彭桓武都是很有成就的大科学家。邓稼先是美国普渡大学博士，朱光亚是美国密歇根州大学的物理学博士，程开甲也是博士。邓稼先是实验部副主任，郭永怀是空气动力专家。朱光亚是三级教授，他负责组织，很深沉，并不轻易说话。而他们的院长李觉少将，曾是北大学生，当年“一二·九”学生运动的组织者之一，后来投笔从戎，参加八路军，在二野刘邓首长身边当作战参谋，新中国成立后当过西藏军区参谋长。50 年代中期，被周总理点将，调来搞原子弹，当时宋任穷找他谈话，让他到九院当院长。李觉很实在，说，我就去做后勤部长吧，他跟一大批科学家打交道，礼贤下士，精心组织，很有责任心。

看过工厂，李旭阁陪张爱萍副总长看望干部家属，虽然这是中国最核心的国家机密——原子弹制造工厂，但是环境十分艰苦。张爱萍一经询问，许多专家、技术人员和工人都是从北京、上海、武汉等大城市挑来的，工人多是七级、八级技工，政治上要求百分之百可靠，可说是我们国家和民族的中坚。他们到这片荒原上生活，抛家别子，无怨无悔，为自己能参与中国的原子弹绝密工程，而感到无比的自豪和荣光。

那天下午，张爱萍副总长召开核物理学家和高层干部参加的座谈会，李旭阁和坐在一旁的核工业部副部长刘西尧、九院院长李觉作陪。会上，张爱萍风趣地对王淦昌、郭永怀、彭桓武、陈能宽、程开甲、邓稼先、朱光亚等科学家说，原子弹这个东西我懂得不多，中央要搞，让我来分管，搞核武器试验。我过去没有管过，战争年代，我哪里知道原子弹是啥子嘛，就知道一个山药蛋。接受这个任务后，我下决心了解情况，叫上了刘西尧，用一个月的时间，跑了二机部有关的工厂，搞调研，了解原子弹是怎么一回事。调查完了，要让我领导的事情，就有发言权。各单位反映了许多，都需要解决。有的涉及经费，而且是美元，我给邓小平同志写了报告，由中央批钱，想办法从国外买设备。现在我可以郑重托付给大家，你们想方设法，任务完成是你们的，干不好，由我负责。张副总长将这个话说了，对科学家和工程技术人员鼓舞很大。

晚上散步时，李旭阁问张副总长，您今天谈到中央让您抓原子弹，搞了一个月调查，当年原子弹上马与下马的争议是怎么一回事？是否有隐情啊？

当然有。张爱萍感叹地说，中苏关系渐渐走向决裂，苏联撤走了专家，将新技术协定援建中国的导弹、原子弹半拉子工程扔进了西部大漠上，甚至连原子弹的教学模型和图纸也不提供，绝尘而去。这一天恰好是1959年6月份。二机部决定永远记住这个耻辱的日子，把中国的原子工程定为“596”，造出中国争气弹。可是此时中央决策层围绕着原子弹上马与下马的问题展开了一场争论，因为正值三年自然灾害，负责经济工作的同志觉得全国都在饿肚子，原子弹的科研工作还是等经济好转了再上马。但是军队的几个老帅则主张，纵使困难再大也上，这是关乎新中国命运和安危的大事情。于是“下马”与“上马”的争论摆到中央政治局的会议上。主张下马的同志摆了一系列的现实问题，认为如果此时上马，国民经济会雪上加霜。陈毅元帅的态度最坚决，说，一天都不等，一天都不能停。就是当了裤子，也要把原子弹搞上来。贺龙、聂荣臻、叶剑英元帅也都大力支持要搞下去。

说得好啊！李旭阁感叹地说。

张爱萍回忆道，当时主持中央政治局会议的少奇当场拍板，说先不争论上马下马的问题，派人调查清楚原子能工业的基础和现状，再定也不迟。陈老总和聂老总商量，派张爱萍同志去吧，他是副总参谋长，管军队武器装备的，主席和少奇同意了。

张副总长说，他与刘西尧到全国各地核工厂等地做了一个月的调查后，向邓小平送上了一个报告，这份报告提出，争取在 1964 年，最迟 1965 年实现第一颗原子弹爆炸的奋斗目标。这个报告，小平看了后专门批示："送主席、周、彭阅，无时间，看一页半即可。"因为我和刘西尧在报告的前一页半中提出了倾向性的意见和时间节点。"若组织得好，抓得紧，有关措施能及时跟上……在 1964 年制成核武器和进行核爆炸试验是可能的。"

我是"始作俑者"啊！张爱萍感叹地说，聂老总身体不好，首次核试验这个大事情，大的方向总理在把着，一线的工作就得我具体来抓了。李参谋，你从现在起就要熟悉情况，我身边得有一个得力助手，主管计划与协调落实的人啊。李旭阁点了点头，请张副总长放心，虽然我过去也像你一样只知道山药蛋，但我会认真去学的，很快熟悉，进入状态。

张副总长点了点头，说得好哟！

那天金银滩上的黄昏很壮美。

夕阳冷山。芳草萋萋。落日浮在金银滩神秘的工厂上方燃烧，星星从高天的腹地钻了出来，渐次明亮，睁着一双吊诡的眼睛，似乎要窥透下边的秘密。

张爱萍、李旭阁驱车而去，往靶场疾驶，遥远的地平线镀上了一层金色。那天傍晚 7 时，陪张爱萍观看原子弹全弹轰爆，这是首次核试验展开前必须经历的一个重要试验程序。原子弹全弹轰爆，也叫冷试验，核装置是 1 ∶ 1 的，只是里边没有核材料，就是不含裂变的，也就是不使用核真品铀 -235 等高能燃料的试验，是热核试验的前奏，距真正的核爆炸只有一步之遥。中央专委对此非常重视，张爱萍特意来现场打气鼓劲，因为这事关系随后进行的核试验能否一举成功。看的目的，就是检验原子弹全弹爆轰后，能不能出中子，在全弹达到临界，只要进去一个中子，就会轰击核心部件，发生连锁反应。操作员手触控制按钮，随着 10、9、8、7、6、5、4、3、2、1 的口令下达，起爆！轰然一声巨响，一股白烟冉冉升空，犹如很多个小原子弹爆炸，全弹炮轰击出中子，不是出一个，而是出了很多，达到了数百万个。在场的人员还没有缓过神，一朵小蘑菇云已经冉冉升空，将厂区的草原点燃了，一片熊熊大火照亮了西部荒原，也照亮了中国历史的天空。

3. 担任首次核试验办公室主任，甘当无名

那时候，伊尔-14 专机飞新疆罗布泊马兰基地，要两天时间。第一天，从西郊机场起飞，一飞冲天，因为航程太远，第一站停宁夏银川，住一个晚上，第二站到哈密落一次，加航油，再飞一天。

到了罗布泊马兰基地时，已经是傍晚时分了。

那天傍晚，飞机在银川降落之后，张爱萍和李旭阁住了一个晚上。第二天早晨起床之后，张爱萍副总长将李旭阁叫到自己下榻的房间，说李参谋，坐坐。我有一件要紧之事，要对你说。

李旭阁坐了下来，望着张爱萍副总长，一脸期待的神色。

你的任命昨天批复了。

我的任命，李旭阁一跃而起，问道，首长，什么任命？

经过请示总理，并报罗瑞卿总长批准，兹任命你为首次核试验办公室主任。

我当办公室主任？李旭阁有点愕然。

当然！非你莫属。离中国第一朵蘑菇云升起的日子越来越近了。1964 年 8 月 23 日，中央军委、总政治部正式批准成立首次核试验委员会，由张爱萍、刘西尧等 31 人组成，下设办公室等 8 个部门，总参作战部参谋李旭阁正式被任命为办公室主任。但是由于高度保密，就连总参作战部的领导也不知道你担此要职，你就做一个无名英雄吧。

明白，首长。

知道我为什么要任命你做办公室主任吗？

李旭阁摇了摇头，然后试着说，我有战争年代作战的经验，也有高层领导机关工作的经历。

这只是其一。

首长，还有其二吗？

其二，是因为你好学。这是我最看重的。过去我们是从战争中学习战争，现在照样，你是在核试验中学习核弹知识。

啊！我读书的事情，张副总长也知道啊。

当然！知部下者莫如领导啊。张副总长感叹地说，从5月底你跟我出差后，我就在仔细地观察你，虽然你的文化程度不高，可是你爱学习啊。

首长！我这也是没有办法的办法，我入伍前只读过高小，连数理化都没有学习，遑论原子弹的核试验结构和程序啊。从进总参那天开始，我就在恶补初高中的数理化知识。李旭阁答道。

从战争中学习战争。我当年指挥打仗时也不会啊，唯有一个好处，就是热衷于从成功和失败中总结经验教训，吃一堑，长一智。你也是从战争中学习战争，从首次核试验中学习原子弹爆炸的全过程，学习所有知识和流程。适应很快啊。

是的首长！从5月底跟您一起，我从您身上学到不少东西。李旭阁喃喃答道。

唉！我这个人啊，性格狷介，过于特立独行。要学我好的方面，不要学我不好的地方。

张爱萍副总长在润物无声之中给他终生受用的影响。

就是这一点！我觉得不带秘书带你使用起来得心应手啊。你办事利落，处事果断，协调能力强，张爱萍副总长说，因为高度保密，在中央专委开会时，我连自己的秘书都不带，唯独带你。现在你当了首次核试验办公室主任，也就是我知，你知，总参作战部的同事们都不能知。

谢谢首长，我会将首次核试验的工作做好，请首长放心。

这天上午，从宁夏起飞之后，经停哈密，于傍晚时分飞到罗布泊深处的马兰基地。

但是马兰基地离核试验场有四百多公里路，次日早晨，在马兰基地吃过早饭，李旭阁便跟张爱萍副总长上路。张副总长还是老习惯，一个水壶里灌满了开水，挎在左肩上，然后登车而去。行驶到中午时，在200公里处食宿站甘草泉吃了中饭，晚间到核试验场吃晚饭。

路依然是搓板路，很颠簸，有时就像跳舞一样，张爱萍副总长已过知天命之年，坐一天这样的车，李旭阁觉得，下车之后自己还感到腰酸腿疼，可是张副总长却无一点疲惫之感。

太阳快落到地平线上的时候，他们一行终于赶到试验现场。放眼看去，试验场还在建设之中，不过与上回搭帐篷的宿舍相比，已经有了两间石头修成的房子。戈壁的气候特别干燥，一天要喝大量水，因为孔雀河是咸水河，水是不能饮用的，于是饮用水和食品、副食都是大解放车从400公里外的马兰基地运输过来的。尽管他喝了不少水，但是身体上基本无汗，甚至连小便也没有。手帕装在兜里，洗的时候，只要甩两下就干了，身体里的水分都在空气中蒸发了。

傍晚时分，其实也是罗布泊最壮美的时刻。追着遥远地平线的落日，几辆中型吉普在大荒之中疾驶，沿途能看到海市蜃楼那种魔幻般的美。

这次马兰之行，最重要的事情就是检查原子弹高爆的铁塔搭建情况，另一件事是建设地下指挥所和爆心附近的直升机停机坪，第三件事就是落实周总理提出的“一次试验，全面收获”的指示，组织安排相关单位，包括军兵种及民防送去原子弹爆炸的效应试验的装备，动物（狗和白鼠）及民防建筑。

到了罗布泊之后的第一天行程，就是去看原子弹铁塔的安装情况，这是由工程兵技术总队的官兵担任和安装的。这支部队是专门为首次核试验而成立的一支高技术新军。张副总长说，为了保证中国的第一朵蘑菇云升空，他特意找到工程兵司令员陈士榘，让他们成立一支安装部队，可以从全国挑选八级以上的技工充实到这支队伍里，岁数大的可以当职工，年轻的可以入伍。

这个组建报告经张副总长签发后，报告罗瑞卿总长，罗总长历史性的一笔画下后，这支全军唯一的安装部队就成军了。

但是挑选技术工人的事情却没有着落，反映到罗总长那里时，他让张副总长写一个报告，直呈总理，希望国务院有关部委支持在全国范围内挑选高级技术工人。总理一纸批示，从一机部、二机部和建筑工业部抽取的高级钣金工、钳工和吊装司机，皆聚集到这支部队。其中一位八级吊车师傅，曾经参与了建国十周年十大建筑之一——军事博物馆的建设，手操作龙门吊，将几吨重的五星准确地吊装到了军博的穹顶之上。

工程兵技术总队领导汇报说，如今铁塔和地下指挥所的控制电缆已经铺架好了，首次核试验的参试人员，有的会提前返回驻地，有的还要留在现场做技术保障。

张爱萍一听说，便强调，回去的同志一定要强调保密纪律，不该说的坚决不说，不该问的坚决不问。告诉大家隐姓埋名，做一个无名英雄吧。

工程技术总队的领导说，进马兰基地，我们第一件事情就进行了宣誓，上不告父母，下不告妻儿，选择了永恒的沉默。对于保密无小事一语，技术总队的领导汇报了这样一件事情，令他一直记忆犹新。有一天，戈壁突然狂风四起，刮到天昏地暗。一位工程师手中的图纸被狂风吹走了，他就追风而起，跑了十几里地，找了 4 个多小时，终于找到了那张纸。

这是一支好部队啊。张副总长感叹地说道。

上铁塔前看看去，张爱萍又说。

于是，驱车到了原子弹爆心的铁塔面前，张副总长跳下车，昂首仰望，围着铁塔转了一圈，说，李参谋，我们今天上铁塔看看。九院李觉院长对他说，上了铁塔晃得厉害，人在上边晃得不能操作，这可是一个大问题，我得上去瞧瞧。

李旭阁一听有点瞠目结舌，这铁塔高 103 米，只是在中间设计了一个吊篮。电梯还没有安装好，上塔顶的人，还有核试验时装真品的吊篮从轨道徐徐吊上去。如果遇上罗布泊起七八级大风，这铁塔就像一株树在空中摇晃，张副总长又是我军高级将领，这么高的铁塔上去出了安全问题，不好交代。

张副总长，还是我上去吧，有什么需要检查的事项，请交代，我们上去落实。至于这上铁塔晃的事情，我先上去感受，下来再向首长报告。

主席说过，要亲自尝尝梨的滋味，这怎么能够代劳啊？

这么高的地方，首长若要上去，可是要请示罗总长啊。看劝阻不了，李旭阁委婉地提出建议。

啊啊！西尧同志，你瞧我们这个李参谋、李主任，可会拿罗总长来压我啊。张爱萍笑着说道。请示啥子嘛，这里我是总指挥，将在外，君命有所不受。

首长，我不是这个意思。

那是啥子意思嘛？

刘西尧站在一旁，连忙过来圆场，笑着说，张副总长，李主任可是担心您的安全啊！

李参谋身为首次核试验办公室主任，担心我的安全，是对的，但是不入虎穴，焉得虎子。不上铁塔，我对原子弹装配上去能不能操作，心中没有底啊。

张副总长上铁塔的决心已定，劝阻皆无意义。李旭阁立即叫来技术总队的领导，马上派一位技术人员和工人师傅随张副总长上塔，贴身保障。技总的现场领导转身朝后一挥手，立即有一位技术员和工人师傅过来，与他们一起，陪张爱萍副总长走进吊篮。关好安全扶栏后，按了一下电钮，吊篮沿着轨道徐徐向铁塔上部运行。此时，李旭阁环顾一下吊篮，站着张副总长、刘西尧和一位技术人员、一位工人师傅。

吊篮渐次升高。偌大一片瀚海，尽收眼底。

李参谋，有没有点会当临大漠，一览江山小的气派啊？

李旭阁笑了，说，百万军中，敢登铁塔，取首级者，唯上将一人。

哈哈！李参谋，果然知我。张爱萍笑了，渐次升至铁塔面部，看了置放原子弹装置的地方。凌空俯瞰，确让人有一种恐高的眩晕，可是张副总长仍然一派上将风度，临危不惊，处险不变，谈笑风生，指点着铁塔结构，询问在场的技术员，原子弹装置放置什么地方，起爆的电缆线如何接下去，屏蔽电缆的是什么材质……得到了满意答复之后，他说，我没有觉得铁塔在晃啊。一位总队的技术人员说，首长，很明确地晃啊，你没有感觉到吗？

张爱萍说，不晃啊。李参谋，你感觉晃吗？

李旭阁点了点头说，首长，有些晃。

我怎么感觉不出来。

工程技术总队的一位技术人员说，首长，你手扶扶栏，对准底下一个目标，就会感觉出来了。

果然，张副总长按那位技术人员所说，扶着扶栏，看底下的目标，发现了铁塔在晃动。

但不至于影响安装和操作啊。

晃的原因是什么？张爱萍询问道。

是因为柔性连接，那位技术员解释道，就像那高耸的烟囱，是砖和水泥浇灌的，但在风中仍然会晃，如果不晃，风一吹，硬顶就会倒了。

原来如此。告诉九院的同志，上铁塔操作时一定要选择一个无风，或者风小的时候。

下了铁塔，张爱萍和刘西尧又驱车看了一些地下工事，就是放各种仪器的地方。起爆的时候，门窗必须关闭，但是观察孔仍要开着。张爱萍看了后，觉得防护门做得比较厚，可是一般起爆时，光先至，波后到，辐射光波过来时，可以不关，而到了冲击波袭来时，再关上。随行的人员都觉得做得还不够安全，张爱萍副总长开始一直没有表态，最后离开前说了一句，还是想办法再加固一下吧！

原子弹起爆控制中心建在离铁塔爆心 20 公里的地方，编号 702，而指挥所则设在离爆心 60 公里的白云岗。

昨天看过铁塔之后，张爱萍副总长说要到离爆心 20 公里的起爆控制中心看看。工程技术总队将起爆的电缆线从铁塔之上，一直铺放到了 20 公里之外的地方。驱车而去，李觉院长已在那里等候，他的身后，则是副院长吴际霖，一级教授王淦昌、郭永怀、彭桓武，三级教授程开甲、朱光亚和理论部主任邓稼先、副主任周光召。

走进指挥室，里边的工作人员站成了一排，李觉院长一一做了介绍，他们是技术指挥员忻贤杰、副指挥葛叔平、记录员刘秀华、操纵员韩云梯、副操纵员田养深、录音员胡志丽、停车指挥员惠钟汤、高压监视员高深、读表员马淑琴、电源管理员才士昌、程序仪技术指导彭光华等 11 人。张副总长与他们一一握手，询问进程，问有没有把握，他们回答，随时可以，只待中央一声令下。

好！我就要你们这句话。马上就要展开单元和综合测试了，我希望你们稳妥可靠，万无一失，精心组织，精心操作。

张爱萍对几位大科学家在首次核试验准备过程中的工作给予充分肯定，说你们才是真正的英雄，为中华民族挺起脊梁做出了贡献。

甘当无名英雄，为中华民族仰起高傲的头颅，挺直脊梁，大科学家隐姓埋名，甚至改名换姓，从此在国际物理学界彻底消失，王淦昌改名王京，彭桓武改名无颜，不为浮名所惑，为的就是科学报国、强国。而李旭阁的首次核试验办公室主任的任命，也鲜为人知，直至他当了第二炮兵司令员，总参作战部在整理部史之时，才在一个秘档里发现了这份任命书。

4. 早试还是晚试

专机在西苑机场落地后，走下舷梯，接张爱萍上将的专车已经停在了机翼之下。临上车前，张爱萍副总长将李旭阁召至跟前，交代道，李参谋，回去后马上起草马兰场区的核试验准备报告，一份让刘西尧同志在中央专委会上做报告，一份报送罗总长，要简明扼要，说明核试验场万事俱备，单元测试和综合测试全部正常，就等中央一声令下，便可以一爆惊天。

明白。李旭阁答道。

坐作战部来接机的车回到家里，给孩子带了两个哈密瓜，随后便伏案写报告。

爱人耿素墨问他，旭阁啊，你咋一去大西北，就神秘消失了，一两个月也没有一个电话打回来，做什么啊？

天机不可泄露。我还是那句话，素墨，你曾是军人，军事秘密，不该问的坚决不问。

好了，素墨笑了，不该说的坚决不说。我知道你吃了不少苦，人都快烤煳了，晒成一块黑炭坨了。好好休息一段时间吧。

休息！他摇了摇头说，说不定待不了几天，又要出差，你要做好长期吃苦的准备。

素墨笑了，说习惯了。

三个女儿见了爸爸，提出六一节承诺带她们去郊外踏青的事情。李旭阁说抱歉，下次爸爸给你们补上吧，连忙将在罗布泊捡到的鱼化石送给了孩子们，算是一个补偿。

回到作战部，同事们见李旭阁一个半月不归，甚为惊讶，问他做什么了。他只说了一句，出差了。

当天，李旭阁以张爱萍、刘西尧的名义，写了首次核试验的准备情况。汇报提纲写完后，他先送给张副总长审阅，根据他的意见做了些局部修改，然后，又分别报军委和国务院。刘西尧是清华毕业的大学生，他当时是国防科委副主任，参加这项工作，是张爱萍提议的，首次核试，他是张爱萍的主要助手之一。为了便于了解情况，方便工作，中央军委下了命令，让其戴了少将军衔，回到湖北，他就不戴军衔了。

那天上午9时，中央专门委员会连续两天在中南海国务院办公厅召开会议，由周恩来主持，贺龙、李先念、李富春、陆定一、薄一波、张爱萍、赵尔陆、刘杰、刘西尧等出席了会议。会前，张副总长给李旭阁打电话说，我就不带秘书了，你是首次核试验办公室主任，许多协调工作要由你做，跟我去开中央专委会，总理定的事情，要抓紧落实。

李旭阁早早地等在总参大楼前，坐着张副总长的专车，驱车驶往。在工作人员席上，他目睹和记录了影响一个民族命运和中国大决策的历史性一幕。当刘西尧读了由李旭阁起草的、经过张爱萍副总长修改后的《首次核试验的准备情况和正式试验工作的安排汇报提纲》后，专委会围绕着是空爆地爆和对外影响的情况进行了讨论。周恩来总理说，试验时间要做两手准备，或暖季，或寒季，我更倾向于明年的二季度再搞。

可是国务院副总理兼总参谋长的罗瑞卿则力主10月试，他说请总理再考虑一下，早响更有利，而且拖下去，夜长梦多。周恩来明确地提出季节不合适，可能今年不会试，准备明年的方案，提到主席处，最后由主席定。

临散会时，总理说明天下午2时30分继续开专委会，讨论核试验的问题。

北京的酷暑已逝，天空中有几丝秋凉之意了。昨天对于核试验最后时间没有定下之事，翌日下午2时30分，中央专委又再次召开了会议。李旭阁依然是以张爱萍副总长的助手身份与会，同时又身兼首次核试验办公室主任。工作人员席上，周总理的军事秘书周家鼎、王亚志也坐在一旁，出席的人员还是昨天的中央专委委员贺龙、李先念、李富春、陆定一、薄一波、罗瑞卿、张爱萍、赵尔陆、刘杰、刘西尧。

会议一开始，总理与贺龙、李先念、薄一波等几个副总理就研究了核贮存的新建方案和两弹的结合问题。一个主要的议题——试验的时间问题又再次提到桌面上来了。周总理再次提出，现在搞核试验，即使遭受损失，也在所不惜。不只促使赫鲁晓夫倒台——他说我们搞不出来，我们搞出来了，还有可能引起帝国主义重视，炸我们；也向世界说明，打破苏美两家的核垄断，证明我们的国际地位。今、明、后年试验差别不大，只是时机问题，今年要搞，9月下旬要下决心。今年搞不成，那就推至明年四五月份，那时气象合适。如果时机来不及，就推到后年，有个好处，不仅塔爆、空爆，而是两弹结合。1966年10月，争取两弹结合。

李旭阁坐在一旁观察，明显地感觉罗瑞卿总参谋长一直在力争要1964年

10 月间搞核试验。罗总长说，总理，据公安部四局报告，美国《商业周刊》上说美苏要敲掉我们的核基地，值得警惕。张爱萍立即汇报道，为确保核基地和核试验场的安全，我们已经做了预案，并进行了空军和防空兵力的部署。哈密进驻个空军师，敦煌将高炮师派进去。

周恩来总理说，应对及时啊，搞好防空布置，防止被帝国主义动核手术，这是必须纳入考虑的重点问题。随后他进一步明确任务。对于首次核试验的时间，他说，推迟时间搞，可以使他们轻视我们，说我们不行，这样也可使我们埋头干上五六年，也可以使第二个基地接续起来。要考虑一下究竟是今年、明年还是后年，明年比较适中，今年紧一点。罗瑞卿始终有一种属于军人的危机感，他分析和预见了各种情况，坚持己见，说根据调查材料通报，炸一下也好，也是搞个边缘政策。

周恩来总理说，推迟也不会很远，1970 年左右。罗瑞卿神情严峻，接过总理的话说，到了 1970 年，我们这些人要退休了。

李旭阁作为当时中央专委会的参与者，真实地记下了当时中央决策首次核试验是早响还是晚响的过程，但是他也没有想到，历史的巨臂，往往轻轻一挥，就撬动了一个中国大决策的转动。

9 月 16 日、17 日两天的专委讨论，意见不统一，是早试还是推至明年再试，总理说要向二位主席报告。

今年搞不成，电缆要挖出来，张爱萍、刘西尧积极主张当年试，总理坚持先报告两位主席。那天会开得很晚，在总理家吃饭，吃菜是用盆装的，用勺子盛出来。

中央专委会结束后，一直主张早响的总参谋长罗瑞卿再也不想等了，人们常说罗总长是毛泽东的影子，而此时的罗总长，既是国务院副总理，又是三军总长，深得毛主席青睐。他决定利用在毛泽东身边的特殊地位和影响，将核试验最终的拍板权交由主席，让毛泽东主席来下最后决心。他将张爱萍副总长叫到办公室，面授机宜，说马上起草一份《关于首次核试验时间的请示报告》，由他直呈毛主席、党中央。

此意也正合张爱萍的心意，他没有半点犹豫，受领任务后，立即将李旭阁召到办公室，交代罗总长的意图，说，起草一个报告，不要长，简要说明首次核试验的准备情况，万事俱备，只待党中央、毛主席一声令下。李旭阁当天便挥笔而就，呈送张爱萍修改过后，李旭阁再次抄写清楚，由罗总长以自己的名义，上送毛主席。

罗瑞卿以三军总长的名义，呈报毛泽东，建议首次核试验早响，最佳时间安排在1964年的10月中间，并说明有气象窗口。主席在这些攸关中华民族大事的决策上，总是气吞江河，雄视众山之小，他马上批示："原子弹是吓人的，不一定用，既然是吓人的，就早响。"

毛泽东轻轻一句话，却重似千钧，改变了中国历史的进程。

第二天上午，毛主席要见张爱萍，亲自谈一下，可是张爱萍却跑到东安市场买东西，未接到主席的电话，未见上毛主席。

一个历史的时刻降临了。

周总理在三座门召集张爱萍、刘西尧传达毛主席的指示，参加会议的贺龙、陈毅、罗瑞卿、张爱萍、刘杰、刘西尧等传达了毛泽东对首次核试验的决定。李旭阁作为首次核试验办公室主任，记下了这一历史性时刻。周恩来开宗明义地说，主席同意搞，任务更重了，不是更轻了。随后，他指着张爱萍和刘西尧说，你们两个什么时候去，运输怎么搞，知道的人不要太多，不知道的不要知道，路上如何押运，要实施封锁。这个时期根本不要写信了，你们自己除公事外，也不要为私事打电话。上梁不正下梁歪。你们今晚要开一个会，具体规定多少条，从现在起都要搞好，任何消息也不要漏出来。上万的人，不像过去解放区那样小，我们现在在舞台上了，敌人在暗处，不要还没有搞就嚷出去了。你们两个人从今天起，不要再接见外宾，埋头苦干，是无名的工作，决定了松不得。第二件事，时间看来需在20日以后了，10月有4次好天气，中旬也可能赶上，也可能赶不上。最好是10月下旬、11月上旬，不要搞得太紧了，时间不限制，我记得阿富汗国王是 19 日来，最好我们做些思想工作。但是你们准备好了也不要受这个限制。准备好了，你们打个电话给我，不要说具体时间，就说 20 日之前，我就知道了，电报要有线电报，加保密。

这时，副总参谋长张爱萍站了起来，向周总理告假，说今晚外交部安排一个外事活动，要提前告退。

总理仰起头来，对外交部有关人员说，下不为例。告诉乔冠华，以后再不要安排爱萍同志的外事活动。

张爱萍副总长站起身来，刚准备离去，周总理突然从沙发上一跃而起，说爱萍请留步。

李旭阁见总理走了过来，堵住了张爱萍的去路。周总理关切地说，爱萍，你带核试验的文件了吗？

张爱萍摇了摇头说，总理，没有带啊！

周总理指了指张爱萍的衣兜，说搜一搜，看看里边有没有纸条，你参加外事活动，首次核试验的只言片语不能带出去。

李旭阁第一次亲眼看到了周总理的处事缜密。在总理的督导下，张爱萍真的将自己几个衣兜都掏了一遍。没有搜出什么，总理才如释重负地说，保密无小事啊！首次核试验除了中央政治局常委外，书记处也只有彭真知道，范围很小。一旦泄露出去，就会捅破天的。

暮霭涌起，会议室的光线渐次黯然下来。将所有预想的事情都布置完了，总理向坐在后排的李旭阁招了招手说，李参谋，你过来。

李旭阁从后排站了起来，走到总理跟前，询问道，总理有什么指示？

从沙发上站起身来的周恩来对他说，你回去问问张副总长，组建七机部的事情做完了没有，让他走之前把文件交给我，我向聂总谈一下。张副总长走后，罗总直接抓，今天晚上就制订场区与北京通话的暗语，北京也就是我、贺总、罗总 3 个人抓。你回去向爱萍副总长报告。周恩来交代道。

晚上张爱萍副总长参加外事活动回来，李旭阁报告了总理的指示，张爱萍副总长说，旭阁，按总理的指示办。

随后，李与二机部办公厅主任张汉周、二机部部长刘杰的秘书李鹰翔、国防科工委的处长高建民一起编暗语。也许因为首次核试验的原子弹是圆形，李旭阁提出，因为是秋天，将原子弹取名为邱小姐，此议一出，大家连声称好，说形象隐秘。于是便将装原子弹的平台叫梳妆台，连接火工品的电缆线像头发一样长，叫梳辫子。李旭阁写完了，当天晚上便送给了张爱萍，密码对照表上规定：正式爆炸的原子弹密语为邱小姐；原子弹装配为穿衣；原子弹在装配车间，密码为住下房；吊到塔架上的工作台为住上房；原子弹插火工品，密码为梳辫子；气象的密码为血压；起爆时间为零时。有关领导也有相应的代号，周总理的代号为 82 号。张副总长看了后连声说，旭阁，编得好，既形象生动又隐秘难猜。

随后，李旭阁以首次核试验办公室的名义，将昨天晚上编的首次核试验密码，正式报给了周总理、贺龙和罗瑞卿，作为核试验场与北京电话联络的暗语和密码。

5. 两架专机送一个密使

已经是凌晨 3 时了，张爱萍上将还没有睡，等李旭阁将首次核试验的准备工作情况及试验时间的绝密报告草拟抄好后，送到总指挥的帐篷里。张爱萍坐在箱子上签署后，仰起头来说，李主任，你飞一趟北京，将这份绝密报告直呈总理和主席。

是！张副总长。李旭阁答道。

张爱萍指了指帐篷一角的贝壳、鱼虫化石说，将这些罗布泊的化石带上送给叶帅，我离开北京时，他曾说要来看首次核试验，你代我去请他。

李旭阁将张爱萍签署的绝密文件收入文件包时，张副总长又叮咛了一句，天亮了就走，赶到马兰机场，空军成钧副司令员已经调专机过来接你。

明白！

罗布泊的清晨一片死寂，唯有风的呼号。第二天早晨出发时，李旭阁心里一片愕然，环顾左右，这样天大的事情，只派他一个人去做密使，再没有第二个人。而且空军一架伊尔-14专机，也只送他一个人，可谓空前绝后。但是张副总长定的事情就得义无反顾地执行。他将文件包抱在怀里，径自登上一辆嘎斯吉普，对司机说，出发，去马兰机场。

浩瀚的罗布泊，曾是一片大海，海水干涸，海底凸露出来，黑茫茫的一片空阔。他坐在车中极目远眺，望不见地平线尽头。沙尘掠过，让人不辨东西。瀚海本无路，唯有留在河床上的车辙通向机场。几个月往返于核试验场上的每个点，他已经熟悉了。可是那天仍然险象环生，吊诡迭出。他坐的吉普车头天刚保养过，车况不错，然而在一望无边的戈壁滩上疾驶时，河床凸凹不平，颠簸起伏，突然一声巨响，吉普车遽然倾斜，连车带人差点栽了一个跟斗。他下车一看，一个车轮早已飞入苍茫。他与司机在荒原上茫然四顾，到处寻找，东西南北绕了好几个圈，终于将轮子找了回来。重新安上去，已耽搁了很长时间。驱车赶到机场，太阳已经西斜了。空军作战部恽前程副部长神情焦急地问道，李主任，你怎么才来啊！

李旭阁苦笑着说，我们在戈壁滩上将吉普车的轮子跑飞啦！

机组飞不了夜航，恽前程指着停在机场跑道上的伊尔-14军用飞机说，天黑之前你赶不到北京了。李旭阁才发现恽副部长的焦急事出有因。

那怎么办？张副总长说主席和总理都在等待这份绝密报告，务必今晚送到。

第一站先落包头吧。恽前程副部长说，我马上请示成钧副司令，再派一架专机到包头接你。

很快，成钧副司令员打电话与空司联系，另一架专机马上飞往包头机场等候，接送李旭阁飞往北京西苑机场。

李旭阁登上伊尔-14飞机，在云层中颠簸了好几个小时。傍晚时分，飞抵包头上空，恰好是一场雨后，草原上田鼠横窜，猎鹰乘机出来捕食。飞机在半空盘旋，然后朝着跑道俯冲近地，只见一只猎鹰朝着飞机迎面飞来，咣当一声响，撞在了驾驶舱的玻璃上。飞机一阵剧烈抖动摇晃，幸好飞行员牢牢把住操纵杆，才避免了一场灾难。飞机降落到包头机场时，天色渐渐黑下来，飞行员把那只被撞死的鹰拾了回来，发现翅膀足有一米多长。

一场虚惊，好在有惊无险。李旭阁走下飞机，看到空军调来的另一架里 -2 飞机已经停在包头机场待命。晚上 9 时，他再度登上里 -2 专机，朝着北京的夜空翱翔而去。夜里 11 时，军用专机在北京西苑机场降落，李旭阁走出舱门，发现舷梯下站着二机部部长刘杰和空军政委吴法宪。

吴法宪走过来，拍拍他的肩膀说，听说一路险情不断。

李旭阁点了点头，将绝密报告交给了刘杰。

总理还在中南海等着看哩！刘杰部长接过绝密文件又说，旭阁，一路辛苦了，回家好好睡上一觉。

告别刘杰和空军政委，他抱着两个哈密瓜径直赶回家里。

第二天早晨刚起床，李旭阁就接到电话通知，马上到总参参加罗瑞卿总参谋长主持的核试验场防空会议。而他送来的那份绝密文件，当天深夜由周恩来审阅后，直呈毛泽东和刘少奇。

防空会议决定向哈密进驻一个歼击机航空兵师，敦煌进驻一个高射师。当时的情况判断有些严重，其实苏美都没有轰炸我们的核设施。

当时美英苏有一个协定，核武器要实施垄断，法国当时也没有，他们对中国实施封锁。世界分为两个阵营，美国封锁我们，苏联却伸出援助之手，对我们包括核武器在内的现代化起了帮助作用。后来中苏交恶，苏联原本要输入中国的原子弹模型也断绝了。中国自力更生搞原子弹的困难不小。第一颗原子弹的装置过程，包括氢弹如何制造，如何使武器实用，李旭阁跟着张爱萍看过。第一颗原子弹制造出来后，总理规定要有一个备份的，第一个不响，第二个可以上去。

李旭阁在北京等待总理办公室的消息。过了一天，总理的军事秘书王亚志打来电话，说报告已由总理上报毛泽东主席和刘少奇主席了，林彪、邓小平、彭真、贺龙、聂荣臻都已经圈阅，总理说有些问题与张爱萍电话谈过了，你可以走了，但不要带什么东西。

次日，伊尔-14专机再次将他送回罗布泊。临回新疆前，张爱萍夫人李又兰打来电话，说北京的大白菜上市了，我给你们买了好多棵，你带上吧，那里最缺的是蔬菜。于是李旭阁带上了又兰大姐送的巧克力、青菜及六棵大白菜。进至场区，回来向张副总长报告情况后，向参加首次核试验党委常委传达了中央同意的时间安排和周恩来总理、罗瑞卿总长指示，一切正常，20日完成吊篮前的一切装配工作。

10月13日14时，李旭阁起草完了万一不成功的处置方案，经过张爱萍副总长签发后，再次报中央。随后，总指挥所离开总控制中心，由702移至201。这里离楼兰古国不远，工程兵在这里施工时，曾经挖出了木乃伊干尸。

李旭阁有点意外，然而，就在距核试验零时仅剩最后4天时，张爱萍上将又做出了另一个惊人之举，亲自动员和陪同几位大物理学家王淦昌、彭桓武、朱光亚、周光召、陈能宽等游览楼兰古城。此时李旭阁已不再惊讶了，他却深深领悟了张爱萍的“文武之道，一张一弛”的真谛，让大科学家徜徉于一片历史的废墟之中，暂时忘却核世界的诡谲多姿，梳理精神的羽翼，举重若轻地迎接一场震撼世界的东方巨响。

6. 壮士不畏死，核试验次日飞越爆心上空

天气成了整个核试验场最关心的事情了。

确定了试验时间后，张爱萍与试验委员会，就是等天气，每天研究到天亮。中央气象局派了一个工程师顾正潮，真正了解基地的气象员，每次收到信息后都标成图，判断一次，最少一个小时。第四次研究气象时，风速小了。下午4时30分，张爱萍和刘西尧去了试验塔，离试验时间不远了，基地气象处长叫韩云生当场报告，刮西风，风速减小到了每秒6米，九院报告试验弹的测试情况，

现场与总理通话，而这边李旭阁拿着听筒等张爱萍讲话。罗布泊的天气很恶劣，狂风掠过，风沙肆虐，天气成了所有人关注的中心。

首次核试验指挥部的指挥员和专家都在仰望天空，祈盼一个好天气。可是一连两天，罗布泊风云变幻，诡谲难测，狂风呼啸，沙暴遮天，让气象专家难下决断。研究气象出现不同意见，基地年轻的气象员朱德品认为，14 日晚大风 10—12 米、阵风 14—16 米，其余人员包括专家认为不会出现大风。当时国家气象局和总参气象专家预报 15、16 日是好天气时，唯有马兰基地年轻的气象员朱德品瀚海独行，坚持预报 14 日晚间将有大风，风势要到 15 日上午 10 时之后才会渐次减弱。可是人微言轻，开始没人相信他的气象判读。到了 14 日晚间，突然大风起兮，黄沙滚滚，遮天蔽日。指挥部专家和将军们望天长叹，翘首以盼晴日。晚上阵风达到每秒 18 米，被朱德品言中。

到了 15 日 10 时许，风力果真小了，天气再次被朱德品预见，李旭阁又安排了四次天气会商。

10 时 30 分，张副总长在 201、701 场地，开常委会研究零时。11 时 42 分议定，因预料 14 时阵风转小到 6 米以下，16 日 15 时为零时，18 时，又在 201、701 场地召开常委会，议定 10 月 16 日为零时，产品马上上塔。18 时 20 分，李旭阁向总理密语报。

张爱萍于凌晨 3 时 30 分最后一次天气会商时最终拍板，首次核试验零时定在 10 月 16 日 15 时。之后，李旭阁随他到了塔下。6 时在塔下接气象处长韩云升报告，气象转好。大家长长地舒了一口气。

凌晨时分，罗布泊一片寂静，深邃的天穹有一种罕至的神秘和沉默。原子弹于早晨运到了铁塔架前进行交接。张爱萍再度下达命令，8 时插火工品。张爱萍当场批准插雷管，最后一道工序，李旭阁又向总理办公室发了第二个暗语，邱小姐在梳妆台，8 时梳辫子。火工品插好后，原子弹徐徐吊上塔架。李旭阁给总理办公室发第三个暗语，邱小姐住上房。

铁塔兀立，像一个金刚，将第一颗原子弹高擎入云。一切都安排妥当了，张爱萍对李旭阁说，走，回主控站。

吉普车从塔架下刚开出了 10 米，张爱萍突然叫停车，坐在后排的李旭阁问，张副总长，有什么事情？开车吧，没事！素来果断的张爱萍犹豫了一下，将手中的照相机放了下来，挥了挥手，走吧！李旭阁明白了，上将想在原子弹铁塔前拍照留念。张爱萍是一位将军摄影家，从战争年代起，便深谙此道，颇有造诣。徜徉塔架前，他多想给自己拍一张照片，留下历史性的纪念。可是他在许多场所都要求部队保密，不准拍照，自己也不能破了这个规矩，于是悻然而去。此事成了他一生的遗憾。

8 时离开试验塔，李旭阁跟随张爱萍到了主控站，到了 702 主控室，看到电源正常。主控站的大学生韩云梯是首次核爆炸的操纵员，他压力太大，不敢按电钮，每天晚上都睡不着觉。张爱萍做他的工作，说你不要有压力，按规程操作，心态放松，放轻。这时，九院院长李觉已将主控站的起爆钥匙交到负责主控室指挥的张震寰（时任国防科委副秘书长）手里，张爱萍满意地点了点头。此时，李旭阁突然接到周总理办公室的电话，传达总理指示，零时后，不论情况如何，请张爱萍立即与我直接通一次电话。

8 时在主控站观察对电流通信正常以后，李旭阁随张爱萍副总长驱车离开 702 主控站。

12 时抵前进庄，欢送防化部队出征。

13 时李旭阁跟随张爱萍回到距离爆心 60 公里的白云岗观察所。观察所设在一个土坎堆前，李旭阁环顾周遭，发现他们请来的物理学家王淦昌、彭桓武、郭永怀、邓稼先、朱光亚等一批人已在零时前几分钟，走进了观察所的掩体里，背对核爆心，向背而卧。

李旭阁说，为了看到原子弹爆炸的瞬间，可以豁出去一只眼睛，也在所不惜。

旭阁，勇气可嘉，但不可蛮干。张爱萍摇了摇头说，通知所有人坚决不许面向爆心。

这时，李旭阁再次摇通总理办公室的电话，握在手中，屏住呼吸，等待那震撼世界的历史性一刻的降临。

倒计时秒表在嚓嚓作响，李旭阁的心已禁不住一阵狂跳。随着指挥员“10、9、8、7、6、5、4、3、2、1”的倒计时报数，只听一声“起爆”口令，死寂的戈壁滩上遽然掠过一片耀眼的白光，远处传来一声轰隆隆的雷霆巨响。大地震颤了，遥远的天边，一个火球缓缓裂变，红云般的蘑菇浮浮冉冉，冲天而起，扶摇苍穹，飓风天地。一会儿红色蘑菇云在半空中漫漶翻卷，次第呈乳白色。白云悬空，美丽的毒蘑菇绽放天地之间。

15 时准时起爆，过 30 秒张副总长与总理通话。

李旭阁欣喜如狂，却没有忘记将手中的电话递到张爱萍手中，说，总理就在电话旁，他在等你报告情况。

猝然不惊的张爱萍此时却难以抑制内心的激动，说，总理，首次核爆炸成功啦！

是不是真的核爆炸？周恩来在电话里问张爱萍。

张爱萍扭头问身边的物理学家王淦昌，总理问是不是真的核爆炸？

是核爆炸！王淦昌肯定地回答。

张爱萍立即向总理做了报告。周恩来说，很好，我代表毛主席、党中央、国务院，向参加首次原子弹研制和试验的全体同志表示热烈祝贺！毛主席正在人民大会堂，我马上去向他报告。

李旭阁站在张爱萍身边，将这历史性的一幕铭刻于心。

18 时 30 分，他向总理报告核爆炸有关情况。19 时 30 分，总理问刘西尧，敌人不承认核爆炸如何办？

王淦昌笑了，科学是要有证据的，防化兵的取样，还有猴子、狗、鸡、白兔、小白鼠所受的辐射，便是最好的取样了。

首次核试验尘埃落定，核爆铁塔究竟毁伤成什么样子，张爱萍总指挥仍放心不下。当天晚上，庆功宴过后，张爱萍忧心忡忡地说，旭阁啊，也不知那铁塔炸成了什么样子。

李旭阁沉吟片刻，主动请缨，张副总长，我明天坐直升机飞到爆心，从空中看看铁塔倒塌的真实情况，回来向您报告。

不行！太危险。张爱萍摇了摇头，现在爆心核辐射和核沾染超标千万倍，对身体危害太大！

科学家们说没事，只要防护得当。李旭阁毫无畏惧地说，我穿上防护服，戴上防毒面具，问题不大！再说舍不得孩子套不到狼！

在李旭阁再三请求下，张爱萍副总长同意了，叮嘱他，一定要防护好自己。

核爆后的第二天，爆心废墟上仍旧弥散着核尘埃，探试仪器指针未进核心圈，便指向尽头，蜂鸣器突突叫得人心慌。李旭阁穿上防化服，戴上防毒面具，与马兰基地一位摄影员登上直升机，鹞然而起，往六十多公里外的爆心飞去。十几分钟后，飞抵核爆炸的铁塔上空，他让飞行员在空中悬停，自己伸出半个身子朝下俯瞰。核爆过后，铁塔扭曲变形成了一堆麻花，倒成一片，化成铁水，凝固于地。李旭阁请飞行员从不同方向，飞掠铁塔上空，让摄影员选最佳角度拍摄。一直在爆心上空盘旋了十来分钟后，完成了所有观察和拍摄，才安全返航，降落到洗消站进行洗消。随后李旭阁摘下防毒面具，穿着防护服，伫立直升机面前，留下了一张照片，也留下了中国军人的勇气和豪情。回到指挥所，李旭阁向张爱萍总指挥汇报了塔架毁伤状况，张爱萍上将长长地舒了一口气。当晚，他挥笔填词一首《西江月·塔架》抒怀："为了科学试验，粉身碎骨何惜，雷声鸣时体化灰，为国扬眉吐气。"

几天之后，张爱萍穿着防护服，与刘西尧、张蕴玉、九院院长李觉和几位核科学家一起，往核爆过后的圆心步行而去，将一代中国人的勇气、胆识留在了西部的天空。

节选自作家出版社2018年7月《大国重器——中国火箭军的前世今生》

踏遍青山

裘山山 *

从采访费梁、叶昌媛两位老师开始，我就一直有个愿望，即和他们一起去野外考察，看看他们的工作状态，体验一下科学家的艰辛。而且作为两栖动物领域里的科学家，他们的主要战场不在实验室，而是在野外。虽然费梁和夫人叶昌媛已经八十了，退休也二十年了，但他们始终没有离开两栖动物研究领域这个战场。

不过野外考察要根据两栖动物的生活习性来决定，天气太冷不行，太冷它们都不出来活动，处于冬眠状态。于是从一月等到四月，最后，定在了四月下旬去野外。

听费梁老师说，两爬室（两栖爬行动物研究室）主任江建平，四月份正好要去峨眉山看一个他们两爬室的监测点，我们一起去就可以了。江建平主任也曾是费老师的学生，虽然现在是领导了，还是继续在搞研究。他对费老师很尊重，费老师和叶老师退休后继续工作所需要的办公室以及标本显微镜等，就是他帮助提供的。

大家都是忙人，费老师放下了手上的工作，我也婉拒了一个会议，江建

---

* 裘山山，祖籍浙江，现居成都。1984 年开始发表作品，主要是小说和散文。已出版长篇小说《我在天堂等你》《春草》，长篇散文《遥远的天堂》《家书》，以及中篇小说《琴声何来》等作品。先后获得过鲁迅文学奖、解放军文艺奖、全国“五个一工程”奖、四川省文学奖、冰心散文奖、《小说月报》百花奖、《小说选刊》年度奖以及夏衍电影剧本奖等多项奖励，还有部分作品在海外翻译出版。

平主任也腾出了时间，排除各种干扰，反复商议后，终于把日子定在了4月26日。

可是没想到出发的时候又出问题了，先是江建平主任因工作需要临时去西藏了，然后是老天爷不配合下起了雨，气温骤降。但最终，在费梁老师的坚持下，我们还是按计划出发了。

陪同费老师和我一起去峨眉山的，改为谢锋老师。谢锋老师虽然是1968年生人，也早已是两栖动物领域里的骨干了。他早年是费老师的硕士生和博士生，目前是两爬室的研究员，博士生导师。

出发前，25日晚上，成都一直下雨。我用手机查了一下峨眉山的天气，更是春雨绵绵，连续三天都是雨，而且山顶只有零度。我一下子很纠结，我想江主任不能去了，工作性质有所改变，这次峨眉山之行主要是为了我，为我提供采访费老师的机会。费老师八十了，这么不好的天气，万一滑倒，或者感冒，那才糟糕。费梁的夫人叶昌媛老师，身体更差，不敢想象让她上山考察。

费梁和叶昌媛两位老师，不仅是两栖动物领域里并肩战斗的科学家，也是相濡以沫五十多年的夫妻。他们和他们的导师刘承钊、胡淑琴一样，是非常难得的志同道合的夫妻。我每次去办公室采访，他们俩都面对面坐着在埋头工作。

于是我又发短信给生物所办公室的张轶佳，他一直在做联络员。我说明天这天气行吗？费老师那么大年纪行吗？小张过了十几分钟回复我，说问了费老师和谢锋，没问题，按计划走。你带上厚衣服和雨具即可。

我连忙翻箱倒柜找出我的冲锋衣，又加了件毛衣，找了顶帽子，还找了把手电筒。算是做好充分准备了吧。

第二天一早，我们一行四人（含司机师傅），乘坐一辆别克子弹头公务车，冒雨前往峨眉山。一见面，我发现费老师穿得很少，就是一件蓝色抓绒衣，我问他够不够，他说包里有外套。

谢锋问，叶老师呢？怎么不一起去？费老师说，叶老师最近身体又不太好，今天还要去医院查血，所以不能一起去了。我说，当然不要让她去，她太需要休息了。谢锋倒不这么认为，他说，不如带上叶老师，让她去山上呼吸下新鲜空气。费老师说，她在吃中药，不方便。

谢锋从读硕士开始就跟着费老师了，一直到博士毕业。而且他的年龄也跟费老师的儿子一样大，所以他对费老师，完全是晚辈对长辈的态度，很尊重，也很亲切随意。

路上，我问了两位科学家一个问题，就是青蛙和蟾蜍（俗称癞蛤蟆）有什么区别。以前我认为，青蛙是绿色的，癞蛤蟆是土色的，但看了很多标本后我发现，青蛙也有很多是土色的。那它们最根本的区别是什么呢？总不会是颜值吧？因为蟾蜍的体表有很多疙瘩，据说内有毒腺。

我时常向费老师提出这种在他们看来很“浅薄”的问题。比如，我问，两栖动物是不是既可以生活在水里，又可以生活在陆地？费老师总是耐心回答我，让我长了不少知识。

费老师说，蟾蜍是蛙类的一种。所有的蟾蜍都是蛙，但不是所有的蛙都是蟾蜍。二者的区别从蝌蚪开始就有了，青蛙的蝌蚪颜色浅，尾巴长，蟾蜍反之。再或者说，从卵就开始有区别了，青蛙的卵堆成块状，蟾蜍的卵排成串状。其实它们外表上的差异是次要的，最主要区别在骨骼上。它们的骨骼构造不同。青蛙是固胸型，蟾蜍是弧胸型。

费老师说得很专业。谢锋看我不太明白，就用通俗话补充解释说，当需要用力时，青蛙的左右胸骨因为是固定的，可以用力，而蟾蜍的左右胸骨没有固定，可以滑动，无法用力。所以青蛙可以远距离跳跃，蟾蜍只能爬行，要跳也只能是小跳。

原来如此。真是太有意思了。

我又问，为什么很多庙里供着蟾蜍，而不是青蛙。

费老师说，这个好像和神话传说有关，过去认为蟾蜍与钱财有关系。详细的情况我还要查一下资料才能答复你。

费老师这么一说我不好意思了，如果是文化范畴的东西，不是该我自己查资料才是吗？连忙用百度查了一下，果然都来自传说，一说战国至魏晋，蟾蜍一直被认为是神物，有辟邪功能。二说月亮上有蟾蜍有桂树，蟾宫折桂，是科举及第的意思。三说蟾蜍能口吐金钱，是旺财之物。

果然都是传说，与科学无关。算是个花絮吧。

其实癞蛤蟆样子虽然难看，却也是对人类很有用的。除了和青蛙一样是捕虫高手外，它体内含有的蟾蜍毒素等多种化学物质，都是很有疗效的药物，耳后腺所分泌的白色浆液是中药里著名的蟾酥。同时它的毒液也可以保护自己，猫狗黄鼠狼等，碰到它的分泌物都会中毒。

车子出城，驶上高速路，车不多，路通畅。路两边的植被也很不错，茂密葱郁。让我想起在美国自驾的经历。眼下中国的高速路和美国的高速路，除了收费站这一点，其他已经很接近了。

我问，现在出去考察，已经比过去条件好很多了吧？

费老师说，那肯定的，没法比，好太多了。

我说，过去是坐解放牌大卡车去考察吧？

费老师说，最早连大卡车都没有。六七十年代我们出去考察，是先坐公交车到火车站，到了省城，再转长途车到县城，再往下，连长途汽车都没有了，就坐马车牛车，没有马车牛车，就完全靠一双脚走，并请当地政府帮助请挑夫，帮忙搬运行李、仪器、标本和采集工具等，十多件物品常常需要8—10个人帮助运输。

去之前，我们先根据中国地形进行选点，选代表性的点。比如贵州，就看它有名的山区，东南、西南，选几个县来考察。高海拔、中海拔和低海拔都要兼顾选点。那时候不要说导航，连地图都很少，先到图书馆借地图册，在家里画好地图，有时候也找当地政府借地图。那个时候完全依靠各级政府，凭着介绍信，先向县政府了解，县政府再开介绍信到区或乡里，一层层往下转。向他们了解情况，哪里的蛙类丰富。

交通之外，住宿也是很艰苦，一般到当地小学搭铺。白天孩子们上课，晚上就在教室里铺床睡觉。幸好考察多在春夏，除了西藏，大部分地区已经暖和了，自己带铺盖，所以有十几件行李。

中国有句老话，穷家富路，意思是家里可以省一点，出门还是要宽裕些。但他们却无法做到，由于经费少，他们每次出门都穷到极点，很少住旅馆，自带铺盖卷，自己解决一日三餐。我曾看到一张老照片，那是费梁在贵州梵净山考察的情景，他们几个人一起站在一个窝棚边做饭。那是农民种地搭的简易窝棚，已经坍塌，上面覆盖着塑料布。费老师说，那对我们来说，已经算得上“星级宾馆”了，有时候连个遮风挡雨的都没有。另有一次在西藏波密，他和一位同事在一顶仅能睡两人的小帐篷（只有一米高）内，靠一床毛毯和一件皮大衣露营了10天。而且那些日子时断时续下着小雨，等他们离开的时候，撤去帐篷扯掉毛毯发现，他俩的体温把地面烘干了一大块，其余地方还是湿漉漉的。

这让我想起了西藏边防的一个连队，战士们的被子永远是湿漉漉的，也是每天靠着青春的躯体烘干。一旦出太阳，就是大喜的日子，全连晒被子。

所谓艰苦生活，是由常人无法想象的点点滴滴组成的。

外出是为了工作，再艰苦都必须坚持。费老师说，现在可以住宾馆，出门简单多了，不用带行李了。我们一直到90年代，才可以不带行李的。

我转头问谢锋，你开始参加工作野外考察时，已经是90年代了吧？条件已经好多了吧？谢锋说，跟现在比，当然还是艰苦，但和费老师他们比，那好到没法说了。

谢锋第一次野外考察，就是上峨眉山。那是1993年，那个时候交通已好了很多，不用反复周转，坐汽车就直接到了峨眉山。但没有宾馆，江建平与他一起借住在农民家。那家农民把家里最好的一间房子，即儿子结婚的新房借给他们住。但是吃得很差，每天都吃煮土豆。而且一煮一大锅，每顿都吃，到后来几顿，土豆都馊了。可是看到人家农民照吃，他们也只能跟着一起吃。

为什么一顿煮那么多？我问。谢锋说，不知道，没好意思问。我猜，也许是为了省柴火？

谢锋说，考察完下山后，我们做的第一件事就是进到餐馆里，点了一份回锅肉来吃，解解馋。

不过第一次就发现了新种峨眉林蛙，觉得辛苦也很值得。

说到在野外的吃饭问题，费老师又想起了往昔。20世纪60年代，费梁刚刚参加工作，就赶上粮食匮乏的年月，野外考察时，带着每天一斤粮食的定量，没有副食品蔬菜。每天就只能用篝火煮饭，用辣椒和盐巴下饭。可是工作量大，每天徒步上山，一走几十公里；工作完了下山，一走又是几十公里。饿得他和同事们前心贴后背，走着走着就虚脱了。终于有一次，大家逮住几只老鼠，掺进野菜包了一顿饺子，总算沾了点肉味，大家高兴得像过年一样。

这样的日子，终于一去不复返了。

回忆往事，费老师忽然想起了一件事。

1981年5月，费老师去大凉山考察。住在一个道班里，并与道班工人一同搭铺睡觉。有一天在山上，看到一个朽了的大树桩，就想看看下面有没有蛙。没想到他去搬的时候，树桩很重，用力过猛，被拔断的树桩和人一个仰面朝天摔倒，腰被严重扭伤。他艰难地爬起来，勉强回到道班就不能动了，坐下后没有人帮助就站不起来。在那种偏僻的地方，根本没有医院，连赤脚医生也很难找到。搭铺的那位道班工人看到了，马上上山去为他采草药，回来后捣碎，再调上白酒，敷在他的腰上，再撕开一条破裤子给他缠裹住。敷了三天后，腰疼就缓解了，可以继续工作了。

特别感谢这位道班工人，念念不忘。第二次再次去那里考察时，就特意带了两瓶酒，想去谢谢那位道班工人，不料那位工人已经离开了，去了别的地方。按旁人告知的地址找到新地方，他还是不在，但遇见了他的班长。只好把两瓶酒交给班长，表达了他的感激之情。一直到今天，都忘不了他，很感激他。

野外考察，受伤是常事吧？我问。

费老师说，是的，所以我们都自己带着药材，红药水碘酒纱布胶布，等等，有了伤就先自己处理，包扎一下。

就是那一次，费老师发现了原鲵。是在普雄彝族同胞一个废弃的土豆窖里发现的，当时它被当作了“娃娃鱼”。是费老师火眼金睛，立即判断出这不是普通的“娃娃鱼”，经过仔细认证，最终被确认是原鲵。到目前为止，原鲵是四川普雄才有的一个单独的属，而这个属下面，又只有普雄原鲵这一个种，故非常稀缺。后来他们又多次前往普雄，但再也没发现过。直到 2010 年国家林业局调查珍稀濒危野生动物，才在当地找到 4 条原鲵。

聊着天，很快就到了峨眉山。时间竟然已经接近 12 点了。谢锋提出，我们在山下吃了饭再上山。

山上的饭菜太贵了。他说。

这话让我听着顺耳，到底是科学家，我想。我对这种实事求是认真过日子的行为特别认可。我们停车进了一家萝卜汤饭店，物美价廉，吃得很可口。

雨依然在下。车子进入了郁郁葱葱的峨眉山。进山门时，我发现我犯了一个错误，没带我的军官证。峨眉山的门票已经涨到 180 元一张了，费老师有老年卡，可以免票。我本来也可以省下这 180 元的，出来的时候完全没意识到是去风景区，总觉得是去山里考察，就没带军官证。

峨眉山是他们经常要来的地方，这里还有他们的监测点。我问，你们每次来都要买门票吗？谢锋说，也可以从所里开一个介绍信，然后再拿到峨眉山管理区换一个介绍信，但手续很麻烦。如果人多就麻烦一下，今天人少，就算了。

于是我们以游客的身份，进入景区，驱车直接前往第一个考察点清音阁。费老师指着路对面的山说，我们最早来的时候没有路，就是从对面那条小路徒步上山的。

很多景区，峨眉山之外，比如光雾山、九寨沟，还有湖南的张家界等，在费老师他们进入考察的时候，都还不是景区，这些年都陆续成为景区了。我开玩笑说，你都把好多荒山野岭都考察成景区了。

费老师说，说起景区，那九寨沟，真的就是我们所的老所长刘照光先生保护下来的。喏，就是给我们开车的余师傅的岳父。

我大吃一惊，原来余师傅是所长的女婿。

余师傅笑笑，什么也没说。费老师说，刘所长是个非常好的领导，廉洁自律。他家里的孩子没有一个是靠他找工作或享福的。都是做着普通人的工作，过着普通人的日子。

我很感慨。回来后查了一下这段历史，知道了此事的来龙去脉，在此讲述一下，不应忘记这些科学家。

原来，60 年代末，就有人发现九寨沟的原始森林了。但在那个时代，以那时的思维，有大树就应该砍伐。于是近千人的伐木大军携带着油锯、开着重型运输机，先后进驻了九寨沟并成立了林场，每年有十万棵大树被砍伐。

成都生物所的几位植物学家，曾三次进入九寨沟进行调查，眼看着大规模的采伐把原始森林破坏得一塌糊涂。科学家们忧心忡忡，一次次地向有关部门汇报情况，一次次地呼吁立即停止砍伐，建立自然保护区。1975 年，中国林科院院长吴中伦到九寨沟考察伐木情况，却被九寨沟的美景震惊了，也曾向四川省政府建议将九寨沟保护起来。

1978 年，科学家们第三次考察回来，实在是太心痛了。连当地的藏族和羌族同胞也一再呼吁保护九寨沟。他们就向当时成都生物所植物研究室主任刘照光先生做了汇报，刘照光主任听了很忧心，在他的支持下，其中一位科学家印开蒲先生，撰写了一份关于建议在四川建立几个自然保护区的报告，报告中建议将九寨沟列为第二个急需建立的保护区（第一个是红军长征经过的诺尔盖草原）。不料报告出来后，竟受到一些领导的批评，还给他们扣了帽子，说他们否定了四川林业战线的伟大成就。

但刘照光先生顶住批评，决意将此报告递交上去。印开蒲便找到同事马建生，请她将报告转交给她父亲，即当年成都分院党组书记兼副院长马识途先生。马识途先生又顶着压力，亲自将该报告送到北京的中国科学院，并向方毅院长做了口头汇报。中科院非常重视，立即转送给国家农林部。

之后，经过多方呼吁，又经历了很多周折和努力，经过农林部林业总局保护司、中国科学院成都生物所和四川省林业局等部门的共同努力，终于在1978年12月，国务院下发了文件，正式批准建立九寨沟等4个自然保护区。

保护区建立后，九寨沟的名声越来越大，成为第一批国家级重点风景名胜区，并被列入联合国《世界风景名录》。1992年12月，又由联合国教科文组织批准，正式列入《世界自然遗产名录》。

我去过两次九寨沟，一次夏天，一次冬天，每次都被它的美景所陶醉。但我从来不知道它还有这样一段经历，还有这么多的人曾为它呼吁，为它奔走，为它付出。在此，向每一位有责任心的科学家，每一位有远见卓识的领导，致敬。

说完九寨沟，我们再回头说峨眉山。

我们冒雨到了清音阁。为保护景区，汽车不能再上山，只能停在清音阁的停车场。雨越发大了，但那么大的雨，也挡不住游人，停车场一位难求。我们转了两圈才把车停下。

停车费一夜五十元，还好。

我走路应该还算可以的。但由于下雨，增加了一些困难，刚下车，骤然感觉气温比山下低了很多，厚厚的冲锋衣一点儿不觉得厚了。我扣好衣服，戴上帽子，背上背囊，一副要登山的样子。

再看费老师，却没有穿冲锋衣，依然是那件蓝色抓绒，还撑开一把伞，好像散步似的。唯一不同的是，他提了一个塑料袋，塑料袋里是一双现在很少见的高筒雨靴。

费老师见我没带伞，坚持要为我买雨披，我一再说我这个衣服是防雨的，他还是买了，是旅游者通常会买的那种简易雨衣。后来才发现，那个雨衣很顶用，不是身上，而是我的背囊和脑袋，不然全部淋湿了。谢锋拿了一个他们野外考察专用的捕捞杆，可以收缩起来当拐杖用的，费老师则带了根竹竿，他一定要拿给我。我不肯，我哪能让一个八十岁的人把竹竿让给我。为了让费老师安心，我也打算买一根竹竿，结果让谢锋抢了先，给我买了一根。竹竿拿在手上，我感觉自己立即像一名登山队员了。

我们就冒雨往山里走，走了大约半小时的样子，找到一家民宿店，登记了房间后，继续上山。

说起来，我也是爬过几次山的，我说的爬山，不是坐车上去或者缆车上去，而是实实在在的徒步。华山、黄山，以及不太有名的一些山脉。次数最多的是青城山。我自己感觉我还行。但这一次，当我小心翼翼地走在山路上，害怕摔倒，害怕被雨淋湿的时候，我眼见着身边 81 岁的费老师大步流星地超过我，走到前面去了。我用“大步流星”这个词丝毫没有夸张。他的步态轻松自如，让人无法相信他的年龄。而且他还穿着那双高筒雨靴。我忍不住冒雨掏出手机，追上去给他拍了两张。我猜想那条山路上没有比他年纪更大的人了。

我忍不住夸赞他，费老师你太厉害了，走那么快。

费老师淡淡一笑说，我走路还可以。

费老师不但走得快，还耳听六路眼观八方。听见有蛙声，他立即停下脚步。我问，是什么蛙？他和谢锋异口同声地说，这是峨眉角蟾的叫声。峨眉角蟾和胡子蛙（峨眉髭蟾），都是刘承钊老师发现的新种。胡子蛙并不是真的长了胡子，费老师给我解释说，是雄性蛙的上颌缘有十几颗刺，看上去像胡子，就俗称胡子蛙。峨眉髭蟾和峨眉角蟾的名字，都是刘承钊老师命名的。

山路旁出现一条溪流，费老师和谢锋毫不犹豫地下到溪流里去观察。我也跟了上去。谢锋踩着石头走到了溪流中间，俯下身去一一查看。我拿出手机拍，但是雨太大了，手机湿了，我赶紧装进衣服口袋，手机可不像我们这么经折腾。

费老师给我讲解，峨眉山的胡子蛙，是先产卵在石块底面，然后才变成蝌蚪的。又说，蛙类是夜行性动物，白天很难见到。他们每次出来考察，都是白天先上山观察、踩点，晚上再出来采标本。不是在水里，而是在岸边或山上。因为蛙到了成年，多数都栖于岸边或山上，只有幼体（蝌蚪）才在水里。

我说，是不是水流太急，它们无法生存？

费老师说，也有一种蛙的蝌蚪，水流再大再急，也冲不走它们，因为它们的腹部有一个大吸盘，可以吸附在石头上。所以被称为湍蛙。

太有意思了，湍蛙。我赞叹。

不过有一次，费老师说，我去瀑布后面的石头缝里摸湍蛙时，差点儿被大水冲走，水里青苔很滑，我脚底一趾溜，人倒入水中被冲出几米，幸亏被一块石头挡住。

我说，你也像湍蛙一样。

费老师笑了。

回来翻书，得知吸盘是动物的吸附器官，中间有些凹陷，具有运动的功能。蚂蟥也有吸盘。还得知，湍蛙也有好几种，除了四川湍蛙，还有华南湍蛙、崇安湍蛙、武夷湍蛙，其中武夷湍蛙还有香气。难得。它们大多生活在有山有水的地方。

关于湍蛙，还有一个小故事。1985年初夏，在四川巴中市五凤乡的王家湾，突然出现了成群结队的青蛙。它们从河里爬出来，整齐地分成两列纵队，向附近的高山进发。整个迁徙的青蛙大约有几十万只，很是壮观。周围的老百姓都跑来围观，还大声议论，但丝毫也不影响这些蛙的行动。成都生物所得知后，专门派人去考察拍摄，并且捕捉了一些标本。经研究确认，是一种小型湍蛙，平日里它们栖息在密林深处，当交配季节来临时，为了寻找合适的气温和充沛的水源，就集群迁徙。

问起费老师此事，费老师说，他当时不在，是其他同志去的。我们又走了一段山路后，两位科学家再次进入一条溪流。这条溪流比刚才那条要大些。费老师踏进河里，弯腰去搬石头，看石头下有没有蝌蚪，我真怕他摔倒，但他站得很稳。我又忍不住拿出手机来冒雨拍摄。一个81岁的老科学家，在山上作业。

而且，我注意到，费老师的脸上，始终挂着愉快的表情，好像不是来考察，而是到山里来看亲戚、看朋友。尤其听到蛙鸣，眼里立即浮现出笑意。我想起在书里看到的一段话，瑞典博物学家卡罗勒斯·林奈在其著作《自然系统》中这样描绘两栖动物：“这是一些污秽的动物……它们具有冰冷的身体、暗淡的体色、软骨的骨架、不停转动的眼睛、难闻的气味、刺耳的叫声、肮脏的栖居地以及可怕的毒液……因而造物主没有尽力去造出太多的这种动物……”但是在费老师眼里，它们却可爱至极：“它们是大自然的朋友，帮助人类清理害虫，平衡生态、指示环境。”

谢锋忽然从水里捧起什么叫我看，我走过去，看见了几个棕黑色的蝌蚪，要在以往，我是丝毫不会注意它们的，现在却觉得很亲切。谢锋告诉我，这是峨眉角蟾的幼体，头部前端有一个漏斗状的口部。通俗地说，就是蛤蟆的蝌蚪。蛤蟆也是有多种多样的，峨眉角蟾是其中一种。

我真是惊奇不已，从叫声判断蛙类尚可理解，怎么能从蝌蚪看出长大后的样子呢？在我看来它们完全一样呀。两位科学家笑笑，觉得我这个问题没必要答复，或者，答复起来太烦琐。

我们继续上山。雨丝毫没有减小的意思，大约走了 3 公里后，费老师说，算了，我们回去吧。前面就是观猴区了，反正我们也不打算看猴子，我们只看青蛙癞蛤蟆。

据说现在观猴区都是一条龙服务，先给你提供投食，把猴子吸引过来，当你被猴子围困了再帮你解围，驱赶猴子。呵呵。

返回走到清音阁时，游人很多。费老师忽然提出，要从寺庙后面绕过去，去看另一条他们曾经采过标本的河边看看。费老师对我说，要不你先回房间去休息吧，我们俩去就可以了。我说，不，我还是跟你们一起去。

我感觉自己的体力能坚持，不希望自己半途而废。于是我们躲开游人，从寺庙背后绕过去。爬上台阶，再走下台阶。

寺庙后面的路因为无人行走，石阶发亮，很滑。我们绕过去，往坡下走。路过一户农家，静悄悄的，一个人影也没有。这一路上，看到很多这样的农家。

有时我会想，如果我住在这儿，会觉得寂寞吗？

听见水声了，我们穿过草坡往河边走。雨还在下，最有渗透力的不是头上的雨，而是脚下的雨。它们本来默默地躺在草叶上，被我们一碰，全部倾洒到鞋上了，奉献给我们了。我立即感觉到自己的脚趾头凉阴阴的。也顾不上那么多了，我想，只要不跌倒就好，我可就这么一条牛仔裤。我的竹竿此时显得很顶用。

我又忍不住拿出手机，拍了走在前面的谢锋，又回头，拍走在后面的费老师。这个时候，就看出费老师雨靴的重要了。

终于走到河边，河水比前面两条都急湍多了。果然看到了很多很多蝌蚪，密密麻麻的，在清晰的水里浮游。看到那么多蝌蚪，我感觉自己也没白来。

费老师说，这是中华蟾蜍。是一种比较多见的南北方都有的蟾蜍。我再次掏出手机拍照，拍两位科学家冒雨在河里观察蝌蚪，也拍被观察的自由自在的蝌蚪。返回客栈。

吃晚饭时费老师还在说，如果天黑后雨停了，我们再上山，到今天听见蛙鸣的地方去看看。我心里有点儿打鼓。白天走都很恼火，晚上去能行吗？

晚饭后，大雨持续，费老师终于放弃了再上山的想法。我有点儿暗自庆幸。因为如果他俩去的话，我又不甘心在房间等，大家都不去，我比较心安。我感觉浑身潮湿，恨不能把自己放到烘干机里烘烘。我想起费老师说的，他们野外作业经常在很潮湿的地方住宿。屋子里都生青苔，晚上睡觉，只好把脱下来的衣服放在被子里，不然的话，第二天起来衣服就是湿的。艰苦生活真的不是一句话那么简单。

回到房间，发现空调是坏的。既不制热也不吹风。我把雨衣挂到阳台，再把小包和帽子挂到浴室，打开灯晾晒，再把牛仔裤铺到床上，用电热毯烤，再从客栈借来一个专门烤鞋的小电器，烤鞋。

说起来我的这双运动鞋也是劳苦功高的，2008 年大地震时，我一直穿着它在灾区采访，走了两个月居然没走烂。关键是，很好穿，脚也没有发生问题。

但这次登山发现，还是有缺点，防滑防水都不够好。但对我来说，需要防滑防水的概率很小，像这样上山考察，一辈子也没两次。

烘鞋器真是顶用，半个小时就把鞋烤干了，我连忙拿给谢锋老师，我知道他的鞋也湿透了。虽然他的鞋比我的更好，但架不住雨太大，只有费老师的雨靴没事。

这个时候我发现一个新问题，我的手机无法充电了，而且显示屏不停地闪动。我马上意识到是进水了，我曾经因为进水毁掉过一部手机。我一下很紧张，如果手机出问题可是太糟糕了。我先拿出纸和笔记下这两天必须联系的人的电话，然后再微信告诉丈夫我手机无法充电了，让他有个失联的思想准备。现在的手机就是个小电脑，比钱包重要多了，除了通讯联络，我还要用它录音、拍照、购物、看书、听书、玩游戏、发邮件、导航，等等。

我曾经看到一个窍门，手机进水用锅干蒸（不放水）。此刻没条件，幸好有电热毯，我把手机放到电热毯上，再蒙上被子。希望把里面的水烤干。大约一个小时后，我再充电，终于可以充了。我又继续烤，确保里面的水彻底清除。到第二天早上，完全好了，松了口气。

第二天见好的，不只是我的手机，还有老天爷。

天放晴了。我们心情大好，不下雨，登山考察更方便。显然老天爷觉得，我们已经被淋得差不多了，比计划提前一天放晴。

在客栈吃了碗咸菜肉丝面就出发。其实一根肉丝没有，就是一碗放足了味精的咸菜挂面，但在这山里头，就不能要求什么了。就这面，也不便宜呢。

我们离开客栈，步行到停车场，坐车前往零公里。我一路打开车窗拍照，蓝天白云，青山绿水，漂亮极了。我问费老师，你肯定对这些景色已经熟视无睹了吧？

之所以这样问，是忽然想到了父亲。我父亲也和费老师一样，为了修铁路一年到头钻山沟。所以父亲对旅游是没有兴趣的。我为此写了篇散文《山水在父亲眼中》。

“山水在父亲眼中经常是障碍，他们要遇山开洞、逢河架桥。”但费老师说，是看得比较多了，有点儿熟视无睹了。不过看到美景，心情还是会很愉快。记得有一次在西藏江达，我们上山，忽然看到山上云雾缭绕，树林在云雾中默默矗立，真的像仙境一样，给我留下了深刻的印象。

我们的车开了四五十分钟，我已经完全不知道身在何处了。虽然来过两次峨眉山，但这一次才体会到峨眉山的大。

费老师专注地看着窗外，似乎在寻找什么。他说，变化太大了，有点儿记不起在哪里了。

我问，找什么？

费老师说，找一个向导的家。

原来，峨眉山太大，即使是费老师他们这样经常来的，如果没有向导，走进山林也会迷路的。所以，从刘承钊先生（中国两栖动物领域奠基人，费梁先生的导师）那一代开始，野外考察就经常需要找向导。费老师说，刘先生考察时，就很依靠当地百姓，仔细询问当地百姓，劳动时见过什么样的蛙，水塘里有哪种，山里有哪种，树林里有哪种，因为他们一年到头在山上，很熟悉。有时他们也会帮忙抓，平时他们是不吃蛙的，也不会去抓。继承了这个传统，进山后总是先告诉老乡，我们是搞科学研究的，是为了保护自然资源、动物资源。老乡们就很帮忙。有的向导，也像刘承钊和费梁他们这样，一代代传承。父亲去世了，儿子再接着干。

我们把车停下，费老师下车去打听向导家。他一家家问，连着问了几家人，其中因为口音问题，我们找错了一家。那些山民朴实热情，还打电话帮费老师去叫人。最后，终于找到了费老师想找的人。

他叫宋吉权，地道的峨眉山山民。我们和费老师一起去他家。远远走过去，看见他和妻子在采茶。他们家房前屋后的山坡上都种着茶叶。采下来的新鲜茶叶五十元一斤，制作成竹叶青后可卖几百元一斤。这是我临时问到的情况。

老宋把胸前围兜里的茶叶倒出来，解下围兜，招呼我们在屋檐下坐。我问，就你们俩在家？老宋说，孩子都进城打工去了。他接着补充了一句，我们是空巢老人。我笑了，安慰他说，我也是呢。年轻人总要出去闯的。

费老师跟老宋结缘，是因为峰斑林蛙。峰斑林蛙是峨眉山特有的一种林蛙，顾名思义，背部有山峰一样的图案。第一次发现峰斑林蛙的日子，费老师记得清清楚楚，那是 1965 年 3 月，五十多年前的事情了。

1965 年 3 月，年轻的费梁跟着老师刘承钊赴峨眉山考察，他们一行共有五人，除了费梁和刘承钊先生外，还有当时四川医学院的同事江跃明、吴贯夫以及骆队长（向导）。到了龙洞河附近（即向导宋吉权家附近），费梁便和两位同事以及向导一起，徒步从宋家的后面上山了。跋涉了 4 个半小时，到达了海拔 1850 米的头道河，他们便在路边的一个浸泡竹子的废弃水池内，发现了峰斑林蛙的成体和卵群，当时他们并不知是什么种，只感觉是林蛙，便采了 4 只标本。然后继续向上，又走了近 4 个小时，最后到达簸箕荡（海拔 2400 米），露宿在临时搭建的竹棚内。3 月份的峨眉山温度是很低的，冷得他们无法入睡，只得烤了一夜的火。第二天返回报国寺，向刘老师做了汇报。

回到成都后，他们对头道河采到的标本进行了鉴定，该标本被确定为新种，命名为峰斑林蛙。不过一直到 1978 年，此新种才由胡淑琴老师和费梁、叶昌媛共同发表。

但在那之后，费梁又上峨眉山若干次，却再也没发现峰斑林蛙了。到 1980 年，又上峨眉山去找峰斑林蛙，他带着一个刚刚转业到他们研究室的年轻人一起去的。因为第一次发现是在 3 月份，所以还是在 3 月份上了山。峰斑林蛙是生存在海拔比较高的地方，海拔越高气温越低。可是为了等蛙出来，他们不得不在山上过夜。当地人在那个地方为了种植黄连，用竹子搭建了一个草棚。他们就在草棚里避寒，依然冷得无法入睡，只能烤火取暖。但烤火也是前面烤热了后背冷，转过身来烤后背，但胸口又冷了。一夜就这么翻来覆去地烤，跟烙饼似的。

费老师说起当年这段往事，我们大家都忍不住笑。

我问，后来采到了吗？费老师说，没有采到蛙，只找到一些蝌蚪。

他们把蝌蚪带回去，想试着把它养大。峰斑林蛙是喜欢寒冷的，为了适应它的生长环境，费老师就将蝌蚪放到冰箱里，但还是没能养活。毕竟，它们是在大自然的荒野地里存活的东西。

正因为此，费老师他们必须踏遍青山。

转眼又过去了二十年，费老师依然对峰斑林蛙心心念念，放不下，总想再次采集标本。

2015年3月，全国第二次陆生野生动物资源调查将峰斑林蛙列为调查物种，沈阳师范大学的年轻教授李丕鹏负责此项目，他请四川师范大学侯勉先生与费梁商量，希望再去峨眉山寻找峰斑林蛙。费梁先生没有顾忌自己已到高龄，欣然答应与侯勉一道再上峨眉山。此时年近八十，而当年带他们上山的向导已经去世了，他们只能找新向导。好在他们当年发现峰斑蛙的地点有个标志，就是山民们搭的草棚，那是为了种黄连搭建的。于是找到一位当年上山种过黄连的老乡，就是这位宋吉权，老宋同意带他们上山。

谢锋说，每次野外考察，费老师总是和当地老乡打成一片，没有一点儿架子。只有在说到青蛙、蟾蜍时，老乡们才会吃惊地发现，这位看上去那么平凡和蔼的老人，竟如此了解他们身边的动物，甚至了解他们的生活环境。这么多年来，凡费老师去过的野外工作点，当地的向导和老乡都一直跟他保持着联系。

从老宋家出发到山顶，垂直海拔有七百米，相当陡峭。路途也是几十公里。3月21日那天，费老师、侯勉和向导老宋一起往上爬，用了四个多小时才爬到山上那个点。上去后他们立即开始寻找，遗憾的是，一直没有找到。也许是还没到繁殖季节的缘故，或许是因为天太亮。两个小时后，他们只好下山了。下山又用了三个多小时，也就是说，那天费老师和侯勉及老宋在密林中步行了近10小时。

这样的大强度行走，我肯定是不行的。我估计就是年轻小伙子，也会累趴了。但费梁老师竟然走了下来。他的两个大脚趾严重淤血、发紫，最后指甲都脱落了，半年后才重新长出指甲。

我知道，在野外考察中费梁夫妇面临的不只是劳累，还有数不清的危险。在海南的水草里，费梁曾被蚂蟥叮得血流不止；在四川南江县山沟里，叶昌媛曾遭遇泥石流，差点儿被掩埋。

可费老师总是说，我们的研究对象在大山里、高原上、沼泽边，我们就必须去到那里。不但要去，还要一寸寸地寻找，“翻遍”整个中国的湖、塘、池、沼。白天探测环境，晚上去和蛙、螈相遇。

在费梁这里，科学精神不是一句口号，而是一次又一次实实在在的行走。不过当我对费老师近八十岁依然能徒步十小时赞叹不已时，费老师依然淡淡地说，我走路还可以。

我们与老宋告别，继续上路。

坐在车上，费老师说，那次走得不算多。有一年在神农架考察，去的时候是搭便车去的，到了那个点，工作了几天，返回时没有便车可搭了，只能靠双脚走。我们从考察点黑龙潭走回驻地，一天内走了40公里。走了整整一天。还背着采集工具呢，当时和我一起的两个年轻人，脚都走起泡了。

啧啧。我问，穿的什么鞋呀？

解放胶鞋。

是你走得最多的一次吗？我继续问。

还不是。费老师笑道，最多的一次，一天之内走了60公里。那是60年代，我们在雅安的大山里考察，完全没有公路，从一个点到另一个点，只能靠双脚走。

我问，是碧峰峡吗？我去过。

费老师说，是路过，比碧峰峡远得多。不过那时的碧峰峡是荒无人烟的大山，不是景区。

我忽然说，费老师，你这辈子徒步走的路，可能赶上红军长征了吧？不止两万五千里了吧？

费老师笑了，说没算过。

谢锋在一旁也笑了，他说，很有可能呢，费老师，你什么时候算算看。

我说，就是，算个大概也行。

但我估计，费老师没那个闲工夫。

汽车上坡，费老师又想起一件往事。1982 年，我们去西昌考察，坐的单位上一辆解放牌车。当我们的车走到盐源至木里的一段危险路段时，驾驶员停下车不再前行了，我们下来一看前面的公路狭窄，一侧为悬崖绝壁，谷深一两百米，确实险峻，司机不敢前行可能是他有恐高症吧，我们只好原地休息。不久，后面来了一辆客车，他就跟在客车后面走过了那段险路。可是返回的时候，没有客车可跟了，他在河边一个道班房前停下来，无论如何也不肯行驶了。我们只好在道班房里借宿一夜，我们在一间堆放杂物的地上睡觉，到凌晨 4 点钟时，司机叫我们起床上路，经过一个多小时跋涉，我们的车顺利地走完那一险峻路段，此时东方才刚刚发亮，大家都在清新空气环境中松了一口气。我们心里明白，在黑暗中行车，看不见路旁的悬崖绝壁，可以消除恐高心态。我们在山上休息一会儿又继续前行。

我想，一直在路上的人，不知道要经历多少危险，才能走到目的地。很多危险，是无法想象的。

我们的车来到了峨眉后山零公里的龙洞。那个点，是发现龙洞山溪鲵的地方。早年刘承钊先生带费梁来过，后来费梁老师又带着谢锋来，他们都在这里发现了新种。

我笑说，这里成培训基地了。

车子停在路边，我们下车走小路，一直走到路尽头，要下到坡下去，谢锋让我和费老师在路边等着，他说他先去看看，因为路太滑了。

虽然谢锋已经是博士生导师，正高级研究员，但在我们几个人里，他就是年轻人了。所以一路上不得不承担一些事务性工作，并照顾费老师和我。

于是我借机请教费老师，什么是鲵？因为在我看来，鲵和鱼没什么区别呀，滑溜溜的一长条，也是总在水里游。

费老师说，鲵和鱼样子的确有些像，也是多数时间在水里，少数时候在岸上。作为两栖，它水栖的时间比较长。大部分两栖动物，都是幼体在水里，成体在陆地。也就是说，蝌蚪在水里，变成青蛙后就在陆地上生活了。但也有个别两栖动物，终生都在水里。比如大鲵，很少上岸。

我问，既然终生都在水里，为什么不划入鱼类？

费老师说，是根据它的骨骼判断的，它仍属于两栖类的身体结构。比如，它有四肢，鱼是没有的；鱼靠尾巴游动，鲵靠四肢行走，虽然很短。非洲还有一种叫负子蟾的蛙，终生都是水栖。

我以前一直认为，所谓两栖动物，就是一会儿生活在水里，一会儿生活在陆地。一直到此次上峨眉山才明白，不是这样的。而是幼体在水里，成体在岸上。蝌蚪在水里，青蛙在岸上。这样的话，说某人从事两种职业为两栖，是不准确的。呵呵。知识无穷尽，获得很快乐。

我们正聊着，谢锋老师回来了，告诉我们那条路已经走不通了，被水淹了。他往坡上走的时候，忽然叫我下去。他指着路边的树叶，好像发现了什么。

我连忙下去，看见在繁茂的树枝中，有一团叶子包裹着的东西，他指着绿色的小米大的点点告诉我，这就是树蛙的卵。

我太惊喜了，连忙拿出手机来拍照。那个卵让我想起小时候喂养的蚕卵，只是它是绿色的。

谢锋告诉我，树蛙产卵在树上，用树叶包裹起来，二十多天后变成蝌蚪就入水了，在水里长成青蛙后再上树。成长过程竟然要分三个地点和步骤，比人复杂多了。所以树蛙产卵之前，要先找到下面有水的树，才在树上产卵，以方便蝌蚪入水。据说侦查的任务，是由雄蛙来完成的。

大自然有大自然的秩序，动物有动物的智慧。实在是有意思。

回来后翻书，又得知峨眉山的树蛙有一种叫“峨眉树蛙”，四五月份产卵，雌蛙先排出液体搅拌成泡沫状，再将卵产于其中；雄蛙随即排精于卵泡上，之后也离开。等卵孵化时泡沫会液化，小蝌蚪便能自由转动，孵出后的小蝌蚪通过运动或者雨水冲刷进入树下水中，继续生长发育，直到长成青蛙。

树蛙的种类很多，有陇川小树蛙、勐腊小树蛙，都是小到一厘米多的样子，在云南；有广西疣斑树蛙，表皮粗糙，布满疣粒；有蛙类的将军大树蛙，长达10厘米；还有斑腿泛树蛙，屁股后面有好看的花纹；还有会飞的树蛙——黑蹼树蛙，其实是滑翔，可以滑翔15到20米，相当远了。等等，说不过来。

我们继续驱车，来到另一个地方，也是费老师谢锋曾经发现过新种的地方。这里貌似有河，但水浅到不能称之为河了，水滩而已。但上面有座桥，这说明曾经水很大。我们走下去，沿着水边走，看到一群鸭子。费老师说，鸭子吃蝌蚪最厉害，有多少吃多少，所以这里肯定没有蝌蚪了。我们走了一阵，果然没有任何发现。

看看四周，很冷清，野草很深，好歹还种了些蔬菜。若是以往，我怎么也不可能走到这些地方来，既没有自然风景，也没有人文风景。但跟着费老师他们，看风景的眼光就不一样了。只要是符合两栖生长的环境，费老师他们都会仔细上前查看。我注意到费梁老师和谢锋的眼睛，一直盯着水边和草丛，也许他们已经用目光把那些地方都翻开看过了。

遗憾的是，连蛙鸣都没有听到。我们折返。

我把一路见闻发在朋友圈，大家都盛赞费老师轻快稳健的登山步履，也都对科学家表示出极大的敬意。我感到很高兴，多一个人了解科学家，我的工作就多一份意义。

有一位老家在峨眉的朋友马上提供情报说，我们峨眉山还有一种弹琴蛙哦，你赶紧告诉费老师。我说费老师肯定知道。朋友说，不一定。我说，只有你不知道的，没有他不知道的。果然，我一问，费老师马上回答说，是的，峨眉山有弹琴蛙，大约在海拔1200米左右的地方，个头不大，但叫声很悦耳，很有节奏，“噔、噔、噔”的，好像在弹琴，所以被命名为弹琴蛙。我把费老师的回复告诉给了朋友，朋友心服口服，并调侃自己是“井底之蛙”。我得意地说，虽然你是峨眉山人，但你上峨眉山的次数肯定比费老师差远了。

后来我又在书上看到，盛夏的时候，弹琴蛙会用泥巴做一个小罐子（巢穴），上边开一个圆形小洞，然后钻进去发出鸣叫，就好像一个自制音箱。如此想，人类的音箱是不是跟弹琴蛙学的呀？

青蛙世界真是丰富多彩。

吃过晚饭，天黑尽之后，我又跟着费老师和谢锋出门了。费老师说，他们的工作程序一般都这样，白天先上山去看点，晚上再上山去采集标本，若采到了，再回到工作室处理标本。

谢锋拿着两把很大很专业的电筒，一摁亮，黑夜里顿时一道雪白的光。我本来也带了一把小电筒，一对比，我那个实在是弱爆了，我都不好意思拿出来了。

费老师拿了一把，谢锋拿了一把，顺便也帮我照着路。我夸赞他们的手电筒厉害，他说现在这电筒很先进了，充电就行。早年间他们带的手电筒是装电池的，三节电池也没这个亮。外出时生怕把电池打湿了，要先用塑料袋包好。有一次外出采标本，也是在峨眉山，也是夜里，他们三个人只有一把电筒，谢锋就给前后的两位同事照亮，结果一不小心，自己掉到了龙潭里。幸好他会游泳，爬了上来。

谢锋乐呵呵地给我讲这个故事。

两天接触下来，我感觉谢锋是一个性格比较随和的性情中人。对工作、对人事、对自己，几乎没有什么牢骚和怨言。说起成长经历，他总是说自己运气不错，遇到了费梁老师，发表了比较多的论文，比较快地出了成果。说起不顺利的地方，他会说，怪我自己走了弯路。

这是很难得的品质。

谢锋是1990年毕业于四川师范学院生物学专业的；后来考上了费梁老师的硕士研究生，1996年就获得了硕士学位；三年后，1999年，又获得了中科院动物研究所的动物生态学博士学位。

谢锋也感觉自己很顺利，获得博士学位后，2002年就评上了高级职称，为中国科学院成都生物研究所的研究员。那时候才34岁，很年轻。

说到自己的成长进步，谢锋对自己的恩师费老师充满感激。他回忆起第一次见到费梁老师的情形，那是1993年3月，他考费老师的硕士研究生。在研究所面试时，由于太紧张，费老师提的部分问题他一时答不上来，越答不上来就越紧张。费老师见状安慰他说，不要急，慢慢来，想好了再说。费老师的慈祥笑容让他放松下来，渐渐地，他有了条理，顺畅起来。费老师给他的第一印象，就是和蔼而又宽容。

开始硕士论文研究工作以后，费老师更是耐心细心地指导他，从文献阅读到标本鉴定，引导他发现问题，并想办法解决问题。他还亲自带谢锋去野外采集标本。第一篇论文，费老师竟然帮他改了10遍！而且不是在电脑上修改的，是用手写，誊抄在纸质文本上进行改动。当谢锋看到贴满纸条的论文文稿时，被老师字斟句酌的推敲，严谨务实的科学态度深深打动了，唯有努力学习，才能不负老师。

以后二十余年，谢锋一直在费老师身边工作。他对费老师的敬意是由衷的、持久的。在他眼里，费老师是一位有担当的人，即使曾经在两爬室经历了那么多不愉快，但研究所一旦需要，两栖动物事业一旦需要，他还是毅然决然回到了两栖爬行动物研究室，为研究室的工作竭心尽力。而且他回到研究室担任主任时，正面临全院的改革大潮，各项工作举步维艰，项目少，人员少，后生尚未跟进。他倾尽全力，出谋划策，推举新人，带领大家走出了困境，为后来研究室顺利地进入创新打下了良好基础。费老师更是一位执着和敬业的人，他的执着表现在对两栖动物的热爱和对科学事业的追求，这种执着和追求在“文革”冲击中没有改变，在研究室变动中没有改变，即使在退休后，身体出现变故的情况下，仍然没有改变。费老师还是一位平易近人的人，对同行、对学生皆是如此。

谢锋对费老师的看法，与我对费老师的印象完全吻合。

我们从宾馆出来，沿着湖边山边走。我看电筒那么亮，问会不会惊动蛙类。费老师说，蛙类是不怕光的，见了光也一动不动。所以要发现它们，全靠一双眼睛。

我们在山路上边走边聊，不知怎么聊到了牛蛙。

动物界和植物界，都有生命力格外强大的物种。比如，我去云南时，就听说芭蕉的生命力特别强大，如果在香蕉林边上种植一棵芭蕉，很快，那一片香蕉就变成芭蕉了。而在两栖类里，生命力强大的莫过于牛蛙。牛蛙出现的地方，其他蛙类基本就灭了。20世纪60年代，我们国家遭遇天灾，粮食极度匮乏，为了解决吃饭问题、肉食不够的问题，政府从古巴引进了牛蛙。牛蛙好养，肉多，还含有丰富的蛋白质。当时，刚刚参加工作的费梁，接受上级任务写了一本关于牛蛙饲养方法的书。但是，我国推广养殖牛蛙，由于缺少经验，也缺少对牛蛙的了解，没有采取很好的防范措施，导致牛蛙泛滥。尤其是近些年，牛蛙跑了出去，进入到当地的环境里，便严重破坏了当地的生态平衡。比如云南昆明的滇池，和西藏拉萨的拉鲁湿地，牛蛙进入后，以其强大的生命力，将当地的蛙几乎全部吃光了。等发现为时已晚，成为惨痛的教训。

人类对大自然的认识，必须不断更新。在尚未真正了解之前，应当始终怀有敬畏。

果然，走了一段之后，谢锋在沟底发现了一只蛙——棘腹蛙，还没长大，婴儿拳头那么大。我们的电筒照过去，它一动不动。

我问，每次考察，都是白天黑夜连续干吗？

费老师说，是的。现在好多了。过去没有交通工具，还得自己背着行李徒步到达采集点，白天熟悉了环境，晚上再上山去捉，再顺利，也得夜里12点以后返回。回到驻地，还要先将采集到的标本处理好才能睡觉。记得那次在海南大里村科考时，我一天最多只能睡上三四小时。而且那时候，他们没有任何户外装备，遮雨靠一张塑料布，吃饭靠石头架锅灶，绘图则靠人工一笔笔画。六七十年代，没有相机，绘图员要一手捏着蛇头，一手画画。后来有相机，黑白胶卷，一次考察只能拍一卷，经常舍不得拍。有时候拍回来了，洗出来又不成功。再后来总算有了彩照，然后是数码，一步步地进步。

但无论装备多么先进，人还是必须走出实验室，进入大自然才行。

就像此次，必须冒雨走进峨眉山，才能见到研究对象。也许是季节的原因，也许是旅游景点的原因，那个晚上，我们没有再发现其他的蛙。我问费老师，现在是不是蛙类在逐年减少？费老师说，是的。很多稻田都不再能听到蛙鸣。从蛙类的减少，可以看出中国环境的改变。费老师有些忧心地说。

谢锋说，所以近些年，我们生物所两爬室也参与了大量的关于环保方面的工作。

我想，虽然现在条件好了很多，资金充裕，设备优良，但谢锋他们这一代所面临的情况，比费老师他们复杂了许多。所以他们的担子依然很重，无法轻松。

第二天，由于我的缘故，我们一早下山返回。很是遗憾，因为我下午有两个必须参加的活动。否则在山上多待一天，也许会有更多的收获。

通过此行与费老师的近距离接触，我更加深了原来对费老师的印象，那就是在他温和谦逊的性情中，有一颗执着认真的事业心。

难怪很多同行和晚辈，都称他为治学楷模。只要是为了两栖事业，他都热心相助，不计较名利。

中国科学院基因组研究所副所长张德兴研究员回忆说：

大约十年前（2005年左右），我第一次跟费老接触。当时我的实验室正在开展黑斑蛙生物地理演化的研究，遗传学分析显示，从陕西两地采回的标本跟华北的标本差别大，因此怀疑是采错了标本，于是打算请学生再次专门赴山西、陕西多地系统地重新采集标本，并请费老帮助鉴定。于是，我便冒昧地跟费老打了电话，表达想请他帮助的意愿。对我这个素不相识的人的请求，费老一口答应了。学生回来告诉我，费老和叶老不但仔细鉴定了标本，还详细回答了他的所有问题，提醒应该注意的方面，并且亲自写下了应该重点考虑在什么地点采集标本的清单，把当时正在写作中的《中国动物志·两栖纲》的相关细节也给了学生，鼓励他踏实地做好研究。而且，二老坚决谢绝收取标本鉴定费。费老和叶老的言传身教，是最好的训导，令学生十分钦佩，成为我们为学的楷模。（摘自《探蛙知音》）

2015年，张德兴亲自到成都去拜见了费老和叶老，感谢两位前辈此前的热情帮助，并报告了他们在黑斑蛙生物地理演化方面的研究进展。他们一谈就谈了一个多小时，费老始终兴致勃勃，对两栖事业无限热爱。陪他一起去的江建平研究员告诉他，费老叶老退休后近十年来，每天都是这样从早八点到晚八点地在办公室工作，孜孜不倦，包括获国家自然科学奖等在内的成果，都是这样锲而不舍地做出来的。这更让他肃然起敬。

贵阳大学教授魏刚回忆说：

在我30余年的工作经历中，有三段时期受惠于费梁先生的指导帮助。第一次是1984年，我师从西北大学陈服官先生读硕士，到秦岭进行动物调查时采集到中国林蛙。因对两栖动物感兴趣，我希望用中国林蛙作为我的硕士论文研究材料，但不知是否合适。因陈服官先生擅长鸟兽研究，暑假回家路过成都时，我便去请教了费梁先生和叶昌媛先生，询问能否用中国林蛙作为我的硕士论文研究材料。两位先生均肯定用中国林蛙可以作硕士论文研究材料，并且查阅他们的野外工作记录资料，告诉我具体在哪些地方采集标本，进行比较研究才有意义。两位先生对从不相识的初学者的无私热情帮助，使我踏入了两栖动物研究的大门。第二次是 1991 年，两位先生邀请我和我爱人到成都生物研究所参加齿蟾属和齿突蟾属物种的形态比较研究。费先生安排所完成的两篇论文中，一篇他们是第一作者，一篇我们是第一作者。在研究过程中我发现两位先生多年野外工作，在全国已采集了 2000 余号标本，已经完成了大量的骨骼解剖工作，实在不需要我们参加。我请教费先生要我参加此项工作的原因，费先生说，他对当时周明镇先生介绍的国外流行的分支系统学研究方法不熟悉，见我发表的硕士论文涉及分支系统学研究内容，因此邀请我们参加。两位先生为了紧跟学科前沿，在培养年轻人的过程中自己也不断学习的精神，使我很受感动。第三次是 2006 年，我想读博，但未考上成都生物研究所，而考上贵州大学李子忠先生的博士生。李子忠先生擅长昆虫学，但我仍想从事两栖动物研究，费先生又请江建平先生作为我的博士生第一导师，实际指导我的博士论文研究工作。从我的学术经历来看，费先生虽不是我的名义导师，但我一直视自己为费先生的实际弟子。我十分珍惜两位先生对我的教益。每想起两位先生待人真诚、提携年轻人，对工作认真、求实，严谨治学，一生辛劳、献身科学的奉献精神，对中国两栖动物学事业做出的卓越贡献，我始终怀着崇敬的心情。（摘自《探蛙知音》）

中国动物学会两栖爬行动物学分会副理事长、哈尔滨师范大学教授赵文阁在文章中回忆说：

初识费梁老师是在 1985 年读研期间，到成都生物所访学，费老师的热情接待和讲解，他丰富的野外工作经验和渊博的两栖爬行动物学知识，以及对于北方人来说乍听起来不太好懂的四川话都给我留下了深刻的印象。1992 年，我初次参加了在大连召开的全国两爬学术会议并做了大会发言，得到了费老师的好评和鼓励。1995 年，又是在费老师等前辈的举荐和支持下，使我成为学会的理事。以后每次与费梁老师见面，我都会向他汇报自己在研究过程中遇到的问题和想法，每次都会得到他的耐心指点和无私帮助，使我茅塞顿开。后来他们编著的《中国两栖动物检索》《中国珍稀及经济两栖动物》《中国两栖动物图鉴》《中国两栖动物检索及图鉴》《中国动物志，两栖纲(上、中、下卷)》《中国两栖动物彩色图鉴》和《中国两栖动物及其分布彩色图鉴》等系列巨著，一直伴随并指导着我和我的学生们的学习和研究。2008年在我完成了《黑龙江省两栖爬行动物志》初稿后，费梁老师对书稿进行了全面细致的审阅，从引文出处、拉丁学名到文字表述，都提出了详尽的修改意见，极大地提升了该书的层次和水平。此外费老师还从鼓励和褒奖的角度，为此书作了热情洋溢的序言，让我感动一生。(摘自《探蛙知音》)

读到这些文字，我也被深深感动了。我发现凡与费老师交往过的两栖领域的同行或后辈，无不得到过费梁夫妇的热忱指导和无私的帮助。我感觉，这是因为费老师将自己对事业的热爱，对事业的钟情，辐射到了每一位从事两栖事业的人身上，只要是有志于两栖事业的人，他都觉得高兴、亲切，想倾尽全力去帮助指导他们。

当然，他身边的弟子感受就更深了。谢锋在回忆文章里说：在我心目中，老师是一位和蔼的长者，在生活中给予我慈父般的关怀；老师是学习的楷模，严谨而敬业，执着与创新，是我们科研工作上努力的方向。作为他的学生，我感到由衷的骄傲与自豪。

今天的谢锋，没有辜负费老师的培养和希望，他除了研究员之外，还担任了中国动物学会两栖爬行动物学分会理事，农业部濒危水生野生动植物种科学委员会委员，IUCN物种生存委员会委员，《应用环境生物学报》《动物学杂志》等重要科学期刊的编委。他的主要研究方向为两栖动物的生态适应进化和保护，故承担着国家、环保部、中科院、四川省等多个研究项目。说起那些项目的名称，都是一般人无法听懂的，比如国家自然基金的项目：基于线粒体全基因组的角蟾科系统发育研究。

近些年，谢锋主编和参编的专著有 6 部，在重要的专业期刊上发表论文 80 余篇。获国家自然科学二等奖 1 项（排名第 5），四川省科技进步二等奖 1 项（排名第 4）。也是两栖动物研究领域的一位重要科学家了。

我在采访中逐渐发现，费梁老师不仅是一位对事业认真严谨的科学家，同时还是一位敢于创新、有开阔思维的科学家。比如 90 年代中期他当室主任时，爽快接受了学生建议，买了整套的电脑和打印机设备，自己也跟着学生学习使用电脑。平时一旦从资料上看到国外一些新的研究方法，就马上去了解去学习，绝不因循守旧，抱残守缺。

虽然当年他是为了接刘承钊先生和胡淑琴教授的班，开始两栖爬行动物学研究的，一旦走上这条路，他就暗暗为自己定下了一个目标，不仅要继承老师的衣钵，更要在学习和实践中有所突破和不断创新，逐渐形成自己的新观念和新体系。用新的科技手段来研究两栖，或者说，把新观念和新方法带入两栖领域。

费梁说，刚开始我只是想做个好学生，后来突然产生了要干好这项事业的冲动。再后来冲动成为激情，然后沉淀为崇高的使命感。

“刻苦是成功的保证，创新是进取的动力。”费梁将这两句话，当成了自己科研事业的座右铭。

1961 年以前，中国的两栖动物系统学研究没有系统采集，已知物种少，演化研究几乎为零。中国物种多样性在全世界排名第五，而两栖动物系统学研究几乎是在空白中起步。1961 年以后，成都生物所开始了这项工程，说得通俗一点，就是清查中国两栖动物“家底”的工程。到了新世纪，就不可能再停留在查家底这样的基础研究上了。

“我后来意识到，我们对两栖的研究，不能满足于发现物种的外部差异，而是要深入下去，研究内部，研究骨骼，用骨骼分类，把分类更细化。所谓高级阶元，就是依据骨骼来划分两栖类。”

费老师告诉我，高级阶元的研究，即依据骨骼，通过骨骼分类，国外很早就开始了，通过解剖分析比较骨骼。我们国家因为条件所限，开始得比较晚。

与此同时，还要用新技术和新方法来进行研究，比如用形态学和分子生物学等进行综合研究，通过血液和眼晶体蛋白电泳以及染色体，来进行研究。通过眼睛晶体蛋白电泳实验，显示出不同物种的电泳谱带有明显区别，可以为属、种分类提供依据。如费梁等通过蛙类眼睛晶体蛋白电泳研究，发表的《齿突蟾属某些种的多态现象》《锄足蟾科四属 21 种（亚种）眼晶体蛋白电泳研究》等多篇论文，论述和解决了锄足蟾科某些属、种的分类问题，这一创新性研究使形态学与分子生物学相结合，并得到了相互印证的良好效果，促进了学科的发展。

费老师找出谱带图给我看，我是第一次听说谱带这个词。

费老师说，搞科学研究，每走一步，都要创新，树立创新思想，

其实早在 80 年代，费老师在多年实地调研基础上，就提出了崭新的两栖动物分类体系构建标准，但当时有的学者不认可。毕竟老的系统分类法已根深蒂固，打破和建立，都需要勇气。到 90 年代中期，费梁担任两爬室主任后，两爬室注入了新鲜力量，而社会也更加进步和开放，费梁和他的团队，正式开始了系统学研究。天长日久，两栖动物的形态鉴别标准和分类体系被渐渐认可，得到了完善。

在这个过程中，惊人的发现源源不断。除了发现新种（亚种）及国家新纪录物种外，他们还突破性地建立了一个新科、5 个新亚科，定义了世界第 5 个蝌蚪类型，为“浮蛙科”的建立提供了重要依据。也就是说，在全球数千种青蛙中，过去只分为 4 个蝌蚪类型，而费梁团队研究让全球蝌蚪增加了一个类型，即发现了第 5 个蝌蚪类型。

有报道称：他和他的年轻同事们一起，开拓性地打破持续近一个世纪的传统蛙属的旧分类系统，建立了引起全球同行广泛关注的新分类系统，新建了浮蛙科，发现和定义世界第 5 个新的蝌蚪类型，发现新物种及新纪录 126 种。

尤其是第 5 个蝌蚪类型的建立，阻力较大。一开始有人不相信，说国外只有 4 种蝌蚪类型，质疑中国是否有第 5 个蝌蚪类型，因此认为将浮蛙属提升为亚科或科级似欠依据。但是，经过费梁夫妇的反复研究发现，浮蛙科确实应该独立成为亚科或科级，中国拥有第 5 种蝌蚪类型，只不过以前未被其他学者发现。

这个科的尖舌浮蛙，体长大约 3 厘米左右，外形就是普通青蛙的灰绿色或绿棕色。费梁研究后得出了确定的看法：这种青蛙主要分布在中国南方及东南亚国家，经常栖息在较大的水坑、湖塘内和稻田里。当年远赴海南、广西等地采集标本时，最多的时候一次可以采集这种蛙一二十只，在野外没有发现它有何不同。后来在实验室展开解剖，才发现尖舌浮蛙的成体舌头尖尖，其骨骼、蝌蚪的口部都非常特殊，因为蝌蚪的口部没有唇齿。

于是费梁和叶昌媛在他们的《中国两栖动物检索》一书中，将其作为一个新亚科发布。

2004 年，外国学者通过 DNA 研究，从分子生物学的角度，印证了以尖舌浮蛙为代表的浮蛙属，可以提升为一个全新的科。而这一印证距费梁夫妇的发现，已经过了十余年。

如今，这项创新成果最终得到新技术和新手段的验证，经过了时间的考验，被广泛接受，并逐渐广为引用。新技术和新手段，不仅打破了传统的研究方式，更是建立了全新的科研观念和方法。

必须指出的是，在这个打破和建立中，新一代科学家，如江建平、谢锋他们，发挥了重要的作用。他们不但学习到了老一辈科学家积累的经验，学到了他们锲而不舍的科研精神，还为两栖领域带入了新思想新观念新力量。

“我们之前的研究，主要是基于两栖动物的形态研究和解剖学成果。要打开一扇更大的科学之门，一方面这些物种的种、属可以运用分子生物学来确认；另一方面，不同物种之间的关系也需要深入的研究，就是年轻人应该起作用了。”费梁说。

中国第三代“两栖人”接班了，他们在两栖领域，发挥出了非常重要的作用。

选自2018年第3期《北京文学》

田野上的钢琴曲

马　娜*

石桥古朴，窄巷清幽，是洛舍；桂花香溢青瓦，摇橹荡揉黛河，亦是洛舍；琴声清亮似珍珠落入玉盘、亦扬亦挫，时而如溪水潺流，时而似大江奔涌，穿越清澄的碧空，缭绕稻田、溪头，仍是洛舍。

洛舍在浙江，在湖州的德清。它诞生于古老悠远的新石器时代，自古以来，就人才辈出，各领风骚。因土地肥沃、物产丰富，又有“鱼米之乡”“丝绸之府”的美称。自20世纪80年代起，因湖州成立钢琴厂，洛舍这个小镇便从此与钢琴结下了不解之缘。

1984年，改革的春风同样吹进了洛舍那片山村田野，一位叫王惠林的乡镇玻璃厂长，有一天带着县领导的嘱托来到了大上海寻找“富起来”的工业项目。那时的农民，已经有了“吃着碗里，看着锅里，想着外面”的本事。

“找活做？有啊，有批出口的玩具钢琴愿意接吗？”一位上海朋友对王惠林说。

木匠出身的王惠林拿着一把木头制作的儿童玩具，有些心不在焉：“这个……”

“怎么，你还想做大的？做真的？”上海朋友觉得裤腿上还沾着泥巴的王惠

---

* 马娜，军旅作家，中国作家协会会员，中国报告文学学会理事、青年创作委员会副主任。曾获首届茅盾文学新人奖、徐迟报告文学奖、中国故事奖，以及“五个一工程”奖等。

林在白日做梦。

“对。如果有可能……”王惠林说。

“好啊，有梦想总比没梦想要好！”朋友的语气里充满揶揄。钢琴被称为“乐器之王”，自“诞生”的那天起，似乎从来就很“贵族”。且不说几亿中国农民中能有几个人会弹上几首钢琴曲，但绝对没听说过世界上还有哪个庄稼人能制造出钢琴！12 平均律、88 个音符键，上万个部件……从十九世纪末第一位英国人在上海开设第一家琴行之后的近七八十年的时间里，中国的钢琴制造业，宛如蜗牛旅行，慢之又慢，少之又少，直至改革开放之初，全国也仅有四家，且皆为国有企业。

“泥腿子的乡下人想造钢琴？这不就是白日做梦嘛！”听说过这事的人没有不嗤之以鼻的，就连王惠林的家人都劝他：真有心思爱钢琴，先把一双老粗手往水缸里泡上三个月。意思是：一个种庄稼的，娇贵的钢琴看得上你？

王惠林不肯服输，他执着地独自奔波于上海和杭州“探商情”，结果反而让他更加激情难抑：在上海这样的大城市买台钢琴要凭票，不等上一年半载基本没戏。浙江省更可怜，每年按照计划只分到 20 架钢琴的商业指标。也就是说，普通人真想要一台钢琴，好比登天一样难。

城市没搞成、没搞大的事业，咱乡村就一定搞不成了？王惠林把自己的造钢琴梦给乡县的领导做了汇报，德清县乡两级干部竟然与“王木匠”王惠林的想法一致：制造钢琴，投资不大，又是朝阳产业，且是劳动力密集型，支持洛舍人去干！

都说德清人聪明，洛舍人勤快，一点不假。王惠林等心想：不是都知道钢琴高雅而且技术复杂、工艺精致吗？那好，我们就去请上海钢琴厂的师傅来“帮忙”！

这一回，王惠林和乡干部们带着农民的梦想又一次来到了大上海，而此次之行既获得了意想不到的好事情，也惹出了震动全国的“麻烦事”。好事情是：在国营企业吃了几十年“大锅饭”的 4 位技术人员一听王惠林他们想干番钢琴事业感动至极，一致答应愿意到乡下去大显一番身手。而麻烦的是：这4位技术人员刚满怀热情到了乡下的洛舍，4人的辞职信却被原厂方视为“挖社会主义墙脚”的典型事件，向他们发出了严厉警告。于是一场不得不由上海、浙江两地主要领导亲自出面处理、后来因惊动到了中央而引发了“国有企业的人才流动到乡镇企业”的风波由此掀起……甚至引起了全社会的大讨论。结果是：人才流动势在必行，搞活经济、发展经济是根本。但是，政策归政策，上海钢琴厂的4位技术干部“出走洛舍”的风波仍然余烟未尽：其中一位党员身份的技术人员因为组织关系靠一封“辞职信”解决不了，被原单位以开除党籍论处。洛舍人着急了，迅速报请县委，征求处理意见。德清县委专门研究，并建议洛舍镇党委重新考察这位技术人员在支持乡镇建钢琴厂过程中的表现，最后洛舍镇党委根据考察结果认为，该技术员完全符合《党章》中的党员条件，又给予恢复了党籍。

1985年1月，由中国农民开办的第一家钢琴厂——湖州钢琴厂便正式诞生了。这家号称“钢琴厂”的厂址，也实实在在地建在了四处皆是鸡鸭狗叫、河塘连稻田的东衡村。这个村庄距洛舍镇有十多里路，而洛舍到德清县城则有三十多里。至今这个距离与当年相比只是泥土路与柏油路的区别，路程未变，所以当我去采访“钢琴之乡”时，所见道路两旁仍然是一片片丰腴的庄稼地和四处鸡鸣鸭欢狗守门的农村风貌，令人愉悦的是自远处快接近洛舍时便可听见悠扬的琴声了……

回首当年：洛舍农民的胆子也真够大的，为了留住钢琴技术人员，他们竟然痛下血本：每人工资比在国营厂翻4倍，还要外加一万元生活补贴。这在当时算是一步奔向了“万元户”。但这还不是主要的。尽管已聘请了专业技术人员，但真要在庄稼地里制造出被欧洲贵族们视为社会地位和象征一个人具有艺术素养才能拥有的“乐器之王”，可不是件容易的事。所有的农民工们包括木匠出身、已经当了钢琴厂长的王惠林在内，听完技术员讲到钢琴所需木材的种类和成料前的数道“预备”工序时，便都傻眼了，更别说下一步如何组合成一台钢琴所用的上万个零件及调音必懂的“五线谱”之类的“洋玩意儿”。

“打碎的鸡蛋掉进了烂泥地，能捡得起来吗？”农民们伸出双手，看着自己常年捏泥巴、握镰刀的十指，开始怀疑起自己与钢琴的缘分。

“咋不行？投缘投缘，不投入进去，缘就不会有！”已经拼到了三更五鼓的王惠林开始加班加点苦学苦练，有一天上班时，他亲自在厂里的一台样板钢琴上弹奏出了优美动听的《东方红》乐曲，惊得农民工友们连声赞叹：原来木匠也能学会弹钢琴，绣花之手也可以拨动琴弦的，受到激励后的农民们一下子充满了信心，这好日子真的有盼头了！

于是，一群庄稼人的一场看似荒诞的梦想便正式在田野上拨响了第一声奏鸣：农民们寻找到了技术员认为可以用作琴键的木料后，像呵护新生婴儿一样精心细致地“照料”；数十位青年小伙子几乎是夜以继日，不久便将第一批琴键小心切块成形——琴键上浸染了他们手指上流淌出的滴滴鲜血……

不是说有一万多个部件吗？我们就用一万多颗火热的心将它刨磨而成；不是说有220根琴弦吗？那么我们就用220双手根根弦丝日夜精心为你抚准；不是说有88个音键吗？那么我们就用88个黎明伴着鸟儿啼鸣来逐一调音；不是说十二平均律可以呼出变化无穷的和声韵律吗？那么我们就年复一年以十二个月份挥洒出的汗珠串联成天籁的音符来伴唱，直到天地合一、刚柔交融。

一个看似遥不可及的梦想，一次看似没有季节的劳作，一场看似无须耕种的收割，让庄稼人明白了“高雅音乐”“美妙旋律”源于不懈的学习，执着的追求和全身心的领悟之中……

一切都在改变，一切都在改变中走近梦想。

庄稼汉的手指变得柔软起来了，小木匠的目光更加睿智了，“憋葫芦”吟出了悦耳的叮咚声……田野不再寂寥，草木有了情调，溪流涓涓起舞。昔日偏僻寂静的洛舍东衡村，连每日消退的晚霞似乎都有些留恋不舍了。

终于有一天，第一台由农民自己制造出的钢琴弹奏出了轻如抽丝、重如雷鸣的声音，那一曲倾注着工人们全部心血的钢琴演奏出的《黄河大合唱》，使东衡村甚至整个洛舍镇的万户农家人都热血沸腾了。尤其镇上的一位音乐老师还用新钢琴弹奏了一曲《春江花月夜》，悠扬缠绵的琴声，更是把庄稼人的心都迷醉了：琴键上发出来的声音比吃年夜饭还令人心里美滋滋呀！

“给我们的钢琴起个名字吧！”乡亲们围着厂长王惠林。

王惠林低头沉思起来……当他抬起头时，两眼已含满泪花。“古有伯牙绝弦的传说，是因为他遇上了知音子期。而今我们庄稼人能造钢琴，是因为我们也遇见了 4 个贵人……”说着，王惠林动情地走到何水潮等四位从上海聘来的钢琴技师面前，与他们一一握手相拥。然后转身对着众乡亲动情地说：“就叫‘伯牙牌’吧！”

就这样，由洛舍东衡村农民们自己制造的第一台“伯牙牌”131——A 型立式钢琴正式诞生了。后来南京艺术学院和上海音乐学院的专业老师们相继试奏后也大为称赞，并且一举通过了浙江省科学技术委员会的品质鉴定。

高山流水水是韵，田野风歌歌似雅。王惠林与上海来的四名技术人员弹奏的第一曲田野造琴曲，把整个洛舍乡的农民们从以前开山挖矿赚钱的噩梦中惊醒——原来“无中”也能“生有”，不靠破坏环境照样赚钱呀！

愿意到钢琴厂学技术的乡亲们更是络绎不绝了。1986 年，琴厂一下子又新招了 200 余人。到 1988 年时，厂里已能生产 500 台钢琴了。农民生产的钢琴到底行不行？著名相声演员姜昆听说洛舍农民造钢琴，便带头过来“吃螃蟹”，结果佩服得直伸大拇指：洛舍农民兄弟造的钢琴不仅价格便宜，音色质量同样“顶呱呱”！

“洛舍钢琴，中国一流！”农民造的“伯牙”牌钢琴，从此一鸣惊人，并迅速跻身于中国五大钢琴厂之一（另四家皆为国有企业），而且无须凭票供应。

有人购买，就有人制造。有人热买，就有人大张旗鼓地制造……洛舍农民造钢琴的情形可谓红红火火，并同时有了中国钢琴之乡的美誉。

纵观世界的钢琴行业，其实是紧随一个国家和一个民族的社会发展而发展的。当欧洲文明走向工业化时，欧洲成为钢琴制造业的中心；当现代化文明汹涌而至时，美国便成了第一大钢琴制造国。改革开放后的中国，人民的生活水平和国民教育随之迅速提高，钢琴需求量火箭式地飞升。传统的手工作坊型的钢琴制造业，在洛舍的田野上如春风吹拂麦浪，形成一浪更比一浪欢的态势。此时，又恰逢赶上乡镇企业改制的热潮，原先的仅一家“湖州钢琴厂”借势分解发展成了五家、六家的新厂；原先在该厂的200多名技术人员又纷纷重新组合成新团队，一个团队便能组合成一家新的钢琴厂……一时间，洛舍钢琴厂如雨后春笋般地建立，仅东衡村就有三四十家钢琴制造厂。正可谓：条条田埂置木忙，户户钢琴放声唱。

然而，洛舍毕竟是个不生产木材的地方，而一台钢琴用木材约超过六立方米，如此迅速发展的钢琴制造业需要大量特质的木材，怎么办？木匠出身的王惠林又想出一招：办木材加工厂，既满足日益增多的家装业，又可缓解钢琴制造用料，一举两得。

于是，一家钢琴厂有了木材加工厂，钢琴制造就如虎添翼，另一家钢琴厂便紧随其后……谁也不曾想到，转眼几年，不产一根木头的洛舍竟然成了远近闻名的木业加工基地，成为造福当地百姓的第一大产业。

无心插柳柳成荫。木业加工又推动了贸易的兴起，使洛舍钢琴制造业有了取之不竭的“源流”，而且因为材料和劳力皆实现了就地取材，洛舍的钢琴制造成本远低于另几家国有钢琴厂。如此又是几年风云变幻，洛舍钢琴的产量跃居全国钢琴生产数量之“最”，遥居领先地位。

那一年，中央电视台国际频道向全世界播出了介绍洛舍钢琴之路的专题片《乡琴》，吸引了美国15所主流大学的21位教授组成一个考察团专程来到了德清。当这些远涉重洋而来的音乐专家们眨着蓝色的眼睛，目睹中国田野上飘荡着如此壮观和悠扬的钢琴旋律时，连连赞叹：“不可思议！”美国音乐之团的洛舍之行后来作为教学案例被编入MBA通用教材，让无数音乐爱好者心中升起了一个梦想：到中国乡村去看一眼“乐器之王”的田野诗篇……

那一年，土生土长的农民调音师高月明一手调定的“拉奥特”钢琴，被送到了中国音乐殿堂——中央芭蕾舞团的专业钢琴演奏家那儿验收，结果，该团的钢琴演奏家竟然对挟着田野之风的洛舍钢琴爱不释手，并且作为了特别演出用琴。如此这般从“丑小鸭”一跃成“白天鹅”的故事，迅速在神州大地上处处演绎。

那一年，举世瞩目的上海世博会上，著名盲人钢琴演奏家孙岩就用洛舍钢琴为各国观众演奏了一曲《致爱丽丝》，那时而如清澈流水、时而又激昂飞扬的生命之歌，再一次见证了世界一流艺术家与世界一流钢琴的珠联璧合……

此曲只应天上有，人间难得几回闻。优美的丝丝琴声，拨动了庄稼人一根根创业、创新的心弦。热浪滚滚的产业大潮，使曾经以开矿致富的洛舍乡村，渐渐形成了“我要造琴”“我要学琴”的风尚。

章顺龙，这位东衡村第一位从县中毕业的“小秀才”，从小爱诗如痴、爱琴如醉。当他从王惠林等老一代造琴人手中接过接力棒后，他的目光便从乡村的田野眺望到了远方的海与天……

他的第一步：用十年时间，打造了第一乡村钢琴航母——“乐韵”制琴公司。之后，章顺龙说：“企业大，并不说明问题，仅如一个人的体量。钢琴是艺术品，只论‘每一台’。”为了让自己公司制造的每一台钢琴达到国际水平，“乐韵”以年薪50万的代价，请来世界著名的韩国调音师。为了让自己的钢琴走向世界，“乐韵”开始每年举办“钢琴音乐节”，建造自己的乡村音乐厅，请来刘诗昆、郎朗和理查德·克莱德曼等国际级钢琴大师当场试琴和演奏……而这仅仅只是章顺龙的“钢琴交响曲”的一段抒情曲。

当“拉奥特”品牌被国外钢琴名家确认可以成为名牌时，章顺龙再一次将自己的“钢琴人生”豪迈曲推向了“高音”：他的“乐韵”公司全厂引进日本全数控高科技钢琴专用设备和生产线，同时选择世界上最好的木材作为制琴材料。在此基础上，章顺龙的“乐韵”与有百年钢琴制造史的奥地利著名的“克拉维克”结成战略伙伴，让名鹊全球的“克拉维克”钢琴，落户到了中国乡村洛舍东衡。

匠心换金心，琴声吟心声。在章顺龙等一批造琴农民的努力下，洛舍钢琴开始推向国际市场，一直从十年前遥居全国出口领先地位至今。

洛舍的钢琴，生长在辽阔的田野上，却飞扬到了世界各地，甚至成为维也纳金色大厅的专用琴具；那拨动琴弦的双手，竟是一双双粗糙的耕地之手，然而琴弦上的旋律却激昂而舒缓，仿佛是汗水凝结成的大珠小珠落玉盘；那踩动脚板的双足，竟是那些常年跟随在犁牛身后的一双双壮实有力的大脚；拼组出的 88 个琴键却分明而整齐，仿佛就是列队待命的钢铁将士；那一台台输往远方的钢琴，带着沾满泥土芬芳的一串串音符，仿佛是重新获得尊严的庄稼人的身影……因洛舍的钢琴产量，年产可达五万台，一个不足 2 万人口的乡村小镇，竟稳稳地将“音乐之王”环手于怀抱之中。而这些属于中国农民们自己专利的，“克拉维克”“瓦格纳”“拉奥特”等一批著名商标，也已把国际音乐舞台占领。他们从开始的无中生有，到今天生产出音色或绝伦美妙或壮丽高亢的国际著名品牌钢琴，一路走来，这首创作于乡间田野上的钢琴曲不正是和着改革的大潮弹奏出的一部时代大交响吗！

如今，这座藏根于浙北的洛舍小镇更加让人感觉温馨优美了，那流经东村西寨的东苕溪也因为晨起暮落时不息的琴声而被称为了“东方的小莱茵河”。悠扬的琴声也不再仅飘扬于东衡村的田头宅边，而是整个洛舍的村村寨寨、街头巷尾。在洛舍你随处可见老人、孩子、婆媳、学生和远方的宾客，或者演奏家们在一起弹琴论道，或者交流钢琴技巧。生活仿佛是一首首永远弹不完的幸福钢琴曲……

“对于我们洛舍人来讲，这些依然还只是琴声的开始，最美的乐音还在后面。”满身诗人气质的章顺龙如今不仅是年制造 5000 台钢琴的企业大老板，还是洛舍钢琴发源地东衡村的党总支书记。为了把自己的家乡建设成田野美如画的美丽音乐乡村，章顺龙又带领乡亲们将村里闲置废弃的矿坑，填整出了 1600 余亩土地，从而建成了一个钢琴制造园区，让原先那些零星分布在百姓家园的大小钢琴厂统一搬到了园区中。同时将原有的工厂用地，按照“美丽乡村”的建设要求进行了合理规划与设计。

“三十年造琴峥嵘岁月，十指拨弄琴弦唱新曲。”王惠林和章顺龙等二代洛舍庄稼人的钢琴情结，让以往“靠天吃饭”“靠矿致富”的乡村和百姓，完全改变了昔日田野空寂与矿土飞扬的旧面貌。如今这里的百姓们住的是青瓦瓷墙的别墅楼房，吸的是沁人心脾的清新空气，闻的是花谷果木的飘香，听的是行云流水般的琴声……

今天，当你走进“钢琴之乡”的洛舍，就会发现许多家庭里，男的是造琴者，女的是弹琴者，孩子是学琴者，老人则是“妙有之音”的抚琴者……呵，这是一幅多么美妙的中国乡村钢琴水墨画。

选自 2018 年 12 月 1 日《人民日报·海外版》

大国粮仓

——北大荒留守知青口述实录

朱晓军　杨丽萍*

1968年12月22日，《人民日报》转引毛泽东的最新指示："知识青年到农村去，接受贫下中农再教育，很有必要。"

一场轰轰烈烈、史无前例的知识青年上山下乡运动[①]拉开序幕，且高潮迭起，于是有了"知青"这一称谓。这场上山下乡运动给中国带来巨大、深远的影响。全国有1776万知青[②]奔向"广阔天地"。

在20世纪70年代末的知青大返城潮流中，95.5%的上山下乡知青重返城市，还有80万[③]知青留了下来，其中有两万来人留在北大荒，被称之为"留守北大荒的知青"。他们是小众，绝对的小众，甚至被忽略不计。

上海的一位版画评论家说："我们以为留在北大荒的上海人不是残疾的就是

* 朱晓军，教授、一级作家，作品多次入选"中国当代文学最新作品排行榜"与《中国文学年鉴》。出版有《一个医生的救赎》《高官的良心》等长篇报告文学16部。现任教于浙江理工大学。

杨丽萍，中国作家协会会员，家庭期刊集团总编辑、编审，浙江工商大学兼职教授、硕士生导师，在报刊发表报告文学、散文近百万字，报告文学《快递中国》先后荣获徐迟报告文学奖、北京文学奖等奖项。

① 1955年至1961年为第一次上山下乡，1962年至1965年为第二次，1968年至1980年为第三次，1979年，全国仍有上山下乡知青24.7万人。（参考1998年7月26日《北京日报》）

② 参考2011年10月26日《中国青年报》第九版《博物馆里的知青记忆》。

③ 参考凤凰网·历史《失落的一代：至今尚有八十万知青永留农村》。

缺心眼的，要不就是犯错误的，否则怎么可能留下来？”

想当年知青大返城，北大荒犹如暴雨过后沟满壕平，大道小路都是背包罗伞、抬木箱子的，扛整袋面粉的，拎着一桶桶豆油的知青，如用“胜利大逃亡”或“兵败如山倒”来形容也许并不为过。在这情景下留下来不是不容易，而是非常不容易。犹如一群群栖雁，当一只接一只飞起来，转瞬间天空黑压压一片，像片云向南飘去，要想留下起码要有王佐断臂的决绝和狠劲。大部队转移了，集结号永远不会再吹响，那个火红的知青时代彻底终结，睡在铺左铺右和对面铺的哥们儿、姐妹们都走光了，整幢知青宿舍空荡荡了。北大荒沸腾、激越的旋律戛然而止，取代的是冷寂和荒凉。拖拉机扔在地里没有开，春天没人播种，秋天没人收割，学生没人教，医院没了医生和护士……

留守知青绝大多数在大返城前结婚，配偶多为当地人。大返城导致共和国第二次离婚潮①。提起往事，有知青说道:“造假病历的、假离婚的……你不回去就要被认为窝囊。”云南西双版纳农场五日内有 3000 对知青夫妇仳离。北大荒有多少知青离异，没找到统计数据，也许从来就没人统计过。据“老职工”和留守知青讲，为返城而离婚的知青比比皆是，被遗弃的配偶绝大多数是当地的，有真离的，有假离的，也有弄假成真的。

也就是说，只要能返城，离婚、抛妻（夫）弃子在所不惜。那么为什么留守知青没这么做?

哈尔滨知青陈桂花说，一位嫁给当地人的上海知青，为返城把三个孩子扔给男方，离婚走了；一个嫁给当地人的天津知青也离婚走了，女儿跟她返城了，两岁的儿子丢下了……二十年后，上海知青回来找儿女，儿女不认；天津知青的儿子进了监狱。婚姻本质不仅仅是爱情，还有责任与义务。

返城的理由是相似的，留下的缘由各不相同。有的为婚姻、家庭和子女留

---

① 第一次为 1951 年至 1956 年，新中国第一部《婚姻法》的颁布，大约 600 万对夫妇离婚，主要原因是取消旧社会的童养媳婚姻，解除封建包办婚姻；第二次为 20 世纪 70 年代末，导致离婚潮的主要原因是知青大返城，在农村结婚生子的知青，无法把配偶及子女的户口落到城市，只好采取离婚的办法以求回城。

下来；有的不想回城跟兄弟姐妹去争家里那有限的空间留了下来；有的作为“狗崽子”而下乡，在北大荒没遭受歧视，怀着一颗感恩的心留下来；有的为了医生、护士、教师、农业技术员的工作，怀着对事业的追求，对职业的执着留下来……

我们在调查与采访中发现留守知青绝大多数既不是残疾，也不缺心眼儿，更不是犯了错误走不了。他们都很寻常，从事寻常的工作，过着寻常的日子。他们既不是当年“铁杆扎根”的典型，也没说过“扎根边疆一辈子”的豪言壮语，有的扎根树都没栽过。他们和其他知青一样从下乡那天起就梦想返城，做梦也没想到跟自己一个车皮来的都走了，自己却留了下来。

知青时代一去不复返了，留守知青变成历史遗忘的角落，鲜有关注。20世纪90年代，我到黑龙江省农垦总局建三江管理局① 采访时，上海知青袁小虎端起一缸子② 酒，说：

“谢谢你还记得我们这些知青，你不来连我们自己都忘了自己还是知青。这杯酒我敬你，你随意，我干了。”

说罢，他仰脖儿一口喝下，两眼湿润了。那天激动得连干三缸子，大约一斤二两白酒。

24年来，我去过黑龙江畔、松花江畔、乌苏里江畔，到过红兴隆垦区、建三江垦区、宝泉岭垦区、牡丹江垦区的几十个农场，采访过数百位知青。他们让我感受到另一种人生，让我激动和感慨，内心经受了一次次洗礼，深刻体味到什么叫责任，什么叫担当，什么叫承诺，什么叫人生……

上海知青欧阳吉宝说：“什么是贡献？能够留下来就是最大的贡献！”

由于留守知青的存在，北大荒与北京、上海、天津、杭州等城市的脐带没

---

① 位于富锦、同江、抚远、饶河两市两县交界处的三江平原腹地，辖区总面积1.24万平方公里，其中耕地1100万亩，林地249万亩，牧地草原35万亩，水面71万亩。下辖15个大中型国有农场，现有人口22万。

② 在“大碗喝酒，大碗吃肉”的北大荒用玻璃杯喝高度白酒，一玻璃杯约4两酒，被称为“一缸子”。

有萎缩断掉，带动农垦的快速发展；他们让黑龙江边、乌苏里江边出现一群群说着纯正北京话，或上海版普通话的孩子；他们提高了北大荒的医疗水平，不知有多少婴儿经过他们的手来到这个世界；他们提高了农业科技水准，为北大荒成为“中华大粮仓”，年产商品粮300亿斤，可以养活一亿中国人做出贡献……

知识青年上山下乡运动50年了，留守知青年纪大的已年过古稀，年纪小的也将近花甲，可是他们还拥有一个跟年龄不相称的称谓——青年①，有的已经过世，像苇草似的“生者死，死者烂，肥土壤，为下代，做食粮”②。

什么是北大荒精神？北大荒精神的内涵是：艰苦奋斗、勇于开拓、顾全大局、无私奉献。有许多知青的子孙成为荒二代、荒三代。他们像那些转业老兵一样为北大荒献了青春献终身，献了终身献子孙。

对30年前的返城知青来说，所有的苦难和风流已酿成一杯怀旧的老酒，对留守北大荒的知青来说历史还在延续；对返城知青来说那是三年五载，十年八载的知青经历，对留守知青来说，他们是永远的知青。

别拉洪河边的“葛员外”

人物简介：

葛柏林，佳木斯知青，1947年9月17日生人，1968年6月18日下乡到八五九农场8连，当过农工、副班长、班长、排长、连队统计、农业技术员、副连长、连长，1985年辞去分场场长，创办家庭农场，先后入选黑龙江省劳动模范、“全国十大种粮标兵”，创办的圈河家庭农场被称为“中国最美家庭农场”，拥有耕地7000亩，湿地1000亩，林地4000亩，林木100余万株，大型农机十余台，配套农机三十余台件，年产商品粮两千余吨。

① 北大荒称知青为青年，如上海青年、北京青年、杭州青年。
② 聂绀弩的《北大荒歌》。

林莉，北京知青，1949 年生人，1969 年由北京下乡到八五九农场，1972 年与葛柏林恋爱，1975 年结婚，先后担任过农工、小学校长、女工部部长，农场工会副主席，放弃三次返城机会，1986 年为办家庭农场辞去小学校长。

采访手记：

1994 年 7 月，我第一次到北大荒采访，目标有二：一是饶河农场上海知青周浩妹，她嫁给一位转业到北大荒的军人放弃了返城，1990 年丈夫患了尿毒症，她伺候了 4 年；二是八五九农场医院的护士班，她们数年照料一位双目失明的知青。

那时，我还没写书的打算，只想为所供职的媒体写稿。在饶河农场，我采访了十多人，可写三四篇稿，于是就有了小富即安的想法，也就没有去八五九。那次去的话很可能就采访到葛柏林。从那之后，我的双脚在八五九附近的勤得利、七星、创业、前进、浓江、前哨等农场转悠了十来年，也没转悠到东边的八五九。听说过葛柏林的故事，多次想赶过去，可是不知为什么总是阴差阳错没去成。

进入 21 世纪，知青下乡了三四十年，大都已年逾花甲，退出了工作岗位，有的去投奔儿女，有的返回家乡，还有的离开了人世。我有了紧迫感，每到暑假就飞往黑龙江，背着双肩包一个农场一个农场地采访。2008 年，我的双脚终于踏进八五九。

到八五九采访的第一位知青就是葛柏林。那时，葛柏林已成为农场的一张名片，采访他也不是件容易的事。农场宣传部的朋友给他拨电话，说浙江有位作家想见他。他很给面子，开 20 来公里车从他的圈河[①] 农场赶了过来。

---

① 圈河即别拉洪河，系乌苏里江下游左岸一条支流，位于黑龙江省三江平原的东部。别拉洪河系满语，意为“大水漫地之河”。

葛柏林见面就说，我是诸暨人，听说浙江老家来位作家就跑来了。看来我沾了浙江的光，否则他也许不会放下手头的事情从那么远赶过来。他在靠窗的椅子坐下，脸像老农民似的呈赭红色，两鬓没有白发，不过已谢顶，有一张老农民似的古铜色面庞，穿着不大讲究，一件白圆领 T 恤，外套黄、蓝、白横杠衬衫，衬衫兜别一支签字笔，米黄色休闲裤有点儿皱皱巴巴。

我们在宣传部聊了一个多小时，作家刘加祥过来后，葛柏林开着他的 SUV 拉我们去他的圈河农场。加祥是八五九的，采写过葛柏林，他们关系很融洽。

我们一进入圈河农场，葛柏林像变一个人似的，兴奋像篝火似的燃起来，如数家珍地讲解着他的农场、规划和憧憬。农场还没建完，湖边的房子还没竣工，乌苏里江边的堤坝刚筑起，上边还堆着泥土，水麦草理直气壮蓬蓬勃勃地生长着，堤下江水滔滔流淌，犹如熙熙攘攘、无穷无尽的人流。农场旷阔，树林茂密，葛柏林说，这里许多树都是原始的，有些品种是珍贵的。

9 年后，葛柏林的 SUV 再次把我拉到圈河农场，陪同我的还是加祥。葛柏林变化不大，穿着一件像迷彩服似的两兜衬衫，下身好像上次穿的米黄色休闲裤，农场却有了巨大的变化，路铺好了，堤已筑好，一幢幢别墅隐于绿荫之中，处处郁郁葱葱，鸟语花香。在一幢装修高档的别墅里，我见了葛柏林的夫人林莉，对他们夫妇进行采访。

光阴犹如从山上滚下的线团，越滚越快，眨眼就是几年。2018 年成书前，我们又对葛柏林和林莉做了补充采访，他们夫妇热情配合，聊得很开心。葛柏林已 71 岁了，林莉也 69 岁了，按过去的说法已是古稀之年，说起圈河农场的昨天、今天和明天，他们还那么富有激情。我们不由想到曹孟德的诗句："老骥伏枥，志在千里；烈士暮年，壮心不已。"

下乡 50 年，葛柏林和林莉在亘古荒原上建起了"中国最美家庭农场"、AA 级景区，先后荣获"全国粮食生产大户""全国十大种粮标兵"称号，当年毛泽东的"广阔天地，大有作为"在他身上得以充分体现。

一

葛柏林：1985 年，我已下乡 17 年，从 10 连的统计、生产技术员、副队长、队长，干到了三分场场长。我的势头在往上走，当时农场分场场长年龄在 48 岁左右，我才 38 岁，是最年轻的，有十年的年龄优势。总局领导对我父亲说，送小葛上大学，好好培养培养，趁着咱们这些老家伙都在，让他挑挑担子。我父亲“文化大革命”中被打成“走资派”，平反后，当时已是总局办公室副主任。

我三次向农场打报告，（要求）下来搞家庭农场。场领导对我挺重视，给我三个选择：上柳河干校或者八一农大学习，回来当农场干部；去水利大队当队长；尊重本人意愿，下去办家庭农场。

我说，官场这个台阶是爬不完的，爬起来也累，我就下去搞家庭农场吧。

我是六六届高中，当时高考志愿都填好了。我的第一志愿北京装甲兵学院，第二志愿大连工学院，第三志愿八一农垦大学。我为什么报考部队院校？一是家里生活困难，我父亲一个人上班，5 个孩子，还要给爷爷奶奶、姥姥寄钱，我是老大，军校国家供养，不用交学费；二是我想当装甲兵，我看过《金星英雄》那本书，主人公是装甲兵，从苏联一直打到柏林，作战非常勇敢，被授予“金星英雄”，回家后，不论走到哪里都受到热烈欢迎。我觉得当个“金星英雄”挺不错。

离高考 10 多天，“文化大革命”爆发了。大学考不成了，装甲兵的梦也破了，毛主席发出号召上山下乡，那就下乡吧，起码能减轻家里一点儿负担，就这么着，1968 年我跑到北大荒。

那时实在是太苦了，夏天麦子收了，晚上在场院扬场，干活累出一身汗，麦芒粘在身上痒痒的，蚊子一把一把的，叮在脸和脖子上，难受劲别提了。吃的也不好，有的连队靠河边，打点鱼改善改善伙食；我们 8 连都是转业兵，不太会安排，阶级斗争那根弦还绷得很紧，谁多养两只鸡就走资本主义（道路）了，拉出来斗一番，结果搞得吃吃不上，喝喝不上，食堂空空如也，只有点儿冻白菜，几个月才杀一头猪，顿顿酸馒头白菜汤，馒头粘牙，白菜汤没油水。搞得人见死猪猪羔子都流口水，有时偷偷把它后腿砍下来，煮煮，解解馋。

吃不饱嘛，就搞搞精神会餐。我时常想《金星英雄》的后半截，金星英雄退役回到集体农庄，他老家穷得够呛，生产搞不上去，生活条件很差。苏联的集体农庄和咱们那时的情景差不多，吃大锅饭，上面官僚，下边出工不出力。他带领大伙儿致了富，有一段描写集体农庄会餐：焦黄的大列巴装在箩筐，玫瑰色葡萄酒倒进杯里，还有烤得金黄的烤鹅，大家举杯庆祝丰收。

既然当不成装甲兵就要好好干，过一个好的生活。北大荒资源那么丰富，我们就不能在自己的土地上创造幸福，顿顿鸡鸭鱼肉？就不能一推开门，猪肉柈子一摞摞的，粉条一麻袋一麻袋的，鸡蛋、鸭蛋、鹅蛋一缸一缸的？

有一年过中秋节知青聚会，大伙儿喝了点儿酒就说了点儿掏心窝子的话，有人说想当干部，有人想当老师，有人说想当兵，有人想当官，我说，我就想能有块自己的土地，自己耕，自己种，自己收，过上过去员外的生活就不错了。当时大家都说这不可能，社会主义嘛，哪能允许个人英雄主义和承包主义，那是不可能的，说我是在做梦、说梦话。当时赵五金说要走仕途，大家就叫他“赵举人”；我要当财主，他们就叫我“葛员外”。

我就想，自己要是有块地，肯定能经营好，能做到要啥有啥。

二

林莉：我是 1969 年下乡的北京知青。我家 5 个孩子，下乡三个。我老大，我弟弟老二，大的走了，小的才留下。我俩走了，大妹妹分到北京的工厂，再下边一个妹妹去北京郊区插队。

我的同学都上云南了，上西双版纳，橡胶林，我不上那儿去，太热了，还有蛇。一个去我们学校（动员）的当兵的说，北大荒楼上楼下电灯电话，我信了。到北大荒一看，到处是荒草甸子，8 月底 9 月初，正是蚊子多的时候，一把一把的，晚上上外头，往脸上一拍，能打死好几个。可不是楼上楼下？楼上一层铺，楼下一层铺，上下两层大通铺住 20 个人。

下乡的时候，我正好 20 岁，分在 10 连农工排。这儿以后挺苦的，在政治上挺受压抑的。领导比较左，老觉得我们读过高中的受资本主义教育多，中毒多，是重点改造对象。他们让初中生去当老师，也不让你去。你要去最艰苦的地方，通过劳动把毒洗下去。你别乐，当时真是这么说的。我上高一时就赶上"文化大革命"，以后两年带念带不念的。

我的个性是属于那种比较直爽，说话也比较直的那种。这会不会吃亏？吃亏呀，有些老职工家比较贫困，逢年过节杀猪卖肉，有一次剩 4 斤（没卖出去），我说过年了，咱们花钱买了吧。那时挺便宜，7 毛钱一斤。买回来，我借个小锅在宿舍炖了，分给大伙儿吃了。他们吃完了还批判我，为啥批判？说我资产阶级思想严重，自个儿做小锅饭。我说我花自己工资买的肉，大伙儿都吃了，完了还批判我资产阶级思想严重，那会儿没地方说理去，现在看是个笑话。

说是接受贫下中农再教育，就是干活。那会儿没有工作 8 小时概念，什么时候需要什么时候干，早晨三四点钟起床，把场院堆的麦子上的草苫子揭了，用木锹划好垅，隔半小时翻一次，要下午四点钟左右收场。晚上把晒干的粮食入囤，没有输送机，都是人扛，三节跳板，背七八十斤粮食一节一节上去，往上头一倒。秋天下地收豆子，豆子太矮了，弯腰割一天，腰都直不起来。

1972 年，比较左的领导被换掉了，新上来的领导觉得应该让高中生去当老师，他们会比初中生教得好，于是让我去当老师。农工太苦了，能干到老师不容易。

葛柏林：小时候喜欢什么，大了以后自然就对什么有感情。

我在浙江农村长大的，是最早的留守儿童。我父亲在外当兵，把我送回诸暨老家。我跟着爷爷奶奶，他们下地种菜，我去薅薅草帮忙。后来，放学回来挖猪菜，挖笋，挖药材，抓螃蟹，抓泥鳅。石头翻开，螃蟹慌忙窜逃，钻到篓子里。搞一个竹编的箩，放进肉骨头或者饭粒儿，搞根绳子和石头沉到塘底下，过两三个小时箩拽上来，里边有泥鳅，还有小鱼小虾，拿回家给爷爷下下酒，改善一下生活。8 岁的时候，我挖了一个大冬笋，卖了 5 角钱，被奶奶没收了，我哭了一场。挖药材挺不容易，一次挖半斤一斤，到集市上卖几毛钱，买一碗馄饨吃，我奶奶还说我不会过。

我 12 岁跟着父亲住在合江农垦局，在农垦局院里搞小垦荒，种土豆、茄子、西红柿。总局大院后面是个垃圾堆，垃圾堆旁边是菜窖，挖菜窖挖出来黄土堆在旁边。过去的垃圾不像现在有塑料袋、玻璃瓶子，除菜叶子就是煤灰，那时玻璃瓶子是好东西，还留着打酱油打醋呢。我拿铁锹平巴平巴，把黄土在上面覆盖一层，种上了倭瓜、苞米、豆角。豆角顺着苞米秆往上爬，家里的菜基本不用花钱。

林莉：我跟土地可没有这感情。我是在北京长大的。那会儿他们都种扎根树，我说我不种，我可不想在这儿待着。结果种树的都走了，我这没种的倒留下了。

三

葛柏林：离农场场部 70 余公里的 37 连有很多荒地。荒草甸子除了野草，什么都没有，人一进去，蚊子轰地炸开来。我想办开发性家庭农场，自己开荒种地。

1983 年，已实现《金星英雄》所描写的场面。过去，垦区的体制跟苏联的集体农庄差不多，吃大锅饭，领导有时还瞎指挥，每人每月 35.2 元工资，干多干少一个样。1974 年冬天，零下 30 多度，10 连派出 300 多人去挖排水沟。天寒地冻，一镐下去，像弹脑瓜蹦儿似的，地上一个小坑。早上 6 点上工，晚上 6 点钟回来，一个班分一段，结果这个班刨一个小坑，那个班刨一个小坑，一冬天刨了几十个坑，不够现在挖掘机干半个小时。

那时，动不动就零下三十多度，迎着风走一会儿，脸就冻白了，鼻子也白了，没有办法只能手使劲搓。不干活冻死你，干活吧，一天干 12 个小时得累死，只能干一干歇一歇，干一干歇一歇。后来，我说你非得冬天去挖排水沟，夏天挖多好？冬天一天半方土都挖不出来，夏天挖六七方都很轻松，咱们得科学管理。

1979 年我当上了连长，冬天全连放假，后来其他连队跟着学了。

四年后，北大荒搞大包干，10 连由 895 农场最后进的连队变成全场第一，在全垦区 1000 多个连队中排名前三，两万亩地赢利 100 万。豆收和麦收时，每天都会餐，干出 100 亩、150 亩就收工上食堂吃饭，食堂摆着 12 个大菜，好烟好酒，酒是剑南春、泸州老窖，烟是上海牡丹，天津恒大。

我们还隔三岔五分东西，什么都分，小麦收完了，分土麦子；大豆收完，分豆皮子，豆毛子；秋菜分白菜、萝卜；还分西瓜、沙果、葵花子，一家 6 大麻袋葵花子。张瑞敏的青岛冰箱厂欠两百万债的时候，我们连队分了 30 万现金，人均 3000 多，等于我下乡十年的工资。从 1968 年到 1978 年，我 10 年才挣 3000 多元。那时候有台电视可是不得了，我们 10 连实现了家家户户有电视。

我们赚的第一个一万块钱给了我妈。为啥？我妈工作一辈子，一直没转正。那时候，我父亲跟我妈说，你干脆就别转正了。我妈听他的了，结果整得我妈工作时间挺长，出勤率还挺高，却没转上正。

林莉：那时，他们俩老打架，我老婆婆在总局缝纫组上班，我老公公是管理科科长，负责职工转正。转正指标有限，他就让我老婆婆让给别人。我老婆婆让完了就有意见了，说你看，跟我一块来的都有了退休金，你让我先下来，我连退休金也没，为这事成天吵架。我们说，你们别吵了，我们挣了一万块钱拿给你。那时，银行利息还挺高的，一万块一年有 700 多，那会儿我们的工资才 40，700 块等于一个月六七十了。

葛柏林：分奖金的时候，事儿就多了，平时不怎么出力的想争一争，想多拿钱；平时干得不错的，又不好意思争。我发现大包干这种形式还不能实现按劳分配，多劳多得，少劳少得，得另找一种模式。那时，中央电视台在播放美国电视连续剧《草原小屋》，一家人开一辆大篷车，到美国西部开发家庭农场，觉得挺有意思。我们就想自个儿也办个美国式的家庭农场，美国人能干，咱们也能干。

当年我说，想有一块自己的土地，那帮同学都笑我，说你不是做梦吗，社会主义国家哪能让你自己拥有土地，承包土地？终于等到了机会。

林莉：葛柏林一直做这个梦，希望有块地好好种一下，像绣花似的，建个像样的地方，跟美国的家庭农场一样，也是建设美丽中国的意思。

贷款 5 万元，我购进 60 推土机、铁牛 55 拖拉机各两台，大犁、重耙、轻耙、播种机、镇压器各一台，油罐一个。我还在 37 连承包 2000 亩次生林，在周围打了防火道。

我们借住的是 37 连的房子，那房子八面透风，冬天零下 20 多度，把水缸里的水冻成冰坨。晚上，我和 5 名农工挤在两米来宽的土坑上，大家开玩笑说，必须喊着号子一起转身。为解决资金，我领着他们打零工，给二道河农场拉沙子。

林莉：农工就是各连队愿意跟我们干的职工，我们雇的，工资比农场职工高一倍。

葛柏林他们用火烧荒，拖拉机翻地，耙三四次才播种。大犁放在那里被人拆走了零件，不能用了，只得从别处弄回了一台。他们先开垦几百亩荒地，后来扩成一两千亩地。没有食堂，他们就交伙食费，在 37 连搭伙。那要连队的职工先吃，剩多少他们再吃，像受气包子似的，吃得特别不好。我想，这样时间长了身体就造完了，身体垮了什么都完了，与其那样还不如俩人破釜沉舟一块干。再说，家庭农场亏损了，就我那点工资也不顶用。于是，我也就打了报告，辞去小学校长，下来给他们烧水做饭，送水送饭。

什么时候谈的恋爱？1972 年，北京缺少师资，来农场召老师那年。知青刚来时不让谈恋爱，谈恋爱就是资产阶级思想，马上斗你，开会整你。有一次领导在会上批评大家，一个知青站起来质问，你闺女多大？你什么时候结的婚？大家一算，敢情 18 岁就结婚了。知青火了：“你怎么 18 岁结婚了？我他妈都二十五六了，还不让谈对象！”打那以后就允许了。

让人家扎根又不让人家谈恋爱结婚，那怎么扎根？那时许多知青已经二十六七岁了。

葛柏林是8连的知青，1971年调到了10连，这样我俩就在一个连了。他是统计，我是农工，我们是老职工介绍在一块的。

第一印象？我当时觉得他特别土，穿一条带补丁的裤子，补了两个膝盖，平常不爱吱声。不过，我发现他对一些社会现象看得比较透彻，有头脑。下乡那会儿知青大多年纪小，初中毕业的也就十五六岁呗，懂什么，人家一说，他们就相信，人家一窜楞，啥事都干。葛柏林跟他们不一样，他对江青的“文攻武卫”提出不同看法，说他们要文攻武卫，都互相打起来，那就没有文攻了，全变成武卫了，那不乱套了吗？那时谁敢那么说？我听了不敢跟别人说，说了他就是反对江青，就要被打成现行“反革命”。

人家都挺好奇，说你怎么看上葛柏林呢，还说第一个发现葛柏林优点的人就是我。

葛柏林：我跟林莉谈对象前私下里没有接触，只知道她是北京知青，外号叫“林大浪”。

开始也有点误解，后来一接触这人不错。她体育挺好，在学校一百米、二百米、铅球、跳远都是第一名。她又泼辣能干，能和男的飙着干。能干就招人嫉妒，尤其她的领导觉得她威胁太大，知青里也钩心斗角，不把你踩下去人家上不去。她性子比较直，有些事情看不过眼儿，就跟领导对着干，领导还不收拾她？那帮女的就贬她，叫她“林大浪”。其实，她是挺正统的一个人。

林莉：“文化大革命”时，给他（葛柏林）爸轰到查哈阳（农场）去了。我第一次去他家，他父母还住在羊圈里呢。

有没有动摇？没有。当时没考虑那么多，咱是觉得这个人不错，也不是跟他们家怎么地。他爸是“走资派”，那我爸还是国民党军人呢，都差不多。

我爸是福建长乐人，小时候爷爷走得早，奶奶领着他没法儿过，就给送到饭店当学徒了，后来随着远征军去了缅甸。他级别不高，干技术的，修理装甲车和坦克，沈阳解放时就投诚了。凡是机械的他都懂，人家弹的琴摔坏了，他能修，车坏了，他能修。

葛柏林：“文化大革命”时，全国在查一个叛徒，叫葛清，我爸正好也叫葛清。通缉令发到总局，总局说我们这儿有个葛清，一下子对上号了。正好我爸是 1945 年参加游击队，打仗时打散了，找不着组织就回家了，后来去上海当了工人，因闹事儿被开除，又跑回浙江老家乡下，中间这两年说不清，叛徒就扣他身上了。后来，查来查去也查不出什么罪状，就把他打成“走资派”，下放到查哈阳农场。

刚下去时住一个老贫农家对面炕。他们从佳木斯带两袋面，馒头一揭锅他家六七个小孩就围上来，一人抓一个，一锅馒头就没了。下雨天我妈挑水，刚把缸挑满，他家又喂猪又做饭一下子缸就见底了。我家从城市下去的，卫生好一点，这边刚收拾完，那边虱子跳蚤就过来了。

这日子没法过了，我爸就跟领导说，哪怕给个猪圈羊圈让我们搬进去住也行。

他是犯错误下放的，不把他当成毛主席革命路线上的人，贫下中农和基层连队都不稀罕管，最后找贫协主席才松口，说给他个羊圈吧。羊圈是间挺矮的小土房，外间 15 平方米用来做饭，里间 15 平方当住房，弟弟妹妹睡在一铺炕上，灶炕里烧的是在草甸子割的草和地里拉回的苞米秸子。

1975 年，她回北京探亲，说哪哪号从北京回来，坐火车到齐齐哈尔，拐到拉哈，让我到拉哈车站接她，去查哈阳看我父母。拉哈车站到查哈阳约 60 里地，那 60 里地没有直达车，有时候坐毛驴车，有时候坐小蹦蹦，有时候坐马车，截啥车是啥车，没车走路。我头一次赶到拉哈没接到她，我就有气了，不来拉倒，就回来了。我妈说，可能晚点了，你怎么这么心急就回了？我说，第二天再去接吧。第二天又没接到她，就等，等半天，等到晚上也没等到她，我又回来了。回来后，她就打来电话了，说西安的老舅来了，晚回了几天。第三次去接，我才接到她。

三请诸葛亮，接了三次才接到她。老爷子老太太见林莉圆脸儿，高挑身材，倒是挺高兴。晚上，她就住在大炕上。她住了十多天，回农场我们就领证了。准备了两桌饭菜，老职工和知青们送个茶缸、毛巾、玻璃杯啥的。结婚时，我已二十七八岁了。

四

葛柏林：家庭农场第一年就赢利了，毛收入 11 万元，当时一个人工作一辈子才挣 4 万元多点儿。

有些人就红眼了，说葛柏林的家庭农场沾了连队多少多少光，于是农场就派计财科科长等人来查账。查来查去，农场一分钱没找回去，还给我们找回一万多块钱。当年毛收入变成了 12 万。连队给我们一亩地摊了 20 公斤的豆种，谁家撒豆芽呀，一亩地播那么多种子，再说播那么多它也不长，不结豆儿啊。本来我和连队有约定，我们给队里干零活，凡是一千元以下的就不算账了，算义务劳动。连队的森林着火，我们去车去人扑打，拉个大犁，打了一道防火道都没跟他们要钱。

他们说政策变了，把我承包的 2000 亩次生林收回去了。我来气了，那块地就不要了，给连队了！你不老怀疑我们占便宜吗？我们躲你远远的，找个前不着村、后不着店的大荒草甸子重新开荒，重新种地！

1986 年，我们搬到别拉洪河边的荒草甸子。别拉洪河是满语，有大水漫岗，河水一圈圈之意，又叫圈河。

四周好的地，水大淹不着，涝不着的，让连队开垦了，我们开垦的是人家不稀罕开垦的低洼地。没地方住，我就买块帆布，往拖车一搭就是棚子，五六个职工住在拖车上，住不下就搭上下铺。我和林莉也找块破帆布搭个小棚子，猫腰住进去。外头下大雨的时候，我们住的地方下小雨。没地方做饭就外头搭个锅台，林莉光着脚丫子在外面做饭。没有自来水，就把泡子[1]里的水烧开了喝，那会儿没有那么多污染。

后来，盖一间 25 平方米的小砖房，林莉有了厨房，不用光着脚站在泥水里做饭了。

1987 年，我们新开垦的地里种上大豆，豆苗长势好啊。

为赚外快，我们去二道河农场修路，挣了 10 万块钱，挺高兴的。回来一看傻眼了，家里 2000 亩地都涝死了，当年颗粒无收，连工资都发不出来。接下来几年，家庭农场被贬得够呛，有人认为家庭农场挖了社会主义墙脚，雇人是剥削工人的剩余价值。家庭农场的粮食不许随便卖了，必须卖给农场；化肥、农药不给指标了，自己想办法。承受不了政治和经济压力，家庭农场十有八九垮掉了。跟着我们干的技术水平高的职工都走了，又招了一批，没过多久又走了。

1990 年，农场只剩我和林莉了。我们吃野菜蘸大酱，喝泡子里的水坚守着。我得了角膜炎，红肿着眼睛行走在齐腰荒草中；又挨了雨浇，发起低烧，躺了三个多月不退烧……

农场给我做工作，说赶紧洗脚上岸吧，别陷得太深，别赔得啥也不是，赶紧把地卖了，让我回去当个副场长。

林莉：本来可以不遭这个罪。我有三次返城机会，放弃了。

第一次是 1972 年。北京中小学教师紧缺，招一批高中知青返城当老师。那机会难得啊，知青大返城前很多人都想走，有的干部子弟门子硬，当兵走了。没关系的豁出去了，工作不要了，户口不要了，赖在城里不回来了。他们宁可扫大街，扫大街的活儿也找不着，你是逃兵，没有户口，什么都没有，人家不给你安排工作，只好当无业游民，父母认养了。

负责招考的是我家亲戚，基本定了招我。那机会多难得，可是我和葛柏林谈对象了，没有走。家人埋怨不？反正不高兴是真的。

---

① 泡子，通常不和外界的其他河流或湖泊连接，是死水，而且一般不会很大，水也不深。

1977 年恢复高考，我本可以复习复习参加高考，离开农场，也放弃了。要考能考上不？我觉得应该能考上，我那会儿当老师，扔得不多，不像他们干农活不接触课本。我小学老师、中学老师都当过，中心校校长也当了好几年。

第三次是 1979 年，我爸退休，让我回去接班，工资关系都办了，我没走。有孩子了，我走了，他和孩子就扔这儿了。或者各回各地儿，他回佳木斯，我回北京，可是长期分居也不是个事儿。我还比较注重感情的，所以就选择留在这儿。接班的名额给了我妹妹，她顺当回去了。

林莉说，你看知青上山下乡大帮来的，如果随着大帮回去，住房没法解决，工作没法解决，二十多岁三十几岁，回家吃爹的吃妈的，也不是个事儿。再一个，上山下乡将近十年，年轻的时候在这里学的是农业，回去了用不上。我回去了或是当老师，或是干别的；他回去进工厂给师傅递扳子，递钳子，伺候师傅，十年的农业底子就白费了。

当时考虑挺多，就没有回去。不过，心里也不好受，一个车皮呼噜呼噜来了，人家都回去了，就剩下我们，总觉得有点儿没着没落的。

我家下乡三个就我没回去。弟弟到延安插队，第二年分到陕西铜川三线农场，在那待了一年多就回北京了。我弟弟回去后像我爸一样搞了机修。1986 年，我爸走了，那年他 66 岁。

葛柏林：我也有几次返城机会，佳木斯物资供应站调我，我没去；检察院调我，我也没去；八一农大也没去。

高考一起考？我俩读过高中，考上的概率肯定会高一些。不想考，都 30 岁了，念书期间没有工资，没有住房，已有了儿子，你说我们怎么办？

五

葛柏林：在家庭农场最困难的时候，有的家庭农场主把地卖了，洗脚上岸了。有人说，别人都不干了，你怎么还在地里干呢？那时，我还在开荒，规划农田，让它更适合机械化作业，700 米以上不出角子。我还在投资种树，挖沟修路。我们那块地是低洼地，要用推土机隔一二百米挖一趟排水沟，涝时好把水排出去。

我高息贷款一百多万，雇人像燕子垒窝似的一点一点将四周垒成坝，个别洼地围堰，用编织袋装土围起来，下大雨水流进沟里，抽出去了庄稼就没事了。有坝围着四周水就进不来。有一年发大水，四周的水比里头高 1 米 5，要是不围坝的话，庄稼就全军覆没了。

坝有多高？一米六七、一米七八。

有人说我这不是傻吗？我这么干，有两个原因：第一，家庭联产承包制在中国，我认为不可能变，农民再吃大锅饭，只能饿死；第二，农村的个体承包全都取缔的话，国家怎么安排这么多人的生计和工作？我认为家庭农场这个大方向是不会变的。

除农田基本建设之外，我还种树，1990 至 1991 年栽红松 300 亩；1994 年，植树造林 2000 亩。

种树不赚钱烧钱，那为什么还要种？我从小在浙江，成天在林子里转。我是从林子里出来的，一进林子就像到家似的，感觉非常亲切，非常舒服。

我们开垦的那片荒地原来叫北大林子，地势高的地方是林子，低处是湿地。知青在的时候，林子被砍光了。那些年，一到冬天知青就去林子里砍树，盖房，取暖，做饭，用的烧的都是木头，这片林子砍完了，砍那片林子，挨片儿砍，见林子就砍，争先恐后地砍，等知青走时几乎好多林子都被砍光了。

我们开荒时，那地方一棵树也没有，想找一根搭帐篷的棍子都找不着。生态平衡破坏了，树没了，野生动物都跑了，光剩耗子了。耗子特别多，开荒种地打了点儿粮，堆在仓库里，100 个麻袋有 80 个让耗子给嗑个稀巴烂，粮食流一地。

我在那儿建新点后就种树，先建了三亩的苗圃。当年知青砍树把北大荒给祸害得够呛，等于还账了，既为自己还，也为那些砍树的战友还。当年砍树是命令，军事化砍伐，你不砍行吗？可是，树苗存活率很低，有的被杂草吃掉了，有的被耗子嗑一圈儿嗑死了，有的被虫儿咬死了，成活一棵树，得补苗儿好几次。

1997年，我买入进口大马力M 160，耙地由日80亩提高到日400亩，中国农民终于可穿白衬衣下地作业。那年秋天遇特大水灾，买了五台水泵日夜往围堰外提水排涝，总算免遭灭顶之灾。

对了，1996年还干了一件傻事，用200亩熟地换回湿地中的小开荒。

我们那个开荒点在高岗上，高岗下面是一片湿地，三面环河：一条新河，一条老河，一条废河。我们把湿地的口堵上，确保5000亩湿地常年积水，这样一来，里面的泥鳅、鲫瓜子就特别多。给我们盖房子的施工队用抬网抬了一个来回，抬到两大肥料袋的鱼。冬天，十连的一个小子去打鱼，打了几万斤。冬天水一排，只要接一个网兜儿就能抓到鱼，可是我们不抓。为什么不抓？你把鱼抓走了，鸟儿吃啥？几万斤鱼都是小鱼小泥鳅，你祸害多少生灵？不抓。

年头旱，湿地就干了，湿地里也有高岗，一条一条的，有人跑进去开荒，结果种一年赔一年，为什么？年头涝四周都是水，只能颗粒无收。我跟农场领导请示说要建一个湿地，领导挺开明，说行吧，你自建自管。我们就用一块200亩的高岗地把湿地里面的开荒地全部换回来，将整个湿地连成一片。

建湿地没有什么效益，围起来得花钱，年年管理得花钱。为什么保护？我们开垦荒地以后，鸟没处下蛋，在草棵子里下蛋，结果一犁地，把鸟蛋都犁碎了，有了湿地，鸟繁衍生息就有了地儿。大雁南迁的时候，可以在湿地落落脚，像驿站一样，喝点水，吃点东西，完了继续南飞。湿地又是地球之肾，补充地下水。

从长远看，把北大荒原始面貌保留下来，子孙后代能看到亘古荒原是什么样，他的前辈是怎么把这么低洼的塔头、草甸、芦苇荡开垦成稻田。湿地开发之后再恢复是不可能的了，破坏容易，恢复很难，保留下来的湿地从价值来讲不可估量。

这是中国农民第一个自费建的1000亩湿地保护区。

林莉：每年种树，10年林子就长成了气候。30年种了一百多万株吧，也没细数过。现在都挺粗的了，直径得有30厘米了。现在看那片林子可漂亮了，落叶松、樟子松、红松，树荫下一片松针，特漂亮，还有核桃楸、山核桃。林子里长着灰菜、蕨菜，8月下了雨，就可以进去采蘑菇了。

小动物都来了，狍子、黄鼠狼、狐狸、花狸棒子、小松鼠、猫头鹰，还有一种像小雕那样的，哧溜哧溜，飞得特别快。

黄鼠狼挺好的，它光咬耗子，不祸害农场养的鸡鸭鹅，掀开帆布底下一堆一堆的耗子，那是黄鼠狼抓完了冻成一堆，贮备起来过冬吃的。我们打的粮挺多，有时候卖不了，快开春才能卖，100个麻袋被耗子嗑不了几个，生态平衡了嘛。

冬天就扔点吃的，天冷，雪大，那狐狸，黄鼠狼别找不到吃的，我们不祸害野生动物。看到狐狸的时候少，它躲着人，有人看到一个大狐狸带着一只小狐狸，在田头翻地鼠。有人上湿地打林蛙，我们买了都放了。有一年地里长了很多地老虎，老嗑豆子根儿，也没打农药，飞来很多乌鸦，把地老虎吃了。

葛柏林：我在全垦区20多万个家庭农场中，从规模、现代化程度、粮食产量、销售收入来看是拔尖的。2003年，我被评为全国十大种粮标兵。2007年十七届三中全会肯定了家庭农场是现代农业生产模式之一。我们家庭农场现有林地4000亩，湿地1000亩，耕地7000亩，最高的年头打了150吨大豆，要是50吨一个车皮子，整整30节车皮。还有小麦，一千七八百吨、两千吨左右的产量。看到那么多粮食，是什么感觉？没什么感觉，年年种，年年卖的，有时候也愁卖。

我们是中国最美的家庭农场。有大湿地、大农田、大农机、大森林、大产区，符合习总书记提出的绿色、可持续发展。在全中国找不出来第二个。

现在到我们家庭农场，门一推开，就像是当初我想的那样，库里满满的，想吃啥就吃啥，池塘里有鱼，圈里有鸡鸭，鸭蛋、鹅蛋一缸一缸的，基本实现了当初的理想。

我们这三十多年，走过了美国好几百年的历程，人家的家庭农场有二三百年、三四百年，祖祖辈辈经营，咱们三十年完成了，所以付出的辛苦肯定比人家多，是不是?

林莉：现在有10多个职工，六七个干活的，四五个看点的，冬天有鱼池，扫扫雪什么的。我们俩岁数大了，都70了，地就承包给别人了，我们就管管林子，收拾收拾鱼池。林子本身没有收入，有时候农场上我们那儿挖树苗，也没跟他们要钱，都是白挖。

空气好着呢，氧吧似的。你要是在城市待惯了，上这儿住一个月放松放松，挺舒服的。那帮知青来了就说，知道农场像现在这样，还不如不走。

北京我不愿意回，猪肉这么肥。我回北京从来不吃猪肉，都是机械化生产的，没法吃。那边雾霾严重，在这儿惯了，回去以后他们不觉得，我的后脑勺倒是特别疼，走几里路觉得怎么那么累呢。回来吧，天天溜达也没事。北京买一个厕所赶上咱这儿一栋楼了，有的知青到现在还住在十几平方米的小房里，把房子腾给儿子，自己租个小房的都有。我们在北京有没有房子？有，我妈那房子我买了。

儿子是北京户口，从小在哈尔滨爷爷奶奶身边长大的，大概十六七岁的时候回来跟着我们干。他不愿意待在北京，嫌北京太闹腾。我妹妹的孩子早上六点多就出门，一个多小时在路上，来不及吃饭，就买小包子、灌饼什么的，在公共汽车上吃。这儿的生活节奏比较慢，到点下班，到点吃饭，到点睡觉，挺美的。

我孙女在北京读高中，也是北京户口，想考北京公安大学，成绩还行。

葛柏林：有知青回来，我就说，你们有本事的走了，这才把我们“冒”出来，要不然我们还“冒”不出来。

儿子儿媳妇都在家庭农场干活，给他们发工资，比别人略高一点，也高不了多少。按照我的家庭农场的模式来说，农场主只有我们两口子，儿子、儿媳妇都不是。

人家美国讲金融世家、农业世家，咱们也不能断档啊，既然是从农业发展过来的，那儿孙辈的接着干这个，农民世家，一代代地接下去。

节选自江苏凤凰文艺出版社2018年11月《大国粮仓——北大荒留守知青口述实录》

弯弯的界河，绵绵的界山

丰　收*

巡走到 383 号界碑，日已正午。每次巡逻到这儿，草克图就要歇一歇。吃些妻子布娅准备的馕，喝些水，就是午饭了。

每一天几乎都是这样开始的，伴随晨曦第一抹光亮红了地平线，草克图迎着太阳，在哨楼升起国旗。

草克图的妻子布娅喂完小牛，喂大牛，招呼孩子们起床。烧好奶茶，一家人吃早饭。饭桌上交流不多，都想着自己一天的活路呢。

布娅是个很腼腆的女人，话不多。草原上这个小小的家，似乎总有干不完的活儿，布娅忙得坐不下来。再忙，布娅的脸上也会挂着淡淡的微笑。

正值暑期，十岁的儿子阿音格也早早起来了，和他差不多大的小表哥昨天来了，他们相约在阿音格家过这个暑假。

从格登山山顶最南端往下看，阿音格的家就坐落在山脚下。松湃河从家门口流过。雪山、草原、界碑、边境线，是阿音格家门前不变的风景。

他家西面几十米，就是清晰蜿蜒的边境线，比边防哨所还靠前。和阿音格

---

* 丰收，落地行军途中驿站，成人西部荒原。有长篇非虚构《绿太阳》《蓝月亮》《西上天山的女人》《铸剑为犁》《镇边将军张仲瀚》《西长城》，长篇散文《青格里》，散文集《西部人间》《还是那轮天山月》等。获天山文艺奖、中国报告文学奖、徐迟文学奖、中宣部五个一工程奖、鲁迅文学奖等奖项。新疆兵团作家协会主席、中国作家协会第九届全国委员会名誉委员。

家每日相望的，是山顶上已经有两百五十多年历史的格登碑。

阿音格就出生在格登山下松湃河旁。阿音格的阿爸草克图也出生在这儿。不要说阿音格不知道，阿爸草克图也说不清他们家在这儿是第几代了。草克图只知道阿爸、爷爷、爷爷的爷爷就在这儿放羊牧牛牧马，从没离开过。

冬天，草原是寂寞的，大雪封山，几个月见不到个外人。

夏天生命蓬勃。天一亮，人、马、牛、羊，天地万物就在这一方山水张扬生命活力。每天清晨，露珠还在草尖呢，奶牛就会自己回来找布娅挤奶。

草克图的家，是兵团 76 团距边境线最近的一个牧民定居点，边防连早在十八年前就把巡边联系站设在了草克图家，护边员草克图在边境线上也巡护十八年了。

从 388 号界碑到 390 号界碑，草克图往返一次 4 公里。383 号到 385 号碑是草克图负责的另一段巡护路线，但这一段边界穿行在高山里，巡逻一次，往返要两天，每次去山里，布娅要给他准备好在外过夜的行囊。

布娅给草克图准备好馕和水，草克图背上干粮袋、水壶、望远镜和工具包，出门了。

草克图和儿子阿音格出门后，布娅也到了松湃河边。松湃河是条界河，布娅不管什么界河不界河，从眼睛睁开那天她就知道，松湃河就跟她们家的奶桶、水盆一样，一时也离不开。

山上流下来的河水很凉。布娅已经习惯了，一家人的衣服，还有每天悬挂在哨楼上的国旗，隔几天就要洗一次。洗完衣服，布娅要赶紧准备晚餐，收拾好厨房，架烤肉炉子、铺地毯。今天，邻居巴图蒙克一家要来布娅家聚餐。

邻居巴图蒙克也是巡边员。站在格登山山顶，视野所及，只有两户人家，一户是草克图家，还有离草克图家不远的巴图蒙克家。

巴图蒙克家的女主人也在打馕，厨房里还准备着抓饭、手抓肉，两家的女主人都为晚上的聚会做着准备。

和草克图一样，巴图蒙克正在巡护他负责的那段边境线。

“边境无小事。”这是草克图巡逻十八年来始终牢记的一句话。虽然近年来边境比较平静，但是他从来不敢疏忽大意。

松湃边防站的战士给草克图算过，十八年他走过的巡边路，从格登山下他家到北京，往返十二次。

夕阳里，草克图骑马归来。他上哨楼降下国旗，收好。这一天的工作就基本完成了。

家里也准备得差不多了，孩子们围着烤肉炉子烤羊肉，朋友们纷纷走进家门，布娅张罗晚餐，草克图家的小院热闹起来。

大家席地而坐。篝火辉映红地毯。热情的酒歌唱起来，满满的酒杯举起来……

男孩们的摔跤引发大人的呐喊、助威。蒙古族从小培养儿子英雄气概的意识很强，无论阿音格还是其他孩子，长大了会明白，长河饮马是他们血脉的传承。长成汉子的儿子驰骋草原，家园的意义已超出他们的想象。

马头琴流出的长调醉了草原，边境人家最温情的夜晚。

太阳从阿尔泰山后刚一露脸，那只叫“狗子”的小黑狗就挤出窝棚，尾翎亮得涂了一层阳光的大公鸡已第二遍啼鸣了。邵顺挑起桶去河里汲水。

叫“阿拉克别克”的这条河是界河。地图上不细看，很难寻见小蛇样的蓝色线条。现实中可就是雷池半步难逾的国界了。

邵顺她们来之前，阿拉克别克造化的冲击盆地阿黑吐拜克是水草丰美的冬窝子。隔河相望，是哈萨克斯坦的工业小镇阿连谢夫卡。河两岸白桦秀美，牛羊悠然。

如今，邵顺家的麦子地后边是中国阿黑吐拜克边防站的瞭望塔，瞭望塔后面是边防站。邵顺家麦田前边是界河阿拉克别克，带蒺藜的铁丝网，白桦林。

再往前就是哈萨克斯坦边防军的瞭望塔。站在界河边，能看清瞭望塔里走动的哨兵。在新疆边境地区，常见到这种存在，我方边防哨卡前，是大片大片耕种的庄稼地。相当一段时间里，中国公民很难知道发生在这个特殊区域里的真实情况。

走进邵顺家的麦子地，就听见“哗哗”的水声。去界河草丛里一径小道，叫不出名的花儿，星星点点撒在草丛中，花茎很短，花朵也不大，却竞相舒展美丽，透发出一股股秀气。

麦子喝着界河的水，牛羊喝着界河的水，儿女也喝界河的水。邵顺站在麦地里，对面的小镇阿连谢夫卡，小飞机起起落落的，她就时常想，啥时间阿黑吐拜克能有去乌鲁木齐、去上海的飞机，想着想着就出了神。

邵顺是 1964 年来的上海知青，和她一起来的上海知青有 70 多个，她还记得点名分单位的那天早晨，去一连的第一个就是——“邵顺”。兵团番号“185”的农场，一连是沿界河阿拉克别克一溜儿排开的 10 个连队中最西北的一个。山外的人叫“西北第一连”。

现在，已经很难把上海生上海长的邵顺跟上海联系在一起了，身上洗得发白的衣服，脚上自己做的鞋，出门干活的打扮，还有说话，扛锹，甚至走路——地道老兵团范儿。

邵顺她们来那年，阿黑吐拜克来得最多的还是山东转业官兵，不少东海舰队的。邵顺一起来的小姐妹，大多找了山东“老转”。

土豆开花时节，江苏支边青年沈桂寿开始找话头往邵顺身边靠。能说什么呢？共同的话题还不是“好儿女志在四方”。邵顺总是要在上风头：侬咋来格？阿拉可是穿军装戴红花！穿军装，就是参军呀！上不上风头不打紧，最后还是功夫不负有心人。又过去一个冬天，终于情定麦田。野猪帮了沈桂寿。一起护田，野猪踏月色穿过丛林，从不种庄稼的那边越过界河，来到长庄稼的这边。这就给了沈桂寿英雄救美的机会，就有了以后更美丽的故事，有了喝界河水长大的儿女。有了“老头子”“老东西”“老家伙”这些昵称。沈桂寿很幸福，幸福的沈桂寿一年年盼喝界河水的麦子长得饱满，喝界河水的猪羊长得壮实，喝界河水的儿女早日成人。他盼着春天播种，也盼着冬雪落地，冬雪落了地，就不用担心野猪祸害种子了，野猪的獠牙再厉害也难拱一米厚的雪层，人就可以从窝棚回到连队暖暖和和的家。

西北第一连第一面五星红旗是邵顺在一幅大红缎子被面上手绣了一大四小五个星星做成的。沈桂寿领着连队的几个小伙子扛了一棵笔直的桦子，桦子竖在沈桂寿挖好的坑里，把砍出斜茬的红松桩子砸进坑里，三截红松桩子呈三角撑住了旗杆，再填上土夯得牢靠，又用红砖砌了方方正正的台基。

扯绳升旗！都仰着脸围着旗杆转。升到差不多一半时，风抖开了旗，风中的旗一扯一扯，红得灿亮。邵顺的心也给扯动了，这才觉着“祖国”就像一个有鼻子有眼的人靠在自己身边。

阿拉克别克夏日的天空，那么辽阔敞亮。

新疆与蒙古、俄罗斯、哈萨克斯坦、吉尔吉斯斯坦、塔吉克斯坦、阿富汗、巴基斯坦、印度等国接壤，陆地边境线长达五千六百多公里，占全国陆地边境线的四分之一，是中国面积最大、交界邻国最多、陆地边境线最长的省区。

新疆的地理，决定了新疆的命运。

五千六百多公里边境线，有人居住的两千多公里，分布着兵团五十八个边境农场，春种秋收，斗转星移。

原北京军区 1964 年转业的老兵魏德友，已在萨尔布拉克草原深处的无人区走过了 20 余万公里巡边路。羊犬相伴，星月为邻，53 年坚守，劝返、制止临界人员千余人次，堵截临界牲畜万余只，未发生一起涉外事件——“175”号界碑是至高无上的信念。

诺亚堡——古突厥语，意为“和平使者”。山东转业战士付学言是第一位和平使者，他在中国—苏联（现哈萨克斯坦）60—66 号界碑约 20 公里边境线走过了一生——直到倒在诺亚堡哨所瞭望塔……付学言一根扁担两只箩筐挑来的儿子付华接过了巡边守土的重担。风雪弥漫，沙暴骤起，诺亚堡飘扬的五星红旗是永远的北斗星辰。

立于中哈界河阿拉克别克河岸、桑导克龙口附近的桑导克哨所，守护着32号界碑1、2、3号地段。军垦二代马军武张正美夫妻已送走了25个冬天，迎来了25个春天。1964年转业的父亲说："有种！你把'精忠报国'刻在心里了！"

还有，巴尔鲁克山下那尊坟茔，为国捐躯的女牧工孙龙珍和她体内只有6个月大的孩子……冬雪厚爱年年遮风挡寒，夏雨深情岁岁催萌芳草，巴尔鲁克山不高，却有如此大境界。

守边人是世纪的孤儿——

我家住在路尽头
界碑就在房后头
界河边上种庄稼
边境线旁牧羊牛

这是边境农场职工对自己生存地理的描述。

——蔡玲珑家的后墙紧倚着白卡子的干打垒，更确切地说，白卡子厚厚的干打垒就是她家的后墙。

白卡子是一处并不太让人留意的"卡伦"（清代哨卡）遗址。遗址在界河河岸地势高处，墙体是黄土的干打垒，以苇秆柴枝加固，墩厚，呈梯形。墙上留出的瞭望孔居高临下对着干涸的河床。烟熏火燎的痕迹不知是当年索伦营戍守边关的武士所留还是屯垦戍边的今人所为。

因为白卡子，蔡玲珑已经不陌生"新闻""电视"这类"工作"。上面的人要她把霍城县颁发的"边防工作成绩突出"的奖状挂在墙上，她没把这些当成事。她说，他们来，是要找个边境人家，我在这里，谁在这里都一样，都会有个奖状的。我带他们去林带，给我的白杨树，还有我的苹果树多点镜头，我就很高兴。

蔡玲珑家的苹果园在白杨林对面，二百多株苹果树长得繁盛，几乎每株果枝都被累累果实坠得接着地了。鸡在树下草中啄食。房前的人工渠引来霍尔果斯河水“哗哗”绕流。小桥流水人家，平和安详悠然自乐的农家情趣。

忽一日，清冷多年的霍尔果斯扯开了带蒺藜的铁丝网，成为新疆第一个开放口岸，一日日热闹了起来。长长的白杨林成为口岸很生动的风景，在一天比一天多的楼群中，在太阳下泛着热辣辣的光点的柏油路旁，长长的白杨林甚至比界河更可人意。

霍尔果斯和给了它名姓的河一样，虽没有额尔齐斯河的轰轰烈烈，没有伊犁河的众水汇流，却也细水成河——短短几年，就发展成为中国西北过货量最大的边境口岸。处处涌动着虽无序却生机勃勃的热流。

如今的店铺现代化得多了。蔡玲珑的儿子张军，有一个冷饮摊点在最繁华的街口。

张军有两个姐姐，最小的张军，上海知青子女在上海落户一个的政策出台后，进了经济效益不错的上海自行车三厂，今年他辞职回来了，毫不留恋地放弃了包括他妈妈在内的十万上海知青争取了十多年才有的这个机会。

儿子长得很像妈妈，又有新疆小伙的个头，挺人才。他说，这里的钱比上海好挣，容易积累资本。

他不习惯上海的市民生活。他常想念没有高楼大厦只有栽种白杨树的家。他最不适应鸽子笼一样的生活空间，虽然外婆和舅舅很疼爱他，他还是想白卡子后墙是干打垒的大房子。开门就是大果园。还有夏天游泳冬天溜冰的河。

……他要在紧靠他家的霍尔果斯口岸一步步实现自己的打算。

他家通往口岸有白杨树夹持的土路已经拓宽，铺上了柏油。霍尔果斯一片接一片堆满货物的货场让他吃惊，猎手看见了雪地上猎物的脚印，水手看见了船帆，小伙子迫不及待不问深浅——霍尔果斯闹哄哄的街头就多了一个有只漂亮冰柜的冷饮摊。

他比妈妈当年幸运多了！他大胆选择着自己的社会方位。他不要爸爸妈妈的血汗钱，他一点点积攒。等有点资本，自己也成熟了，就办公司，上海新疆两边跑。他说，我要成功。

喝乌孙山的雪水长大的张军，眼里心里上海从来不是家乡，远离上海的泥坯土屋，长长的白杨林里一棵一棵他能数说出年轮的白卡子，才是他的故乡。

乌孙山啊是金色的摇床
那是英雄辈出的地方
碧绿的草原像丝织的花毯
心爱的姑娘像天鹅在歌唱
乌孙山啊是金色的摇床
英雄喜爱自己生长的地方
假如叫我异乡做一个国王
我情愿在故乡当一名靴匠
……

界河水喂熟的麦子该割了，果园坠落枝头的苹果该摘了，长长的白杨又高了。

选自 2018 年 1 月 7 日《新疆日报》

楼兰啊楼兰［节选］

高洪雷*

中国不该愤怒吗

国家的尊严比安全更为重要，比命运更有价值。

——托·伍·威尔逊

到中国人最后阻止长达半个世纪的盗窃风潮为止，斯坦因、斯文·赫定、橘瑞超等世界级探险家从楼兰及其他沙埋城市和石窟中搬走的壁画、手稿、塑像等文物，可以说数以吨计。

使中国人民怨声载道，令中国学者怒火满腔，也让笔者捶胸顿足的是，按照英国作家彼得·霍普科克《丝绸之路上的外国魔鬼》中的说法，这些文物今天至少分散在13个国家的40多处博物馆和文化机构里，其中一部分已毁于二战战火，还有一部分因管理不善已面目全非。尽管这位英国人有着世界学者的良知，但这本书完成于1935年，当时信息还相当闭塞，因而他提供的数据与事

* 高洪雷，生于1964年农历三月十九日，山东新泰人。中国作家协会会员，中国人类学民族学研究会会员，中国民族史学会会员，中国报告文学学会会员，中国自然资源作家协会副主席。20世纪90年代开始发表散文、随笔、专著，作品有《另一种文明》《楼兰啊楼兰》《中华民族的故事》《名人故事》等，代表作《另一半中国史》已被译成7种文字出版，《大写西域》获徐迟报告文学奖。

实相去甚远。据联合国教科文组织近期提供的数据，在全世界 47 个国家的 200 多家博物馆的藏品中，有中国文物 164 万件，这还不包括各国私人收藏的几倍于此数字的中国文物。

收藏中国文物的“冠军”，是老牌世界霸主“日不落帝国”。仅大英博物馆就收藏有中国文物 2.3 万件，其中就有斯坦因从楼兰古城、米兰佛寺、尼雅及敦煌盗走的文物；不列颠图书馆藏有部分楼兰皮革写卷和木牍文书；剑桥费茨威廉博物馆、剑桥大学博物馆、牛津亚士摩兰博物馆、爱丁堡的皇家苏格兰博物馆也是收藏中国文物的大户。

屈居“亚军”的，是与“英吉利”一起闯进圆明园的另一个“强盗”——法兰西。其中卢浮宫藏有中国文物 3 万件以上；其国家图书馆仅盗取的敦煌文物就达 1 万多件，其中多数乃探险家伯希和所为；吉美博物馆的中国文物达数万件之多，一尊近两米高的青石雕造的盛唐的天王立像在中国绝对见不到，一尊具有新疆民族特有气质和神韵，造型之美不亚于维纳斯的神女头像被中国作家冯骥才惊呼为“西域神女”；就连巴黎市立博物馆也有中国文物近 2 万件。

两次世界大战的发起者——德国在收藏中国文物方面丝毫不落下风。探险家冯·勒柯克等人从伯孜克里克千佛洞、克孜尔千佛洞锯下的精美壁画，多数收藏在柏林的印度艺术博物馆和人类文化学博物馆中。科隆东亚艺术博物馆、斯图加特的林登博物馆等处，也收藏有大量珍贵的中国文物。

那头擅长踮着脚跳《天鹅湖》的“北极熊”，上墙爬屋的事也没少干。俄国探险家克莱门茨、奥登堡、科兹洛夫从伯孜克里克、黑城等地盗走的中国文物，多数收藏在圣彼得堡亚洲民族研究所中。如果您想读懂西夏文，只能前往俄国查阅目前世界仅存的西夏文、汉文双语词典。

具有“菊与刀”双重性格的日本，表面上看不起它的文化母体中国，私下里又拼命收集中国文物。它们的一千多座博物馆里都收藏着中国文物，数量达几十万件。日本探险家橘瑞超盗走的楼兰文物收藏在京都龙谷大学图书馆和东京国立博物馆中。

化学家诺贝尔和影星葛丽泰·嘉宝的故乡瑞典，尽管只有几百万人口，但得益于斯文·赫定、安特生等世界级探险家，也收获了大量中国珍品。读者如果有幸前往斯德哥尔摩，请到瑞典东亚博物馆、亚洲图书馆一睹楼兰文物和仰韶文化的熠熠风采。

印度、韩国是西方文化掠夺的受害者，但因为曾经匍匐在殖民者脚下，如今印度国家博物馆里仍藏有斯坦因偷走的楼兰及西域文物，韩国国立博物馆里也藏有橘瑞超从楼兰带走的藏品。

作为经济与文化上的后起之秀，美国岂能甘居人下。美国大都会博物馆、波士顿美术博物馆、纽约市艺术博物馆、堪萨斯市纳尔逊博物馆、芝加哥艺术博物馆都藏有大量中国文物。旧金山的亚洲艺术博物馆以收藏中国文物为主。华盛顿弗利尔艺术馆有一半收藏品来自中国。中国文物收藏者名单里当然少不了大名鼎鼎的哈佛大学，美国总统老罗斯福的女婿——兰登·华尔纳用一种特殊的化学溶液沾下的26幅敦煌壁画，连同用区区70两银子从王道士手中得到的328窟盛唐彩塑供养菩萨像，就收藏在这所大学的福格艺术博物馆里。兰登·华尔纳的同伴霍勒斯·杰恩带走的文物，则放进了宾夕法尼亚大学博物馆。必须指出的是，由于兰登·华尔纳揭取壁画的方式极其原始、拙劣与粗暴，导致他剥离后的壁画完全破碎，敦煌壁画受到了空前绝后的严重摧残，因此，他与其服务的哈佛大学一起，被觉醒后的中国人民钉在了世界文化遗产保护的耻辱柱上。在此我提议，所有心怀梦想进入或者已经有幸进入哈佛这座世界一流大学的中国孩子们，一定前往校内的福格艺术博物馆，瞻仰一下本来应该静静地躺在中国敦煌的那些文物，并牢牢记住中华民族这个醒目的伤疤。

可以说，正是楼兰、西域以及中国文物的吸引，许多西方国家才成立了专事考古的研究机构、学术团体；许多西方大学才开设了研究考古及相关国家语言的独立学科，如德国许多大学开设了阿拉伯语、突厥语、波斯语、梵文、汉语等专业，哈佛大学依托福格艺术博物馆开设了博物馆学，英国剑桥大学、牛津大学、伦敦大学都设有东方语言学专业，法国成立了国立东方语言学校，巴黎大学甚至专设了中国学院，中国吐火罗语研究第一人季羡林就是在德国哥廷根大学先后师从瓦尔德史米特教授、西克教授掌握吐火罗语的；从事探险和考古在西方成为一种风潮，大量的考古学家、地理学家、探险家、文物学家应运而生；许多国王和实业家给了以收集文物为目的的探险家们以巨额资金支持，如瑞典国王奥斯卡、瑞典化学家诺贝尔、德国皇帝威廉二世、德国军火大王阿尔弗雷德·克虏伯；正是在此基础上，西方国家为了安置从世界各地搜刮来的文物，开始大量兴建博物馆，法国甚至将王宫卢浮宫腾出来安放藏品。据统计，如今美国有博物馆 8000 余座，德国有 6200 多座，法国、日本各有 5000 多座；拥有 800 万人口的伦敦有博物馆 250 多座，平均 3 万人一座；而人口只有 100 万的斯德哥尔摩有博物馆 105 座，平均不到 1 万人一座；西方各个发达国家，平均 10 万人左右就拥有一座博物馆。而中国改革开放初期的 1978 年，仅有博物馆 300 多座；博物馆建设高速发展到今天，全国博物馆数量仍未超过平均 300 万人一座，况且许多博物馆古代藏品少得可怜，与世界文明古国的地位严重不符。不妨设想，如果没有来自五大文明古国（古埃及、古巴比伦、古印度、玛雅、中国）特别是楼兰、西域的文物，欧洲数千座建于 20 世纪初的博物馆，可能只有从希腊、罗马城墙和哥特式古堡上拆下来的几块砖吧！

而“拿走”这些中国稀世珍宝的人，对于自己的强盗行为反而沾沾自喜，引以为荣。尤其是派遣他们并为他们提供探险经费的政府和文化机构，不但不反躬自省，反而把这些人奉为英雄，授予称号、勋章与爵位，说他们为保护世界文化遗产做出了卓越贡献，为中亚和中国学术研究提供了伟大发现。撇开当时的中国人为何允许他们带走这些文物，也撇开当时的官员因为愚昧或受贿的原因为他们提供了方便不说，我只想说，在今天所谓的中国文化人中，并不是完全没有西方国家的同情者。至于这一小撮人是如何被探险者“表面”的理由和“伟大”的发现所蒙蔽的，我百思不得其解。

有一种声音认为，历史文物是全人类的财富，应该存放在一个最有利于其保护的地方，而不应该纠结于国籍。但从另一个角度讲，历史文物其实并不仅仅是人类先祖留下的遗物，它记载着一个民族文明演进的历程。每一件文物都是这个漫长历程中的一个篇章、一个段落、一句方言、一个音符，每一件文物都承载着这个民族历史长河中一段不能抹去的文化基因、伦理基点和思想坐标。对于他国来说，这些文物或许只是价值连城的稀世珍宝、著书立说的研究对象，但对于所属国来说，却是无法替代的有形遗产、文化家谱和精神寄托。

时过境迁，如果这些壁画、塑像、手稿及其他文物仍存放在原来的地方，而没有被西方文物大盗整个地锯下、成箱地运走的话，那么其中还有多少能够幸存下来，读者自己可以做出理性的判断；另外，我还忍不住设问这些曾经派出探险家的国家：对于永久地剥夺中国人民的文化遗产这件事，无论当时的西方探险者提出的“拯救”遗产的动机如何“合理”，如今您还这样心安理得吗？如果你们国家像伊拉克、埃及、阿富汗一样偶然发生了战争和动乱，您能允许别国探险家前去锯下你们的壁画，搬走你们的雕塑，运走你们的博物馆吗？

借口别人管不好家产而设法拿走，不叫“变相抢劫”又叫什么？请自诩“文明”的西方人郑重地告诉我，也请自认“礼貌”的日本人认真地回答我。

我还要说，历史一再证实，有些自认文明的国家有了权力和能力就会滥用，所以要说能力越高越文明，实在有些天真和滑稽。

逼出来的“合作”

防止民众犯错误不是政府的功能，而阻止政府犯错误才是民众的作用。

——罗伯特·H.杰克逊

“更好”是“好”的敌人。对于外国同行步自己后尘所取得的一系列成就，斯文·赫定心中五味杂陈，三分是自豪，七分是苦涩，因此，只要一有机会，他便千方百计旧地重游。

民国十五年（1926）11月，斯文·赫定第五次来到中国。起因是汉莎航空公司为开辟一条从柏林经北京到上海的欧亚民用航空线路，决定资助在中国西北有着丰富探险经验的斯文·赫定来中国，从北京经内蒙古到新疆做一次实地考察，为他们收集开辟航线所需的气象和地理方面的相关资料。斯文·赫定之所以愉快地接受了这一任务，当然还有一层深意，那就是顺便进行一些地质学、考古学、气象学、动物学、植物学考察，并借机寻找自己想要的东西。其间，他先后拜会了地质调查所所长翁文灏、外交部部长摄国务总理顾维钧以及主政北京的奉系军阀张作霖。经过斡旋，当时的北洋军阀政府外交与军事部门，同意他们在中国进行无条件考察。

半个世纪以来，世界列强所派出的考察、探险队，在中国西北地区大肆盗掘、收买、骗取文物的行径，特别是清朝以及民国政府的软弱可欺，令经历了五四运动思想洗礼的中国爱国知识分子义愤在胸，扼腕难忍。北洋政府批准著名的文物贩子斯文·赫定无条件考察的消息一经传出，如同向人群里扔了一束炸弹，中国文化圈立刻群情激昂。民国十六年（1927）3月5日，由北京大学研究所国学门发起，北京大学考古学会、国立历史博物馆、故宫博物院、北平古物陈列所、画学研究会、北平图书馆、中华图书馆协会、中央观象台、中国天文学会、国立京师图书馆、地质调查所、中国地质学会、清华研究院等14家学术单位的代表近20人，在北京大学研究所集会，决定在中国古物保护法、古物出口法、古物采集法未出台的情况下，成立北京学术团体联席会议（不久改称“中国学术团体协会”），一方面，监视外国人在中国所进行的任何探险、考古行动，不准其随意挖掘、购买或假名窃取我国文物及学术上稀少之物品；另一方面，各学术机关应积极配合、补助，自觉主动地发掘、采集、保存学术材料开展研究。对于斯文·赫定的考察活动，集会者于3月10日在《晨报》发表联合声明，反对以外国人为主对中国西北进行考察，提出中国的古生物、考古、地质资料应由中国人自己考察研究。

3月19日，刘半农（北京大学研究所国学门导师）、袁复礼（当时在清华大学任教）等人代表北京学术团体面见斯文·赫定，对他签署过的考察协议提出了反对意见和限制性建议，并要求他在两天后予以答复。对此，斯文·赫定采取了置之不理的态度，并于22日安排11名团员按原计划从北京赶赴了包头。第二天，斯文·赫定就收到了一封措辞严厉的来信，信中指责他违背诺言，并说整个学术界都将起来反对他的考察，信件落款处郑重写着“刘半农”的名字。很快，抗议活动从北京波及全国，反抗声一浪高过一浪，抗议团体还致电绥、甘、新地方军政长官，要求阻止斯文·赫定一行入境。外交部也警告斯文·赫定，如果学术界极力反对，政府将收回向他们签发的允许考察的证明。

是中途搁浅，还是寻求妥协？一个巨大的难题摆在了斯文·赫定面前。这位“老狐狸”当然不甘心空手而归，于是，他被迫与中国学术界展开了交涉。

谈判过程艰苦而富有戏剧性，有当面交锋，有私下倾谈，有书信往来，就连中国学术团体协会成员也分成两派，一派较为激进，主张禁止外国的一切考察活动；另一派以曾在美国留学并有中外合作考古经验的李济（清华大学研究所国学门人类学讲师）、袁复礼为代表，他们充分认识到了与西方合作对发展中国科学事业的重要性，极力促成在保障中国主权前提下与对方合作。

为了给斯文·赫定施加压力，中国近现代史上一批里程碑式的人物站了出来，除了刘半农、李济、袁复礼，还有周肇祥（北平古物陈列所所长、书画家）、沈兼士（故宫博物院文献馆馆长、语言文字学家）、马衡（故宫博物院维持会常务委员，金石考古学家）、李四光（北京大学地质系主任、地质学家）、徐炳昶（北京大学教务长、哲学教授）……

据近代学者魏建功回忆，作为一名“老狐狸”，斯文·赫定当然不甘心就范，他向主持谈判的刘半农声称，自己是诺贝尔奖的评委之一，想为中国作家争取一个获奖名额。诺贝尔文学奖，作为世界上影响最大的文学奖项，地球上的每一个著名作家都梦寐以求，对尚属空白的中国作家圈更是一个难以抵御的诱惑。当时，有人向刘半农建议推荐梁启超，但刘半农认为鲁迅才是最合适的人选。快人快语、口无遮拦的刘半农怕在鲁迅那里碰钉子，便委托台静农向鲁迅函询。想不到，鲁迅在回信中不仅表示了自己的谦虚，而且还严正而又坚决地拒绝了

“戴着学者面具的文物大盗”斯文·赫定的“诱惑”。这就是后来被媒体一再炒作的所谓“鲁迅参评诺奖”的由来，也是斯文·赫定的阴谋没有得逞的原因。

连这样的“糖衣炮弹”都打不倒中国文人，斯文·赫定只能徒唤奈何。

民国十六年（1927）4 月 26 日，已经是双方的第九次谈判会了，会议当日主席周肇祥与斯文·赫定代表双方签字，终于议决了《中国学术团体协会为组织西北科学考查团事与瑞典国斯文·赫定博士订定合作办法》，由瑞典考古学家和中国学术团体协会联合组团考察，名称为“中瑞西北科学考查团”，考察工作由中瑞双方团长共同负责。瑞方团长为斯文·赫定，成员有瑞典人那林（地质学家）、拉尔生（探险家）、沃尔克·贝格曼（考古学家）、赫默尔（医学专家）、乔格·生瑞衡（翻译），丹麦人哈士纶（传教士），德国人赫德（气象学家）、米纶威（会计）、李伯冷（摄影师）及德国飞行员钱默满、海德、韩普尔、马学尔、华志、狄德曼、马森伯、冯考尔；中方团长为徐炳昶，成员有袁复礼（地质学家，曾任中方代理团长）、黄文弼（北京大学研究所国学门助教、考古学家）、丁道衡（北京大学地质系助教、地质学家）、詹蕃勋（华北水利委员会地图测绘工程师）、龚元忠（摄影师），以及北大学生李宪之、刘衍准、马叶谦、崔鹤峰，还有后来加入的地磁学家陈宗器、植物学家郝景盛与刘慎谔、气象助理胡振铎与徐近之。采集的科学标本归中国所有，瑞方可获地质学副本。考察经费由斯文·赫定负责筹集。

这就意味着，海盗般的日子一去不复返了。如果有人再去挖掘，那就是为中国而挖掘。如果外国人再有发现，那也只能是为中国而发现。这次联合考察，开创了外国人来华考查必须与我方签约的先例，被参加交涉的刘半农称之为“开我国与外人订约之新纪元”。还被称为近代以来第一个“翻过来的不平等条约”。准确地说，这是近代史上中国学者维护国家学术主权并赢得胜利的第一个纪录。为此，民国政府于 5 年后发行了纪念邮票。

这应该是中国人的一个节日啊，名称应该叫“中国文物保护节”，因为它曾经让无数爱国学子奔走相告，欢欣鼓舞。

听到这个消息，远在南国的鲁迅也难得地笑了。那时，鲁迅刚刚因为学生被抓愤然辞去了中山大学文学系主任兼教务主任职务，恋人许广平也不在身边，他正处于情绪的最低潮，刚刚与猪打过一架。

其实，鲁迅早在日本留学时期就发表过《中国地质略论》，其中写道：“中国者，中国人之中国。可容外族之研究，不容外族之探险；可容外族之赞叹，不容外族之觊觎者也。”

发现居卢仓

把简单的事情考虑得很复杂，可以发现新领域；把复杂的现象看得很简单，可以发现新定律。

——艾萨克·牛顿

5月9日中午，北京西直门火车站，中瑞西北科学考察团成员正点出发了。同车去包头的，还有38岁的李四光教授和他的4个学生，他们都为不能参加西北考察团深感遗憾。但人生何处不辉煌？正是带着这一遗憾，李四光创立了地质力学，确立了新华夏构造体系的概念，为中国原子弹、氢弹的研制成功立下了奇功，还在新中国地质部部长岗位上找到了大庆等一系列油田，成为现代中国最伟大的地质学家。

按照最初的协议，考察团历时两年，但实际考察断断续续地持续了8年。考察团组建的初衷，是为了开拓贯通东西方的现代化交通路线，因此考察范围涉及内蒙古与新疆的大多数区域。这是一支规模空前的考察队伍，28名正式队员每人配备了一支来复枪、一支手枪和800发子弹。他们和助手、仆人、驮工、蒙古族随从护卫人员加在一起将近200人，并拥有400多峰骆驼。出发时，队伍恰似一条黑色的长龙；露营时，他们在旷野上安扎的一大片帐篷活像一个喧闹的村寨。到了这个“村寨”几乎是到了18年后的联合国，这里通行汉语、蒙古语、瑞典语、德语、丹麦语、英语。

很快，战果就纷至沓来。中方团员丁道衡发现了中国北方最大的铁矿基地——白云鄂博；袁复礼在新疆发现了近百具恐龙化石；陈宗器对罗布泊湖底进行了探测和地磁学研究；李宪之、刘衍准在气象学领域取得了一系列成果。外方团员贝格曼在额济纳河流城调查居延烽燧遗址，采集了约 1 万支汉代简牍。

中国学者中收获最大的，当属黄文弼。

黄文弼，湖北汉川人，生于光绪十九年（1893），与毛泽东同年生。民国七年（1918）毕业于北京大学哲学系，民国八年（1919）在北京大学国学研究所国学门任教，研究目录学，转治考古学，对西北史地学情有独钟。他平时留着小平头，戴着近视镜，胡子常常来不及刮，一脸的严谨与认真。作为中瑞西北科学考察团成员，他于 1930 年初从柳中城（今鄯善县鲁克沁）南下，穿越库鲁克塔格山，抵达阿提米西布拉克（六十个泉），准备循着斯文·赫定走过的老路进入楼兰考察。

4 月 14 日，一个在许多现代人看来不祥的日子。他从阿提米西布拉克向西南行进，在烟波浩渺的罗布泊北岸遥望，突然远远望见湖泊对岸有一座方形城墙，屹立在南方，“北面城墙似为土筑，有水冲洗之迹”。这一座隔水望见的“方城”，给这位 37 岁的年轻学者所带来的，是一种常人无法想象的诱惑与期待。在他的心目中，前方应该就是古城楼兰。

他将带来的 4 个油桶捆绑成筏子，在上面铺上木板，用铁锨划水，试图尽快到达远远望见的“古城”，但没有成功。实际上，他当时所看到的，不过是一处形似城垣的雅丹地貌，楼兰城距离此地远在 30 公里以外。

尽管因为大水围困，黄文弼没能进入楼兰古城，但在寻觅道路的过程中，却意外地发现了土垠——汉代居卢仓遗址。

黄文弼眼里放射出惊异的光。他拧开装水的新疆土葫芦，一边大口地饮水，一边欣赏自己的伟大发现：遗址位于罗布泊北岸一处伸入铁板河河湾的半岛上，即北纬 40° 46′ 20″，东经 90° 12′ 15″ 处。它东西南三面环水，只有北面有光平的古道通向陆地。在南北长约 110 米，东西宽 80 至 100 米的范围内，是地势开阔的广场，南北端有用于防卫的壕沟。广场东部房址，是西域都护府左部左曲侯或后部曲侯的治所——衙署区；广场西部的一列土堆则是仓储遗址，土堆下是 5 间地穴式房屋，内有粮食留存。西边还有一段残存的城墙，中间是烽燧亭，烽火台上竖立着 5 根木杆，木杆上端凿有一个方孔，显然是用来举烽表的。

其间，黄文弼发掘出 72 支西汉木简，大量五铢钱、青铜簇，还有铁器、漆杯、毛麻织物、丝织物等。

尤其令他兴奋的是，近代在西域发现的汉晋时期的汉文木简、纸文书数量不菲，但明确有西汉纪年的文字，却只见于土垠遗址。这 72 支木简中，纪年最早的是汉宣帝黄龙元年（前 49），最晚的是汉成帝元延五年（前 8）。其实，公元前 8 年汉成帝已将年号改为绥和元年，但土垠路途遥远，将士们无从得知。不管怎么说，这些木简足以证明，那时的土垠承载着四大功能：第一，它是楼兰道各烽燧的粮仓和官衙；第二，它是整个西域汉军的后勤补给中心、大本营；第三，它承担着交通、邮递、接待等繁重任务，还曾经是汉军的水运码头；第四，它是进入楼兰古城前的最后一个关口。

黄文弼对土垠遗址的发现，并不比进入楼兰古城者逊色。

一条新线索

不寻常的现象总能给人提供一些线索，而没有什么特征的案子却是难以侦破的。

——阿瑟·柯南道尔

民国二十二年（1933）6 月，中瑞西北科学考察团已年满六岁。日本侵略军已经越过长城，兵进冀东，对古城北平形成了三面包围之势。与此同时，由甘肃河州回民首领马仲英组织的“河湟事变”愈演愈烈，新疆督军金树仁被迫下台，新疆督军手下的张培元、盛世才为争夺督军一职发生内讧，已接受国民政府改编的马仲英正准备带领新编36师再入新疆。

此时，69岁的斯文·赫定在北平结识了中华民国外交部常务次长刘崇杰。当双方谈到因“河湟事变”引发的新疆内乱时，斯文·赫定警告说，通往新疆的道路，国民政府必须尽快修筑，如果不然，新疆很可能分裂出去。而从经济角度出发，穷困的大西北，也需要与外界沟通。他建议，从长远考虑，修筑一条铁路最好，在铁路尚未修通前，可以先修两条简易公路。为此，他还拟定了一条经绥远穿过戈壁沙漠进入新疆，另一条沿官道穿过河西走廊到达新疆的公路修筑备忘录。

写到此处，我不由自主地搁笔沉思：斯文·赫定，一个局外人，在抗日烽火即将燃红长空之际，站在国民政府的高度，提出这样一个令人无法回避的合理化建议，到底是为了什么？是对自己往日的所作所为心存愧疚？是为延续在中国的考察博取一点资本？还是为再赴新疆设计一个冠冕堂皇的理由？

勿论他此举出于何种目的，但就建议本身而言，的确显示了一个世界级探险家令人叹服的敏感度、洞穿未来的前瞻性和不容置疑的政治智慧。如果没有他在中国文物流失方面犯下的那些不容饶恕的罪行，我怕自己真的有点喜欢这个精力充沛、智商超群的干巴老头了。

我们知道，以上设想，后来在新中国都得到了实现，中央政府迅速织就了纵观东西的新疆公路网，长达2400公里的兰新铁路于1962年全线通车，数条公路线、铁路线、空中航线将新疆与内地紧紧连接在一起，“根，紧握在地下；叶，相触在云里。每一阵风过，我们都相互致意”。而在当时，他这些理由充分、事关大局的建议，也引起了国民政府上层的高度重视。

8月，斯文·赫定应邀赴南京，会晤了行政院长汪精卫、外交部长罗文干等。国民政府决定正式聘请斯文·赫定为铁道部顾问，委托他负责勘探绥新公路、甘新公路路线，并支付勘探队薪金5万元。

于是，铁道部顾问斯文·赫定带领中瑞西北科学考察团来到新疆，履行勘测公路路线的职责。

当时，新疆新任督军盛世才与回族将领马仲英激战正酣。斯文·赫定探险队的4辆卡车被溃逃的马仲英强行征用，马仲英得以顺利逃往库车。因为涉嫌“帮助马仲英脱逃”，他们被盛世才请来的苏联红军扣押在了库尔勒。

民国二十三年（1934）4月1日，愚人节，属于斯文·赫定的一个好日子。他们在库尔勒被扣押两个月后，终于获得了自由。探险队被马仲英征用的汽车也返回驻地。

据斯文·赫定在《游移的湖》一书中回忆，苏联红军别克迭夫将军转达了盛世才的命令：“你们应该朝东移动，到罗布泊附近的沙漠地区考察待命，两个月内先不要去省府乌鲁木齐，因为路上仍会遇到马仲英部的逃兵和劫匪，很不安全。”就这样，由于一个歪打正着的命令，斯文·赫定得以再次亲临塔里木河下游返回旧河道之后的罗布泊。这不禁让人联想到“肉包子打狗”的俚语。

他们从库尔勒启程，车队扬起漫天的尘埃，跌跌撞撞地行进在覆盖着野草、起伏不定的松软土地上，一会儿陷进水洼，一会儿压塌小桥，费尽周折方才抵达孔雀河沿岸的尉犁。

鉴于汽车一再陷入泥潭，探险队在尉犁县地方长官和昆其村民的帮助下，得到了14艘独木舟并雇用了11位船夫，然后他们登上满载着粮草的船只，沿孔雀河及库姆河顺流而下，“前往未曾有人类进入过的秘境”。

春天的孔雀河像运河一样平静而温顺，两岸芦苇摇曳，红柳俯仰，偶尔还能看到俄罗斯画家列宾笔下美丽的胡杨林。斯文·赫定坐在两条小船之间铺就的木板上，充当写字台的木箱上摊开着地图，地图上放着指南针、日记本与铅笔。在船夫们此起彼伏的歌声中，他时而测量船队所在的位置，时而用铅笔创作一幅素描，忙碌而惬意，难怪他称这次考察为“牧歌般的旅程”。

下午6点钟的时候，太阳挂在地平线上，灌木、树干、河岸披上了一层暗紫色的霞光。斯文·赫定船头的桨手萨迪克突然大叫：“奥尔得克（维吾尔语意为‘野鸭子’）——开勒迪（维吾尔语的意思是‘来了’）！”

斯文·赫定急忙抬头，以为遇到了此次航行中的第一只野鸭子。他顺着萨迪克手指的方向望去，才发现河岸上有两个骑手正纵马追来，其中一个白髯老人正是自己从前的向导奥尔得克，另一个人是奥尔得克的儿子。

斯文·赫定急忙让船夫靠岸，奥尔得克快步滑下将近6米的河岸，一步跨到船上，张开饱经风霜的大手，眼含热泪向斯文·赫定走来。

在斯文·赫定离开新疆的32年里，奥尔得克已经变成了71岁的老人，他瘦弱干瘪，额上刻着深深的皱纹，长长的胡须打着绺挂在胸前，头上戴着一顶破旧皮帽，腰间扎了一根布带子，身上的袷袢褪色且破烂，岁月在他身上已经留下了太多无情的痕迹。

“奥尔得克，我们分手后你过得怎么样？”

“我过得还算舒心，但早已断了再见到您的念头。”

“你怎么知道我今天从这里经过？”

“32年前我们在喀什噶尔分手时，您曾答应我们，总有一天要回来的。我们等呀盼呀，您过去的好多仆人都去世了。差不多一个月前，有人到我英库勒的家里告诉我，您来到库尔勒了。从那以后，我就一直不停地找您。”

说这些话时，两双大手一直紧紧握在了一起。

在野外宿营地，奥尔得克向斯文·赫定讲述了两人分手后的生活，两人还共同回忆起发现楼兰那激动人心的日子，奥尔德克则记得寻找铁铲的每一个细节。

篝火点亮了他们的脸，也燃烧起两人对大漠探险的无穷力量。

突然，老向导说：“我还有一个新的发现，我感觉应该告诉你，这也是我一直想再次见到您的原因。”

“什么样的发现？”

老向导说，楼兰城的发现，使自己忍不住总想再去碰碰运气。大约十年前，也就是民国十三年（1924），自己从现在已经干涸的阿乌鲁库勒湖东行，结果走进了一座像船一样排列有序的有一千口棺材的小山，棺材内侧有精美的雕刻与彩绘，棺材里除了裹在丝袍中的干尸，还有写着奇怪文字的卷宗……那是谁也不知道的古迹。墓穴附近有一幢房子，狭小的窗户里透出耀眼的光芒，考虑到那有可能是鬼神，自己一直没敢靠近。

老向导还说，从墓穴向东，他发现了两座高大的烽火台；再往东走，还见到了一座可能是楼兰时期的菩萨庙。

斯文·赫定的眼睛又一次亮起来。

我们的问题是，他会再一次深入大漠吗？

小河墓地

如果我们过于爽快地承认失败，就可能使自己发觉不了我们非常接近于正确。

——卡尔·波普尔

斯文·赫定认定，老向导这些奇异而诱人的讲述至少应该是有一定根据的，因为凭着对这位忠厚向导的了解，他没有必要对自己撒谎。但是，他又不能完全相信对方，因为从这天晚上开始，老向导常常跑到斯文·赫定的帐篷前讲述刚刚想起的内容。斯文·赫定听出，这些新内容掺杂了大量夸大与想象的成分。看来，这个向导真的老了！1900年的意气风发和坚韧不拔已离他而去，他的记忆力在减退，已无法分辨梦境、期望与现实。

每个人在人生转折时期都面临着两条路，一条是迎合众人期望的路，能较顺利地获得计划中的赞许和掌声；一条是顺应自己内心的路，或许经历了挫折并无人喝彩，也许在风雨之后能获得意外的成功。此时的斯文·赫定面临着同样的选择：是继续完成兰新铁路的测绘，赢得中国政府的尊重？还是再次深入大漠，去尝试一次新的可能是两手空空的冒险？

遗憾的是，他选择了第一条路，把发现另一个重大遗迹的机会“慷慨地”

送给了自己的同伙。是慷慨吗？也许，斯文·赫定并不认为那“一千口棺材”有什么重大价值，或者说他认定时过境迁，大漠里沙丘随时移动，自己的助手压根就找不到什么棺材。

在做出决定后，他对自己31岁的助手贝格曼说，探险队一分为二，我委托你带领一部分人，由奥尔得克做向导，前去寻找“有一千口棺材”的古墓；而我则带领另一部分人，前去从事兰新铁路的测绘。

接下来，斯文·赫定率测绘队离开营地乘独木舟继续航行，驶向新罗布泊。

正如他预先设想的那样，他的测绘工作进展顺利，其成果得到了中国政府的首肯。他于民国二十四年(1935)2月到达南京，国民政府主席林森接见了他，行政院长汪精卫率领250名官员听取了他的演讲。他还赶到汉口向军事委员会委员长蒋介石汇报了考察成果，蒋介石夫人宋美龄为他做了翻译。

花开两朵，各表一枝。与斯文·赫定分手后，贝格曼、生瑞恒、奥尔德克以及3个当地人，于民国二十三年（1934）5月乘独木舟顺流而下，在雅丹布拉克下面很远的地方停下来，前往沙漠深处寻找那个巨大的古墓群。

在奥尔得克导引下，考察小组渡过孔雀河，在沙漠里像狗熊一样整整转悠了15天。

奥尔得克记忆，那座有棺材的小山在孔雀河支流库姆河以南地区，但渡过库姆河后发现，这里布满了雅丹、沙丘和柽柳墩，如同一个巨大的迷魂阵。艰难跋涉了一上午，结果，他们来到的竟然是昨天到过的地方——小湖湾。

当晚，大漠夜色显示出浓郁的面孔，稀稀拉拉的星辰如同一个个找不到家的幽灵。奥尔得克的一个同伴病了，他也在半夜被噩梦惊醒，说是看到了可怕的幽灵。

面对探险队员们的责问，一半是为了自赎，一半是感到茫然，奥尔得克开始像《一千零一夜》中的王后山鲁佐德一样不停地讲故事，说那座布满坟墓的小山已经消失在新形成的湖泊中，再也找不到了。又说那是一个有“魔鬼守候的地方，任何靠近它的人都要遭受灭顶之灾”。

“我开始怀疑是否有这样一个地方，或者他是否真的去过那里。”贝格曼后来回忆说。

但奥尔得克答应，第二天和船工、罗布人塔依尔一起骑马去那里，但他要求带上枪，因为魔鬼惧怕枪。贝格曼也要求前往，经过再三犹豫，奥尔得克终于同意了。转了整整一天，他们倒是遇到了几座高大的沙丘，但仍一无所获。

贝格曼不再相信奥尔得克，他派出人员四处打听关于古墓群的消息。

当地人倒是提供了一些有价值的信息，但古墓群的具体方位仍无人说得清楚。贝格曼决定做最后一次尝试，他率考察队离开设在雅丹布拉克西南大约10公里的库姆河左岸的营地，意外拐向了库姆河支流——一条宽度20米、流速缓慢的无名河流，考察队员随口把它称为“小河”。6月2日，考察队沿着小河边测量绘图边前进。沙漠里特别热，所有的人汗流浃背，周围的牛虻又闻味而动，“可怜的人们几乎要发疯了”。

日影慢慢偏西，直到成为斜阳。在小河以东4公里的地方，一个浑圆的小山包兀立在沙漠之中，山顶满是长长的木柱，如同一片干枯的森林。奥尔得克指着山包大叫:“那——就是它！墓地！”贝格曼和队员们兴奋地扑上山包。“小河墓地找到了！”

“徜徉于此，脚下时时会绊到饱经岁月风霜的人骨。环顾四周，随处可见骷髅、被肢解了的木乃伊以及厚毛织物碎片。”在童话般的岚气里，他仿佛看到一个金发披肩的少妇，用红靴子走出了灵巧的脚印。兴奋之余，贝格曼将它编作“五号墓地”。出于对老向导的敬意与感激，他将“小河五号墓地”命名为“奥尔得克的古墓群”。

他们还在小山东半部见到了奥尔得克记忆中“可怕的房子”：房子的墙和顶部由木板构成，房顶覆盖着牛皮和黏土，房子内墙涂成红色，房子正中挖出一口棺材，内存一具女尸，房子里还发现了9颗玛瑙珠。

他们一直工作到6月8日，发掘了12座墓葬，带回了200件文物，用贝格曼的话来说，就是“收获之多，可以想见”！

随后，他们沿小河南行，前去考察了老向导记忆中的烽燧，然后又返回小河上游，勘察了河西岸的“六号墓地”和附近1.7公里处的“七号墓地”。

为此，一个考古专业毕业的毛头小伙一举成名。因为小河墓地的发现，世界考古史雕进了这个此前默默无闻的名字。

记得贝格曼将200件文物装车运走时，老向导眼中露出的是满足与惬意，因为他心事已了，终于可以无憾地离开人世了。今天的我，实在难以对这位慈眉善目的老人品头论足，在他看来，把心中的秘密告诉披着“文明”外衣的外国学者，让这些被忽视的“旧物”为世界所知，为自己的家乡和祖先罩上一道绚烂的光环，似乎无可厚非。但站在中国角度上讲，这无疑是中华文明的一场劫难。诸如此类的劫难还有很多，如敦煌莫高窟道士王圆箓将大量经卷贩卖给斯坦因，土尔扈特人帮助俄国人科兹洛夫盗掘黑城遗址等。而站在人类的高度洞察，许多考古发掘本身就是劫难，因为历史文物一旦出土，就不可避免地走向氧化、风化，如秦始皇兵马俑身上的彩色已逐步退去，马王堆女尸身上的丝织物已经脱落，定陵里的诸多文物在“文革”中遭到破坏。窃以为，文物保护机构更应该把精力放在现有出土文物的保护和不得不进行的抢救性发掘上，而不是一味地追求什么“新发现”之类的“业绩”。对此，现代伟人邓小平处理两国争端问题上的一句话可以用在考古上：“我们这一代人处理不了的，就留待后人去解决。”秦始皇墓暂时不去发掘，的确是一个明智之举。

收获巨大的贝格曼也有遗憾，那就是考虑到运输与保存上的困难，没有带回“七号墓地”A号墓中那具神秘的干尸。

但他在向西方世界介绍他的惊世发现时，特别介绍了这具干尸：“一具女性木乃伊面部那神圣端庄的表情永远无法令人忘怀！她有着高贵的衣着，中间分缝的黑色长发上面冠以一顶具有红色帽带的黄色尖顶毡帽，双目微合，好像刚刚入睡一般。漂亮的鹰钩鼻、微张的薄嘴唇与微露的牙齿，为后人留下了一个永恒的微笑。这位‘神秘微笑的公主’已经傲视沙暴多少个春秋，聆听过多少次这‘死亡殿堂’中回荡的风啸声！而又是在什么时候，她面对明亮、燃烧的太阳，永远地合上了双眼？”

任何人的笑只是短暂的一瞬，而她的笑，在感悟了星光、月光与日光，在凝聚了朔风、尘沙与春晓之后，借助干燥的沙漠化为了永恒，向世界展示了她的一握柔情。

贝格曼眼中的“微笑公主”，后来被诗意地称为“小河公主”。

意外的惊喜

最明亮的欢乐火焰大概都是由意外的火花点燃的。

——塞缪尔·约翰逊

如同一道彩虹，“小河墓地”在惊世一现后，就沉入沙漠，再无声息。第二年，考察工作因为中国时局混乱而中止。从此，斯文·赫定、贝格曼再也无缘回到令他们魂牵梦绕、扬名世界的罗布泊，遥远的“小河”步入了漫长的冰冻期。外人根本不知道它的方位与坐标，甚至不知道“小河”是否真的存在过。

想来，是本地人和外来人共同“抢劫”了它，他们就像所有凶手一样，“事成”之后便擦去了所有的指纹与脚印，然后销声匿迹，溜之大吉。

新中国成立后，罗布泊又因为核试验成为一块禁区。处于罗布泊区域内的“小河”，当然不允许任何人进入。对此，读过贝格曼著作的中国考古学家们心急如焚。

“找到小河墓地，一直以来都是中国考古学家的夙愿。”新疆社会科学院考古研究所所长王炳华信誓旦旦。

1979 年，丝绸之路热由日本传入刚刚开启国门的中国，日本 NHK 电视台和中国中央电视台决定合作拍摄《丝绸之路》，因为罗布泊地区是中国的原子弹试验禁区，所以这里的探路、拍摄工作只能由中国人完成，于是，中国召集了一批西域问题研究专家，负责为摄制组探路。

当年11月，联合考察队成员云集试验工程后勤基地——马兰。成员有，新疆考古研究所的王炳华、侯灿、托克逊·艾沙、伊弟利斯·阿不都热苏勒、邢开鼎、常喜恩、艾尔肯、吕恩国、刘玉生、陈树德，中国科学院新疆分院的彭加木、夏训诚，中国科学院地理研究所的黄盛璋、王守春，新疆气象局的李江风，中国画报社的陈和毅等。

据领队王炳华回忆，前往坐标明确的楼兰不成问题，问题是他还想在楼兰周边发现些什么。此前，他研究过斯文·赫定、斯坦因、贝格曼的考古报告，报告中关于楼兰的遗址他们都找到了，唯一的空白是贝格曼报告中所说的“一千口棺材”。用一句英国诗人的话来形容他的心情就是：到处都是水，但没有一滴能解渴。

他决定前往寻找“一千口棺材”，特别是古楼兰干尸，以便揭开古楼兰文明模糊而又遥远的面纱。

其间，一名基层军官提供了一条珍贵的信息。他谈到，军队在孔雀河北岸施工时，地陷路断。战士们曾在河谷北岸的台地上发现了一处墓地，那里有大量的木材与人骨。当时，战士们用这些木材做了垫路的材料。那里距离“老开屏”不远，既没有居民，也没有地标，因此战士们随意称之为“古墓沟”。这一信息，无疑大大缩小了联合考察队的调查半径。

在马兰基地停留两天后，王炳华带队经甘草泉、破城子，翻越荒山，抵达了古罗布泊西北、库鲁克塔格山南麓的孔雀河下游河谷。在一处空置的土房，考古队扎下了营盘。

为了安全，他们两人一组，在孔雀河北岸台地进行了拉网式踏勘。彼此间可互闻其声，但有时难见其身。周围没有树，没有动物，没有人烟，有的只是板结的河床、沉重的脚步、无限的期待和悠远的思考。

短短几天，他们就在孔雀河北岸第二台地上发现了一片石器分布点（此地河谷开阔，茂盛的植被状如开屏的孔雀，俗称“老开屏”。后来还在“老开屏”以西20公里的河谷，发现了新石器时代的三处遗址，采集到了数十件打制石器，证实早在距今4000年前至10000年前的新石器时期，这里有古人类居住）。继而，他们又在河谷北岸的一处低地丘顶，发现了一座人骨完好、锦绢尚存、葬有铜镜的东汉墓。

4天后，当他们搜索到与东汉墓相距7公里（罗布泊以西70公里、“老开屏”以东10公里）的孔雀河北岸台地时，发现了一片地势较高的小沙丘，黄沙之上有一些木棍露出一点点尖儿，木棍的间距相同，似乎有人工作用的痕迹。

大自然的皱褶里，总是沉潜着若干神秘；历史最精彩的笺页，往往匿藏得很深很深。考古学家的缜密与敏锐，使得王炳华没有放过任何的蛛丝马迹，实践证明，正是这些小棍泄露了小河文明的天机。

王炳华决定：挖开来看一看！于是，马兰基地调来了一个排的军人，几十名身强力壮的军人用手推车推了15天的沙子，结果，沙子下面的秘密让所有考古学家倒吸了一口气，6座墓以其独特的摆放形式让所有人目瞪口呆：墓穴东西宽约35米，南北长约45米，面积约1600平方米。墓葬地表是规整的环列胡杨树桩，最内圈直径约2米，似一轮太阳，人被埋于“太阳”之中；以“太阳”为中心，又有七圈粗大的树桩呈放射状排列，井然有序，似太阳放射出的光芒。6座墓，6个太阳面向蓝天，一个连着一个裸裎在干净细软的黄沙之中。

那一天，所有在场的人都表情怪怪的。是啊，这是每一个考古人一辈子都难以碰到的奇迹，它就是令国际考古界为之疯狂的古墓沟“太阳墓地”。

太阳墓并非古墓沟墓地的全部，除了这6座太阳墓，其余32座墓只是在墓室的两端各插一根立木，类似于今天的墓碑。

墓地埋葬的全是白种人。“都拥有金黄色毛发，眉脊稍高，脸型瘦长，头戴尖顶毡帽，毡帽上插着禽鸟的翎羽，每人随葬有草编的小篓。”即便读者没有想象力，也能一下子联想到远古丛林里的猎人土著。

墓地没有文字，没有陶器，没有丝绸，没有马与车，有的只是毛毡、毡帽、毛毯、毛线、皮衣、皮鞋、木器、骨器、玉珠、铜饰品及56粒小麦。似乎，这里既看不到汉文化的影响，也找不到古印度、希腊、罗马文明的印记。据碳14

测定，它距今 3800 年左右，属于青铜时代的墓葬。坐标为东经 88° 55′ 21"，北纬 40° 40′ 41.2"。那时，丝绸之路还没有开通，古老得深不可测，似前生杳渺的记忆。

楼兰美女

命运给予我们的不是失望之酒，而是机会之杯。

——理查德·米尔豪斯·尼克松

借中央电视台拍摄《丝绸之路》电视片之机，王炳华的继任者——时任新疆考古研究所所长穆舜英，做出了联合组成大型探险考察队去罗布泊地区考察古丝绸之路和探寻古楼兰城的决定。

为了确保探险考察成功，联合考察队先进行了两次探察和尝试性先遣考察，由穆舜英、彭加木分别率队完成。

正式考察，是 1980 年 4 月 1 日从敦煌开始的，由穆舜英这个队中的唯一女性带队。他们从敦煌出发，沿着汉代丝绸之路，经玉门关、后坑、疏勒河谷、库姆塔格沙漠北部的风蚀土堆群、“流沙河”、盐谷、八一泉、“愚公墩”向西挺进。经过半个月的跋涉，考察车队穿越了楼兰道上最恐怖的白龙堆雅丹，到达了罗布泊北部的龙城雅丹及龙城范围内的土垠遗址。

聊以自慰的是，土垠遗址的发现权属于中国人，发现于 1930 年，发现者是中瑞西北科学考察团里的黄文弼。

狼烟不再，箭镝难觅，历史在大漠中静静地栖息。徜徉在土垠遗址东西两边的烽火台下，穆舜英仿佛看到了铁马秋风的戍守，翠华摇摇的车队；听见了铿锵而来的马蹄，横渡朔漠的呐喊；也仿佛行进在 2000 年前的丝路古道上，古老的车辙如同一曲交响乐的音符，谱写了一个民族不可抹杀的自豪。

考察队在罗布泊北端逗留了 4 天，不仅详细考察了土垠遗址，而且认真探访了郦道元所说的“姜赖之国”——龙城。

据南北朝时期的奇书《凉州异物志》记载，很早以前，这里有一个胡人建立的国家——姜赖，它的国王恒溪为政无道，残暴野蛮。一天，天帝化作一个游方僧人来到姜赖，想亲自见证一下恒溪的做派。他假装向恒溪乞求施舍，面对这位僧人可怜的眼神，恒溪根本没有什么恻隐之心，随便用一把盐打发了他。天帝大怒，便施展佛法使蒲昌海突然溢出了滔天的巨浪，在一瞬间淹没了这个国家。巨浪退去后，此地满是板结的盐块，那是国王用盐打发天帝得到的报复，这里从此被称为“姜赖之墟”和龙城。

为了弄清历史的真相，考察队员分头到“龙城”中寻找人类居住的遗迹。但结果令人大失所望，考察队没有任何人找到任何的文化遗存，从而断定这座“城”是大自然的产物，是罗布泊千年风沙形成的一个酷似城市的风蚀雅丹群。

失望的尽头往往包含着希望，好比一个垂头丧气的人一脚踢出钻石一样，他们在土垠遗址西南两公里处的铁板河河湾有了意外的发现。

这里遍布着典型的雅丹（维吾尔语意为“陡壁”或“险峻的土丘”，地质学家借以命名风蚀土墩与凹地相间的楼兰地貌）地貌。在一个离地面高达七八米的风蚀台地的崖壁上，考察队员发现了一些外露的树枝，这些黑色的树枝在灰黄色的土崖上显得分外突兀。在寸草不生的地方，怎么会有干枯的树枝呢？穆舜英一下就看出了玄机——这是一处开露的遗迹。

对于常人看来毫无异常的地貌，有人却能凭借直觉看出玄机，就像温度计里的水银感觉大气一样。这也是衡量一名考古学家是否优秀的一个砝码，穆舜英正好具备这一点。

考察队开始停下来清理这座遗迹，刘玉生负责摄影，艾尔肯、伊弟利斯、穆舜英和司机陈树德一起动了手。结果发现，这是两座相当久远的古墓。一座墓里的尸体已经被风刮得荡然无存，另一座墓里的古尸却奇迹般地保存完好。

保存完好的是一具女尸，没有棺材，尸体直接置于一米深的土穴内，面部盖着一块羊皮，羊皮上面盖有一个用芨芨草和香蒲草编织的扁筐，然后一层树枝一层土、一层芦苇一层土地掩埋了起来。出土时，她仰卧在一座风蚀沙质土台中，一条粗质毛布缠裹着上身，相叠于胸前的部分用削尖的树枝别住，且别得很有味道；下半身裹着一块经过处理的光板羊皮，柔软而光滑；她足蹬一双皮靴，靴子的底面用毛线缝合，毛翻在外面，没穿袜子；一尺多长的黄棕色长发卷压在尖顶毡帽中，毡帽上插着两根雁翎；手上拎着一个草编小篓，里面盛放着生前的食物。她眼大窝深，睫毛翻卷，鼻梁高削，下巴尖翘，具有鲜明的欧罗巴人种（又称高加索人种、欧洲人种、印欧人、白种人，占世界总人口的54%左右）北欧类型特征。

穆舜英把铁板河女尸运回了乌鲁木齐。她并未意识到女尸会带来什么轰动效应，她只是感觉发现一具完整的古尸十分难得。

时间是柔软的，而生命有它无可比拟的硬度。很快，考古学家们聚集在女尸的周边，为女尸保存之完整深深地惊叹。

他们眼前的女尸，牙齿、毛发、指甲都保存完整，长长的睫毛根根可数，甚至她头发里和皮靴里的虱子都栩栩如生。她仿佛刚刚从铁板河边汲水归来，因为疲劳酣然睡去，身上仍保留着摄氏三十六度的体温。她那健壮的骨骼、古铜色的皮肤让人相信，只要听到劳动的召唤，她会随时站起来奔向田野。

经碳14测定，她死时年龄在45岁左右，生前身高1.55米，血型为O型，属古印欧人种，距今已有3800年的历史。可惜的是，再高明的现代技术也有盲区，碳14可以测出她的年龄，她生活的年代，却测不出她所属的家族，测不出她死亡的原因，更测不出围绕这个美女所发生的一系列或美丽或凄婉的故事。

尽管有那么多的不确定性，但她毕竟保存得太完好，她的外形太美妙了，于是，当她与其他6具男女干尸在新疆历史博物馆公开展出后，立刻引起了巨人轰动。

喜讯总是接二连三。文物专家在对女尸进行保护处理时，发现了一个意外的秘密：她身上有一种涂敷物，经初步认定是动物性蛋白质。也许给尸体涂敷某种物质仅仅是一种远古的葬俗，但也不排除当时的古人已经认识到通体涂抹这种蛋白质有防腐的功效。为此，新华社乌鲁木齐分社还发布了一条题为“楼兰美女有新秘，古尸风干非自然”的消息。

更大的轰动来源于好事的日本人。日本人用现代技术制作了这具女尸的面部复原图，并将她命名为“楼兰美女”。复原后的女子有着惊人的美貌，把日本人的心都俘虏了。

此后，“楼兰美女”被邀请到中外许多地方展览，她让人整整激动了 20 年。如今，她安睡在新疆博物馆的展厅里，令世界各地接踵而至的游人为之折腰，为之惊诧，为之神往。而我呢，每一次看到她，便会不由自主地记起席慕蓉那首流淌着哀愁的诗——《楼兰新娘》：

我的爱人曾含泪
将我埋藏
用珠玉用乳香
将我光滑的身躯包裹
再用颤抖的手将鸟羽
插在我如缎的发上

他轻轻阖上我的双眼
知道他是我眼中
最后的形象
把鲜花撒满在我胸前
同时洒落的
还有他的爱和忧伤

夕阳西下
楼兰空自繁华

我的爱人孤独地离去
遗我以亘古的黑暗
和亘古的甜蜜与悲凄

而我绝不能饶恕你们
这样鲁莽地把我惊醒
曝我于不再相识的
荒凉之上
敲碎我敲碎我
曾那样温柔的心

只有斜阳仍是
当日的斜阳可是
有谁有谁有谁
能把我重新埋葬
还我千年旧梦
我应仍是
楼兰的新娘

但实际上，她不过是一具3800年前的干尸。再说，她与楼兰一点关系也没有，因为楼兰这个国家出现的时候，她已经死去1200年了。

楼兰墓被盗记

真正的幸运在等待着有资格享受的人。

——斯维托尼乌斯

1998年，虎年，闰五月，一个躁动不安的年份。这一年，中国的长江、淮河暴发特大洪水，4000多人死亡。巴布亚新几内亚发生地震与海啸，1500多人罹难。瑞士航空公司班机坠毁，200余人遇难。美国总统克林顿“拉链门”事件曝光。法国卢浮宫名画再次被盗。就连偏远如星外的若羌县也传出一条爆炸性消息：楼兰墓被盗了！

3月5日，一个盗墓团伙被破获。据自首的盗墓贼库尔班·加玛力交代，他们盗取了一具楼兰彩棺。新疆文物考古研究所副所长张玉忠的第一反应是“假的，骗人的”，因为罗布泊周边从来没有发现过彩棺，就连百年前的外国探险家把楼兰翻了个遍也没有发现过。直到这个盗墓贼从一个瓶子里拿出一块锦的残片时，张玉忠才瞪圆了眼睛，“心狂跳起来”。

这是一个惊天大案，他判断。

张玉忠急切地奔向作案现场。“真想不通他们是怎么找到古墓的，这块雅丹台地和所有的台地一模一样，古墓没有任何标志，即便是告诉我具体方位我也很难找到。”由此，他不得不信服“在沙漠里盗墓的人有野狼一样出没荒野的本领与嗅觉”的说法。

案件告破后，人们得知，这是一个专业盗墓团伙，主犯名叫阿布力孜·克里木，39岁，维吾尔族，常住在乌鲁木齐，是经营珠宝古币的个体户。为了能找到珍稀文物，他对新疆历史、文物、考古专著做了反复深入的研读，购买了汽车，带着同伙和向导，目标直指楼兰。令主犯信心百倍的是，他这次雇来的向导是库尔班·加玛力，这个人多年在此盗取核试验和石油物资，是个活地图，自称“罗布泊的野骆驼都认识我”。

那天，一辆白色吉普车载着4个盗墓贼，像一只羚羊一般，蹦跳着闯入了雅丹台地。吉普车在一个高20多米的雅丹台地上停了下来，这是一块铺满砾石的平坦台地，在外人看来与其他台地没有什么区别，但嗅觉灵敏的向导说：“这里可能有戏。”

“开挖！”几个人下车挖了起来。

很快，一个由红柳枝、芦苇秆和碗口粗的胡杨木搭起的盖子被掀开，罗布泊的灿烂阳光像一柄利剑刺进漆黑的墓穴，一股阴气“唰”地冲上了来，一座保存完好的千年古墓呈现在盗墓贼眼前。

几个人你推我搡，谁也不愿意下去。后来，他们宰杀了一只鸽子扔进墓穴，用鸽子的热血冲邪气，方才壮起胆子进墓。

一块彩绘的地毯铺满墓穴，地毯已经有些朽烂，但还能看出上面绣着一只威猛的狮子，地毯带有明显的西方文化元素。掀去地毯，一道亮丽的光放射出来，瞬间照亮了罗布泊的黄昏。“那口棺材太漂亮，太漂亮了！”案发后，主犯这样描述盗墓那天看到的彩棺，他除了漂亮之外再也想不出别的词汇。

彩棺的年代当属汉晋。除底面外，彩棺的其他五面在白底上用黄色、橘黄、草绿、褐黑色绘有铜钱纹、花卉纹，并以斜线分区，从而构成了连续不断的菱形图案。棺木两端还绘有东方文明中象征日月的金乌和蟾蜍。张玉忠介绍说：“楼兰出土的干尸，多以毛毡裹尸，从未见过如此华丽的棺材，这是新疆迄今为止出土年代最久、保存最完整的彩棺。”

阿布力孜·克里木撬开棺材，一具高大男尸安卧在里面，像刚刚睡去一样，直立的睫毛如同一排松针。经鉴定，这具男尸有着蒙古人种的诸多特征。

男尸身上裹了几层衣服，每一层衣服都鲜艳如新，有毛织的也有丝绸的。他们把它一层层剥下来，当尸体只剩下最后一层白色棉布时，他们随手把它扔回了坑里。他们想不到的是，就连这块裹尸的棉布也因为年代久远、保存完好被定为国家一级文物。这次被盗的文物共 20 件，其中国家一级文物三件，二级两件，其余均为三级。

主犯想要的是彩棺，但因体积庞大无法运走。几天后，他们再次前来，把它锯成 12 块，为它找了一个出价 100 万的大主顾：西藏文物贩子尕玛桑珠。据这个文物贩子交代，许多新疆文物就是经他之手，越过西藏进入尼泊尔，然后卖到世界各地的。

作为惯偷，向导库尔班·加玛力可谓见多识广，但挖到如此精美绝伦、如此价值连城的彩棺，他却是平生第一次。他明白，这一定是一级文物，甚至会被定为国宝。而作为雇来的向导，他得到的不过是几张票子而已。万一此案告破，自己最轻的处罚也将是永生走不出监狱的高墙。一连几天，这个向导噩梦连连。

“如果不是这个向导承受不了巨大的心理压力而自首的话，人们可能永远不知道楼兰有这样一座墓，也永远不知道它被盗了。”为此，张玉忠感慨万端。

那一次，在返回的路上，大概距被盗墓穴百米的地方，张玉忠又发现了一具盗墓贼滋扰过的古墓，这是一座椭圆形的墓穴，墓穴很浅，一具婴儿干尸几乎露在外面，他大约 6 个月大小，头发棕黄，微闭的眼睛深陷，头戴尖顶毡帽，身裹粗毛衣，脚穿小皮靴，身旁放着一只草编的小篓。据测定，他是生活在 3800 年前的人类童年，极有可能属于白种人，与前面那具汉晋时代的蒙古人种老干尸隔着 1600 多年的漫漫时空。

既然这个婴儿干尸生活在 3800 年前，那么他刚好与小河墓地古人生活在同一年代。但是，仅凭一具干尸，无法证明那是一个怎样的时代与群体。只有找到沃尔克·贝格曼光顾过的小河墓地，一切将不言自明。

问题是，中国考古界能驱散小河的迷雾吗？

“小河公主”找到了

伟大变为可笑只有一步，但再走一步，可笑又会变为伟大。

——佩思

2000 年 12 月 11 日，距离沃尔克·贝格曼的队伍进入沙漠 66 年后，5 峰骆驼、10 个人梦游般行进在高大的沙丘之间。65 岁的王炳华率队再次开始了寻找小河之旅。正如当年的沃尔克·贝格曼一样，这支队伍同样受着风暴、饥寒、劳累、迷惑与怀疑的折磨。但他们也拥有当年沃尔克·贝格曼所不具备的优势，那就是王炳华随身带着沃尔克·贝格曼的关于小河墓地的考古报告及路线图，手里拿着现代化的卫星定位仪，随时捕捉着罗布泊的每一点历史文化信息。

越往前走，生命的气息就越加微弱，枯死的胡杨、稀落的红柳在慢慢减少，偶尔可见的兽迹完全消失，周围的沙山越来越高大，每前进一步都异常艰难，小河墓地却杳无踪影。

这是寻找的第四天，根据测算，墓地可能还在30公里外，而干馕和冰水已经所剩无几。继续向前，能保证整个队伍安全走出沙漠吗？“再坚持3个小时，不行就往后撤！”面对大家怀疑的目光，王炳华咬牙做出了最后的决定。就是这可贵的3小时，小河墓地找到了。

在4公里外，王炳华就用高倍望远镜发现了它。它在一片低矮的沙丘中显得高耸而挺立，浑圆而巨大，一些矗立的木柱密密地插在沙丘顶部，强烈的沙暴和烈日已经将它的顶部劈开了花，但它们依然顽强地兀立着，如死了一千年不倒的胡杨。

太阳从寒风里筛下，沐浴着王炳华。他止住了所有人的脚步，以一个领队的身份和眼光先围着墓地走了一圈，留下没有扰动的资料，然后信步走上沙丘。“墓地沙丘上，层层叠叠、错落散乱的是难以计数的弧形棺木板，它们大小不一，厚薄不同，粗略统计，总数当在140具以上。部分白骨、浅棕色毛发的儿童干尸、尖顶毡帽、尸体裹身的粗毛布、草编小篓散落在棺木之间。”每当回忆起这一时刻，王炳华总是兴奋不已，因为并非所有的考古学家都能享受到如此令人振奋的场景。

从小河归来的王炳华来到北京大学，面向一群中国思维最为活跃的学子宣布：小河墓地惊世再现！

2003年，国家文物局正式批准对小河墓地进行考古发掘。

那是一个无风的早晨，镜头聚焦到小河墓地，现场所有的人都屏住了呼吸，一座船形棺木正在缓缓开启。

在众目睽睽之下，新疆文物考古研究所所长伊第利斯亲自揭开了覆盖着船形棺木的牛皮，紧绷在棺木上的牛皮断裂的声音沉闷而有力，像从幽深的海水里传出的某种震响。“那声音刺激人的神经，让人兴奋，我感觉那是世界上最好听的声音，那是一位白人女子从远古走来的脚步声。”伊第利斯后来动情地回忆说。

当他小心翼翼地取下棺材的第一块盖板时，发现了一些黄色的毛绒物。他并不急于往下操作，而是细细清扫了盖板缝隙间的细沙。然后，当他缓缓拿起第二块盖板时，棺木中出现了一个女性木乃伊，她头戴尖顶毡帽，脚蹬牛皮靴，身裹毛织斗篷并别着木质别针，微微闭着双眼，睫毛像一排幼松似的挺立着，上面蒙着一层细沙，以一种朴素而美丽的装扮在沙海之中安然“沉睡”。这是一张年轻美丽的女性的脸，脸上绽放着如花的笑靥，有着蒙娜丽莎般高贵而永恒的微笑！

现场发出一片惊呼，大家不约而同地喊出了“小河公主”的名字。

随后，出生于山东的中国刑警学院教授赵成文根据绘画中的三庭五眼理论和他研制的“cck-3 型人像模拟组合系统”复原的楼兰美女图。一位导演告诉我，在这幅图中，她的韵味不亚于法国影星苏菲·玛索。

节选自人民文学出版社 2018 年 1 月《楼兰啊楼兰》

生命的重量

王剑冰 *

一

谢延信本来不姓谢，姓刘。在豫北的车村，刘姓是第一大姓，谢姓是第二大姓。

多少年后谢延信想起和兰娥的好，眼前还像放电影。

延信是在村口碰见兰娥的。延信不知道几回碰见，都是兰娥预先打了埋伏。前些时兰娥去找弟弟彦妞，猛不丁被姑姑叫住了。姑姑在村里开着一个小门店，问过兰娥就拿这拿那地给兰娥，兰娥不要。姑姑说不是给你，给彦妞哩。姑姑说这么大的闺女啦，该找婆家了。姑姑问最近又有谁给介绍了。问姚前营的可见了？兰娥知道姑姑关心自己，说见啦。姑姑问感觉咋样。兰娥说没啥感觉。姑姑说那你看中谁了，自己谈呗。兰娥不回话。姑姑说前街的那个亮我看人挺好，你俩不是还在一块说过话？兰娥脸就红了，说姑，人家啥时候说话了。姑姑说别啊，我都看见了。

---

* 王剑冰，专业作家，国务院政府特殊津贴专家，河南省作家协会副主席，河南省文艺评论家协会副主席，河南省散文学会会长，中外散文诗协会副主席，全国鲁迅文学奖二、三、四届评委。已出版散文集《苍茫》《蓝色的回响》《有缘伴你》《绝版的周庄》《水墨周庄》等，及诗集《日月贝》《欢乐在孤独的那边》，文学理论集《散文时代》和长篇小说《卡格博雪峰》等多部。有多篇散文在全国各地被刻碑铭记，并入选中学考题和教材。

延信的小名叫亮。兰娥说你昨天跟人家打架啦？延信说没有啊。兰娥说还没有，你看你脸上的那一道子。人家都说是他先动的手，把你打成这样，你咋不跟你三哥说说？三哥是乡里的棉花技术员。兰娥知道理在延信这里，延信看见人家不好好打花杈，就好言语劝说。人家不听他那一套，还跟他动起了手，结果因为延信的让，吃了亏。村里都说延信家兄弟多，堂兄延丕还是大队会计，肯定不会白吃亏。延信说那个花杈他要是掰掉了，俺就不跟他认真了，你说了他还是那样，还是不好好打花杈，俺也是太认真了。兰娥说生产队的庄稼，你恁认真干啥？光得罪人。延信听了有些不高兴，谁让俺当技术员儿来？俺既然当了这个技术员儿，俺就得认真，不认真，这一片棉花地将来要被人笑话哩。兰娥笑了，笑中带着赞许，你呀，吃亏也就吃亏在太老实，太实在。

兰娥回姑姑说，那也是走到路口碰着了，说了两句。姑姑说那可不一样，看着可亲密。有一回，你不还给了人家一个苹果？兰娥的脸又红了。咋着姑姑啥都知道。那天兰娥拿着一个苹果，看见延信走过来，说，给。延信不好意思，说俺不要。兰娥说为啥，怕俺下药？延信说，不是，你吃吧。兰娥说，俺吃，俺吃了还在这里等你？延信说，那你吃一半给俺留一半。兰娥说，那不行，你没有听人家说不能分梨吃。延信说苹果又不是梨。兰娥说，都一样。好了，俺吃还不行？兰娥咬了一口，然后给延信递了过来。延信知道兰娥的意思，除了兰娥，谁还能咬一口给你呢？延信大口咬着苹果，咬得满口汁液。

谁想着就让姑姑看到了。兰娥说姑，你再这样说俺走啦。兰娥真的走了，兰娥急着去找弟弟回家吃饭。姑姑看着兰娥的背影噗的一声笑了。刚转进柜台，正好延信来买煤油。延信叫了一声姑，姑姑答应着，又和延信聊了起来，说亮啊，说媳妇了么？延信说，没，没有。姑姑说，那咋不着急，大小伙子了，该成个家了。延信说，俺哥们儿多，家条件不好，现在的闺女眼光都高。姑姑说那是她们不识货，亮一看就是个实在人，心眼儿好，咋能没人喜欢呢？姑回头给你介绍一个。延信说，姑你可别逗俺。姑姑说，谁逗你了，放心吧，姑姑肯定给你介绍一个好的。

转眼又是一个黄昏，兰娥嗑着瓜子，在村口跟延信说话。兰娥说，咱姑跟你说啥没有。延信装糊涂，说，说啥啦？兰娥急得跺了一脚，你，真不知道还是装不知道？就是，就是……兰娥把瓜子甩了一地，嗨，你觉得俺咋样吧？延信心里笑，嘴上却说，你说呢？兰娥说俺咋知道，你要是觉得……俺也没啥说的。延信说那你对俺啥看法？兰娥说俺对你没啥看法，俺早看着你人好心眼儿好。延信说可是俺家条件不好。兰娥说俺家条件好？俺家里有个拖累人的弟弟。延信知道那个天生智障的彦妞，比他姐姐兰娥小不了多少，却整天张着嘴呵呵呵地在村子里跑来跑去，兰娥经常喊着找他。延信说可你家是工人家庭哩。兰娥说，你别说那么多，俺只图人。

兰娥说这话时眼里充满了泪水。在这之前，兰娥已经在家和父亲闹了一场。父亲站在那里发脾气，说不行，咱家的情况你又不是不知道，咱家有一个人在矿上挣钱，咋着在村子里也站得起来，他连个正儿八经的房子都没有，娶了你咋生活？不行！兰娥说，现在是俺找对象，爹说不行就不行？俺看好了，俺就要嫁给他。你说咱家条件好？俺弟弟现在这个样子，实际上也拖累人家了。父亲说，你别说那么多，彦妞有你妈和我，那算啥不好，总不能让彦妞随着你嫁给他。你别执迷不悟，选个好人家比啥都强，爹还想着给你招个上门女婿哩。兰娥说爹，俺弟弟总不能跟你一辈子，到头来还得找他姐，还得是俺来管他。俺看亮是个老实人，将来成家了，您俩年龄大了，俺把弟弟接过来，俺想亮也不会对他赖了。找其他的人，俺信不过。父亲还是一副犟脾气，说你别跟我扯那么多，就冲他那一大家子人俺也不愿意。要想找俺闺女，除非他姓谢！

娘冯季花有主心骨，娘说他爹，俺咋看着这亮是个好娃儿，她姑姑都说这小伙子中，如果妮子愿意，就让他俩成了吧。

这些话兰娥都告诉延信了，延信都知道，就因为延信知道，延信才觉得兰娥好，她没有拿他当外人。延信喜欢兰娥，他喜欢这个在爱情方面有性格的倔强的姑娘，这个姑娘没有在意家人的想法，只是认定她的喜欢。她的喜欢和延信的喜欢碰在了一起，碰出了爱情的火花，也碰出了爱情的力量。延信想，这一生都不会离开这个姑娘了。

兰娥信得过延信，延信当然能让她信得过。前些时，在地里干活的延信被兰娥叫住，说你看见彦妞了么？她正急得四处找弟弟彦妞，村里都找过了也没有见着。延信让她别急，便帮着去找。最后在村后的水塘里找到了。彦妞是去撵猪玩了，猪一路顺着熟路往苇丛正旺的泥坑里跑，一进泥坑就拖泥带水地拱了进去。彦妞也就拖泥带水地摔倒了，幸亏水塘边上不深，幸亏他没有再往里挣扎。延信找到芦苇遮没的水塘的时候，彦妞已经在泥窝里哭了半天。延信扒去了彦妞那身泥水衣裳，又把自己的衣裳脱下来给彦妞穿上。那个时候已经是深秋，兰娥看到延信只穿着一条短裤浑身是水地背着彦妞从苇塘出来，眼睛立刻就潮了，眼睛一潮，心里反而暖了。

二

延信和兰娥的女娃降生了，那是他们婚后的1974年。婚后的延信一直沉浸在新婚的甜蜜中。妻子兰娥很快融入了这个和睦的大家庭，家里地里都是一把好手，并且孝敬公婆，与妯娌们相处也很好。有了闺女，延信当爹了，给妮取名叫变英。再等个一年半载，给变英要一个弟弟，就更圆满了。延信在兰娥月子里不停地为兰娥踅摸吃的，不是去买老母鸡，就是去逮鲫鱼，整天高兴着哩。延信哪里知道，一场灾难正在悄悄地朝他走来。

村子离滑县县城有70里远，就是到半坡店乡上也不近。那个时候，接生都是找的村里人，没有多少知识。兰娥产后受了感染，只是当成生产的正常现象来对待。女人不好多说，男人自然也不好多问。兰娥连续发烧，想着坐完月子也许就好了，没有想到，坐完月子反倒更重，没有几天，兰娥竟然闭眼归去了。兰娥一直坚持着，让人感觉不出她快到了生命的尽头，她只想让自己的孩子多接受一些母爱，她坚持到了满月，然后又坚持了最后的10天。延信一直这样想，他一直想着是兰娥在争取着时间，兰娥是为了孩子而忘记了自己的危险。

刚刚同心爱的人过上一年的幸福日子，那个人就永远地去了，这让延信如何也接受不了。埋了兰娥的那些天里，延信精神恍惚得如同隔世。眼前还在拉着兰娥的手，兰娥的眼泪滴在手上，热热的，凉凉的，兰娥说了什么？兰娥说，俺过不去了，俺不能跟你到白头了。延信不让这么说，延信说你别瞎说，变英还等着叫你妈哩。兰娥听了又一滴热泪滚了出来，兰娥说，给她再找个妈吧，孩子不能没有娘，你也不能没有个家。延信听着兰娥的话，他完全没有注意到自己早已泪流满面。他不敢让她看见，偷偷地扭过脸去擦掉。

兰娥的抽泣声慢慢地消失了，屋子里回归了平静。那般的平静。延信说，兰娥，你说话，你跟俺说话……看到呼吸越来越微弱的兰娥，延信还是忍不住呜呜地哭了。兰娥又强睁开眼睛说，唉，好人，人的命，天注定，俺不能跟俺的好人过一辈子了，俺的命俺认了，可，可俺就是不甘心，俺爹俺娘咋这么苦呀，俺个傻兄弟咋这么苦呀，他们就该跟着俺享不了啥福，还搭上一辈子痛苦？

延信猛然抹了一把泪水，说，兰娥你别说了，你说了俺心里疼得很，俺娶了你，俺已经叫了爹娘、兄弟，俺就不会再改口。你放心，他们有俺在，就跟有你在一样！兰娥听了这话，嘴角露出了微笑。兰娥断断续续地说，好人，你……这么说，俺……放心了……兰娥微微地颤抖，不停地颤抖，并且用力地张开眼睛看着延信，呼出了最后一口长气。延信紧紧地抱着怀里的兰娥开始哀号，深沉地孩子样地哀号。

延信记得，兰娥最后使劲地将指甲抠紧了延信的手，抠着，一直不放松。延信觉出了疼，直到现在，延信还觉得疼。

延信把岳母和智障弟弟彦妞接回了家，开始了一个新的艰难的生活历程。他要抚养刚过满月的女儿，还要照顾和自己差不多大的弟弟。岳母身体不好，有着肺气肿、胃溃疡、低血压、关节炎多种疾病，早就不再下地干活。但是她乐意帮助延信照看小外孙女，孩子太小太可怜了，延信怎么能带了？

在焦作矿务局朱村矿上班的岳父谢召玉抽空回来了。延信过去请岳父，岳父一见延信就来了怨气，说姓刘的小子，俺说你是个扫帚星吧，人家还不信，俺闺女不嫁给你也不会死，嫁给你还没过上啥好日子，你就让俺家弄到现在这个田地，你还有啥说，你还有啥脸再往这个家里凑？你走吧，俺不认你！延信流着眼泪，说爹，你让俺在这个家吧，俺给兰娥说过话，俺要把您两位老人养老送终。岳父说，你别说了，俺没空儿听。你不走是吧？你不走，俺走！岳父怒气冲冲地离开了家。

延信初为人父，并不会照料刚过满月的女儿。他抱着变英四处串门，看谁家正给孩子喂奶，就央求喂变英一口。村里人也可怜他和孩子，都愿意帮他。那个时候看着变英在人家怀里吃得那个急，延信跪下的心都有。但是这也不是个办法，到了晚上孩子饿的时候还是哭闹不止。孩子奶奶让三哥延胜从亲戚家牵来了一只刚下过崽的母羊。母羊的奶水流入小变英的口中，小变英觉得这个奶有些特殊的味道，喝了几口就不接受了。村里人说要是羊奶里放点儿白糖就好了。白糖属于紧缺物品，好在县里一位王部长在村里住队，帮忙安排供销社给予了照顾。日子好歹就这样过下去。

还有弟弟彦妞，他三天两头地会给延信带来麻烦，以前有姐姐照应着，现在姐姐不在了，延信就多了一份责任，有时候彦妞吃不好饭，撒得哪里都是，延信还要一点一点地喂他。他跑出去不回家的时候，延信就四处去找。彦妞不是在麦秸垛里钻得一头麦秸，就是受了谁的欺负，在哪家的门楼下哭，或是浑身泥土在窑上滚。有时候他的裤带被谁抽掉了，裤子拖拉着，光着屁股哭着追打，身后跟着一群笑话他的孩子。延信见了很生气地把那些孩子撵走，给弟弟提上裤子带回家。一次彦妞在外边闹肚子，弄得浑身是屎尿，延信把他带到了河边，好好地给他洗了身上，又洗了裤子。

这些岳母冯季花都知道，岳母的心里也是十分矛盾，她不能骗自己。因为老听到村里人说闲话，说亮干的就是一个傻事儿，亮还年轻，他完全可以给变英再找一个妈。可现在有一个傻兄弟的拖累，一个有病的岳母的拖累，没有人再会愿意跟亮啊。岳母不再出门，她把自己关在家里。

岳父回来了，岳父还是那句话，他对冯季花说，你咋就这么死心眼，人家姓刘，不姓谢，亲不亲，姓上分，闺女死了，女婿的名分也久长不了，更不可能成为你的儿。他就是抹不去那个脸，一时一会儿的事儿，能照顾你一辈子？死了这条心吧，早晚他得娶妻生子脱离咱们。你别让村里的唾沫星子把你淹死，说你赖上人家。我看这儿不能待了，咱还是走吧！

就有那么一天，延信收工回来发现岳母和弟弟不在了。延信四处寻找。娘抱着小变英对延信说，岳母跟着岳父走了，去焦作了。延信知道这一切肯定是岳父的想法。娘也说别去了儿，别跟着傻啦，在家好好守着娘，找个人成一个家庭，过好后边的时光吧。延信的心里五味杂陈，他一天不见岳母一家人，一天心里就乱得慌。他无心打理农活，也无心照顾小变英，兰娥是咋着跟你说的，你又是怎么跟兰娥说的？兰娥临终的惦念和自己的承诺像上堂鼓，不断地敲打着。

他必须得走了。他去找生产队长，找村主任，找大哥二哥三哥找爹娘不断地重复自己的想法，实际上是坦承自己的诚意。延信最后说，爹娘还有三个哥哥在家照顾，少了自己一个也算不了啥，可那边一个顶事的孩子也没有！延信几乎是求他的亲人了。

结果是延信抱着变英赶去了焦作。

三

你咋着是个死心眼啊，你缠磨着俺这半死不活的有啥好？拖不死你也累死你，你说你傻不傻？你比彦妞还傻！岳母见了延信，也变了态度，她是越说声音越大。你还年轻着哩，变英还小，你别不识事儿。快给俺滚！

延信不明白，从来通情达理的岳母咋说出了这样狠的话。岳母边骂边往外赶他。小变英在延信的怀里哭起来。岳母心里一紧，想伸手去抱，又停住了，还是往外撵延信。延信眼里一下子涌出了泪水，说娘，您要是嫌俺来家是个累赘那俺就走，要是怕俺娶不上媳妇就赶俺，打死俺也不走！

岳母听后，扭过头趴在床上失声痛哭起来。

岳母家只有一间房子，延信就在旁边搭个窝棚住了进去。白天他去找临时活儿，不是去搬运队当装卸工，就是去建筑队打小工，或是到附近农村的砖窑上搬砖。再累再脏的活儿他都接受。

晚上回来就照顾着岳母一家，逗哄小变英。

岳父谢召玉回家看到延信，还是生气，还是那个态度，他训过延信，撵过延信，不理不睬延信，无论延信说什么，冯季花说什么，态度始终没有一点改变。看撵不走延信，谢召玉干脆住到矿上不回来。

岳母则暗暗地接受着延信的好，尽力地帮着延信照看着外孙女。

延信的三个哥哥看延信过得实在艰难，也知道谢召玉一直不接受延信，多次悄悄来矿上劝延信回家。延信自然是不听劝说，他觉得时间会证明一切，也会改变一切。

时间就这样往前走着。突然有一天，一个晴天霹雳又砸向了这个家。1979年春，岳父在职工宿舍中风晕倒了！

延信赶紧抱着变英，拉着彦妞和岳母往矿上的总医院赶。赶到了急诊室，看到进出匆匆的医生护士，看到戴着氧气罩、插着输液管昏迷不醒的岳父，岳母当时就哭晕过去。

延信也呆愣了，屋漏偏遇连阴雨！以前，尽管自己难，可还有岳父这根柱子撑着，现在这根柱子也倒了，这还让人咋活？他诅咒天地为什么对他这么不公平。可诅咒又有什么用？他痛苦的心中只剩下最后一点力量，那就是面对妻子嘱托时自己的承诺，还有一颗本真的良心。他生命里的火焰只能燃烧，不能熄灭啊。他一遍又一遍地呼喊着岳父，观察着岳父病情的变化，看着这瓶子那管子，随时去叫医生。岳母身体不好，还要照看两个孩子，不能守在医院，病床边就总是延信一个人。别的病人陪护还有个替换，延信一天 24 小时没有一时清闲。

护士走进来，总是发现延信在那里忙前忙后。有时候他坐在一个墙角睡着了，手里攥着半个干窝头。有时候他就睡在了一片席子上，那种疲劳的样子，让人不忍叫醒他。护士站的人议论起了这个 16 床的亲属，真是个孝子啊，这么多天就他一个人在这里忙来忙去，他家八成没有啥人，要么咋就把一个人累成那样？也有人说了，不是有时候还来个老太太吗？嗨，那不还带着一大一小？管不了事。

谢召玉的手指轻轻抖动了一下，又抖动了一下。然后他的眼皮儿微微地睁开了一道缝。他看见了白色的世界。白得刺眼。

这样一个小小的变化，竟然让延信发现了，他兴奋地喊，醒过来了，快来人啊！然后就跑去叫护士。有护士跑了过来，护士跑过来又扭头去叫医生。

与死神搏斗了七天七夜之后，谢召玉终于从昏迷中睁了一下混浊的双眼，而后又迷迷糊糊睡着了。这回是真的睡着了，静静的呼吸显得匀称。

等他再醒过来的时候，他真的是看见了一个白色的世界。墙是白色的，房间是白色的，床是白色的，被子是白色的，连来来去去的人穿的衣服也是白色的。我这是在哪里？在医院。是的，是在医院。都是谁？是谁在守着我？他看见了一个面孔，这个面孔他不愿意看。这个面孔对他叫了一声爹，他没有答应，反而声音浓重地说，你走吧……旁边的老伴冯季花说你看你，刚醒了就说这话。你不知道，亮守了你多久？他天天都在地上睡。这个时候谢召玉扭过头来看周围，他看见了地上那个凌乱的地铺，看见延信还在笑着高兴着，搂着那个憨憨的彦妞。

冯季花还在说着，说你都昏迷了七天了，都以为你醒不过来了，是亮一直守着你，喊你叫你，给你搓手搓脚。

倔强的谢召玉把头扭向了床里，闭上眼睛，不再看任何人。但是他的眼角分明涌出来一滴泪水，那泪水滚烫滚烫，顺着他的脸颊一直流到枕头上。

护士站又有人说了，听说 16 床的不是老人的儿子呢。不是儿子能是谁，这么孝顺。听说是女婿哩。女婿？女婿会是这个样子？那他的女儿呢？女儿不在了，早就不在了。众人更是张大了口。

一只勺子伸了过来，延信说爹喝点儿水吧，你看你的嘴唇太干了，你不说话，你只张开嘴，我慢慢地喂你。谢召玉顺从地张开了嘴，一股温暖而湿润的水润到了嗓子里。

延信高兴了，老爷子终于醒了，终于明白了，延信的努力没有白费，其实在这以前他还是很害怕岳父的，现在不怕啦。他告诉岳父要把一切都放下，他会很努力地照顾好这个家，照顾好弟弟。他说他真的是想做老人的儿子，而不是女婿，让老人颐养天年，活个大岁数。

谢召玉心里已经明白，在自己有病的这段时间里，侄子谁的都没有来好好地照顾自己，只有这个女婿在身边照顾了这么久。谢召玉想了心疼，他知道自己以前错怪了这个孩子。谢召玉想到女儿，想到女儿兰娥谢召玉又难受了，说起来这都是孩子的命，说起来亮这个孩子的命也苦啊，他跟自己的女儿结婚以后也没有过几天好日子，还要带孩子，还跑过来照顾我。说起来这个孩子还是个老实人，自己对他那个样子，他都不在意。

岳父谢召玉虽然被救活了，却永远无法再站立起来。三个月后，医生告诉延信，回到家里照顾得好，可以多延续几年生命，照顾不好就难说了。面对现状，延信犯难了，变英太小，岳母体弱多病，内弟还顾不了自个儿，岳父需要静养和照顾。这个家怎么办呢？多少次产生的念头，像按下的葫芦，又一次浮了上来，延信不得不选择舍弃自己的女儿。

不懂事的女儿被带回了老家，延信临走时，女儿拉着父亲的衣角说啥也要跟着回去，奶奶千哄万哄也无济于事。这是他和兰娥共生的女儿，如何不让他倍加怜爱？可岳父一家的窘况，还是使他强忍着夺眶而出的眼泪，狠心掰开女儿的小手，头也不回地走了。想起身后那阵撕心裂肺的哭叫，延信说，不是我心狠，是不敢回头啊！

延信用平板车把老人接回了家，这是矿上为他们调整的有着两间房屋的新家，延信把老人的床铺搬到靠窗的地方，不断为岳父开窗换气，医生交代，千万不能得褥疮，一旦得了褥疮，就有可能转为败血症而丢掉生命。延信记住了，每天经常给老人翻身，擦洗身子，抹爽身粉。还不断地背着老人到门口去晒太阳，去看大千世界。老人在阳光下变得开朗起来。他本来觉得女儿不在了，一切都是浑浑噩噩的，没有想到生活的阳光又照在了自己身上。

为了补贴家用，延信坚持去窑上打工，他已经适应并干得熟练了，也得到了人家的认可。脱坯，装窑，烧窑，出砖，他样样能干，干得也精细，成了窑厂的一把好手。别人都是临时地用一用，不合适就走人，延信却能够一干好长时间。晚上回到家里，延信就抓紧收拾，岳父大小便失禁，岳母双手不能沾冷水，每天一大盆沾满屎尿的衣服、床单等着延信洗，洗完了还要为岳父擦身、烫脚、按摩、活动四肢关节。老人患病后，大便时常干结，延信就用手一点一点地给岳父掏。有时候岳父被折腾得受不了，就会老脾气上来，大骂延信，延信也不恼，笑着像对孩子似的安慰说好了好了没事了。岳父自然是过后又会送上后悔自责的眼神。

外人说起来，说搁谁身上也受不了，可延信就这么坚持下来，直到 18 年后岳父离世。邻居冯翠玲见人就说，我可是在那里帮忙亲眼见的，老谢走时身上干干净净的，一个病人瘫痪在床这么多年，还不是延信照顾的……

四

延信这次回了一趟滑县老家。这是一个多么艰苦的行程啊。从焦作往东北去，他要经过大路，经过小路，经过坑坑洼洼的不平的路，要越过好些个县好些个乡好些个村。300 多里的长路，延信骑着一辆破车子，他是怎么骑到的呢？万一路上车子坏了怎么办？这些都没有考虑过，就是一味地向前骑着，只要有力气，车轱辘就在转动，不停地向前转动。他有时候会觉得头昏脑涨，目光眩晕，但是下车子在路边休息一下，方便一下，又继续前行。

他终于看到了一片林木，那些掉了叶子的林木围绕着一个村庄，那就是他的村庄，叫作车村的村庄，他的家，好久没有回来了。

离村子不远碰到了本村的刘尊新，尊新拉着父亲要到乡里看病。延信从车子上下来，问了好，说了话。尊新说你这一走好些时候没有回来了。延信说那边太忙，回一次不容易哩。延信看到尊新的父亲大冬天穿得薄，说老人可不敢再冻着。便从身上把自己的棉袄脱下来。尊新说这可使不得，脱了你冷哩。延信不听，硬是把棉袄给尊新的父亲披上。看着尊新去远了才上车。

娘见了延信说大冷的天，你咋穿着件单衣回来了。延信就跟娘说了尊新的事情。娘就嗔怪，说你这个孩子呀，让娘咋说你。娘没有想到延信回来会跟她说出更让她吃惊的事来。

延信找了爹娘，又去找他的哥哥，让自家人和家族管事的开个会，说他做出了一个决定，这个决定在他的心里已经好久好久了，深深地铆在了那里，他说他决定要改姓，不再姓刘，他要姓谢。

亲人们听到他这个决定，先是一愣，随即就有人提出不妥，尽孝可以，但不一定非得改姓，不能为了前妻忘了祖根。随后大家就沉默了，久久地沉默，没有人表态。延信就不停地做解释，说自己改姓谢，是为了照顾两位老人，让老人认可自己。延信说兰娥走得早，俺要对得起她。说兰娥的时候延信就流了眼泪，延信说姓不是主要的，自己姓刘姓谢都没啥，即使是把刘姓改成了谢姓，刘家也不会不要俺吧。延信说但是把姓改成了谢，把一家两姓，变成一家同姓，就让谢家老两口放心了，觉得自己是一心一意地回到他那个家庭，照顾他们，和他们合为一体。说到这里的时候，延信扑通一下子跪了下去，说俺在这里给大家磕头了，望长辈们亲人们理解俺……

众亲一看这个情形，无不动容，七嘴八舌地小声议论起来，觉得这个孩子是铁了心认了真了，不让他改也没有办法。而且这孩子的想法和举动从道义上说是对的，没有啥错，这个后生让刘家的人看好，不会给刘家丢脸。

最后老族长站起身来说话了，老族长说好，就这样定了。说亮，来，一起跪下给祖宗上炷香！

延信就这样把自己的姓从刘姓改成了谢姓，从这一天他不再叫刘延信，而叫谢延信了。怀里揣着村子的证明回到了焦作，延信一直兴奋地笑着。他在家里干得更来劲了。

这天早上阳光明媚，阳光照进了窗子，家里暖融融的。放在窗前的花儿也开了。延信像往常一样，打开一扇窗子，然后为岳父翻身、擦背，之后把换下的被褥拿到外边晒上，又在屋子里喷了花露水。9 平方的房间里透出了清新的气息。在岳父生病的 18 年里，延信始终让屋子干干净净的。

延信照顾着岳父起床洗了脸，喂着吃了饭。等弟弟彦妞从卫生间出来，一切都收拾妥当。岳母也坐在了岳父的床前。延信这个时候就跟岳父岳母说了，说爹，娘，其实俺一直就是想做您的亲儿子哩，可人家老说一个女婿半拉儿，俺想成为谢家的一个儿，俺不当那个半拉儿了，从今天起，俺就是您的亲儿，俺把刘姓改成谢啦！

岳父没说话，但是他的肩膀明显抖动了一下，低着的头抬起来，又低了下去。延信看到，岳父的眼里含了泪光。岳母说你傻了，孩子，你把姓改了，你要让人说你哩，你娘你哥他们还有刘家的人能愿意？那是说笑话哩。延信说爹、娘，俺这回回去就是办这个事儿了，俺可不是随便说说，俺是找了人哩，俺跟俺爹娘，俺哥俺嫂他们，俺舅还有族长都说好啦，他们都愿意了，俺都给祖宗磕过头上过香了，您就放心吧，您看，这是村里出的证明。延信拿出那张盖着大印的信笺，俺今天就姓谢啦！延信拉起了岳父岳母的手，放在自己的手里攥着，深深地叫了一声：爹！娘！

这声爹娘似乎同以前的爹娘的味道不一样了，岳母大声地应了一声，便擦起了眼角，说好，好，娘愿意！延信再看看岳父，实际上延信始终在观察着岳父，岳父的头完全地扭向延信，他的泪水浑浊的眼睛分明映出了温暖的光。那束光同射进来的阳光融为了一体，使这个小屋变得温馨起来，延信在这种温馨当中，愉快地笑了。一旁偎着的彦妞喊，噢，哥哥姓谢了，哥哥姓谢了。

谢延信来到了兰娥的墓前，那坟墓的周围已是高高的黄黄的茅草，还有一棵树也长得老高老高了，长成了大树。树枝摇摆扑簌簌摇下了叶子，叶子把坟墓罩了一层。

谢延信给坟头培了土，在上面压上了黄纸，然后摆上供品，点着了三炷香，坟前烧了纸。然后他对兰娥说，兰娥，俺来看看你，你走的时候，你给俺撂下的话俺都记住了，你就放心吧，咱爹咱妈还有咱弟弟俺都会照顾好的，你要是不放心你就看着俺，俺知道你看着俺哩。延信说着说着就掉泪了，延信想了好多话，现在都说不出来了。最后延信还是告诉兰娥，说一切都过去了，厂里还给咱调了房子，咱家几口人都有了住处，咱爹妈身体也好，俺一直也都挺好的，你就放心吧……延信还说，兰娥俺跟你说，俺姓谢了，俺现在叫谢延信了。

五

谢延信戴上矿灯，穿上矿工的衣服，然后进了矿车下到了很深的井下。他感到一切都是那么的新鲜，他觉得新的一天开始啦，他可以给家里挣钱了，可以代替岳父下井了，他成了一名工人，名副其实的工人，响当当的工人。

那个时候成为一个正式的工人，是多么难得的一件事情。岳父不能再上班了，腾出了一个名额，让谢延信去顶工。这可是雪里送炭。谢延信干着零工今天有活明天没有活的，怕不能维持一个家的费用，现在岳父有了退休金自己再进矿当工人就会给这个家带来一定的收入。

谢延信成了一名工人，他要好好干，好好表现。这些都是他的想法，而他的做法是那么地自然，因为他不会脱滑，他只会努力地干。他很听话，干得很认真，他的活总是让工长很满意。张建良说，全组最好分配工作的就是谢延信，无论是攉煤还是运搬，他从没有二话。搞运搬的工作交给他，空车进得来，重车出得去，各种料准备得齐齐当当，从来不会让人操心。一次，班组在中北区掘进时，突然发生了冒顶，上面塌落了三四米，顶板水流如注。张建良大喊一声：绞架！全组人闻令而动，忙着备料。谢延信冲到张建良面前说我给你看着上面，干吧。说完递上了一根坑木。处理冒顶最危险的是绞架人，其次就是负责递料观察的人。经过一番苦战，冒顶处理妥当了。张建良这才发现，一直同他站在一起的谢延信像从水里捞出来的一样。

他和工友相处得也很好，谁都愿意和他搭班儿。工长叫他和小裴去掘进面，抬一根柱子往里走，走到半路，小裴不小心掉到了水仓里，谢延信赶紧把他拉上来，一看小裴的衣服全湿了，赶紧叫小裴把衣服脱了，穿上他的棉袄棉裤。过去好些年裴国林还不忘这件事。

发工资了。手里攥着沉甸甸的40多元工资，谢延信觉得那是多么大的一笔钱啊，以前从来没有见过这么整装的钱，这钱能干什么？这钱能买吃的，买穿的，买使的用的。但是谢延信想着应该先给岳父买一件东西，这件东西太重要太重要，这件东西就是一部收音机。他跑去了五交商店，左挑右选花去了工资的整整一半。

谢延信把这个能说会唱的匣子送到岳父的床前，岳父拿着这个匣子听到里边传出的豫剧《朝阳沟》的唱腔，岳父笑了。岳父的小屋子，因为有了这个小匣子，从此不再寂寞。看着岳父的笑谢延信也笑了。岳父问这得花多少钱哪，谢延信说没有多少钱。

下井的职工每个人都发给两个油酥烧饼。那烧饼真好吃呀，谢延信三口两口就下到了肚里，然后看着手里的另一个烧饼，嘴角动了动，最后还是把它包起来揣进了怀里。同在掘二区一个组工作的赵超敏见了，说延信，你不饿吗，还不趁热吃了？谢延信说不饿了，一个就够了。

终于盼到了下工上井。回到了家里，谢延信掏出油酥烧饼递给岳父，说爹这烧饼可好吃了，你尝尝。岳父把烧饼放在了嘴里，啊，是好吃呀，这是你省下的吧，你可是专门省的？谢延信说俺吃一个就够啦，俺还有其他的饭食，爹喜欢吃俺每天都给你带回来。

就这样有谢延信的烧饼吃就有爹的烧饼吃。时间长了，赵超敏说你怎么总是留下一个烧饼？谢延信说，实话跟你说，俺爹爱吃油酥饼。赵超敏后来才知道，延信说的爹，实际上是他的岳父。

这天谢延信回家，听到岳父躺在床上咿咿呜呜地哼唱着大平调，那是家乡那一带喜欢的唱腔。谢延信一进门也就跟着哼起来，逗得岳母冯季花咧开嘴笑，说瞧恁爷俩，像遇到啥喜事儿似的。谢延信说是哩娘，你看这是啥，岳母看到谢延信手里提着鸡蛋和肉。岳母说，发工资了？谢延信说，还没有，俺用券换的。那个时候下井还发餐券，上井后可以用券到食堂吃饭。一块儿的赵超敏从来没有见谢延信用过，后来才知道他把餐券攒到月底，换成鸡蛋、肉、白糖之类的带回了家。

好像形成了习惯，每天到了下工的时候，岳父都急迫地等着谢延信，这个老人，他开始有了盼望。他盼望着亮回来，不仅是给他带来好吃的东西，还等着亮回来给他聊天，给他唱戏，给他念书。他是真的把亮当成了自己的儿了，他甚至有了某种担心，亮回来得稍晚些，他都会急得六神无主，不停地叨叨。

从岳父的感情变化里谢延信感到了高兴，这些年里，谢延信下班不能和一些人打打牌聊聊天，不能停在路边去看一盘残棋，更不能去看一场电影，这些都不可能。唯一的可能就是陪着岳父岳母陪着彦妞在家里说笑。他没有别的爱好，就这一个爱好，他没有别的乐趣，就这一个乐趣。一个家，让他缩小了生活范围，交友范围，还有向往的范围。他没有什么可想的，上班，就是好好上班，下班就是踏着点儿往家里赶。家里的一切都在等着他。

谢延信去买了一个炉子，带着明晃晃的烟囱。以前的炉子是一个铁皮桶做的，一般人家还买不起带烟囱的铸铁炉子。谢延信说其他的可以节省，买炉子不能节省。他把炉子搬到岳父岳母的屋子里，圆圆的白银色的烟管从窗户里伸了出去。岳母说你那屋不冷？谢延信说不冷。

谢延信其实还有一个想法，有了这个铁炉子还可以给岳父烤衣服，他做了一个铁丝的架子放在炉子的周围，架子上搭满了岳父的用品，还有弟弟的袜子、鞋子，这样就解决了大问题。

彦妞也跑过来，把手伸得长长高兴地笑着，谢延信对彦妞说你可不要到跟前来，它会烫着你。谢延信一次次做着被烫着的痛苦表情，弟弟好像明白，他不敢再到炉子跟前去了。

谢延信拍拍弟弟彦妞笑了。

晚上谢延信给彦妞灌了暖水袋提前放在被子里暖暖热，等彦妞钻进被窝的时候，谢延信又把暖水袋包上毛巾放在弟弟的脚下。最冷的时候，谢延信会在炉子上烧一块砖，在砖上包了破布放在自己脚底下，当暖水袋用。

这天，谢延信和彦妞在院子里和煤。他们从远远的地方拉来了黄色的黏土，然后在院子里把煤和土和成泥。彦妞很感兴趣，哥哥给他一把铁锹，两个人噼里啪啦地干着，彦妞不时地咧着嘴呵呵着。然后谢延信开始打煤球。他不愿花钱去买，他借了一个煤球机，一下一下地打出漂亮的煤球。彦妞看着煤球好玩就用铁锹把煤球一个个拍扁。在一旁坐着晒太阳的冯季花看见了恼怒地吵，看你，你哥才好不容易打好都让你给弄坏了，看我不揍你！

谢延信说彦妞来，你来试一试这个机器。彦妞没听岳母的话却听了哥哥的话，他去搬煤球机照着哥哥的样子，先在盆子里沾了水，然后在煤土里使劲地捣，打出来的煤球像个散黄蛋，但是彦妞呵呵呵显得很高兴。谢延信这个时候又跑去借了一个煤球机来。两个人打出来的煤球自然是不一样，但是谢延信还在夸奖着彦妞。谢延信和彦妞干得很起劲，岳母在旁边坐着，露出了幸福的笑容。

六

细窄叶子的嫩草在风中飘摇着，它们那么普通，平时没有谁注意到。

在田地间的沟坎上，谢延信带着彦妞走走停停，他已经认识了这种叫茅草的草。岳父的腿有些浮肿，而且总是解不下小便，邻居告诉他一个偏方，茅草根熬水给病人喝能利尿、消肿，此后这种草同他产生了长久的关系。

彦妞喜欢到田野里玩，谢延信就连他也带上了，他给他做了一把小铲子，只要看到茅草，就教他去剜下来，彦妞，你看，抓住茅草叶子，然后使劲地往下剜，对，把下边的土都松掉，对，对了，再用劲拔出来，哎，用劲！好，真好。彦妞终于拔出了一棵连着根的茅草，之前他都是从半截铲断了。听到哥哥的夸赞，彦妞呵呵地笑了。他又抓住一棵草，准备下铲子。谢延信说，彦妞，那不是，那是曲曲菜，也可以吃，你就剜出来吧，我们回家凉调了吃。彦妞答应着，连着把自己周围的曲曲菜都铲下来，虽然铲得零碎不堪，但是还是受到了哥哥的夸奖。

谢延信还会带着彦妞去矿上的食堂，那里有师傅们为他留下的冬瓜皮。师傅们看见谢延信带着彦妞过来，就会递给彦妞一块茄子或者一块萝卜。彦妞就咧嘴呵呵地高兴，回家也会向爹娘告诉，让爹娘也高兴。现在无论是矿上还是邻居，都知道了谢延信家里的事情，大家都热情地力所能及地给他们提供帮助。谢延信已经感受到了集体的温暖，人情的温暖，这些都给他增强了信心和力量。谢延信用茅草根、冬瓜皮，每天给岳父熬水喝，来减少老人的病痛折磨。

有时候谢延信还要去山里捉蝎子，当然这个时候就不带彦妞了。以前，那些压在小石头下面的蝎子是那么地可怕，现在他眼里充满了喜爱，只要翻过来一块石头，有蝎子，他就会兴奋度上升，哪怕半天只是捉住一只，他也感到满足，回去把蝎子焙干，也能给岳父治病。

说起来世事总是那么难料，命途总是那么多舛。就在谢延信在这个家尽职尽责的时候，没有想到自己的亲娘会因心脏病突发离世，得到噩耗谢延信如五雷轰顶，慌不迭地告别岳父岳母回家奔丧，离村子不远就哭号开了，一直哭倒在母亲的棺上。回来的路上，他仍然难掩心中的悲伤，止不住地淌泪。

到了家门口，他终是把泪水擦干，不让二老看见。岳父岳母的心里也是十分难过，他们觉得亲家母的事似乎跟自己有关联，因为做儿子的亮一直不在母亲的身边。那段时间他们一直表现出一种愧疚的神情。谢延信觉察出来了，他对岳父岳母说，俺娘是身体不好突发的疾病，您二老别上心里去，俺就是在家也没有办法阻挡……

谢延信这天早起打开窗户，突然听到了布谷鸟的叫声，咕咕咕布谷鸟清脆的叫声传到窗前，谢延信心情好起来，他跟两位老人说布谷鸟都叫啦，咱们应该去踏春，去野外看看吧。他早早地给岳父穿好了衣服，特意穿厚一点，又给岳父找帽子戴上，用车子推着岳父，和岳母和弟弟彦妞一起出了院门。

住的地方离野外并不远，他们很快就来到了旷野，看到了一大片一大片的油菜，油菜已经开出了黄花，散布在阳光下。布谷鸟在头顶上飞去，麦子墨绿墨绿的，衬在远远的天边。

他们全家站在高处。眼前的这片地忽高忽低，有一种起伏的感觉，那些黄和绿的色块儿也在视野中起伏着。

有人走进了田地，那或是在浇水。有些地方的麦子已经泛黄了，传过来阵阵的清香，那种香气是同野草和野花不一样的。谢召玉和老伴特别熟悉这种香气，从农村过来的人一闻到这种香气，就有一种不寻常的兴奋和激动，它将带给人们多少细腻和甜蜜呀。那个时候的细粮尚不是很多，都要搭配着粗粮吃，而粗粮大部分是秋天的收获，所以说夏天是一年当中的好光景。

谢延信看到岳父岳母今天很高兴，他们像孩子一样指指这里，点点那里。彦妞在路边采来一枝花，那是野菊花。弟弟笑着向哥哥展示。谢延信去帮着弟弟采了更大的一把，用草捆上递给了弟弟，弟弟举着向爹炫耀。谢延信又去采了一些蒲公英，然后递给了岳父。岳父把这束花接了过来，放在鼻子边嗅了嗅说好闻，有一股青气。然后就对着蒲公英吹了一口，蒲公英的银针飞了起来。彦妞嗷嗷地叫着追去了。

大地无限宽阔，孕育着生命生长。一天天一月月地就这么过来了。后来再听到“吃杯儿茶”叫的时候，谢延信又带着全家人到这片田地来看，看成熟的麦子。

自此以后，每年听到布谷鸟的叫声，听到吃杯儿茶的叫声，老人都会说亮该出去看看啦。他们自然地就会跟着谢延信出来看风景。一年一年的风景虽然都是一样的，但是给人带来的心情却是不同的，因为毕竟又是一年了。

由此也让谢延信起了念头，为了节省日常开支，谢延信后来在自己看的泵房外开荒种起了油菜。春天油菜趁嫩的时候凉拌吃，长老了炒着吃，一直到初夏，收了油菜籽还可以换油吃。那个时候，谢延信的工资与岳父的退休金加起来一百多元，两位老人吃药打针，一家人的生活费用，一百多元钱每月都是不见两头就花完。每月为节省出10元的菜钱，谢延信一年四季都不闲着，他去到地里挖面条菜、蒲公英、马齿菜，拾扔掉的红薯叶、白菜帮，然后腌制好了下饭吃。

生活的希望就是这样一次次点燃着。谢延信是多么地高兴，他能给这个家庭带来这样的高兴，心中有说不上来的一种滋味。有时候他突然想起兰娥，眼角会湿润一下，但是他很快地背转脸去，让风把眼角吹干。他想着如果兰娥还活着，该是多么好啊，这个时候也会跟着他们一起出来看风景。那个时候的家庭成员更多了。

后来的妻子来了以后，也是推着老人一起出门，他们走在院子里，走在大街上，走在高岗上的野地里。一家人远远地构成了另一种风景。街坊邻居看见了，说你看这家人多会找乐子，看着他们就像一家人那样亲切。有人就说了，看你咋说呢，人家本就是一家人嘛。之前还有人问过冯季花，呀，你家吃饭都咋吃哩？冯季花说，咋吃哩？端着碗吃呗，还能端着盆吃？岳母冯季花说得自己笑，大家也笑。

后来找谢延信的女人叫谢粉香。那年是1983年，离妻子兰娥去世都十个年头了。

谢延信对谢粉香说俺家的情况你知道吗？俺家的情况跟别人家不一样，你还有你的孩子，咱俩组成这个家庭不合适，要让你受累哩。谢粉香说这些不用你说，俺来俺就知道。

谢延信说俺就是想跟你说明白，省得将来你后悔。谢粉香说俺不会后悔，俺一来了就想定了，你这个家确实跟别人家不一样，你这个家拖累大，可是你都不怕，俺怕啥？俺认定了俺就是这个命，你是这个命，俺也是这个命，你是伺候人的命，俺也是伺候人的命，咱两条命合成一条命吧，不就是搭个伙吗？俺是看着你人好，实在，不会骗人，不会欺负俺，俺愿意来支应你的老人，还有孩子，俺也愿意支应你。谢延信说，你说这话俺就知道你也是个好人。

谢延信的眼里竟然有了一种热乎乎的感觉。多少年了，谢延信眼里都没有这种感觉了，实际上这种热乎乎的东西已经流到了谢延信的心里，从心里翻涌上一股热潮。他从来没有想过还有一个人会在远处看着自己，看着这个家。还会有一个人能够说出这样的话来，让自己感动。谢延信抬头看着这个叫粉香的高挑儿女人，女人也看着谢延信，他们互相看着对方，时光这会儿凝固了，两人的眼里都有一种温柔的光焰。

谢延信想着这可能是上天对他的眷顾，是上天看着他太不容易，给他派来一个女人。他离开女人太久太久，离开兰娥太久太久，现在又来了一个女人，这个人像兰娥一样了解他，理解他，看重他，他觉得这是兰娥的再现，兰娥又回来了，回到这个家里。

老家还有十来亩地，还有女儿，加上谢粉香自己的一儿一女，以及后来她和谢延信生的一个女儿，谢粉香在老家都管了起来，并和哥哥们一起照顾他的老人。过一两个月她会来一次焦作，来给谢延信整理卫生，缝缝补补，洗洗涮涮，照顾岳父岳母。这个大家庭的构成在别人眼里很是复杂，但全家人相处融洽，不富裕的日子也过得和和睦睦。

谢粉香又来看谢延信的这天早起，谢延信正在照顾老爷子翻身擦身洗脸吃饭，这个时候内弟彦妞从卫生间跑了出来。脱下的裤子在脚脖子拖拉着，谢粉香见了，刚开始把脸扭向了一边，咦，看这个人，都大老爷们了！但是随即她又感觉到这是一个脑子不健全的人，这会儿不定又是犯了癔症，她随即上前帮助彦妞把屁股擦了，提上裤子。谢粉香想，在平时，延信一个人在这个家，顾了这头顾不了那头的会有多难!

谢粉香到了这个家里，挑起了一半的担子，谢延信觉得很踏实。

到后来孩子们大了，成家了，她就来到焦作，和谢延信一道照顾老人，谢延信患病后，她实际上连谢延信也照顾了。那个时候谢粉香说，这么多年都过去了，咋着就过不去？人家咋过咱咋过。

七

不知从什么时候开始，谢延信觉得自己总是有些不舒服，是病了吗？不会吧，但是分明头有些晕，目有些眩，这是怎么回事？他不明白，但是他绝对不会相信高血压渐渐浸入到他的生命里。

终于有一天，他晕倒了。这是 1990 年。根据他的病情，医生建议他停工休养。

他一听就急，停工休养，就表明收入减少大半。他去找矿上，矿上的领导理解他也关心他，把他的工作从井下调到了井上。在那个离家不远的瓦斯泵房，他干得依然很精心，一切整理得井井有条，收拾得干干净净，还养了花，让人进去就赏心悦目。人们知道，谢延信总是自觉、敬业，当然也是感恩和回报。

也就是在这一年，谢延信还骑着车子回了一趟滑县老家。在路上骑了有一百多里了，还有一百多地在等着他。为了省下长途车钱，以前骑车回去多次，但从来没有像这次这么疲累。

车把上挂着一盒饼干，那是矿上发的福利品，他舍不得吃，他想把这盒饼干带给孩子们，他把它看成多么贵重的东西了，多少年里他都是啃咸菜吃剩菜，从岳父患病到去世，十几年都忘了香蕉、苹果、西瓜是什么滋味。有了这样的一盒饼干，回老家就有了动力。

不知道又骑了多久，他骑着骑着就觉得眼睛一花，一下子栽到了路边。大车小车暴土扬尘地过来过去，似乎没有人发现他。

他终于看见了一点光亮，慢慢地醒了，爬了起来，看了看车子还能骑，那个饼干盒子还在，拿起来却哗啦啦地响，由于重重地摔打已经碎了大半。谢延信坚持着骑到家的时候，这盒碎饼干就成了他给孩子们送上的最好礼物。吃吧，你们尝尝，可好吃了……

这一年闺女变英16了，谢延信都快认不得了，长高了也好看了，像个大姑娘了。变英正要与小姐妹到乡上去玩，她们叽叽喳喳地说着要去买啥买啥。变英看见爹朝她走来，就扭扭捏捏地问爹，能不能给她几块零花钱。这是闺女第一次张口，爹当然要给了，他掏了半天，零零整整有5块钱。变英高高兴兴地跟着小姐妹走了。结果是，一块儿去的姐妹看见啥都想花钱，变英是看见啥都舍不得买，人家大包小包地回来，变英狠狠心花两块钱买了一盒胭脂。变英回来一说，就挨了爹一顿训，说是花了瞎钱。妮呀，咱不能跟人家比，钱该花的花，不该花的不花。说得变英哭着跑走了，从此变英好长时间都没有用过化妆品。

谢延信的省吃俭用的自觉已经深深渗入进了他的骨髓。有次在北京参加颁奖活动，在饭厅里看到别的饭桌上还剩余一根油条，他上前拿起来就吃了。他不能看到浪费，他对浪费十分敏感。

自从这一年把他定为高血压患者之后，他也把自己重视起来，他知道这种可恶的病症将伴随终生，他恨这种病，在这个家庭里不应该再来一种病症。经济本来就很拮据，还要掏钱为自己买药，谢延信舍不得。以前采茅草根是为了给岳父治病，现在也要给自己治了。他还打听到了一种偏方，醋泡黑豆，然后连醋和黑豆一起吃。

一次次的磨难，总是不让这个小家庭消停。

灾难再次降临：谢延信的岳父病情恶化。他突然昏迷，口齿不清，目不识人。谢延信把他送到了医院进行抢救，医生说需要住院。岳母心里很清楚老爷子的病不可能再治好，坚持不让再花钱，人活多大是个够啊！但是谢延信不听，他又去四处筹借，而后没日没夜地在病床前陪伴岳父。

岳父谢召玉醒来后，对谢延信说，亮啊，别在我身上费钱了，我好不了了。谢延信说爹，你别说这话，好好活着，你不听俺念书了？上回不是念到，王荆公让东坡顺道取点儿三峡中峡的水，东坡却取了下峡的水，被王荆公识破了……在岳父瘫痪在床的时间里，谢延信不是陪着岳父唱戏，就是给岳父念书，他是图书馆里的常客，借的书都有一百多部了。岳父这次昏迷之前，还在听他念《三言二拍》。

一年以后岳父走了，这是谢延信用了最大的努力和最后的努力也无法挽回的事情。在岳父去世的前一天晚上，谢延信竟然听到岳父在迷蒙中亮、亮地叫着自己的小名，谢延信忍不住跑出病房失声痛哭。

岳父从 51 岁患病到 69 岁去世，病了整整 18 年，是怎么熬过来的呢？谢延信已经忘记了，记不大清楚了，谢延信现在难过的是不能挽回岳父的生命。

岳父谢召玉要走了，他实在舍不得这个世界，尽管他觉得整个身子都不是自己的。1996 年 8 月 28 日，昏迷两天两夜的老人突然睁开了眼睛，他看着谢延信，他想跟亮儿说什么，嘴却发不出声音。谢延信明白他的眼神，18 年了，谢延信啥不明白呢？他想说孩子你受苦啦，受累啦，爹走了，爹给这个家腾腾位儿，不再拖累你们了。谢延信还明白他的眼神，那眼神里还有另外一种担心，那就是岳母，还有弟弟。谢延信说爹，你放心吧，娘有我哩，彦妞有我哩，您老就放心吧，我会照顾好他们。谢延信看着岳父还有话，就又说，哦，爹，俺没事，俺的身体好着哩，俺会活得好好的，俺你放心！岳父听了亮儿的话，两行热泪猛然从深陷的眼窝里流了出来，那是多少年对亮儿无尽的依恋和感激啊，老人脸上挂着那两行泪，安然地闭上了眼睛。

谢延信把岳父的骨灰盒抱进了家里，放在自己的床头。谢延信说存在殡仪馆还得拿寄存费，放到屋里俺心里踏实，俺就想着爹没有离开家。谢延信对人说这话时，是含着泪说的。

这一年的冬天格外地冷。北风早就顺着街筒子簌簌溜溜地刮了进来，而后会扬起一些粉尘，那些粉尘是白色的，在天上飞，还有一些粉尘是黑色的，在地上窜。天上的是雪，地上的是煤灰，杂在一起给这个煤城带来一种阴森的感觉。

谢延信在街上走着，他找了一个板车，车上拉着从五金店里新买的炉子。这种煤球炉是刚刚兴起的新产品，能带两组暖气片。谢延信要往家里装暖气。这是这个家属院大楼里的头一家。

岳母看见他买了炉子就说老的还能用，咋着又花钱？谢延信说这个不一样了，该花的钱还是要花。谢延信和工人一起鼓捣，到最后都装完了，岳母才发现两组暖气片一个装在了自己和彦妞的房子里边，另一组装在了客厅里，这都是他们母子生活和活动的场所，而谢延信的屋子却没有装。岳母问谢延信为什么不装一个，谢延信说那屋子里不冷。还在搬房子的时候，谢延信就给自己选择了背阴的一间。那屋子能不冷？放一盆水都会结冰。谢延信知道炉子装的暖气片多了，炉子带不动，热量就会降低。谢延信知道，岳母何尝不知道，亮儿孝顺呀！

谢延信动手在门口和泥。他卷起袖子用手把麦秸和泥土和得更黏糊，然后一点点贴在炉子的内壁上，使得炉胆更严实。岳母走过来要给他搭把手，谢延信不让，岳母看着谢延信冻红的手指，心疼地去屋里弄了一盆热水端过来。谢延信点着火，火苗蹿得老高，然后加进去煤炭，炉子呼呼地响起来。谢延信摸了摸暖气片，热了，好暖和。他笑着对岳母说，娘，今年冬天不冷了。

又一个明媚的早晨，谢延信叫了一声娘，说该梳头了，娘您坐好，我给您老梳梳头。

谢延信一下一下地抚着老人的头，梳子在发上滑上滑下。银色的发，让谢延信的心里起波澜。娘老了，头发都白完了。可是谢延信的嘴里却说，娘，您老的头发可真好，人家说，头发好，身体就好。娘正闭着眼睛享受着，她不只是享受着梳子滑上滑下的过程，她是在享受着亮儿的细致入微。多少回，多少年了，亮就是这样给她梳过来的。

因为有病，冯季花的手早就举不起来，拿着梳子试了几次，都没法放到头上。谢延信看到了，说娘，让俺给你梳吧。开始还不好意思，不唯谢延信是个男娃，他还不是自家亲生，怎好让这老大不小的亮给梳头呢？可是她看着亮儿的眼睛，她到底安稳地坐在了凳子上。

唉，真舒服啊！比亲闺女的手还细发。娘这辈子有了亮儿，算是得了大济了。当年也曾经有人说闲话，说是不能指望女婿，可她冯季花靠的不就是女婿吗？每到这个时候，她就幸福地眯起了眼睛，仰头在光线里，那种神态，竟然让偶然见到的人也感慨万分。

但是她没有想到，女婿谢延信也会生大病出危险。2000年，谢延信在家里突发脑出血，岳母冯季花对不省人事儿的谢延信喊着，儿啊，你可不敢出事啊，你可要挺住啊！救护车即将开动的瞬间，年近九旬的冯季花发疯似的追着车子拐了老远。

冯季花边收拾东西准备去医院，边不停地抹眼泪，亮啊，你要是有个三长两短，你可叫娘咋办呀？邻居们来劝她，她还是哭着说，俺这家啊，就像扁担上立个鸡蛋，没有亮早就碎了……亮的病都是俺一家人拖累的，他爹药不断，俺的药也没断过，他得了那么严重的高血压，就是不舍得给自己买点药！患这个病那么多年，就吃醋泡黑豆，醋泡黑豆，那咋着会管用哟……

经过抢救，谢延信醒过来了，他看着闪着泪花的岳母冯季花说，娘，俺没事，俺好好的，俺这就回家。冯季花说，你说啥也要在医院里好好看一看。谢延信还是很快就回家了，他待不住，家里有他的牵挂呀。

内弟彦妞2011年1月走了以后，岳母就不想再活了，她总是少气无力地躺在床上。谢延信发现她明显的变化，就问，娘你咋着什么都不愿意吃了？你说你想吃啥，儿给你买。岳母说，哎，娘已经感到你爹你兄弟的召唤了，娘今天脱下的鞋，明天不一定能穿上了。谢延信说娘你千万别这么说，俺知道你是因为俺爹俺弟走了，你心里想他们，可你知道还有俺呢，俺跟你做伴，俺陪伴你到老，你可不敢胡思乱想，您要是有个啥事，俺活着还有啥意思？娘说，说傻话哩亮啊，娘这病歪歪的身子，拖累了我儿这么多年，娘要是闭眼走了，俺儿就轻松了，俺儿现在也是一身的病啊。

谢延信扑通跪倒在娘的跟前，他落泪了。

娘一见亮儿落泪，也抹起了眼泪，娘心里的泪实际上比谢延信多呀！娘只是不轻易说。娘说，唉，亮呀，娘听儿的，娘好好活着还不中？娘要看着亮儿好好的。去吧，你去给娘买点肉，买点韭菜，娘想饺子吃了……

冯季花走的时候没有一点征兆，这个知情达理的岳母，不想给谢延信再增加任何负担，她安详地在腊月的一个黎明走了，那年是 2013 年，她活到了 90 岁。她很知足，活了那么大的岁数，有个那么孝顺的儿子，跟谁比她都不差，在人面前，她有的是值得夸耀的。

内弟彦妞走的时候也没有痛苦，他好像也知道亮哥太不容易，把他照顾到 57 岁。亮哥到家这 30 多年，他不缺吃，不缺穿，也不缺少爱，他每天都活得快快乐乐的，想吃啥吃啥，想做啥做啥，啥都有亮哥照应哩，担待哩，甚至自己的手指甲脚指甲亮哥都是给剪得整整齐齐的。有时他连娘的话也不听，就愿意听亮哥的话。人家问他谁最好，他会说，亮哥。他心里一点都不糊涂。

爱需要承诺，或也不需要承诺。谢延信的爱真的在这个小家里埋了种，开了花。那是对岳父岳母和内弟的一片真挚，没有任何虚情假意，也就不为先前的承诺担责受累。他觉得这些亲人身上都流着他的最爱的血，他们的音声笑貌都带着那个最爱的影子。

八

人民大会堂里响起了海浪一般的掌声。

人说久病床前无孝子，说的是时间；好人不常有，说的是时间；青春不长在，说的也是时间。时间是多么可怕的敌人，时间又是多么公道的见证者。谢延信不是坚持了三年五年，而是整整 39 年。自 1974 年开始，他全力照顾了亡妻的三个亲人——瘫痪在床的父亲、丧失劳动能力的母亲、先天智障的兄弟。

年华就这样耗去了，那是数倍于常人的匆忙的年华，数倍于常人的疲惫的年华。

谢延信的事儿首先感染了矿上的职工和家属，他们都觉得这是一个好人，好人是一面镜子，谁家的事都会对着这面镜子照一照。

郝天海十多年来精心照顾瘫在病床上的老母亲，郝天海说，人家谢延信才是个女婿，我作为儿子咋不能做好？

赵廷正有四个女儿，以前总是担心老了以后没人养老送终，四个女婿跟他说，老谢一个人能把老人伺候好，我们四个也一定能，您老放心吧。

和谐社会的构建，需要良好的社会道德氛围予以支撑。每一个家庭都是社会的一个小单元，假如每一个单元都有这样的一个和谐氛围，社会大环境就会更让人欣慰。

谢延信用自己的生命演绎了一段人间佳话，他是雪中的草，尘中的花，他是雷中的燕，浪中的船。社会钦佩他，赞赏他，需要他。谢延信不光成为焦煤集团的模范，省里的模范，他还当选为全国道德模范，成了感动中国年度人物。组委会授予他的颁奖词中说：当命运的暴风雨袭来时，他横竖不说一句话，生活的重担压在肩膀上，他的头却从没有低下！延展爱心，信守承诺。他就像是一匹老马，没有驰骋千里，却一步一步地到达了善良的峰顶。

谢延信受到全国人民的钦佩和关注。他的名字出现在几百家网站上，几天内跟帖评论就达 3000 多条。人们用最美的语言、最真挚的情感来赞颂他。

不就是普通的一个人做出来的普通的事吗，怎么能有那么多的人来关心他、称赞他？谢延信总是有些感动，有时候眼睛里就含了泪水，看着那些证书和鲜花，他有些受不了。甚至还有一次有一个10万元的奖励，更让他受不了，怎么会给这么多的钱！说啥都不要。以前他也从不向组织上伸手，每年的困难补贴，都是他的领导为他填上申请的。他说自家的日子自家过，困难的人多了，不只是我一家，俺的钱够了，给需要的人吧。没有办法组织上把这笔钱给他存成了保险。可是汶川地震、玉树地震，哪里有了困难，他都要献上自己的心意。你去他家里看看，他家小小的屋子里没有什么东西，最值钱最显眼的就是一台平板电视机，那还是公家资助的。

当中央领导人把温煦的目光投来时，谢延信的眼睛里有些潮湿。怎么走下来的都忘了。他的心里很满，很复杂，他觉得心底里有好多话想对兰娥说，想对女儿说，她们是他心中的疼，这会儿越发疼起来了。

谢延信的胡子白了，头发脱了，眼睛花了，腿脚不便了。

又一年的门对贴过，鞭炮响过，阳光照进这个小屋，照在小桌一堆的药盒子上，那就是谢延信每天的伴守了。

在送走了岳父，送走了内弟，送走了岳母之后，谢延信的身体一下子坏了起来，这或许是他一直在强撑着那个拉满的弓，直到有一天，弓弦一松全断了。

只有我们知道他的身体是如何变成这个样子，也许是缺少营养，也许是过于透支，反正现在他的常年急迫转动的机器出现了故障，那是每况愈下的故障。严重的高血压使他连续三次脑出血。冠心病、糖尿病、脑萎缩都来了。现在他变成了一个行动迟缓，说不清话，记不清事情的老人。这个老人就是多少年前岳父的状态。想起来，谢延信倒也释然了，假如故障出现过早，倒是自己的一个遗憾。

每天早起，他被谢粉香领着，慢慢地走到门口去晒太阳，去看人。他见了人就点着头笑，就想说话。岳父岳母他们走了以后，这个世界显得空旷起来。

坐着的时候他会想一些事情，会想得很远很远。

他去到了兰娥的坟上，去跟她说话。他对于兰娥的事情，是不避谢粉香的，粉香理解他。

谢延信给兰娥带来了苹果，他知道兰娥爱吃苹果，多少年前的那个苹果，啥时候想起来都甜。谢延信到坟上跟兰娥说，兰娥俺来跟你说说话，你说，俺这辈子活得值不值？俺活得值哩，咱娘、咱爹，都按你说的养老送终了，咱弟弟彦妞也好好地走了，还有咱的闺女变英也成家了，女婿对咱闺女也好，他们有了自己的孩子。还有粉香的一双儿女，也成家有孩子了，他们对俺也孝顺，时常来看俺。俺现在虽然落了一身病，但是俺也不在乎了，因为俺把事儿都办完啦，心里没有圪节啦。兰娥啊，有人说谢延信这个人真傻，这个人不值，这个人几乎把命都泼上了，伺候得仨人都活了大岁数。俺听了就笑，俺就想跟你说，他们不知道，就俺知道值不值，俺是在给你续命哩，延情哩……

九

再一次去兰娥的坟上，谢延信是带着闺女变英一起去的。

摆了贡品，上了香，烧了纸钱，说了话起来了。谢延信眼睛熏得红红的，他看着闺女，说闺女，你恨爹不？

女儿都 40 多了，女儿与父亲在一起生活的时间，总共还不到 7 年。

女儿变英说，俺恨你！

谢延信知道闺女会这么说，谢延信不怪闺女，闺女能跟自己说实话，就是没有忘了这个爹。谢延信说该恨，恨是对的，爹对不起你哩！

有两件事，一直压在谢延信的心头，重重地，长久不能卸下。先说第一件事，1992 年，那个漆黑的夜，一群孩子在疯闹，不知道谁扔了块小石头，一下子砸在了出门走路的变英的右眼上。去了乡里，乡里的医生说伤得太重，看不了，只是简单包扎了一下。谢粉香陪着变英来到焦作找爹，到医院医生说要住院治疗，谢延信一听押金的数目，就跟医生说钱不够，明天再来吧。那正是陪着岳父最后住院的时候，当爹的别说几千，就是几百也拿不出来。最终爹唉声叹气地把女儿送走了。没有得到及时的治疗，变英的右眼几乎是失明的。为此，跟谢延信早已生疏的女儿，更是结下了怨恨，多少年从不叫爹。

谢延信现在想起来真是愧得很，谢延信说，不怨闺女，只怨爹！爹今天当着你娘的面说，爹对不起闺女，对不起俺闺女啊！

变英扑到了爹的怀里，说别说了爹，别说了，俺心里难受，你越是这么说俺心里越难受，俺刚才是说谎哩。变英说俺过去是恨爹，现在俺懂了，俺不恨爹了。

谢延信的眼泪一下子掉了下来。其实，在那次自己生病昏迷中，他已经听到了变英"爹"的呼叫，那是闺女第一次叫爹。

谢延信拉着闺女的手说，在妮儿小的时候，爹不记得给你买过啥，妮儿成家出嫁，爹都拿不出什么，爹真的对不起俺闺女！谢延信把压在心头的第二件事说了出来。

闺女出嫁是一生中的大事，谢延信骑着车子跑了三百地赶回家，一路上满脑子里还是昨天那个扎着小辫的小妮子。见了变英亲得不得了，虽说继母谢粉香在家早早地把嫁妆准备好了，但是谢延信带给闺女的礼物，只是一本织毛衣的书，还是从旧书摊上买的。当时怎么跟妮儿说的？谢延信说妮，好女不争嫁妆衣，你结婚，爹没啥送给你，送你一本织毛衣的书，还有我抄的几句话。那可真是一份独特的嫁妆。都到什么时候了，还是太穷。谢延信说那个时候，光顾着你姥姥姥爷和你舅舅了，你呢，不管怎么说，你还有你叔叔婶婶，还有你粉香妈，爹那个时候就是这么想的，你还有亲人。但是你姥姥、姥爷和舅舅，他们就只有你爹一个人，爹没法分成两半呀！

变英说别说这啦爹，俺娘刚走的时候，俺刚刚过了满月，还不是您一把屎一把尿地拉扯俺，那个时候多难啊，你一个大男人，谁说起来都说你不容易，虽然俺四五岁的时候你就把俺送回了老家，可你到底还是受了那么多的苦，为省点钱给俺姥爷姥姥看病，你说你花四块钱买一双塑料凉鞋，穿坏就粘粘，你能穿六年，就那一件衬衣你白天穿晚上洗，你能穿十年。听到这些俺还能再说啥，俺知道你是为了俺娘哩。俺是恨过你，埋怨过你，但是那时候小，不知道事儿，现在说来，爹那个时候太难了，自己都没享过什么福。说着变英的声音哽咽了。

谢延信说，亏得俺闺女，闺女说这话让爹高兴。谢延信说，爹问你，你还记着我给你的书上写的那些话么？变英说当然记得：黄连虽苦，饮后舌根下却有甜的回味；糖精水甜，使用过度则变成苦水。有苦方有甜，甜与苦相连，甘愿常吃苦，方能长久甜。变英说对吧？要不是俺常常想起来，俺就不会理解你。俺后来的生活一直过得舒坦，就是因为你的那些话。谢延信说，唉，结婚是人一生的大事，爹还记着你出嫁的日子，是 1994 年农历腊月二十二。你出嫁那会儿，爹想起来心里就难受！那时候老想，怎么一晃眼闺女就 20 了，这 20 年是咋过去的呢？变英说那可不是，你不来，俺不去，你回家一次惊讶一次。俺呢，不知道从什么时候都不认识你了，俺看着你，这是谁呀？人家说是俺爹，俺爹咋就这么老了？俺也是觉得时光太快了。谢延信说你看这日子过得，一晃眼你爹 60 多了，这一辈子眼看就过完了，大半截身子都入土了，你说，这是咋着过来的呢？

时间又到了新一年的春末，这天天气有点儿闷热。谢延信早早坐在了楼道口，他知道今天有人会来看他。尽管十几年来经常遇到这种情况，但是他还是显得有些兴奋，毕竟是有人又来看他啦。在他生病的这些天里，他经常地想着有人来，他有点儿喜欢热闹了。以前那个大家庭岳父岳母还有弟弟都在的时候，全家五口每天都是闹闹嚷嚷的，每天都是人显得那么地多，显得那么地忙，大家你一句我一句地说着话，现在只剩下他和谢粉香两个人了，没有了那么多的话。而且在自己生病晕过去几次之后，他越来越感到有一种危机感，他也说不上来这种危机感是什么。

人终于来了，他都认识，有焦煤鑫珠春公司的还有街道办的，还有谁呢？人家介绍说是省里来的，还有市里文明办的。哦，这会儿来了这么多的人，可有人说话啦。谢延信高兴得合不拢嘴。

有人说谢师傅，你可不能坐在楼门口，还不穿袜子，光着脚拖个凉鞋，这风太大。谢延信光是笑。人家又说，你下回出来的时候，要坐时间短一点，在太阳下坐坐。谢延信的表达能力实在是不如以前了，他变得有些木讷，听了别人的话，反应也有些迟钝，他只是不停地笑着，有时候笑出声来，嘿嘿的。他老伴谢粉香说他现在不中啦，是啥东西都忘了，也记不清楚了，你们有啥事让我跟你们说吧。

客人要走了，谢延信非要送出来，一步步蹒跚地送出来，出来的人在外边等着，等着谢延信走出来对着大家笑。有人提出给老两口照个相吧，谢延信同样高兴地整整衣服，跟他老伴儿谢粉香站在一起。他没有老伴儿高，但是两个人那么协调地浴在阳光里。谢延信还是嘿嘿地笑着，让人有一种酸酸的感觉。

人们走了以后，老伴儿谢粉香跟谢延信说你一会儿该打针了。每天，打针的必修课是由谢粉香来完成的。谢延信撩起了衣服，端坐在凳子上等着谢粉香去拿针头。

液体缓缓地推入了谢延信的身体。谢延信放下衣襟，久久地看着老伴儿谢粉香，谢粉香说耶，你看我弄啥哩，没见过？谢延信还是看着谢粉香，他开始絮絮叨叨地跟谢粉香说着话，虽然说得不利落，但谢粉香听明白了，谢延信是说，今天特别想看看你，人家总是来采访俺，说俺是道德模范，其实这么多年来，俺觉得你才是背后的道德模范。谢粉香说耶，别说了，说啥呢？那都是俺该做的，谁让俺寻了你呢。谢延信说唉，这么多年来你都不说一句啥，你说一句啥埋怨俺，俺心里也舒服点，你一句埋怨都没有，人家还把荣誉都给了俺，俺心里越来越觉得不落忍。

谢粉香听着谢延信说这些话，一滴泪水就从眼角流了出来，她能不知道，这个叫亮的硬汉子，从来不好说好听话、宽心话，可他心里有你，有这个家。每次回老家，他一进门就抢着帮你干活。后来家里的新房刚盖好，没有门窗，墙面也没干，谢粉香就带着孩子们搬了进去。他听进城的邻居说了，就嘱咐邻居一定把话捎到：床可不要挨着墙，免得大人孩子受潮落下病。谢粉香知道这个人要强，不管多苦多难他都面带笑容。谢粉香心里也要强啊，她不能给他丢人，咋着都得把日子过好。这不，都熬到今天了。

谢延信自己的眼睛也湿润了，谢延信说俺这句话，闷在心里好久了，俺早就想跟你说一说，你跟了俺这么长时间，全家拖累了你这么长时间，老人走了俺又得了这个病，又给您带来好多的累赘。谢延信还在絮叨着，你说活着往下还有啥哩，孩子们都大了，俺也满足啦，俺都当爷了，当姥爷了，俺的事儿都办完了，俺现在没有任何牵挂了，俺就想如果哪一天要一闭眼不在了，这些话对谁说？俺今个就是想跟你说句感谢话，俺现在说了，俺就不后悔了，将来走了，俺也不后悔了……

谢延信这个时候已经泪流满面。

选自 2018 年第 11 期《中国作家》

九寨祥云［节选］

陈　新*

前　言

雅识祥云

2017年8月8日21点19分，九寨沟地震发生，地动山摇，道路垮塌，人亡人伤。旦夕之间，祥和被撕碎，美丽的人间天堂成了堆砌战栗、恐惧与绝望的“孤岛”。

从剧里到剧外，假戏真做的惊悚，令芳颜失色。疼痛的仙境，和被撕裂的守望里，却出现了从中央到地方星夜疾驰而来的和暖；飞石如雨，灾情碾破的宁静中，从黑夜到熹微，再到阳光普照，爱的力量穿越危难，无惧无恐。

温馨的光辉，生死不离铺满山道的爱，彰显着一颗颗置安危于度外的至美之心。

公安、武警、消防、交通、百姓……上下齐心，睿智应对。

在24小时之内，受困灾区的6万多名游客零伤亡安全大转移，神奇的九寨，大爱缔造了如同电影大片般的奇迹。

生与死的涅槃，澄澈流淌的爱，冰心的九寨沟人……这既是凉薄里的温煦，更是无以复加美丽的九寨祥云……

---

*　陈新，四川省南充市嘉陵区大通镇人，中国作家协会会员，成都文学院签约作家。

山水起伏，万众聚焦，九寨沟不愧是人间天堂，阳光也总是像母亲的手一样慈柔地抚摸着这个神奇的世界。

虽然季节更迭，枯荣之间有如万仞绝壁，但祥云瑞气，却始终似彩虹凌空，同时又驻留在人们的心中。

那么，什么是九寨祥云呢？

是春天的山花烂漫，是夏天的澄澈清凉，是冬天的水墨静寂，抑或秋天的层林炫彩？

其实，九寨祥云不仅仅是旦复旦兮的日月光华，九寨祥云更是雅识经远的——

人间大爱！

第一章：不是舞台剧

2017年8月8日21点19分，九寨沟地震发生，地动山摇，道路垮塌，人亡人伤。旦夕之间，祥和被撕碎，美丽的人间天堂成了堆砌战栗、恐惧与绝望的“孤岛”。

1. 假戏真做的惊悚

“喂，您是杨星吗？”

2017年8月12日，一个号码归属地为广东省河源市的陌生电话，打到正在开会的杨星的手机上。

杨星接起电话，里面传来一个女性粤语味极浓的普通话声音。

“您是哪位？”杨星脑海里搜索着这个听上去有几分熟悉的声音，却怎么也想不起来。

对方语气急促：“我叫刘雪妹，还记得吗？”

“刘雪妹……”

杨星仍没想起这个叫刘雪妹的人到底是谁。而且，她怎么有自己的电话号码呢？

“您记不起我了？8月10日那天，有一个在九寨沟县城黄浦酒店发脾气的广东妹？您还给了我您的手机号码呢。”

“哦……”

听了这个自称叫刘雪妹的人的自我介绍，杨星心里顿时一激灵，紧张得手也抖了一下：“刘雪妹”难道是来找麻烦的？

她原本紧绷了几天刚刚有些松弛的神经，又蓦地紧张了起来，思绪回到两天前刚刚过去的时光里……

成都，上海，或者北京、广州，八月的阳光炽烈依旧，但这里却已然温柔款款，洋溢着秋波潋滟的少女的魅力。

这个时令，是它的黄金季节。天空湛蓝，苍穹如洗。絮白的云，恬淡地装点在天空，与山峰之间是那么亲近，或缠绵，或相依，或情随左右，或明澈着幸福。

这是2017年8月8日，层层叠叠的情感，以及层层叠叠的倾慕，从五湖四海而来。层层叠叠的爱美之心，舒展着层层叠叠心灵的浓香。

亦如昔年，夏天的别具一格的清凉与葳蕤，连缀着秋天丰富的多彩，还有从童话里流淌出来的玄妙的水，都如阳光吸引着成长。

是的，这里是九寨沟，迷人的景色令人叹为观止的九寨沟。

据统计，这一天，仅进景区的游客便有3.8万多人，还有2.8万多人住进沟口一些宾馆或客栈里，以便第二天能够乘着曙色熹微，将自己融进秀美的风景之中。

虽然这里位于大山之中，但沟口所在的九寨沟县漳扎镇却繁华异常，这个如一条玉带秀美地铺陈在崇山峻岭之间的镇子，在夜幕降临之后却灯火辉煌，宾馆、酒店林立，食肆、商店栉比，来自五湖四海的游客们像闲逸的游鱼，或行或停地享受着这条空气清新的沟里特立独行的时光。

夜幕之下，还有一部分人去九寨宋城景区游玩，或者观看大型实景歌舞演艺节目《九寨千古情》。

宋城景区位于九寨沟县漳扎镇上，距离九寨沟风景区检票口大约 7 公里，每天 15：30 开门。多少游客在结束九寨沟景区的游览后，又来到宋城，感受九寨沟厚重的历史与华丽的演出。因为宋城景区有许多有意思的小演出，像土司招婿、赛装节、酒鬼闹街，等等；游客还可以参与和俊男靓女的互动狂欢。除此，也有鬼屋、隐形房子、倒屋、3D 画等比较刺激的游玩项目。

而宋城里的《九寨千古情》表演，一天有三场，时间分别是 17：30、19：30、20：30，表演节目的演员很专业，舞台效果相当震撼。

《九寨千古情》分为《九寨传说》《古羌战歌》《汉藏和亲》《大爱无疆》《天地吉祥》几幕。在 1 个小时的演出中，300 位演员、360 度全景演出、400 套舞台机械与观众全方位互动，声光电色的炫美、上天入地的玄妙，打破了艺术类别的界限，撼动着观众的视听神经。

天上仙女色嬷，因羡慕人间的美景而与众姐妹偷下凡尘，缘聚勇敢而彪悍的达戈等藏族青年后互生爱恋，并乐不思归。无奈触犯天条，天帝一怒把色嬷和达戈变成了两座雪山，把色嬷的姐妹变成了海子，把其余的藏族小伙变成了九个藏寨。从此，雪山、海子、藏寨相依相偎永不分离，缔造了九寨沟这个人间天堂。

这是《九寨千古情》中《九寨传说》一幕的内容。

优美而神秘的藏羌歌舞，穿越时空，来到盛世大唐，文成公主与松赞干布之间的美好爱情感动天地，颂扬至今。

这是《九寨千古情》中对《汉藏和亲》内容的呈现。

在这几幕剧中，尤为感人的是《大爱无疆》那一幕。这幕剧表现的是汶川大地震发生后，人民军队如何抗震救灾的故事。剧场中的观众能身临其境地感受山峰移位、河水断流、路裂桥塌、房倒墙垮、尘烟蔽日的惨烈。

汶川“5·12”地震，大自然以万劫不复的狰狞，毫无怜悯地践踏生灵。尽管时光涓涓流逝，那场8.0级地震中，近7万同胞生命逝去的恸，在人们的心中，从未淡忘。

地震无情，爱心不灭。生死不离，大爱无疆。

《大爱无疆》再现沉痛的记忆，是为了彰显中华民族在灾难面前的凝聚力和顽强不屈的精神。

曾经的崩塌令我们窒息，曾经的切肤令我们扼腕，曾经的离殇令我们动容，曾经的悲怆令我们泪奔；但泅渡苦难的河，也让我们看到了可歌可泣的人间大爱，看到了波澜壮阔的英雄史诗，看到了经天纬地的民族气节，看到了锦绣河山的不屈再现……

这是2017年8月8日晚上9时许，这是《九寨千古情》当天晚上的第三场。《大爱无疆》即将上演前，主持人曾提醒观众，为了还原“5·12”汶川大地震的现场震感，让观众们充分感受到爱的真切含义，此幕剧会有令人震撼的“地震”特效，比如观众的椅子会随剧情的发展而摇晃或抖动，请观众们不要惊慌。

主持人话音落后不久，“地震”效果就来了。

高科技5D实景演绎，重现了灾难发生后动人的部分场景：山崩地裂、房倒屋塌、人亡人伤，整个剧院和数千个座位强烈震动，3000立方米的大洪水倾泻而下……

“哇！真是太精彩了！太真实了！”

最令人感动的是，舞台上的演员在演出的过程中，竟然也如地震真实发生那般歇斯底里地向观众大呼：

“地震了，大家快跑呀！”

“可怕的地震真的发生了，大家快跑到安全的地方去啊！”

真乃身临其境！随着房屋崩塌、山体垮滑、山石滚落的背景音乐摇摆的椅子，晃来晃去的吊灯，“吱嘎”响动的剧场顶棚，加上舞台上演职人员真情慌乱的呼唤，现场的观众感到既刺激也心惊。

这由高科技与舞台艺术联姻的视觉盛宴，让观众们觉得太超值了！

魏庆凤也在这种兴奋与刺激中一边护着孩子，一边抖动头上的尘土，并期待着接下来的剧情发展……

同一时段，强烈的刺激，也在另一个地方紧张地进行着。

进行之地是在 500 多公里外的马尔康，那里进行的不是演出，而是格斗，杨星被其精彩却又颇为残酷的格斗场面深深地吸引着。

美丽的山城马尔康，秋高气爽，景色优美。

这里是嘉绒圣地、锅庄故乡、长征驿站、避暑天堂。

早在新石器时期，马尔康就留下了农耕群落的印记和原始锅庄的舞步。这里也是有着五千年历史、璀璨绝伦的哈休文化发源地，是嘉绒藏族文化腹心地，长江上游最佳生态宜居地和中国西部重要旅游目的地。

8 月 8 日，中国顶级无限制综合格斗赛事——武林笼中对，首次在马尔康市举行。宜人的气候和丰富精彩的节会活动吸引着游人纷至沓来。

武林笼中对，即武林笼中格斗，是指两名对手在一个八角形的围笼里进行的武术比赛。格斗时双方除了不许挖眼、不许打裆、不许啃咬之外，可以通过任何招数进行搏击，直至将对手打倒认输为止。这种搏击是世界上最血腥最残酷的格斗运动之一，但近年来经过不断修改规则，已经变成了体育项目。此次武林笼中对首次走进藏区，得到了四川省阿坝州人民政府以及当地体育局和旅游发展委员会的大力支持。

本次赛事融合了中国、俄罗斯、日本、塔吉克斯坦、吉尔吉斯斯坦、乌兹别克斯坦、巴西 7 个国家的参赛选手，这不仅是一场比赛，更是一个以“综合格斗”为交流形式的平台。

当晚 7 点，赛事在歌舞表演中拉开序幕。继而，一场场惊心动魄的拳击角逐刺激着台下观众的神经，选手们紧张搏击，观众屏息凝视。赛场沸腾般的喧器掩盖了其他声音。

21：24，怕漏接重要的电话，应邀观看比赛的杨星下意识地看了一下手机，结果发现有许多未接电话未读短信。诧异之际，一个电话又打了过来。接通，电话那头传来急切的话语：“九寨沟……”

九寨沟是个美丽的词，又是一个十分敏感且易于激起人兴奋的词。因为九寨沟风光绮丽，谓之人间天堂。它不仅是世界自然遗产、国家重点风景名胜区、国家 AAAAA 级旅游景区、国家级自然保护区、国家地质公园，它也是处于崇山之中的九寨沟县的重要经济来源。

听到“九寨沟”三个字，却又未听清对方说什么，在猜度不出意思的情况下，杨星连忙问：“九寨沟怎么了？九寨沟怎么了？”

……

九寨沟声名在外，多少人梦寐之事，便是一生能去感受一下这里天堂一般的自然造化，享受一下人间绝无仅有的美景。

为了纪念结婚 10 周年，李雅、况永波夫妇前往九寨沟旅行庆祝，还特地挑了九寨天堂洲际大饭店套房。

况永波是四川德阳人，李雅是河南人。平常，况永波在浙江省宁波市工作，李雅上班的地方则在新加坡。不过，距离，使思念变得更加浓稠，夫妻俩感情很好。

2017 年 8 月 8 日，相亲相爱的他们来到九寨沟，计划在九寨天堂洲际大饭店住两天，并好好观光一下九寨沟美丽如画的风景，然后坐飞机到上海，再各自回到工作的地方。

鲁强，也是被九寨沟的美丽吸引而来的。

鲁强是吉林大学后勤服务集团南岭校区后勤服务中心经理，到九寨沟旅游，不仅是他个人愿望的重要组成部分，也是他与妻子崔宁、女儿鲁虹汐一家三口的夙愿。

2017 年 8 月，鲁强从吉林出发，带着妻子和女儿开启了美好的夏季之旅，未曾想这次旅行让他们终生难忘。

8 月 7 日晚，他们一家三口抵达了“童话里的世界”、具有“人间仙境”之称的九寨沟景区，并入住九寨天堂洲际大饭店。

这是一家很有特点的五星级酒店，坐落于原始森林里，掩映于崇山峻岭中；融绮丽风光与藏羌风情于一体；能让客人沐浴毫无修饰的绿与美，感受一尘不染的纯与净。

饭店的大堂尤其别具一格：雅致的小桥流水、精美的亭台楼阁；成群结队自由游弋的锦鲤，与人类和平相处的野鸭、黑天鹅；以及具有民族特色的精彩歌舞……

山野里的酒店如此豪华而又与大自然零距离，令鲁强不由生发万端感慨：这里真不愧是人间天堂！这才是真正的旅游放松！

在这安逸的未曾设想的酒店里住宿，当晚一夜好眠。

8 月 8 日一早，他们一家三口出发去了松潘县黄龙景区游玩，又被黄龙的景色所震慑。

时值盛夏，黄龙景区的温度书写着四季，从山脚到山顶，一路夏春秋冬。

“仁者乐山，知者乐水”，均能在这里找到最佳答案。

近处，漫山的林木秀颀森然，林中野花芬芳，杂卉幽微。

远观，天穹碧蓝纯净，白云若缎若丝，或飘在空中，或挂在山腰。

更远，则有雪山直插蓝天，在阳光的照射下，将皑皑白雪的纯洁放大到极致。

而缭绕雪山的那些丝状的云，又如曼妙轻纱，或透或隐地写意着雪山的壮美与神秘。

从下往上，山脚暑气依稀，山腰春华若梦，再上秋色迷离，而山顶则数九寒天。

当然，黄龙的美丽岂止一日之内的四季领略，还有更美的水，以及无与伦比的水色。

湖蓝、橘黄、赭红、草绿、乳白、青灰……大如池塘，小如脸盆，或深或浅错落有致的池子，从山顶一路铺到山脚，而且池池相连，层层向下，水珠溅玉，溢彩流金。日光下彻，影布水底，涟漪摇影，波光曜然。

那雪山，便是岷江之源雪宝鼎。而黄龙丽景，则是雪宝鼎山上的万年积雪融化之后，淙淙而下柔美的写意。

黄龙景区，与其说是自然界的风景，不如说是巧夺天工的盆景，因为五彩如霓的一个个池子里，还有疏落清逸的天然植物，在潺潺的流水中怡然淡雅地生长着。

这色彩斑斓而又温婉的水景，进入眼帘是那么熨帖，虽然气温只有 10℃左右，但别致妙趣的一切，却令人感觉不到寒意。

听说九寨沟的景色比黄龙有过之而无不及，因而鲁强一家三口饱览了整整一天人间仙境般的景色后，心中便对第二天将去的九寨沟景色充满了期盼与向往!

天色渐暝，乘兴而归。

返回九寨天堂洲际大饭店后，他们在大堂演艺广场美美地饱餐了一顿。

回到房间，换好泳装，又去游泳池游泳。

20：50，游完泳的一家三口回到房间，在鲁虹汐去卫生间洗澡之时，鲁强和崔宁躺在沙发上，回味白天饱览的景致，感慨连连，并拿起手机，将黄龙景区的美丽分享到朋友圈。

继而，鲁强站起身走到书桌旁准备端起水杯啜饮的时候，猛然觉得脑袋晕了一下，好像饭店地板也轻微地动了一下，或者有一双诡异而又无形的手抓住他的腿摇了一下。

他很奇怪，是自己太累，感官迟钝产生了幻觉?

没有!

正在他讶异及疑惑的时候，饭店的地板开始了强烈地横向晃动，而且越来越剧烈。

为了保持平衡，他不得不屈身抓住床脚。

这时房间的灯突然灭了一下，但马上又亮了。

这到底是怎么了？是饭店客房建筑质量不好？要塌了？

鲁强一直生活在太平无事的平原，从未经历过地震，因而这种诡异情形的出现，他并没有在第一时间联想到地震。

但这么强烈的震感，却让崔宁马上意识到了什么。她突然大喊起来：

“鲁强，地震了，快救孩子！”

而此刻，况永波与李雅正在一楼的川菜馆用晚餐，餐桌和房屋突然晃动起来，感觉大地也在颤抖，曾去东京求学10年，经历过日本“3·14”地震的这对“80后”夫妇，在第一时间就意识到地震了……

2017年8月8日傍晚7时许，九寨沟的天空乌云密布，眼看暴雨将至，家住九寨沟县城、在县司法局上班的李春蓉连忙赶回家。在等待丈夫与儿子归来的时候，她打开电脑写起了与自己家族有关的非虚构小说。

李春蓉的儿子龚世如是成都文理学院文学院的大学生，放暑假回家后，经常与文友一起聚会切磋写作技巧，所以回家的时间比较晚。

李春蓉的丈夫龚学文是九寨沟县副县长，平常总是忙于公务，回家的时间也没个定时，她平时一个人习惯了，爱好写作的她正好可以看看书，写写东西。

夜里9时许，龚世如回来了，见她正写小说，便凑过来看。

母子连心，再加上同爱缪斯，所以只要论及文学，便有着说不完的话。

就在此时，大地深处突然发出一声巨响，如巨大的气球爆裂，令人惊悚莫名。

继而，地底下像有一双巨手，把房子托起来，又放下去，又托起来，又放下去……一上一下的运动，将家里箱子、柜子、桌子上的东西抖落一地。将人也抖得站立不稳，抖得像笼中鸟一般扑腾。

在大地将房屋玩弄于股掌之中的时候，电灯，也像被吓住了一般，突然熄灭了。

天与地，顿时陷入了令人恐慌的黑暗之中。

“地震！地震了！”龚世如拉起李春蓉就朝他们家主卧室外的阳台跑去，边跑边喊：“妈妈，怕房子塌了，阳台上安全些！”

李春蓉觉得儿子说得对，他们家主卧室位于顶楼，假如房子塌了，站在阳台上的人也不会被楼板压着。而且顶楼的阳台没有遮挡物，能看见天，也能让人心里踏实些。

关键的时候，还是儿子冷静。

天地一片混沌。这个夜晚，闰六月十七，此时此刻，月亮和星星还未“上班”。屋里，伸手不见五指。黑暗中，母子俩摸不到从卧室通往阳台那道熟悉的门，直到费了好一阵功夫。

好不容易摸到门，忙忙慌慌地打开，正要冲向阳台之时，李春蓉突然想起了什么，一把拉住龚世如。“快拿一个枕头保护头！”

于是他们转身在旁边的床上拿上枕头后，才冲上阳台，并将枕头顶在头上，靠墙站着。

恐惧，不仅仅笼罩着李春蓉与龚世如，这时楼上楼下人们的尖叫声与余震摇得门窗碰撞的声音已混响成一片。

《九寨千古情》实景剧剧情曲折，场面宏大，画面华丽，演出的过程中观众掌声不断。

《大爱无疆》重现“5·12”地震场面时，效果非常突出，椅子狂晃，垮塌声异常逼真……

“太棒了！太棒了！”

观众们有的高声赞叹，有的起身抖动身上的尘土。

“×× 部队集合！”舞台上的旁白洪亮而庄严。

这时候，剧场内的电却瞬间停了。一片漆黑，舞台上的演员们仍在声嘶力竭地大喊与地震有关的台词。约莫过了半分钟，电重新来了，舞台上灯火辉煌。

地震的特效越来越强烈，观众们的兴奋度也越来越高。

但是很快，不少观众感觉到了异样：舞台上，正在歇斯底里吼叫的演员突然没了声音，该上场的演员也没有及时登台；而且，剧场的大门也突然打开了……

每个逃生通道，都有两名工作人员用喇叭高声呼唤：

“观众朋友们，发生地震了，请大家迅速离开。”

“真的发生地震了！请不要慌张，请依秩序出门。”

短暂的呆蒙之后，魏庆凤和丈夫龚武清才相信这世界发生了戏剧般的怪事：地震，从舞台上，假戏真做地来到了身边。

于是他们连忙起身，带着女儿龚喜开始跟在其他观众后面往出口处涌动。因为他们就坐在出口处，所以很快就离开了剧场。

安全地跑到远离危险的空旷地之后，魏庆凤顿然热泪盈眶。

再想到自己的购票经历，曲折的情节，跌宕的故事，不禁唏嘘。

2. 天堂里的晕眩

美景，无人不爱。

除非你抽不出时间。

九寨沟之行，对魏庆凤一家来说，是一个没有句号的情感之旅。

魏庆凤是成都市青白江区一位人民教师，她的丈夫龚武清援藏两年的时间里，没有陪伴女儿出游一次。于是，2017 年 8 月，他们决定利用公休假日，带着女儿龚喜赴九寨沟自然风景区旅行，享受一下风光大片的绮丽。

一家三口自驾游，一路游赏，虽累，也很快乐。

8 月 8 日清晨 7：00，他们怀着欣悦的心情，驱车前往心中的圣景——人间天堂九寨沟。

呼吸原始森林中洁净无尘的空气，享受负氧离子对肺叶的抚慰，沐浴蓝天白云和灿烂的阳光，饕餮绝无仅有的湖景水色，仿佛置身仙境。

坐上干净整洁的观光车，一路向上，直到九寨沟最高景点“原始森林”。然后下得车来，沿蜿蜒的栈道下行，边走边拍照，边走边欣赏：箭竹海、熊猫海、五花海、珍珠滩、镜海、诺日朗瀑布、犀牛海、老虎海……美不胜收。

出沟后，时间已经指向了下午 4：30。久闻实景剧《九寨千古情》好看，他们便提前订了票，并按照原计划去指定地点取票。

遗憾的是，兴致勃勃地来到取票点取票时，相关人士却告诉他们说，他们所订之票因没付订金，已经转售给了他人。

“唉，早知道我们该预付订金啊！”

遗憾地离开售票点，魏庆凤仍念念不忘。

“不着急，时间还早，要不我们再想想办法吧！”

于是，他们仨来到《九寨千古情》剧场对面的扎西宾馆停车后，请扎西宾馆老板帮忙，想办法买一下票。

扎西宾馆的老板听了魏庆凤的想法后说，旅游旺季，真的是一票难求啊！

“就是因为一票难求才找你嘛！”魏庆凤半开玩笑半认真地说，“你们宾馆离剧场这么近，一定认识剧场卖票的人。你给我们买到票后，我们会给你一些手续费的！”

“如果有耐心的话，就请等等，我随时帮你们打听是否有人退票。”老板笑呵呵地说，“至于手续费，我看就算了吧。”

魏庆凤很感动。“太感谢了，只要有票，等等也无妨。但手续费我们会一分不少的。”

“我会努力想办法帮你们买票的！”扎西宾馆老板让魏庆凤留一个电话号码，说如果帮他们买到票后，就给她打电话。

想到演出票不比其他商品，过了演出时间就会作废，魏庆凤在给这位老板留下自己电话号码的同时，提议交些订金给他，说如果买到票就算成票钱；没买到票，到时退给她就行了。

“能来我宾馆找我已经是缘分了，不收订金，但如果我帮你买到票后你们一定要要，不然票钱就砸在我手里了。”老板笑呵呵地说，他去帮他们问问，但不敢保证就一定能买到票。

魏庆凤觉得这个老板人不错。龚武清心里也颇感温暖，并与之聊起了天。

“九寨沟旅游业这么兴旺，你一年起码要赚100万左右吧？”

老板摇了摇头说：“哪有那么好赚钱哦。我是两年前才租下这家酒店的，租金很贵。所以挣不到几个钱，所赚的钱除了房租、水电和员工的工资，只能勉强糊口。”

“不可能哟！游客这么多，哪会赚不到钱呀？”

龚武清想，哪个老板不赚钱啊？如果开酒店真赚不了钱，早干别的去了，谁这么傻会守着不离开呢？

“给你说真话你还不信！外行都以为在九寨沟做宾馆生意很赚钱，其实真挣不了几个，而且风险很大。我宾馆一个房间一年的租金是12500元，80个房间，每年房租就是一百万。你们这个时候看到的是旅游旺季的情况，生意当然不错。但旅游旺季只有几个月时间，过了10月，九寨沟气温下降以后，街上就几乎没什么人了。旅游淡季宾馆的房价很便宜，入住率也不高，各方面开支都很大，运气不好就亏损。”

通过聊天，龚武清得知了扎西宾馆的这位老板姓何。

由于不知道何老板是否真的努力帮他们买票，也不知道啥时才能帮他们买到票，他们便去了一家饭店吃饭，边吃边等。

焦急等待的过程中，《九寨千古情》第一场演出结束了，他们没有得到有票的消息；第二场《九寨千古情》也开始了，依然没有等来有票的消息。

就在魏庆凤有些失望的时候，她的手机响起了来电铃声。电话是何老板打来的。何老板告诉她说，他们要的票买到了，由于是别人的退票，所以三张票并没有挨在一起。

真是太好了！他们一家三口连忙兴高采烈地赶过去。

开心地拿到票时，看到票号分别是6排的66号、68号和8排的68号。还好，虽然不是同一排，位置也不是很好，比较边缘，却是前后排，勉强算是挨着的。

不过，魏庆凤开心的同时，也有一丝担忧：票这么难买，老板一定会加不少手续费吧？不过，她又转念一想，出门旅游就是花钱买消费，就是花钱买罪受，谁叫自己与女儿非要看这个演出呢？挨宰就挨宰吧！

"老板，三张票多少钱啊？"魏庆凤内心打着鼓：手续费可收，但不要收太高了啊！

她想，老板加收票价30%—50%的手续费，还算合理，再高就有些被坑的感觉了。

当然，如果老板加收票面价格100%的手续费，票她还得要。没办法，先前请老板帮忙买票曾信誓旦旦地说过，只要他搞到票，自己就一定会要票的。再说自己与女儿真的太想看这场演出了。但是，如果老板加收票价的几倍作为手续费的话，也许她就会翻脸不要票了……毕竟，不仁与不义是相互的。

想到这些，魏庆凤甚至有些后悔当初请老板帮忙买票时，未将手续费收多少的事与之讲明白。这不是自己给自己挖了一个不大不小的坑吗？

龚武清当时也想，如果老板对票加收的手续费太高，为了不让这件原本美好的事变得不愉快，不让妻女看演出的心情变得不愉快，那就只买两张票，让她们母女去看得了，自己就不去看了，将自己那张节约下来的票钱当成手续费吧。出门不易，快乐是根本。

扎西宾馆的这位何老板满面笑容地打着哈哈："我买成多少钱，你就给多少钱啊！"

"那是多少钱呢？"

"票面是多少钱，就是多少钱啊。"

"不收手续费吗？"

"收啥手续费哟？之前你请我给你们想办法买票时，我不是说过我不一定能买到票，但是如果买到票，也不会收你们任何手续费吗？”

魏庆凤想，这可能是老板礼节性的客套话。不过客套些也比赤裸裸的强，毕竟还有着人情的温暖在里面。“还是要收手续费的哟，你帮了忙，辛苦了，理当得到相应的回报嘛！”

何老板哈哈哈地笑着说：“这就是举手之劳的事，收啥手续费哟。”

这时龚武清也说：“这哪行啊！你做生意的，不赚钱哪成啊？还是要收手续费的，这个我们能够充分理解。”

何老板依然真诚地说：“我是做生意的没错，但我是做宾馆生意的，我赚住客的钱，我又不是票贩子，哪能收你们手续费呢？”

“可是，我们也没在你的宾馆里住宿呀！”

“没住就没住呀，这有啥关系呢？生意不在，仁义在嘛！我说了，这就是个举手之劳的事而已。再说，人与人之间难道啥事都要用金钱来解决吗？”

魏庆凤此时相信这位何老板是真的不收手续费。可是，这却让她的内心又不安起来，这是一种感激的不安。

人家仁义，咱不能见好就收啊！龚武清在付款时，特地在三张票总额的基础上多加了100元手续费，然后递给何老板。但是这位何老板怎么也不收这多出的100元所谓的手续费，双方推来推去持续了好一阵子。

见何老板真心不收手续费，龚武清灵机一动，不再与之推搡。“好吧，好吧，你老兄真是太仁义了，真心感激啊！”

他收下了何老板退回的那100元钱，然后去到何老板酒店里的小卖部买了一包烟。

见丈夫这样，魏庆凤也有些不解，身为医生的丈夫是不抽烟的呀，他今天买烟干啥呢？

但她很快便猜到了。果然，她见丈夫拿着这包烟走到何老板面前。“何兄，手续费你不收，我请你抽包烟总是可以的吧？”

何老板依然不收。

龚武清正色道：“何兄，你我萍水相逢，却对我如此之仁，我心存感激，理当以礼相待。无非敬你一包烟而已，如果你还坚持不收，就是置我于不义了。”

见龚武清态度坚决，何老板才将那包烟收下了，且连声说谢谢。

这时，离《九寨千古情》当天晚上第三场的开演时间还有30分钟时间。

盼来盼去终于盼来了票，20点30分，魏庆凤一家三口的心情跟别的看《九寨千古情》的游客的心情一样畅快，像叽叽喳喳的小鸟般走进了剧场。

看到魏庆凤他们开开心心地走进剧场的背影，何老板也替他们高兴。游客万千，能相互理解，重情重义的人越来越多了，这真是时代的进步啊！

那晚天气清朗，凉风习习，夜空中依稀能见几颗小星星。

旅行社预定的客人已经到了很多，再等两车客人到来后，就能休息了。想到此，他的心情更加怡然。

扎西宾馆的这位何老板名叫何明庆，四川省西充县人，今年51岁。1984年中学毕业后，他先在一家乡镇企业做小工，后在一个朋友的介绍下于1988年到四川省客车厂从事汽车维修工作，一干就是27年；由于总是打工，所挣不多，家里经济拮据，2015年，他又转行做起了宾馆经营业务。

夜色渐深，何明庆在宾馆的停车场里闲坐，等着预订房间的客人停车入住。晚上9点19分，正准备抽烟的他刚一按打火机的开关，听到的却不仅是“吧哒”一声打火机的响声，还有地下传出的一声巨大的闷雷响声，这个响声令他惊心动魄，脑袋晕眩。

他看到，紧挨扎西宾馆的格桑宾馆因为在搞装修，墙体上的钢架管子剧烈地晃动起来，而扎西宾馆及停车场上的各种汽车，都像人一样跳起来……虽然这一切瞬间让他惊愕，但他还是马上意识到一定是发生地震了！

于是他大声呼喊老婆赵润英把小孙女曦妹从床上抱出来。

大概持续十秒钟左右，大地剧烈的震动感停止了，但整条大街的电也一下子停了，除了车灯闪烁，天地一片漆黑。

怕自己宾馆里所住的客人在地震中出问题，或逃生时发生踩踏，他连忙冲进宾馆，与宾馆保安王勇维持秩序，并大声呼喊："大家不要慌，不要慌！"

"救命呀！快救命呀！"

其间，何明庆听见一楼有女人声音尖细地喊救命，顿时吓得不轻，脑海中瞬间猜测，可能有客人在地震中受伤了。于是逆着正逃出宾馆的人群，向声音发出的地方冲去。结果发现有两间客房的房门在地震中发生了变形，身处室内的客人因打不开房门、无法逃生而惊吓得大呼救命。明白原因后，他连忙叫客人躲得离门远一些，然后用力踹门，将门踹开后，发现这两个房间里呼喊救命的客人，只是受了惊吓，身体并无大碍，他悬着的心才落了地。

一楼的客房房门有发生变形的情况，那么其他楼层呢？宾馆当天晚上已有100多号客人入住呀！想到此，何明庆又奋不顾身地冲向每层楼，跑到每个房间门前敲门呼喊："还有人吗？赶快撤离到宾馆停车场！"

确保每一个客人都已安全逃出房间后，何明庆旋即又冲出宾馆客房大楼，跑向宾馆后面的餐厅，看餐厅里正在用餐的客人，以及服务人员有没有出现问题。

他发现通往餐厅的过道上的围墙已经垮塌了，因而十分紧张：但愿没有人员伤亡呀！

幸运的是，服务员都在，除了十分慌乱以外，都没事。

正在何明庆感到些许欣慰的时候，却忽然发现厨师中少了一位姓李的师傅。去后厨看也没有。这下他着急了，声嘶力竭地大声呼唤："李师傅！李师傅！"

接连喊了好几声，才发现这位李师傅地震时在卫生间方便，地震的发生将他吓坏了，以至于何明庆叫他很多声他都没反应过来。

确保宾馆里的所有人员都没出事之后，何明庆又来到宾馆停车场，看看有没有客人受伤。此刻的宾馆停车场上，拥挤着黑压压的一大片人，人们情绪激动地相互讲述着自己的历险经过，既后怕，也有着大难不死的欣喜。当然，嘈杂的声音中，也夹杂着小孩的哭闹声，女人无助的抽泣和惶恐的哀怨声……

何明庆极力安抚他们，直到半小时后，客人惊慌的情绪才稍有缓解。

非常庆幸的是，《九寨千古情》剧场因为要实景演绎各类特效，房顶使用的是钢架结构，而非钢筋水泥建筑结构，故而没有垮塌；而且，剧场在地震发生的时候，也没有长期停电……因而3000多观众全都平安地跑出了剧场，而无一人伤亡。

非此，这么多观众黑暗与慌乱之中蜂拥而出的话，万一发生踩踏事件，那真是死伤情况难以想象。

跑出剧场，魏庆凤发现外面小店的玻璃残渣、土坯房屋的泥土墙皮都已撒落一地，这才相信是真的地震了，而非仅仅是剧场里的实景演绎。

那时，由于几千名观众都往剧场外的空旷地涌，怕被人冲撞与踩踏，也害怕走散，他们仨手拉手跟着人丛往外移。但移动之时，也不忘一边大声用普通话安抚别人：

“大家不要慌，千万不要慌，我们都能出去，千万不要挤……”

随着他们的喊声，人群中也有类似的呼应。

剧场外，尘烟漫天，嘈杂不安。此起彼伏的是惊魂未定的人们带着哭腔呼唤亲人的声音，以及找到亲人后抱头痛哭的声音，还有导游们声嘶力竭呼唤各自团员的声音。尘埃渐落处，最美的风景，也是伴随着焦急的呼唤而挥来挥去的各色导游旗。

当然，也有冷观世态者，他们或者是新闻工作者，或者是微信狂热者。虽然刚从剧场里逃出来，但他们却站在高处，拿着手机拍照、摄像，记录着这人生中难得一遇的惊险时刻。

透过灯光，魏庆凤发现先前错落有致喧嚣有序的街道上，随处可见断裂的路面、滚落的山石、杂沓的墙皮、破碎的瓦砾、歪歪斜斜地横陈在路面上的各种汽车，以及惊慌失措穿梭来去灰头土脸的人群……此番场景，犹如一场刚结束战斗的战场，颓败、疮痍，呻吟连连。

如魏庆凤一家，女大学生黄楠与母亲在观赏《九寨千古情》的演出时的经历，也喜庆、曲折，并哭笑不得。

黄楠和母亲是2017年8月8日一早从绵阳出发，跟着旅行团去九寨沟旅游的。此次出行不易，她计划了很久，且打算在九寨沟游玩4天。

一路向西，经江油、平武，于当天下午4时许到达九寨沟沟口。按照导游的安排，他们先去酒店将行李放下，简单休息一会儿，然后吃晚饭，饭后看《九寨千古情》演出，看完演出去藏家玩。

这是当天晚上《九寨千古情》的第三场演出。黄楠所在的旅游团有四五十人，跟随团友们走进剧场，她发现看表演的游客有好几千人，虽然座位很多，却无一虚席。她与母亲的位置在贵宾区C区13排，属于中间稍后的位置。

《大爱无疆》上演之前，主持人给观众解读了5D特效的事，因而幕布拉开，演员上场，椅子、屋顶等都震动摇晃起来时，人们除了惊叹刺激以外，也没多想。

但很快，黄楠便看见有个别观众把特效当了真，吓得往剧场外面跑。但她没有跑，这不是演戏吗？那么投入感情干啥？她觉得那些把实景演艺当成真地震的观众真是太可爱了。

不过，这是特效刚出现时黄楠的想法。不一会她便有些费解了：怎么剧场的大门也打开了呢？这也是舞台特效的元素之一吗？

哈哈，为了追求真实，演职人员也真是太拼了！

黄楠仍然无动于衷。她不仅没跑，还继续将剧场晃动的场景、舞台的场景，以及剧场观众仓皇逃跑的场景拍成照片，发到微信里、QQ群里、微博里。

但就在这时，她看到老家的朋友在QQ群问哪儿发生地震了，说震感很强烈。

天！难道眼前的“震感”不是模拟的，而是真的地震了？

于是，她拉起妈妈就朝剧场大门冲去。

她们跑出剧场的时间还算比较早。经历过“5·12”汶川大地震的洗礼，她们被余震折磨过多少次，并在一次次被折磨和恐吓的逃生中积累了经验，因而当时反应比较快，冷静且迅捷。甚至，黄楠的母亲在逃生的途中还不忘拍摄地震的照片。

“妈，这个时候你还拍啥照片呢？快跑呀！”

所幸观众虽多，但逃生之时没有出现横冲直撞的现象，没有发生跌倒、踩踏等次生灾害。

跑出剧场后，黄楠看到导游们都举着旗子，寻找并呼唤着自己旅游团的客人。她一下子看到了自己所在旅游团的导游，到自己旅游团大巴的旁边，静候同团游客的到来。

到安全地带后，黄楠想给远方的亲人打电话报声平安，却发现电话已经打不通了。正在她为此沮丧的时候，却发现手机还有网络信号，便打开微信，在微信群里发送了自己平安的消息；同时也给父亲发了语音信息，说她和母亲虽遭遇地震，却都平安无事。

这天晚上，来自五湖四海的人们之间没有生疏感，只要见有谁的手机能通话，便向其借来给自己的至亲打电话报平安。

死里逃生，当属大幸。不过回想刚刚的生死经历，多少人却惊魂难定。黄楠也一样，不知是因为惊恐还是天气原因，感觉身上有些冷，又无地方买衣服的她，带着母亲，躲到了九寨千古情景区停车场自己来时的旅游大巴上。

此时的停车场犹如一个庇护所，既停顿着一辆辆沉默包容的旅游车，也安放着不少散客恐惧的心。

令黄楠感动的，虽然停车场哭声不断，议论声不断，恐惧依然在一个接一个的余震中折腾着人们脆弱的神经，但她却看到了第一时间赶来救援的警车、救护车。

3. 祥和被震碎

这是一场假戏真做的恐惧。

最伟大的导演也无法做到如此大制作。

也许这是世界上唯一动作这么大，波及范围这么广的，由剧场演绎进生活，且没有时间间隔的事件。

魏庆凤一家三口从《九寨千古情》剧场逃出来后，并没有像其他观众那样滞留在剧场前面空阔的坝子上，而是迅速撤离到扎西宾馆停车场，打算去车里待着。

当天晚上，他们所订的宾馆在100多里外的松潘县川主寺镇，现在地震发生了，而且程度这么厉害，他们猜测这100多里崎岖的山路肯定被堵住了；就算没被堵住，沿途巉岩耸峙，定有山石滚落，也十分不安全，所以决定暂时不离开九寨沟沟口，待天亮之后得知道路的通畅情况再说。

从剧场前往扎西宾馆停车场的一路上，他们仨紧紧地拉着手，生怕分开。但在快到扎西宾馆停车场时，龚武清却对魏庆凤说："九寨沟发生了这么大的地震，不晓得有多少伤员，我把你们送到宾馆停车场后，等会儿我要去这附近的医院看看，帮帮忙。"

魏庆凤舍不得丈夫离开自己，更担心丈夫的安全，但她却理解并支持丈夫："你去嘛，你晓得医院在哪儿不呢？"

"晓得，我们今天从沟口过来的时候，注意到了他们医院所在的位置，离我们这里大概有3公里，等会儿我跑过去。"

扎西宾馆的服务员见他们安全地从剧场逃了出来，关心地问道："天啊，你们回来了？剧场里别的观众安全吗？有没有死伤的情况发生呀？"

先前还一点感觉没有的魏庆凤，此时却有些后怕了，她颤抖着声音回答说："从我们所了解的情况来看，死亡的情况好像没有，而受伤的情况还不太知道，毕竟有几千人嘛！"

魏庆凤所看到的情况当然是片面的。真实的情况是，广大观众在逃出剧场之时，虽没有出现死亡的情况，但却有《九寨千古情》剧场的员工，在此次地震中死亡了。

就在观众们蜂拥地冲出剧场之后，《九寨千古情》的工作人员却在剧场查勘是否还有人员没有跑出来，有否人员受伤。查勘的结果令人欣慰：剧场虽然零乱，散落了不少游客的食品、饮料、背包、卫生纸等物件，但全部观众都平安地冲出了剧院。

27岁的小伙子杨龙，是九寨沟县漳扎镇本地人，平日负责《九寨千古情》剧场的消防工作。地震发生时，正在附近山上休假的他，看到漳扎镇上的电灯突然熄灭了，《九寨千古情》剧场的电灯也很快熄灭了，心里非常着急。虽然《九寨千古情》剧场有备用发动机，二三十秒后便自动发电恢复了供电，点亮了照明的灯，但他的心里依然不轻松。

灾情面前无休假。他顾不得多想，马上往山下跑，往宋城跑。当他在10分钟之内赶到《九寨千古情》剧场时，看到观众们几乎全都逃出来了，现场虽然哭的、喊的、高声议论的声音混杂一片，却没发现有观众死亡的事情发生，这让他心里稍许好受些。

环顾剧场，杨龙还注意到，剧场进门处雕楼上部所嵌“九寨千古情”的“九寨千”三字被地震震掉了。“九寨千古情”几个字是依附在雕楼所用装饰石材之上的。这些装饰石材是用不规则的石块像贴瓷砖一样贴在主体建筑上的，所以地震之时表面的石块便与内质的水泥建筑体产生了分离，脱落了下来，在地上形成了一大堆瓦砾。

《九寨千古情》剧场共有200多名员工，其中有一部分员工是实习大学生。

2017年7月初，河北艺术职业学院舞蹈系2016级11名学生赴九寨沟参加为期四个半月的演出实训活动，内容为参演大型原生态歌舞《九寨千古情》，学生们每天从16：30至22：00，演出三到四场。

2017年8月8日21时19分，当《九寨千古情》演到《大爱无疆》汶川地震那一幕时，真正的地震来了，舞台上的灯具，设备开始晃动、掉落。

发现假戏成真以后，现场演员立即通知观众撤离，但起初有的观众并不相信，以为是舞台效果，后来在演员及工作人员的再三催促下，观众才相信了，并迅速撤离。

虽然3000多名观众全都成功地跑了出来，但河北艺术职业学院的学生们在撤离时，却有一位名叫刘昕怡的女学生被石头砸中了背部导致昏倒，被其他人背了出来；另一名同学因摔倒导致膝盖软组织挫伤，其余学生均无受伤。

18岁的王亮杰是九寨沟县漳扎镇本地人，2017年刚刚高中毕业，考上大学的他在等待入学前，想锻炼一下自己，便到了《九寨千古情》剧场打工，负责维持剧场后台的秩序。他也经历了《九寨千古情》剧场在地震中观众们撤离那惊心动魄的一幕。

当《大爱无疆》那一幕上演时，随着一句“地震了……”的台词被演员喊出，剧场的电灯就黑了一下，剧场屋顶也开始掉灰。见状，跟王亮杰一起值勤的另一个工作人员连忙对他说：“真的地震了！快叫演员往剧场外面跑！”

待观众们都冲出剧场之后，剧场经理王飞又与员工们一起，自发地冲进剧场查看是否有人受伤，或者吓瘫而未及时跑出剧场；以及去剧场后面的宿舍、地下室、厕所等地方找人，以免余震造成人员伤亡。

随后，剧场各小组在清点员工的时候，发现有一位名叫周倩的实习女工不在。

在剧场后面的员工宿舍里？在卫生间里？在工作间？或者地震后晕倒了？受伤了？

可是找遍了上列每个地方，都没找到周倩。

这个姑娘去哪儿了呢？

大家很奇怪，也很吃惊：因为地震前周倩一直在她所负责的岗位上，为什么地震发生后，她就像从人间蒸发了一般？

员工们再次冒着余震落砖的危险，一个地方又一个地方地寻找，依然没发现周倩的踪迹。

一个大活人说没就没了，也太蹊跷了。

一种不祥的预感弥漫开来。

就在大家琢磨着周倩可能的去向时，杨龙突然意识到什么，便对大家说：“看看这堆垮下来的石块里有没有。”

虽然余震依然不时发生，但有 20 多名保安却不顾自己的生命安全，冲到雕楼下，一边徒手挖刨石块，一边在心里祈祷，周倩千万不要在这堆石块下面。

他们没敢使用工具的原因，是担心周倩真在石块下面的话，使用工具会伤着周倩。

除了保安以外，这时赶过来的武警四川省总队阿坝州支队第十三中队的官兵，也参与了救援。同样是以徒手的方式。

2017 年 8 月 8 日晚，驻地离九寨沟地震震中仅 4.5 公里的武警阿坝州支队十三中队，在地震发生后，30 余名战士迅速集结，奔赴震中，成为当晚第一批赶到震中的救援力量。

得知《九寨千古情》演出场地灾情严重，他们急忙赶了过来，并立即参与搜救工作。

在不顾艰难徒手挖刨这些碎裂的石块的过程中，他们脑子里装的也满是祈祷。

然而，结果却令所有的人失望！

当大家齐心协力地刨开石块后，顿见一个长发女孩面部朝下地趴在地上，女孩身上压着装饰石材制作的“九寨千”几个字，以及几十厘米长的好些水泥块。移开石材和水泥块，人们发现这个女孩后脑袋被砸出一个大洞，血流满地，已经没了呼吸。

这个女孩身体变形，满脸血迹，已无法让人辨别出她到底是谁。

让人们最终确认身份的，是她脖子上挂着有她的名字和照片的工作牌。

她，就是周倩。

这是武警四川省总队阿坝州支队第十三中队参与救援后，挖掘出来的第一名遇难者。

周倩也成了九寨沟地震新闻报道中第一个罹难者。

周倩生于1997年，是重庆旅游职业学院的大二学生，重庆市渝北区人。她这次去九寨沟，是她就读的重庆旅游职业学院安排的实习任务。

与她一起前往九寨沟的，还有同校的20多名同学和带队老师。

在《九寨千古情》的演出现场，周倩负责维持《九寨千古情》演艺中心1号景区观众的进场秩序，以及剧场台上台下的衔接工作。

带队老师对周倩印象深刻。因为周倩在暑期实践中表现非常好，是一个非常敬业的好学生，对待事情认真负责。

地震，岂止让《九寨千古情》剧场和扎西宾馆变成了灾情现场，位于漳扎镇的酒店宾馆，无一不是因之而祥和碎落。

那个猝不及防无情的时间的出现，华丽且高大上的九寨天堂洲际大饭店，像个摇篮般任性地摇摆了起来。

九寨天堂洲际大饭店隶属于洲际酒店集团，位于九寨沟景区附近，建筑面积15万平方米，2003年开业，2007年装修，共有1020间客房，当天晚上共有1130名游客入住。

地震前，住在饭店5号楼的南京师范大学学生曹钰，进入浴室开始洗澡。与他同行的朋友躺在床上玩着手机。两人在九寨沟已游玩了两天，计划第二天一早便坐车返程。

刘海燕则准备带着母亲、妹妹和一个7岁一个5岁的两个儿子去饭店内的天浴温泉中心洗浴，以缓解旅途的劳顿。

当晚21时19分，刘海燕进入了女更衣室更衣，两个儿子则由一位戴着眼镜，20岁上下的男工作人员带去换泳裤。她快速地换着衣服，想早些到男更衣室外接孩子。

“快跑！”21时19分46秒，7.0级地震猝然魔降。刘海燕感到房子猛烈地震动了起来，她边冲妈妈和妹妹喊，边朝男更衣室跑去。刚推开门，人潮就朝她涌来。

刘海燕焦急地喊着两个儿子的名字，却没有得到回应。

地震发生那一瞬间，在浴室内洗澡的曹钰也感到了房子剧烈震动，约两秒后，房间内的电灯熄灭了。隔了几秒，在备用电源的作用下，整个房间的灯又重新亮了起来。

正在床上玩手机的同伴也被剧烈的晃动吓到了，房间内的一个灯罩震落在地，打得粉碎。打开房门，很多住客已慌乱地跑了出来，过道中弥漫着沉重的粉尘。

两人在慌乱中穿好衣服，拿上重要物品迅速跑到了楼下。大约 5 分钟后，酒店工作人员带领 5 号楼的客人来到了相对安全的停车场里。

刘海燕来到被毁容的大厅，担心两个儿子的她焦虑至极。好在不一会，她便看见了正由两个保安看护着的大儿子。保安还脱下了自己的衣服，套在光着膀子的大儿子身上。

她连忙跑过去抱住大儿子，泪眼婆娑地问：“你弟弟呢？”

“妈妈，弟弟也被刚才那个戴眼镜的哥哥抱出来了，很安全的。”

这时工作人员告诉刘海燕，多亏了先前带她两个儿子去换衣服的那位“眼镜”服务生，是他救了这两个孩子。

这位戴眼镜的服务生叫王源，系西藏民族大学旅游管理专业大三学生。2017 年 7 月 15 日，他和同学被分配到此实习。

其实，被王源安全带出的孩子一共有四个。

刘海燕的两个儿子正要换裤子的时候，地震来了。天花板上的水晶大吊灯“啪”的一声砸在了地上，大家吓了一跳，并很快反应过来，且开始往外跑。

当时，更衣室里一共有四个孩子，两个孩子是刘海燕的儿子，另外两个孩子是酒店工作人员的孩子，看起来有七八岁的样子。

王源赶忙把刘海燕的两个孩子往椅子下塞，之后又把另外两个七八岁的小男孩拉到自己身下，用身子护住他们。王源觉得，在地震时最安全的方式就是躲在墙角的座椅下边，并找到水来维持生命等待救援。

但几秒钟后，房子没有塌，晃动也暂停了下来。他迅速地抱起刘海燕的两个孩子，并让另外两个男孩拉着他的衣角朝大厅跑去。

刘海燕的两个儿子加起来有 90 多斤，身体单薄的王源抱着两个孩子跑出 10 多米，便跑不动了。这时，一位和他们一起跑出浴室的大爷接过了刘海燕的小儿子。

来到相对安全的地方，王源将孩子交给了酒店工作人员后，又马上跑回天浴温泉寻找在里面工作的三个同学。找寻未果时，如果不是被其他工作人员拦下，他还会再次进入酒店内寻找同学。

幸运的是，后来，他在停车场里看到了自己平安逃出酒店的同学。

约在半个小时之后，刘海燕又在一位女性工作人员处找到了自己的小儿子。

地震发生的那一刻，同样住在九寨天堂洲际大饭店的鲁强，看见自己所住房间的窗户、门框如同筛糠般颤抖着，“吱吱嘎嘎”地呻吟着；房间里的吊灯着魔般摇晃，像抽风的生命停不下来；立于地上的台灯则像醉汉左右摇晃了几下，然后“叭哒”一声倒在地上；桌上的水果，也像被施了魔法般骨碌碌地在桌上滚过来滚过去，然后一下子滚到了地上；桌上的水杯则“剥剥剥”地跳了一阵踢踏舞后，突然翻倒在桌子上，继而又滚落到了地面……

听到崔宁大喊快救女儿时，有些傻眼的他才猛然回过神来，连忙与妻子冲进卫生间，将鲁虹汐拉出来，给其胡乱罩上一件他的大背心后便向门外跑。

跟鲁强一家三口一样，不少房间里都传出了大人的呼喊声、孩子的哭声，乒乒乓乓开门的声音，以及衣衫不整，甚至衣不蔽体地从房间里疯狂冲出来的人群。

此时的酒店走廊，已经没有了先前的整洁华丽，而是被烟尘弥漫，原来空旷的楼道上不仅有地震时掉落的先前挂在墙上的装饰物，而且有些墙皮也出现了脱落。

走廊上的场景更是慌张忙乱，有住客冲出客房后跌跌撞撞地往东跑一阵子，然后又折转回来跌跌撞撞地往西跑一阵子；有年轻男人抱着自己那已经吓成一团的女人，一边不停地安慰着对方，一边自己也在瑟瑟发抖；有人条件反射般地跑到电梯间拼命按电梯的按钮，但电梯无电他也没有反应过来；还有人双手抱头蹲下去不知想到了什么，马上又站了起来；而更多的人则是惊恐得表情抽搐地站在走廊里，显得茫然而不知无措……

虽然鲁强一家三口也是慌慌张张地从房间里逃出来的，但是他们却并未表现出六神无主的样子，而是直奔消防通道。

鲁强与崔宁都是注意细节的人。他们每次住酒店时都会提前观察消防通道所在位置，并熟记逃生路线，以防火灾等发生时晕头转向。

他们所住房间离左侧消防通道更近，因而，鲁强从房间里逃出来后，推开左侧消防通道的门大致看了一眼，发现有楼下住客正从此通道撤离，便折转身来对同楼其他住客大喊："大家不要怕，更不要乱，快跟我跑，不要坐电梯！我们从左侧消防通道撤离。"

鲁虹汐虽只是个初中生，却十分冷静，看到众多住客慌张无措的样子，便小声地对鲁强说："爸爸，告诉他们不要慌！地震专家说过，大地震后 15 分钟内，余震几乎是不会发生的。"

鲁强觉得女儿说得很对，但当时的气氛紧张，他顾不上表扬女儿。

这时候的消防通道也并非一条坦途，更似一个水帘洞。因为不仅掉下了不少墙体水泥块，而且通道上方的喷淋系统在地震中也已经损坏，大量的消防水从天而降，让楼道变得湿滑，很容易令人跌倒。因而鲁强在引导着人们朝着消防通道逃生的同时，也大声地提醒着大家注意脚下安全，千万不要摔倒。因为有人摔倒就可能引发踩踏事件，影响大家的顺利撤离。

所有人都快速且小心翼翼地从水中穿过，迅速跑到了酒店外面。幸运的是，他们这一批人做到了零受伤。

后来得知，他们当时选择左侧消防通道撤离是极其正确的，因为右侧的消防通道三楼以下部分已经在地震中与楼体剥离损毁。

随着跑出客房的游客越来越多，拥堵在住宿部大楼大门外的人也越来越多，饭店的工作人员大声地指挥大家向饭店停车场撤离。鲁强看到，有好几名饭店员工身上、头发上都是尘土，还有的人手上带着血迹，但他们毫不顾及自己的窘态与伤情，而是全神贯注地疏导游客："大家快点离开这里，不要在这儿聚集，向下走！朝停车场走！注意脚下！在路中间走，不要离路边的树太近！"

通往停车场的路上，灰尘漫天，路边有不少倒塌的大树、路灯及装饰物，还有不少从山上掉落的石块。由于地震发生时，有的游客正在洗漱，或者游泳，或者已经休息，所以好多人跑出来时都只穿着泳衣、披着浴袍、光着脚丫……

鲁强默默地带着妻女，随着人流向停车场走动。刚刚的紧张仿佛掏空了体力，此刻，茫然与无助开始爬上了他的心头：虽然平安地从宾馆房间里逃了出来，可是接下来怎么办？该如何安全撤离？怎么保证安全？

途中，他们碰到了一个身穿泳衣，头发漉湿，身上只披了一条浴巾，光着脚丫的年轻女子。这个女子边走边焦急地自言自语："也不知道他们怎么样了？该怎么找到他们啊？"

说过这句话之后，她看到鲁强一家三口在打量她，便热心地叮嘱道："把嘴捂上，灰尘太呛，容易咳嗽！"

崔宁看她经验丰富，而且带有四川口音，就和她聊了几句，得知她是一个导游，带了20多人的小团到九寨沟旅游，地震发生时她正在游泳，其他团员因分散在酒店各处，她不知道地震后各位团员的安危，因而非常着急。

"我虽然也害怕地震，但是我更害怕我所带的旅游团的团员们在地震发生时出现慌乱。"这位导游对崔宁说，她曾经历过汶川大地震，所以面对又一次地震，她并不慌乱。"越慌乱越容易出事"。

21：30左右，大部分游客都聚集到了停车场上，人群乱哄哄一片，有呼唤亲朋者、有受惊吓而无助哭泣者、有互相安慰者……虽然有些游客受伤了，但是受伤的游客并不多，而且都是些轻微刮擦伤，身体并无大碍。

这段时间，几乎每个人都曾拿出手机试图与外界联络，悲催的是，移动、联通及电信三大移动运营商，居然只有中国电信的手机有微弱信号，勉强能够打个电话、发个短信。

鲁强庆幸自己在地震发生那一刻慌而不乱。他和妻子在逃出酒店时，都把中国电信的手机安全地带了出来，并向远方的亲人报了平安。

见他俩的手机能打通电话，不少人在羡慕的同时，纷纷前来示好，希望借之一用，也给家人报声平安。

于是，鲁强又帮助其他游客编短信，打电话，报平安。

从未经历过的地震令人惊魂未定，幸运的是有惊无险，生命无虞。鲁强觉得同处危难，能助人为乐，不失为一件快事。

不过，有时候帮人也可能引发误会，带来烦恼。这其间，崔宁在用鲁强的手机帮一对年轻夫妇编了一条报平安的短信并署上了女方的姓名，发给他们指定的电话号码后，没过几分钟便接到了一个电话，质疑崔宁刚刚发出的信息的真伪，并要求先前那对年轻夫妇接电话。“我们收到类似的骗子信息太多了，我们凭什么相信你短信里的内容？”

听了这话，崔宁很无奈。“我真的是助人为乐，你没必要怀疑我是骗子。再说了，我所发的短信里没说任何钱物的事儿，你说我能骗你们什么呢……”

崔宁结束通话后，鲁强拍了拍她的肩膀说：“别计较这种得失，自己觉得心安就行了！”

“是呀，我计较这种得失有什么用呢？我现在最关心的是我们下一步该怎么办？今晚怎么过？谁能来救我们？有没有人来救我们？”

崔宁苦笑着说。

妻子的话让鲁强不知该怎样回答才好，因为他也很茫然。

“吉人自有天相，就这样等着吧。”崔宁叹了一口气，像是自言自语。

然后又叫鲁强去给女儿找个东西坐一下。“不能一直站着啊。大人没事儿，孩子受不了！”

“好的，我去找找看！”

鲁强站起身来，四处打望。

他看到停车场后侧有一排平房，好多人从里面取出汽车轮胎、破旧棉被、椅子什么的，他猜那儿应该是酒店堆放废弃物品的地方，便也往那儿走，企盼能找个物件给孩子当凳子坐。

见状，在原地搂着孩子的崔宁冲鲁强喊道：“千万别让他们因为点儿东西抢起来啊，你躲着点儿，注意安全！”

后来鲁强找出一个汽车轮胎、一个破的塑料大盆和一条白色的床单，用床单给鲁虹汐围上取暖，让她坐在大盆里，崔宁坐在轮胎上，搂着女儿，以免女儿冻着。

夜色渐深，穿着一条泳裤，披着一件浴袍，站在地上望着两边的大山，鲁强心里倍生感慨：这就是患难与共啊！但他也十分着急：咋办呢？没吃没穿没安全感，未来在哪里啊？

同样的地震考验，患难与共的还有另一对恩爱夫妻。

意识到有地震发生那一会，李雅本能地往桌子下面钻。

看到身旁墙壁即将垮塌下来，况永波没有远离灾祸迅速跑开，而是一下子扑到妻子身上，将妻子护在身下，紧紧地搂着妻子。

很快，房屋不摇了，大地也停止了颤抖，但墙壁依然在垮塌。回过神来的况永波抱着妻子，从碎石瓦砾中站了起来，然后手拉着妻子的手朝餐厅外面跑去。

此时，原本漂亮的饭店大堂的玻璃穹顶，已经碎落了一地，气派豪华的建筑变得一片狼藉。只穿着一只鞋，另一只鞋不知所终的况永波脚刚一踏上玻璃碎碴，便感到钻心地痛。

看到丈夫的脚上瞬间流出了血，李雅着急得哭了。“老公，咋办呀？我背你吧！”

李雅身形并不高大，怎么背得动个子高大的况永波呀？

“宝贝，你哪背得动我呀，你快自己跑出去，这里很危险！我随后就出去！”

“不，老公，我要跟你在一起！”

“别说傻话了，你快逃呀！要不我赤脚跑出去！”

正在况永波准备赤脚跑的时候，一只手拉住了他，一个声音传了过来：“兄弟，让我来背你！”

只见一个穿着厨师衣服的男子走了过来，背起况永波就朝大厅外面跑。

这个人是餐厅的厨师长松中书。

就这样，一个小个子男人背着一个大个子男人，拼命地朝九寨天堂洲际大饭店的大堂外面冲去，凌厉的玻璃碎屑在这个小个子男人的脚下发出“吱吱嘎嘎”的声音。

奔跑中，李雅发现况永波后脑勺一片血迹，耳朵、脖子、衣服的领口全是血，她的泪压过了恐惧，瞬间心疼得落了下来。

一阵狼奔跑出饭店大堂之后，看到妻子满脸是泪在哭泣，况永波心疼地问：“宝贝，你没事吧？有没有事？”

“亲爱的，我没事，可是你有事啊！你的头都被石头砸破了！”

李雅说着小心翼翼地看起老公的后脑勺来。“让我看看你伤到哪儿了？”

况永波开玩笑地说：“我受伤了吗？没有！那是餐桌餐盘里的汤汁！”

“天呀！你的头被石头砸出了一道10厘米长的口子，正鲜血直流呀！”

听妻子这么一说，况永波摸了一把后脑勺，发现湿漉漉的全是血，才感觉到有些痛。不过，他依然很镇定。“宝贝，没事的，我都能带着你跑出来，能有啥事呢？再说了，我受点伤，流点血没什么的，只要你没事！”

丈夫的话让李雅大哭起来，她一把抱住况永波。“你傻呀！我知道你爱我，但我永远不愿意用这种方式知道！我宁愿不知道你这么爱我，也不愿我们遇险，也不愿意你受伤！”

“哎呀，兄弟你真的受伤了啊！”

这时松中书也发现况永波的头上不仅有饭菜的汤汁，而且也真的受伤了，血正往下流着。

于是，他解下自己身上的围裙，帮况永波按住伤口止血。

这位善良的厨师，用围裙给况永波绑住脑袋上的伤口后，又迅速折返饭店大堂，去搜救别的游客去了。临行前，他对况永波夫妻说：“你们快跟大伙儿一起到停车场去，那儿安全！”

“好的，大哥，谢谢您！”

…………

节选自四川人民出版社 2018 年 8 月《九寨禅云》

晃晃悠悠船老大

赵德发*

百年前的一个凌晨。鲁东南的一个渔村。

一弯下弦月从东方升起，给正在涨潮的大海洒下点点银光。

村边海滩上，停着一艘艘渔船，船上船下人影幢幢，有许多个光点乍明乍暗。这是下海的人收拾好了渔具，在抽着烟等待潮水。

渔村静静地卧在沙滩的尽头。村里的鸡叫声此起彼伏："勾勾喽——""勾勾喽——"

鸡鸣间隙，忽有女人的哭叫声传来。下海的人们竖起耳朵听，边听边问："这是咋啦？"

有人听明白了："是谁家要生小孩。"

他们听着一声声鸡叫，听着女人一声声哭喊。他们想象公鸡打鸣时昂首雄起的样子，也想象大肚子女人临产时的种种折腾。

又一声鸡叫响起来，"勾勾喽——"就在那只公鸡底气十足，将后面的"喽"声拖得长而又长时，一声婴儿的啼哭声传来："哇——"

有人高兴地道："小孩来了。"

---

* 赵德发，1955年生，山东省莒南县人，中国作家协会全委会委员、山东省作家协会副主席、山东省作协小说创作委员会主任、日照市作协主席。至今已发表、出版各类文学作品700万字，大量作品被转载并获奖。代表作有长篇小说《缱绻与决绝》《君子梦》《青烟或白雾》《双手合十》《乾道坤道》《人类世》，以及长篇纪实文学《白老虎》等，出版有12卷《赵德发文集》。

有人哈哈一笑:“如果是带把儿的,准是个好样的船老大!”

这时,潮水涨到船边,船老大吆喝伙计们上船。大家把烟袋杆儿在手掌上磕磕,磕出一簇簇火星子随风飘散。

渔船漂浮在水上,小伙计喊起撑篙号子,将船撑离原处。接着,其他几位伙计唱响了张篷号子,一边唱一边奋力扯动篷绳。等到篷在桅杆上张成大鸟翅膀的样子,船便借助风力,以更快的速度向海里驶去。

第二天,一些船满载而归。接海的女人一边手脚麻利地帮忙卸鱼,一边绘形绘色地说着新鲜事儿:昨天谁家生了个男孩,是在鸡叫声里落地的。

船老大点点头:“嗯,是干我这一行的。”

若干年之后,那个男孩果然成了一名优秀的船老大,带船闯海,出生入死。

各位读者请海涵。上面这段描述,来自我的想象。

虽是想象,却有依据。我20年前在海边采访,一位渔民亲口告诉我,如果渔家有男孩出生,生在鸡叫声里,他长大之后就会是个船老大。那只大公鸡叫出“勾勾”之后,将脖子压低、前伸,终于唱完那一声“喽”,再把脖子扬起、把头抬起时,这时如果有男孩出生,他就是船老大里拔尖的。

对这个说法,我曾向另外一些渔民求证,有人首肯,有人否认。否认的人说:没那回事。管他是什么时候生的,只要有本事,就能当上船老大。还有人反问我:现在有闹钟、手机了,不用鸡打鸣了,难道女人就生不出船老大了?

我想,沿海一带之所以有那个说法,无非是想说明船老大的来历不凡。

船老大,是渔民中的佼佼者。他负责一条船,是全船人员的灵魂,是向大海开战的将官。这个角色,非一般人所能胜任。

一

采集,渔猎,是史前人类的主要谋生方式。

采集,有的在陆上,有的在水边。古人习惯于逐水而居,在采撷植物果实的同时，也捡拾水边贝类，破壳食肉。由于捡拾的地点较为固定，丢弃的贝壳相对集中，渐渐积成大堆、积成长堤。这种贝壳堤、贝壳堆，至今保存在世界的许多地方。在龙山文化遗址之一的日照东海峪，就有典型的一处，它厚达二三十厘米，与大量陶片混杂在一起。捡一片贝壳瞧瞧，仿佛还能嗅到一丝远古的海鲜味儿。

人心不足蛇吞象。我们的老祖宗不满足于捡食贝类，将贪婪的目光投向了鱼虾。于是，用手捉，用木棍打，用骨质或角质鱼镖去刺，用荆棘做成鱼钩去钓。进而，还用麻绳或丝线结成网子，放入水中捕捞。我在许多博物馆见到史前人类制造的石网坠、陶网坠，想象那些涉水操网者的劳作，似乎能感应到他们觅食的急切和收获的喜悦。

人类学会制造木筏和船只之后，更是借助于这些工具，驰骋于江河湖海，享用更多的新鲜水产。此时，发明了文字的汉人祖先就专门创造了一个“渔”字，从水从鱼，将一种职业正式确认在中华文明史上。

我 1991 年到日照工作，次年曾在一家海水养殖场挂职半年，后来又在石臼、岚山一带采访过许多渔民。身为农家子弟，我对海边的一切感觉新鲜。我发现，农耕文明和渔业文明，真是完全不同的两大系统，一类人从土里刨食吃，一类人从水里讨生活。我在土地里滚大，深知“打庄户”的不易，到了海边，方知渔民更苦更难。

我参加过一次“拉笮”。那是较原始的一种捕鱼方式。我们抬着 12 个人才能抬起的一张大网，到海边放到一只小船上，留一根网绳在岸。3 个渔民开船，到海里撒网，兜一个大大的圈子，回到几百米之外的另一处岸边，将另一根网绳抛上来。我们几十个人便分成两队，在两边往岸上拉网。大网沉得很，须弯腰弓背用上全身力气，每迈一步，都会蹬出一个深深的沙窝。老渔民带领我们喊起了号子：“嗨呀！嗨呀！鱼儿来！鱼儿来！”喊着号子，踩着同一的步调，我们将网慢慢拉出大海。我听他们说，在过去，拉笮的人是光着屁股的，图的是干活利索、节省衣裳。一听这“拉笮号”，女人自会躲避。我想象那些光着屁股步步负重的前辈渔人，真真切切体会到了他们的艰辛。

拉笮，其实是在岸边捕鱼。过去有些渔民置不起大船，就用这种办法。还有的人，连小舢板都没有，只好拉“鸡毛翎网”：这种网并不是网，是一根长绳，上面隔一拃远便拴上两根鸡（或鸭、鹅、雁）的长翎。两个人扯起这根美丽的绳子在浅水里飞跑，一边跑一边“嗷嗷”大叫，将那些遭受惊叫的小鱼，赶向同伙早已在海沟里张起的网子。

更多的渔人是乘船出海，或垂钓，或下网。他们长年经受日晒风吹，人人肤色黝黑。他们从事高强度体力劳动，个个肌肉丰满。他们在风声涛声中说话，都练出了一副大嗓门，一发音就是高分贝。他们要在颠簸着的船上站稳，恨不得像树木一样扎出根来，久而久之，10 个脚趾会大大张开，难以并拢。每当出海归来，一踏上坚实稳定的陆地，他们会不同程度地出现“晕岸”现象：脚步踉踉跄跄，身体晃晃悠悠，要过一会儿才能适应。

在刚刚上岸的渔民里面，你会发现有这样的人：他脚步不稳，但目光沉稳。他身体晃晃悠悠，但神态笃定安详。他有一种气场，会慑服周围的人，谁见了谁会恭恭敬敬叫一声“老大”。他有一种气概，让那些“旱鸭子”以及接海的女人纷纷投去崇拜的目光。其中一些，是“公鸡中的战斗机”，上岸后大声说笑，大声放屁，大碗喝酒，大口吃鱼，将海滩与码头变成了他展现豪迈人生的舞台。

这样的人，就是船老大。

二

20 多年前，我随一位船老大出过海。他那天要带人按惯例去起网，我问他可不可以跟着看看，他慷慨答应。

以前日照渔民捕鱼，主要的方式是下坛子网。他们根据经验，到海里选一个海流经过的地方，打上四根木桩，叫作“打户”。谷雨过后，渔民便在“户”上拴一张大网，大网上拴上两个坛子，让它口朝下以浮起渔网。每当大海涨潮，网口迎流张开，途经此处的水族纷纷入内，小的从网眼里逃走，大的则在网里困住，被按时赶来的渔民起网收走。日照渔民在近海忙活一个春汛，还会跟着鱼群虾群“下北海”，到辽东半岛与渤海湾打户张网。当地一些渔民学习了这种捕鱼方式，称日照船老大为老师。有意思的是，每年去北海，都有姑娘跟着日照“老师”过来，嫁给他们，成就一桩桩姻缘佳话。还有的“老师”认为“北海”鱼多人少，就在那边落户，不再回来，渐渐繁衍成村庄，让独特的日照乡音代代传承。

那天我们出海，是在一个晴朗的春晨。4 个人乘一艘 40 马力的渔船，从岚山渔港出发，向太阳升起的地方疾驶。海风带着腥气从我耳边掠过，报告着鱼汛的到来。“海猫子”（海鸥）边叫边追逐船只，看甲板上有没有鱼虾可抢。那位姓张的船老大掌着舵，不时回望岸上的标志物以校正航向。

我们跑了半个多小时，后面的海岸早已不见，只露出几座山头，前面却出现了一个让人惊异的景象：似乎有许多人在那里泅渡，一个个脑袋载沉载浮。我知道，“大网行（háng）”到了。近前看看，果然是一个个底朝天的坛子，还有一根根露出水面的木桩。有好几条船已停在那里，船上的人都在忙活。

老张让船靠近他的网地，将机器停掉，指挥两位船工起网。他熟练地使橹，让船靠近网囊，一位船工提一根长篙，迅速钩起网绠，另一人伸手抓住。他们二人一起提上网囊，拽开底部的活结，将鱼货倒进甲板上早已摆好的塑料筐。有一些鱼没有倒进筐里，在甲板上活蹦乱跳，招致船老大的一顿臭骂。两个伙计一声也不敢吭，将网囊重新扎好，扔进海里，又蹲下身去收拾鱼货。

这时候，我晕船了。渔船开着机器行进，基本平稳，一旦停下，浮沉幅度很大，我就觉得恶心欲吐。好在，起网作业很快结束，老张又发动机器返航了。

回到渔港，他老婆与几个帮忙的渔家妇女分拣鱼货，老张则坐到一边抽烟休息。我与他交谈起来，请教一些问题。我问他，去大网行，白天能看到岸上的标志物，夜间靠什么指路？他说，靠星星。我问，如果是阴天呢？他说，凭感觉。

好一个“凭感觉”！这正是船老大的过人之处。黑漆漆的夜，黑漆漆的海，他们竟然凭着感觉去十几里、几十里之外的海里找到自家网地，就像老农民到自己的地里干活一样，轻车熟路，来回自如。这个本事，让我由衷赞叹。

我听说，过去开“黄花船”的船老大更是厉害。

那时，位于盐城至长江口东部海域的“吕泗洋”是著名渔场，每年一次的黄花鱼汛，引得日照渔民纷纷前去捕捞。因为要去几百里甚至千里之外，都用载重10多万斤的大船。那种船被称作“黄花船”，一般人家造不起，只有那些有实力的渔行才行。在日照的涛雒、栈子、石臼等海口，过去每到阳春三月，便有一条条四桅或五桅大船在鞭炮声中起航，升起篷帆，向南方而去。那些五桅船巨大而威武，桅杆上都贴了红纸，分别写着："大将军八面威风""二将军前部先锋""三将军随后听令""四将军一路太平""五将军马到成功"。他们到了吕泗洋，加入千船围捕之阵，将一网一网的黄花鱼倒入船舱，撒上盐，直到黄花汛结束才回来。黄花船共5个舱，如果有4个舱装满，就是重载，回港时要插“重旗”，将一面红旗插上大桅杆。这样，一来是向岸上人报告丰收喜讯，二来让家人早做准备，多雇人接海。万顷碧波之中，飘着红艳艳的“重旗”，是那时候海边人心目中最美的风景，会引发一阵阵热烈欢呼。

“黄花船”只干一个春季，夏天检修，秋冬季节则搞运输，来往于青岛与长江口之间。每年的第一趟运输，是从贩运莱阳梨开始的。在青岛沙子口港装上一船，“装上梨，不问天”，天好天孬都得走，因为梨容易坏，不能耽搁。到了苏南，奔向各个码头，火速出手。有时为了找到好的买家，还要雇人拉纤，进入内河。卖完这一茬梨，再把山东的花生油、生猪、白菜之类向南运。从南方回来，则装崇明布、桐油、猪血、红麻等货。猪血，是北方渔民用来“血网”的，新结的渔网要放在猪血里煮，以增加其结实度和对鱼虾的吸引力。

在下“南洋”的航程中，船老大起着绝对的核心作用，十几个人，唯其马首是瞻。船上的伙计们，在家哪怕是船老大的长辈，是他的亲爹，上了船也要乖乖地服从其指挥。因为，“老大多了船会翻”，如果不是由船老大专权独断，会出各种麻烦甚至重大事故。

船老大，不管是开自家船还是雇给别人，都是因为他有本事，航海捕捞经验丰富，被大家公认。据说，船老大看看风向，看看云状，便知未来几个小时天气如何。他听听船头水声，便知航速多少，到达目的地需要多长时间。他看看海水颜色，尝尝海泥味道，便知已经到了哪个海域。他爬到桅杆上望望，或用空心竹竿插到水里听一听，便知有没有鱼群，是什么鱼种，鱼苗是厚是薄。所以，一个有经验的船老大，七老八十也是宝。据说，过去有一位船老大，年纪大了，眼睛瞎了，还是被人抬到船上发号施令。有一回海雾很大，船老大睡了一觉，起来闻闻海风，说船跑偏了，快到日本了，伙计们急忙调帆转向。跑了一段问船老大，现在到了哪里，老大让他们捞出一点海泥，他尝了尝说，到长江口了。过一会儿，大雾消退，崇明岛果然遥遥在望。

我 20 年前，就欣赏过日照渔民唱的“满江红”。这种民间小调，旋律婉转、古朴典雅，有“细曲”“雅歌”之称。过去，渔民从海上满载而归，便与亲朋好友饮酒欢聚。酒至半酣，手舞足蹈，忘情欢歌，碗、碟、盅、筷都成为敲打节拍的助兴乐器。1957 年春天，日照县民间艺人参加全国第二届民间音乐舞蹈会演，唱的就是“满江红”，中央人民广播电台找他们录了音，播放过多次。

我是学过音乐的，一听便知“满江红”不是本地出产，是“舶来品”。因为，它像糯米团一样甜甜软软，吴侬味儿十足。有一曲《梧桐叶落金风送》，唱词如下：

梧桐叶落金风送，
丹桂飘香海棠红。
是谁家半夜三更把个瑞琴弄，
操琴的人全不顾人心酸痛。
才郎出后奴的个房中儿空，
思念那郎君心情倒有个千斤重，

待要奴的愁眉展哎，

除非是奴的个冤家速还家哎早回程！

其实，这只是记录了唱词主干，词语之间还有一些“哎”，一些“呀”，极尽缠绵，与鲁南小调的爽直、纯朴迥然不同。

我了解到过去渔民“下南洋”的经历，便猜出了“满江红”的来历：那是日照船老大从温柔之乡带回来的。他们卸货装货时客居码头，免不了去青楼歌馆寻乐子。那些花枝招展的小姐，那些“手拿碟儿唱起来”的小曲，让他们心旌摇动，就跟着学，跟着唱。回到船上，回到家中，还是念念不忘，哼唱不已，有空就找关系亲密的伙计们唱起来。他们记不清那些曲名，但记得歌楼外江面上那些摇曳多姿红彤彤的灯影儿，于是统称这些小曲为“满江红”。

“满江红”已被山东省列为第一批非物质文化遗产，被文化部列入第二批国家级非物质文化遗产保护名录。

“满江红”承载了日照船老大的一份浪漫记忆，耐人寻味。

三

船老大威风八面，偶尔还能来点儿小浪漫，但这只是他们光鲜的一面，而且只是这个群体当中一小部分拔尖者才能享受的荣耀与待遇。绝大多数船老大，即使胆识过人，本领超群，却依然是地地道道的渔民。他们终日面对动荡不安的大海，奔赴吉凶难料的前程，过着含辛茹苦的生活。

日出而作，日落而息，是农民的习惯。但渔民不一样，过去要看潮水行事，尤其是下坛网的，每天都要根据潮涨潮落安排作息。他们要在潮水涨起时出海，在平潮时到达网地作业，在没有钟表的年代，很难睡一个安稳觉。尽管家中老人或妻子会“值更”，晴天到院里看三星走到了哪里，阴天在屋里点上香看烧掉了几根，时辰到了就把下海的人叫醒，但下海的人还是睡不踏实。尤其是船老大，要惦记这惦记那，唯恐盘算不周，出现差池。

那时候下海，人人是两套衣着：一是夹袄斗裤。由渔民的母亲或妻子加工而成，用布块一层一层叠起，细针密线，纳成铜钱一般厚，有五六斤重。这其实是渔民的铠甲，穿上它，一般的风浪打不透。这一套，渔民是光着身子穿的，而且不要扣子，只将夹袄束进斗裤，用一根棕绳扎住打个活结。一旦落水，将绳扣一拉，衣裤立马被浪卷走，对逃生有利。二是油衣油裤。用白布做一套衣裤、帽子，用桐油煮透，并且反复刷上几遍，下雨天穿在身上。然而，真的来了狂风暴雨，油衣还是难以抵挡，大雨点子能把他们的脸打出包来，更别说雹子那种冰疙瘩了。他们哀叹：庄户人家，来了雨把草筐都收拾到屋里去，可是俺们无处躲无处藏，连个草筐也不如！

过去，渔民常常忍饥受饿。因为渔行长年供应渔民粮食和食油，他们要用鱼货抵顶。再好的船老大，也不能保证网网有鱼，甚至还有“十网九空”的说法。收获少了，渔行的欠账还不上，经常是辛苦一年，拉下一腚饥荒，连锅都揭不开。再者，渔民终究还是人类，属于杂食动物，光吃鱼不吃粮也受不了。我听一位日照当地的朋友讲，他小的时候经常饿肚子，有一年夏天的一个早晨，全家吃了一大筐梭子蟹，他到了东南晌饿得直哭。为什么？因为梭子蟹春天鲜美，满壳是黄，可是下子之后，到夏天它瘦得只剩下壳，被称作“骷髅蟹”。别的鱼虾也是这样，当令时很肥，过一段时间就没有肉，让人吃起来像“嚼麦秸筒子”。于是，怎样弄来粮食，将家人的肚子填饱，便成了许多渔民很头疼的事情。麦收之后，他们更想弄来麦子，磨成白面，让全家人尝尝这种世界上最好的粮食。常见的做法是，五月十三左右的鱼汛过后，渔民们收了鱼货，便与住在山岭、平原的亲戚走动起来，和他们以物易物。亲戚们也明白，就将新麦子送给他们一些。但是，有的亲戚并不情愿，就编出了这样的顺口溜：

过了五月十三汛，

狗日的就把亲来认。

提着两串臭螃蟹，

捎着两根狗鱼棍（狗鱼，是一种体型较长的鱼）。

进门就把姨来叫，

眼瞅着门后的大麦囤。

是饥是饱还是小事，是生是死才是大事。渔民们常说："脚踏三块板，性命交给天。"这里说的天，首先是天气。过去没有气象部门发布天气预报，后来有了，也不是百分百地准确，因为海上天气实在难以捉摸。优秀的船老大，能凭借经验看天，但老天爷的脸却是说变就变，给出海者带来种种风险。

风险，这个词儿造得十分贴切。有了风，便有险，过去海上死人，多由风灾造成。有的时候，明明是风平浪静，海不扬波，却突然狂风大作，巨浪滔天。有经验的船老大，会赶紧降下篷帆，把稳船舵，化险为夷。如果连收篷都来不及，船老大只好忍痛发令，让手下人用早已备好的"太平斧"迅速将桅杆砍断，以保船保命。

即使拼上全力对付，还是有一些船被风吹翻，被浪打翻，满船的人掉入海中。"一寸三分阴阳板，隔壁就是阎王村"，这是一代代渔民的切身体会。在恶劣天气，一旦坠海，除了有些人水性超强，体力特棒，或者运气好，遇上了能够搭救他们的船只，多数人都是丢了性命，连尸首都不能让家人见到。1952 年 12 月 18 日，日照金家沟渔民在海上遭遇狂风，有 4 个人失踪，另有 4 个人的尸体被找了回来。因为尸体冻僵无法伸展，入殓时只好让他们跪在或蹲在棺材里，寿衣披在身上，棺材盖不上。在一些渔村，过去都有一座座衣冠冢，让人望之凄然。所以，渔民为了避免家中男人死绝，就有了这样的规矩："父子不同船，兄弟不同船。"

后来，船上有了收音机，有了电台，甚至有了卫星云图接收设备，天气预报变得及时而准确，但风险还是不能完全避免。在日照渔民的记忆里，1995 年 11 月 7 日那次海难最为惨烈。

我是在海难过去一个月之后，听我的朋友张宗团讲述的。“黑风吹海海夜立，倏忽平地生波涛。”时任岚山圣岚路居委会党支部书记的他，用清末诗人黄遵宪的两句诗来描述那天早晨的海上情景。他说，天气预报讲，那天早晨有5至6级北风，阵风7级。这样的风，渔民能够对付，就在那天凌晨四点左右纷纷出海。不料到了四点半，海上突然刮起9至10级大风。有一艘185马力的钢壳船，炊事员做好了一锅饭，正要招呼伙计们吃，一个大浪突然打来，连锅带饭全部飞走。他探头看看外边，一边是浪山，另一边竟是空的。在另一艘钢壳船上，有个船员本来站在船头，被浪一下子打到船尾，导致髋骨骨折。有的船老大，这时早已掉转航向，让船头斜对着风来的方向，将机器开足马力。有的船没来得及这么做，在转向的时候侧面迎风，就被吹翻。有的船依旧顺风顺水跑，结果让浪掀起屁股，螺旋桨露在水外导致空车，再来第二浪时就完了。

狂风吹翻了大海，也吹翻了一个个渔村。那天，岚山的渔港和海边站满了人，大伙都在急切地等待着出海者归来。渔民家属更是泪流满面，面对涌动着狂涛巨浪的大海一声声呼唤亲人。

日照青年作家雷娟，那年15岁，是众多等待者当中的一位。她父亲是船老大，姑父在船上帮工，二人出海后没有任何消息。两家人苦苦等了三天，才接到父亲从江苏打回的报平安电话。原来，他们的船一直被大风吹着跑，抛了锚也不管用。老雷开机器掌舵，让妹夫清理船舱里的积水。妹夫吓坏了，加上那些水随泼随进，最后整个人彻底崩溃，瘫倒在船舱里等死。老雷这时腾出一只手，狠狠地扇他耳光，厉声骂他，让他想想家里的老婆孩子。妹夫被扇醒骂醒，这才振作起来与风浪搏斗。后来，他们的船漂到一座海岛旁边，锚挂在了养殖扇贝的网绠上，这才捡回两条命。

平安消息一一传来，噩耗也一一传来，死者家属哭声震天。到第四天，尚有8条船70多人失联，岚山区政府组织了7艘钢壳船，又请求部队派一艘军舰支援，一起出海搜救，最终在江苏射阳县海域找到了他们。看到家乡来人，船上的人放声大哭。他们说，他们做了最坏的打算，有人已经把自己的脚腕拴在船上，好留住尸体。

那次大风灾，光是岚山渔民就有 7 人罹难，6 人失踪。失踪人数本来更多，有的人家里已经给他埋起衣冠冢办完丧事，没想到他又回来了。

张宗团沉痛地讲，一次伤人这么多，岚山从 1949 年之后从没有过。他陪政府领导去慰问死者家属，到哪一户都是白花花一片穿孝的人，看到那个情景，谁也无法控制眼泪。离开其中一户时，家属孩子向他们号哭着下跪，司机因为泪水模糊视线，一时无法开车。

媒体报道，1995 年 11 月 7 日，山东 40 多个县（市）遭受暴风袭击，35 人死亡，121 人失踪，320 人受伤，直接经济损失 10 亿多元。死者和失踪者，绝大部分是青岛、日照和微山湖的渔民。《日照年鉴》记载，那天日照市共损坏渔船 124 艘，砸碎 5 艘，死亡 9 人，失踪 6 人。

四

因为风险随时都可能发生，渔民们对有关事物抱有深深的敬畏。

他们敬龙王。有的地方在正月初五，有的地方在六月十三，渔民要在船头或海滩祭拜龙王。供品，有的是一口整猪，有的是一个猪头加一条猪尾巴。猪要嘴衔红花，身披彩绸。猪脸上要用刀划出一个十字，抹上豆瓣酱，旁边还放上两棵大葱，这是按山东人的口味讨好龙王爷了。供品摆好，便上香，烧纸，船老大带领伙计们向大海恭恭敬敬磕头，祈求龙王爷保佑。沿海的一座座龙王庙，这天更是渔民云集，香火旺盛。

他们敬妈祖。这位出生于福建渔村、能够在海上救苦救难的女神，也被北方渔民虔诚崇拜。在青岛，在日照，都有专门建起的“天后宫”，供奉着“天后圣母”塑像。有钱人造船的时候，要另造一模型，和原船一模一样，放在天后宫里，让海神娘娘认得这船，为其护航。在下海的大船上，后舱中放着海神娘娘的坐像，像前长年放一个香炉、三个酒杯，船老大每天清晨要站在船面上，口吐清水向东南方向吐一口，而后进入后舱为海神娘娘上香敬酒，口中念念有词，祈求风平浪静。

他们敬“老鱼”。过去每到春夏季节，都有一些鲸鱼、鲨鱼出现在日照海域，被渔民奉若神明。据说，这是“大老爷赴龙宫赶考，浮出水面问路”。邂逅之际，船老大会带领船上人下跪磕头，口称“大老爷”，极尽敬畏之态。老大还要撒小米于海，抛小红旗入水，这叫“撒米施舍，抛旗引路”，同时还焚烧纸钱，给“大老爷”送“盘缠”，让它们赶快离开，免得掀起巨浪，让船翻沉。岚山一位姓徐的船老大，向我讲过年轻时见“老鱼”的经历。他说有一回网住了一条老鱼，身子比他们的船还要长，眼有脸盆那么大。他们吓坏了，赶紧跪下求饶，说：大老爷，俺错了，没注意惊动了您老人家，您多多原谅！老徐说：“人家到底是活了几千岁，有胸怀，不跟咱计较，回头望了俺们一眼，抬头压住网边，慢慢走脱了。”有一年，涛雒某村渔民捕回了一条六七千斤的“蛤蟆鲨”，用铁锚拴在海边，准备杀了卖肉。岚山佛手湾村的几个船老大看见了，就偷偷去解了锚，趁着涨潮放掉。该村渔民告到派出所，派出所判赔 3000 元。佛手湾全体村民集资交上，毫无怨言。

他们敬各路神灵。过去，每年第一次出海，渔民在头一天都要到船上烧纸，这叫“行文书”，就是向各路神灵祷告：俺们的船要出海了，请多多保佑。船在海上过夜，每到晚上，都由伙夫烧几张纸扔到海里，这叫“烧水皮钱”，目的是与海上神灵们结缘，讨其欢心。

信仰与禁忌是孪生的。在敬拜神灵的同时，不能说不能做的，也被一代代渔民口耳相传，严格遵守。一条条渔家禁忌，涵盖生产与生活的方方面面，数不胜数。有一些禁忌，让人既惊奇又感慨。

譬如说，渔民忌穿湿衣服上船，因为人落了水衣服才是湿的。而在一些穷苦渔家，下海人只有一身夹袄斗裤，上船之前，家里人一定将其晒干。如果遇上阴天不见太阳，就点火烧锅，将湿衣用热锅燎干。

譬如说，渔家女人虽然全身心地伺候上船的亲人，她们却要时时小心，免得犯忌。尤其是不能上船，因为“女人上船船会翻，女人过网网必破”。谁家晾晒渔网时如果被女人迈过，那就遭了“血气冲扑”，要用谷秸草烤过之后才能再用。

譬如说，渔民上了船，一定不能在船头大小便，不能光着身子睡觉，因为那样会冒犯海神娘娘。船老大发现了，会把那个不懂事的家伙往死里打。

譬如说，在海上发现死尸，要称其为“财神”。这位财神是不能拉回来的，因为那是龙王爷召去的，不能私自带回。我听日照北部一位老渔民讲，那年他们村有一人使船拉网，结果拉上了一具死尸，是个小伙子。他认得这人，是邻村的，刚结婚不久，落水而死。他依照老规矩，将小伙子丢掉。再接着拉网，一会儿又拉出一具，仔细看看，还是那个人。他觉得晦气，赶紧再丢。万万想不到的是，下了第三网，小伙子又被他拉了出来。他第三次弃尸后收船回家，心情腌臜至极，好多天没再出海。我听了这个故事，为那个新婚青年痛惜不已——他是不是想回家让爱妻看到，才这么一而再、再而三地投网现身？

尽管敬这敬那万般虔诚，尽管不干这不干那严守禁忌，但海上事故还是不能完全避免，打鱼的人还是有旦夕祸福。所以，渔民历来被视为“死了没埋的人”，久而久之，他们形成了一套人生观与价值观。有一些渔民，看多了生死，对世间得失看得很淡。有的人则得过且过，及时行乐。譬如说，渔民上船之前绝对不能喝酒，但出海归来，有些人往往一醉方休。

但是，醉酒是暂时的，醒酒之后的船老大，大多是有担当，有责任感，无论在家里、在船上，都是有仁有义，顶天立地。

日照广播电视台总经理李世成的高祖父叫李章，当年是一个船老大。他有一回运货到长江口，在岸上发现一个五六岁的男孩站在那里哭。他起初没有在意，临走时发现男孩还在那里，近前问问，原来这孩子是个孤儿，家人都在战乱中丧生。他就把孩子带回山东，将他收作义子抚养长大，让他成家立业。一百年下来，这个孤儿繁衍出子子孙孙一大家人。

岚山头街道官草汪渔民宋祥善，年轻时捕鱼，后来养起了扇贝。1997 年 8

月，11 号台风突袭日照，他的 5 艘船全部被撞碎，80% 以上的扇贝死亡，损失 500 多万元。当时，他连死的心都有了，但想一想欠别人的债务，便召开家庭会议，动员全家，无论如何要把钱还上。他说："还不上这些钱，咱这辈子都别想抬起头。"会后，年过半百的老宋又借债几十万，置办渔船重操旧业。他把捕来的鱼卖钱，一笔一笔偿还债务。风里来浪里去，奋斗了整整 16 年，到 2012 年底，他将 260 多万欠款连本带息全部还清。有的债主当初看到他受灾的惨状，根本没指望他还钱，把欠条都撕了，却在若干年之后收到了他的还款。

最让人感动的，是渔民在海上救人的行为。千百年来，他们已经形成了规矩：发现有人求救，立即出手相助。有的船正在作业，拉着满满的一网鱼虾，一旦接到求救信号，为了尽快赶到出事地点，船老大会毫不迟疑地将网缏砍断，将网具和鱼货丢掉。出事时一般都是坏天气，风大浪急，随时会有危险，但他们会将生死置之度外。

2002 年 10 月 18 日 21 时 20 分，鲁日渔 1007 号渔船正在海上作业，船员忽然看到夜空中有一颗浅红色的求救信号弹升空亮起，船长张彦书立即让船 180 度回航，迎着八级大风和滔天巨浪，向信号弹闪烁的东北方向驶去。主船在前，副船鲁日渔 1008 号随后，20 分钟后，他们找到了遇险船只。那是一艘满载 1400 吨陶土的江苏货船，船舱进水，船身明显倾斜，14 名船员已经用一根绳子把大家串在一起，准备集体跳海。经过一个小时的努力，他们把这 14 个人一一救了上来。有人估算了一下，这次救援行动，让日照的两条船损失 10 万元。船长却说："要考虑这个，我们就不救人了。"

2010 年 9 月 3 日上午 7 时，在黄海中部 103 海区，有十几只大马力渔船正在作业，渔民们都期盼着开海后的第一网能有丰硕收获。突然，一股龙卷风从天而降，直击鲁岚渔 2883 船。转眼间，船被掀偏，船舱进水下沉，5 名渔民只好爬到尚露出水面的垛楼顶和船头上。此时，鲁岚渔 7237 渔船正在百米之外，船长王汉海看到险情当即大喊："快砍断缆绳救人去！"他们丢弃了价值 1 万多元的渔网和价值 5000 多元的鱼货，向出事的船头靠近，抛去缆绳让对方固定到船帮上，遇险的5个人一个个顺着缆绳爬了过来。等到最后一人脱险，那条船已经完全沉入海中。

6年过去，救人的王汉海又被别人救了。2016年11月10日晚8时，他正带船在车牛岛东南海域作业，船上突然停电，他赶紧跑到船舱查看，只见舱内严重进水，导致电瓶停电，已经无法发出求救信号。他一边喊话，让船上3名船员赶快逃生，一边向附近的渔船高声呼救。这时，海上风急浪高，失去动力的渔船倾斜下沉，王汉海差点被浪打到海里，只好拼死抱住船尾舵，另外3人已经被浪打到了海里。王汉海想，完了，回不了家了。就在这时，有两条船靠了过来。原来，同是岚山甜水河村的张明书、牛桂伟两位船长离他不远，听到呼救，立即驱船赶来。张明书指挥船员抛下缆绳，合力把落水的3人拉到船上；那边，牛桂伟也找到王汉海，将他救起。

五

1958年12月24日，位于海淀区中关村南大街的北京友谊宾馆遍插红旗，迎接全国农业社会主义建设先进单位代表大会的代表。山东代表团报到时，一位头发花白、满脸沧桑的男性代表走到登记处，递上一个木盒子，羞笑着说了几句什么。工作人员听不懂他的话，他就指着盒子上写的字给他看。原来，上面用毛笔写着“献给毛主席的西施舌”，落款则是“山东省日照县人民”。工作人员搞不懂什么是西施舌，这位代表就向他解释了一通。因为他的方言实在难懂，工作人员只好打开盒子看，只见里面放着一些大蛤蜊。这是日照产的一种珍贵海蛤，因其斧足扁长如舌，清白如玉，被人称作“西施舌”。

献西施舌的人叫柴立清，是当时全中国最著名的船老大之一。他1915年生于山东省日照县岚山公社官草汪村，出身贫苦，16岁就到别人的船上当小伙计，挣点儿鱼货糊口。但他聪明能干，爱动脑筋，熟练地掌握了驾船和捕鱼技术，能灵活果断地应对海上险情，22 岁就当了船老大。新中国成立后，渔业实行集体化，他当选为官草汪大队第七生产队队长，仍然担任一条船的船老大。他整天琢磨怎样才能多打鱼，创造了兼作轮作的生产经验。别人下坛网，只管每天按时起网，他却在等待潮水的 6 个小时里，带领本船的人用钓钩钓鱼。他一年出海多达250天，创造了单船年捕鱼5.1万斤的成绩，为全社平均单产的1.6倍，被县委、县人委命名为“英雄船”。所以，他被选为中国渔民的优秀代表，出席了全国农业社会主义建设先进单位代表大会。第二年，他再接再厉，9 个月捕鱼 4.8 万斤，为全社平均单产的 2.2 倍。这年秋天，他应邀参加国庆十周年观光活动，带着一身难以去除的海腥味儿，满怀激动地站到了天安门广场的观礼台上。

对柴立清的捕鱼业绩，当地渔民由衷钦佩；对他两进北京享受至高荣誉，大伙也真心为他高兴。但是，岚山渔民却有两句话流传至今：“柴立清，进北京，嘟嘟囔囔说不清。”为何嫌他说不清？我听一位老渔民说，希望柴立清能到北京反映老百姓的一些疾苦，譬如“大跃进运动”中的浮夸问题，办公共食堂吃不饱的问题，但他没把这些反映上去。

在当时的政治氛围里，柴立清不可能将这些问题向上反映。全国农业社会主义建设先进单位代表大会上，有的代表在介绍“先进经验”时就出现了明显的浮夸现象。有一位代表是个姑娘，在会上慷慨激昂地提出，亩产达不到 10 万斤红薯，她决不结婚。周恩来总理实在听不下去，就批评道：10 万斤红薯垒起来有几人高，根本就是脱离实际嘛。但是，总理的批评，没能阻止在全国愈演愈烈的集体吹牛。

中国农牧渔业，经历过 30 年的集体化，这在船老大的记忆中留下了不可磨灭的记忆。有人说，最突出的感觉，就是自己掌不了舵了。像柴立清这样的船老大，还能有较大的自主权，驾驭着属于集体的船只，用发自内心的劳动热情去创造非凡业绩。有一些船老大就觉得窝火，受不了干部的“胡吹海嗙”，受不了他们的胡乱指挥。

这种情况，当时在中国沿海渔村普遍存在，以至于酿成了一次特大海难。我在上文说到，“吕泗洋”是东海著名渔场，每年春汛，这里渔船麇集。1959年4月初，来这里的船比以往任何一年都多，达5000多艘，其中来自舟山群岛的就有3000多艘。在这之前，舟山地委要求舟山渔业春汛要完成捕鱼150万担，力争200万担，舟山渔区就掀起了一场“争时间、抢潮水、攻暴头、捕暴尾”的春汛千担小黄鱼擂台赛。因为北方的吕泗洋盛产小黄鱼，4月7日，普陀区3万渔民举行“北征誓师大会”，长达数公里的港湾里桅樯林立，渔船密密麻麻。有的渔民一面听广播里的领导讲话，一面写决心书、保证书，等到大会结束，这支大军浩浩荡荡向北进发。

有关领导组织他们“北征”，犯了三条致命错误：第一，好多舟山的船老大不熟悉吕泗洋海况；第二，舟山的尖底渔船不适应吕泗洋里沙岭遍布的实情；第三，这些船多是木帆船，经不起大风大浪。他们刚刚到达吕泗渔场，4月10号这天半夜就刮起了大风，第二天凌晨越刮越猛，从8级到了10级以上，风向也由东南风转为东风。那些木帆船无力靠岸，只能随风漂流。漂到那些沙脊上，好多船搁浅，倾斜，很快被巨浪击碎，渔民纷纷落水。据目击者讲，当时站在岸边一座山头眺望，只见海面上到处漂浮着死尸、船板和船上器具，那情景惨绝人寰。

据《浙江当代渔业史》记载：这次海难，“浙江全省沉没渔船278艘，占出海渔船的8.39%，损坏渔船2000艘；死亡渔民1479人，占出海渔民总数的4.5%”。这是中国当代渔业史上最为严重的一次海难，是天灾，更是人祸。传说，当时去吕泗洋的还有一条女子捕捞船。因为时代变了，人民公社鼓励从不上船的女人也驾船出海，但是这条船被风浪打碎，船上的人一个也没生还。她们的年龄都在十七八岁，都未出嫁。

我了解到，损坏渔船2000艘，却没有一艘是山东的。在日照，已经实行了渔业集体化，大型“黄花船”很少，组织不起船队，因而就没去吕泗洋。

那时，一条条渔船上还有船老大，但他们只是生产队的一个个组长，要听从大队、小队干部指挥，让到哪里干就得到哪里干，让怎么干就得怎样干。过去渔民出海，上了船当然要吃鱼。只是，吃好鱼还是吃粗鱼，要由船老大说了算。集体化的时候，上级要求“多献爱国鱼”，把打到的鱼都交给国家水产部门。为了保证做到这一点，出海不准带锅。但大伙上了船要喝水，带茶壶是必须的，于是，日照一些渔民就把鱼放进茶壶里煮，把堂皇的福利变成了“鬼鬼祟祟”偷吃。

还有一段时间，谁当船老大，不看他能力如何，要看他家庭出身，以保证渔船的指挥权掌握在“贫下中渔”手中。这样一来，有一些船老大再怎么出众，却因为出身问题，只能改任普通船工，忍气吞声。

日照渔民每年一次的“下北海”，也要集体行动。每个大队都要有一条大船，用于指挥，大队部安在上面，统领各个生产队的几十条船、几百个渔民。“文革”期间，大伙每天还要学习《毛主席语录》，用毛泽东思想指导捕鱼。

我听官草汪村一位老渔民们讲，那一年秋天，他们正在渤海湾垦利县海域作业，有一天大队突然通知所有的船和人都回到指挥船那里，因为下午三点中央人民广播电台有重要广播。他们大队的指挥船是五桅大船，300 多人全部上去，早早坐在那里。广播一响，听清楚是谁“老了”，所有的人一齐痛哭流涕。听罢广播，渔民们悄悄议论：老人家走了，谁能给咱掌舵？当时人心惶惶，谁也无心作业，一天到晚轮流在主船上搭起的灵棚前守灵。7 天后，北京举行追悼大会，几百人又集合在大船上收听。就在那时，海上来了一阵风，有人说：毛主席来了，来跟咱们告别了！大伙一听，纷纷跪下磕头，个个号啕大哭。

六

在日照，还有一项“非物质文化遗产”——岚山号子。前几年，岚山渔民号子主体舞蹈节目先后在央视多套节目上亮相，2007 年 11 月代表山东省参加

“舟山群岛·国际渔歌邀请赛”，获“最佳号子王”称号。日照市每当举办大型文艺演出活动，都有“岚山号子”唱响。

我第一次听“岚山号子”是在20年前。那时我在岚山采访，文化站长周平和先生向我介绍它，还找来几个船老大唱给我听。

几个船老大都已年过花甲，脸上皱纹纵横，分明是被岁月与风浪镌刻而成。周平和让他们唱号子，他们摇头道：不拿网不使船，怎么唱？我想了个主意，让他们背对我们，把眼前空空的墙壁当成海，就像当年出海一样。他们点点头：中。几个人商量了一下，决定先唱一个《张篷号》。

他们伸出瘦骨嶙峋的双手，做出抓篷绠的动作，最老的船老大喊一声：“哎来响哟！”其他人接唱：“哟来哟哟来！”那种近乎假嗓的高亢声音，像电流一样突然将我击中，让我的半边脸麻酥酥的，心脏也震颤不已。我看见，船老大们一边唱，一边竭尽全力做着动作，全身的肌肉统统绷紧。我恍惚间看到，他们正踩在甲板上，通过一下下拉拽，让篷帆升起、张开，让船借助风力驶入大海……我听说，过去日照渔家制作船帆，都用槲树皮煮汁染成紫色。在他们的喊唱中，我眼前出现了一片片紫帆，像神鸟翅膀似的飞翔于海面之上……

唱完《张篷号》，他们又唱《撑篙号》《拿船号》《溜网号》《拿鱼号》，唱了一支又一支。

我看明白了，听明白了，这是渔民的劳动号子。一人领，众人和，以协调劳动节奏，并相互鼓劲。号子里多是语气助词，像“啊、嗨、嗷、哟、哎、啦、唵”，等等。这时，我想起了家乡老辈人唱的“吆牛号子”。但那种号子是唱给牛听，让牛振作精神干活的，曲调舒缓，节奏自由，风格大相径庭。对比两种号子，我看到了渔业生产的两大特色：群体性与节奏感。

船老大们唱完，兴奋劲儿久久没有消退。他们说，一唱号子就来劲，可惜，现在用不上了，没人唱了。

原来，自从机器船代替了木帆船，渔民的劳动方式发生了很大改变，好多号子用不上了。譬如说，过去要唱着《成缆号》打缆绳，现在的缆绳多是用买来的尼龙绳子。过去要唱着《抬网号》往船上抬网，现在是用拖拉机送。过去开船，要唱《点篙号》《张篷号》，现在机器一响船就开了。即使有一些活儿还跟过去差不多，但是那些年轻人，尤其是来打工的农家子弟，也不愿学、不愿唱了。

船老大们讲，机器船的普及，是从1980年左右开始的，从那以后，在渔港里，在码头上，在海里，号子声越来越少。再后来，到处是一片机器声，再也听不到号子了。他们还说，自从有了机器船，船老大就“不值钱了”。说罢这话，他们默默抽烟，脸上的失落与沮丧显而易见。

“不值钱”，是指他们失去了价值。我明白了一件事情：渔家号子的消逝，其实代表了传统渔业的终结，宣告了老一辈船老大的退休。在过去，出海捕鱼全凭对传统渔具的熟练掌握，对天气、海况及渔情的经验性判断，而现在，用了机器，老一套基本用不上了。譬如说，在几百马力、上千马力的钢壳船上，配备了各种现代化的仪器，包括雷达、卫星导航、通讯电台、卫星云图接收设备、垂直探鱼仪、渔用声呐、网情仪和应急救援系统等，驾驶者要经过严格的专业培训。这些人，是与机器形成一体的，离开了机器，他们无法捕鱼。

更重要的一个变化，是人们称那些大船的驾驶者为船长，一般不称船老大了。那些大船，有的从事远游捕捞作业，太平洋、印度洋、大西洋，哪儿都能去，鱼货随时销给当地的收购者，船上人员的称呼，当然要与国际接轨。

所以，那些上了年纪的船老大，一批一批告别篷帆桨棹，一批一批成为“闲人”。在沿海的码头上，街道边，会看到一些高龄船老大蹲在那里打牌、啦呱，有人还带着酒容骂骂咧咧，吵吵闹闹，宣泄着心中的郁闷。有一回，我在日照街头遇见一位老头，正穿着环卫工的马甲扫大街，可能是因为工作不达标，被一位年轻的管理人员训了一通。望着管理人员离去的背影，他压低声音嘟嘟囔囔，眼神里满是愤怒。我与他交谈起来，原来他竟然是昔日的船老大，因为年纪大了不能弄船，才当了环卫工，挣点零花钱。他说，像他这样转业的船老大有不少，有的扫大街，有的当门卫，反正都成了磨道里的驴，听呵声受人管了。听了他的诉说，想想他们当年的叱咤风云、今天的虎落平川，我望着城市东面的大海怅然许久。

目前在沿海，被称作船老大的人还有一些。他们或者开船到近海拉网，或者像前辈一样，每天要去自家的定置坛子网那里作业。然而，下坛网用的坛子已经不是砂坛，而是塑料做的了。跟随他们的伙计是雇来的渔工，而且多是来自平原和山地的年轻人。我老婆的一个堂弟，十几年前就骑着摩托车跑二百里路到岚山打工，中间出了一次车祸差点儿丧命，他还是没有退缩，伤好后又上了船。现在他已经成为一个技术熟练、粗皮糙肉的渔民，用挣来的血汗钱在临沂买了楼房让老婆孩子居住，供女儿读到了研究生。

然而，现在的船老大，日子并不好过。我多次看到海边有这样的情景：正值鱼汛期间，却有渔民一群一伙蹲在海边，看着停泊在港湾里的渔船发呆。问他们为何不出海，他们愤懑地说：出海就赔本，还出什么出？经过了解，原来是近海的鱼越来越少，经常是出海忙活几天，收获寥寥无几。卖完鱼货算算，不够油钱和人工钱，成了赔本的生意。

为了减少成本，有的船老大就移风易俗，不惜犯忌，让老婆上船当帮手。渔港里偶尔蹿出的“夫妻船”，让老一辈船老大瞠目结舌、议论纷纷。还有人不带老婆也不雇帮工，铤而走险。我在日照北部的一个渔村听一位中年渔民讲，他出海拉网不雇人，一个人使船，出一趟就是两天一夜。我不敢相信，说你要开船、下网、起网、吃喝拉撒，两天一夜不睡，能干得了吗？能熬得了吗？他说，干不了也得干，熬不了也得熬，因为雇一个帮工，一天开支300块钱，连阴天下雨不能出海的时候也得发给人家，我一个人干，还能有些节余。挣不着钱，一家人生活靠什么？孩子上学靠什么？

我无言以对，心中悲怆。看着海面上来来往往、轰轰作响的那么多渔船，我想到海洋的几十亿年历史，想到地球上正在进行、难以遏止的“人类世纪大灭绝”，想到当今海洋资源的迅速枯竭，想到船老大几千年来的辉煌与失落，觉得耳边的波涛声全都化作了一声声深沉而悠长的叹息。

七

2017 年农历六月十三，日照市举办“渔文化节”，几处海边，几座龙王庙里，都摆上了供桌，一条条整猪趴在那里用作祭品。船老大们毕恭毕敬，在供桌前上香、敬酒、磕头。

裴家村的祭海仪式，早已被政府列为“非遗”。该村的龙王庙建在海边，规模很大，且有常驻道士。“潮汐汐潮舟顺渔盛，晴雨雨晴禾茂粮丰”，大殿门柱上的这副楹联，表达了人们对于龙王爷的恳切祈求。

一位中年渔民磕过头，站到一边抽烟。我过去与他攀谈，问他休渔期间干什么，他说：休渔跟我没有关系，我现在搞海水养殖。我问，今天来磕头的船老大，有多少还是出海打鱼的？他说，很少，多数都是养殖户。我问，都养些什么？他说，扇贝、贻贝、海参、牡蛎、梭子蟹、基围虾等等，品种很多。

通过交谈，我了解到了沿海渔业的又一重大变化：从捕捞为主，到养殖为主。渔民们的养殖场就建在海边，即使在海里，也不是太远。这样，他们面对的风险大大减少，收入也较为稳定。

这位船老大说，风险减少，不等于没有风险。搞养殖，怕台风，怕大潮，怕病害，还怕海水污染。另外，气候变暖带来的海温升高，化肥入海造成的海水富营养化，都对养殖业产生影响。

他说，过去海上很少见到浒苔，现在几乎年年都有，就因为海水太有营养了。这些天，海上漂来大量浒苔，绿油油的看上去很美，可是它们进入养殖场被笼子挂住，会腐烂下沉，造成扇贝缺氧死亡。他整天拦截，清理，浒苔还是像潮水一样涌来，可把他愁坏了，累坏了。说到这里，他打了个呵欠道：唉，不说了，我还得去跟浒苔战斗！走啦！

看看他晃晃悠悠的背影，再扭头瞅瞅在大殿内端坐的龙王，我在心里发问：龙王爷，你了解这些新情况新问题吗？你能保佑海水养殖业繁荣昌盛，让今天向你跪拜献祭的新型船老大们安心生产吗？

袅袅青烟里，龙王爷表情凝重，一声不响。

选自《中国作家》纪实版2018年第1期

风展红旗

——武警上海总队执勤四支队十中队长篇纪实［节选］

杨绣丽 *

或许我是平凡的，
但中国是非凡的，
我们升起的国旗是非凡的。

如果奇迹有颜色，
那一定就是中国红。
守护过你，是我这辈子
最好的红色青春！

上海武警四支队十中队是 1953 年从陆军第 27 军 81 师 243 团第 4、5、6 连抽调抗美援朝归国的骨干兵员，当时的连指导员还是跟着陈毅一起进入的上海。1982 年十中队入驻上海市人民大道 200 号，武警上海总队四支队十中队接替“南京路上好八连”的勤务，他们高举八连的旗帜，继承八连的精神。2018

* 杨绣丽，本名杨秀丽。中国作家协会会员、上海市作家协会理事、上海市诗词学会理事、上海市作协诗歌委员会副主任、《上海作家》杂志副主编、《上海诗人》副主编、中国报告文学学会青年创作委员会常务委员。2018 年，长篇报告文学《蹈火英雄》获第七届徐迟报告文学奖提名奖。

年中队改编为武警上海总队执勤第四支队十中队。在人民广场、在南京路、在大上海，十中队谱写出一支盛世的青春交响，一曲忠诚的红色哨兵之歌。

在节选的六个小故事中，有一批年轻人，他们是霓虹灯下新一代为人民服务的哨兵，他们中有父母寄给十中队一台新缝纫机的年轻战士；有为国学大师李敖讲解过党史的年轻讲解员；有为了世博会每天甩5公斤杠铃片800次国旗班队员；有原本养尊处优后来成了中队通信员的富二代小伙；有一本《党章》几代传承的二大会址讲解员和他的老党员爷爷；也有从小成绩优异，但一直有一个参军梦想，后来成为中队排长的上海小伙……他们在军人的岗位上奉献着自己的青春年华。他们就是——武警上海总队执勤四支队十中队。

这支中队，就如同一瓶陈世佳酿，在寂寞的世界里数十年磨一剑，渐次锋刃铿亮，一路胜仗走过来。于是我们开始感受到不倦的时代大潮奔腾不息，席卷而至的那一股气势：一段与祖国命运相辉映的青春时光，一曲与时代进步共频率的主旋律，一面与太阳一同升起的红色旗帜，无尽地，焕发出澎湃的青春集结、红色守护的忠诚和力量。

不一样粗的手臂

“90后的他，左手臂比右手臂粗，这不是天生畸形，更不是后天残疾，而是因为世博会升旗需要，为了练好左手的撒旗动作，每天甩5公斤杠铃片800次后造成的……”2010年7月27日，上海电视台“八一”晚会录制现场，主持人正在介绍国旗班战士杨泽楠。

节目录制前两小时，主持人、编导和工作人员都围着国旗班战士进行采访：“小杨听说你们为了练左手的撒旗动作，每天甩5公斤的杠铃片800次，是真的吗？”一个编导用疑惑的语气问杨泽楠。

“是啊！每天都得练。”

“啊？每天？那你左手应该都是肌肉吧？”排练室一片笑声。

“嗯！好像比右手粗一点。”杨泽楠下意识地摸了摸自己的手臂。

话刚一落地，排练室里就炸开了锅：“给我们看看呗，给我们看看呗……”几个小姑娘争着围了上来。

带队干部安康突然有了几分紧张。“世博会的时候，本来我个子比较矮，不能带队，后来带队的一个干部生病了，只好让我去，我当时在开幕式现场手心都湿了，现在又一次不由得紧张起来，毕竟我们是军人，必须实事求是。”

杨泽楠每天左手甩 5 公斤的杠铃片 800 次，这是全中队都知道的，可没有人仔细观察过他的左臂是否比右臂粗壮，万一不是这样那可就出洋相了。

在全场人热切的目光中，杨泽楠卷起袖子，把两个手臂放在胸前：那不是一般的不一样粗，那是整整粗了一圈！顿时惊叹声一片。当他略显羞涩地放下卷起的衣袖时，整个排练室响起了掌声。

安康心中的一块石头落了地。“我高中毕业入伍到十中队，也得益于十中队，那时我就希望自己将来离开十中队以后，别人说起我的时候，会介绍说我是出自十中队的人，那我就会觉得欣慰了。我们在十中队，荣誉感很强。因为每一个人都觉得，自己在书写中队历史，点点滴滴在书写中队历史，不允许破坏它，这个想法也根植在我的血液中。”2012 年，怀着这股激情，安康接任张军捷担任了中队指导员。

杨泽楠也在书写着这个历史的一页，他 1.86 米的个头，轮廓分明的脸庞，炯炯有神的双眼，穿上笔挺的军装，十足的帅小伙儿。17 岁从福建泉州入伍到上海，被分到武警上海总队一支队十中队，凭借着一身帅气高大的硬件，成为国旗班一员。

从踏进中队营区的那一天起，毗邻中队营区的那座青色砖瓦、质朴厚重的石库门就成了杨泽楠心中的圣地。新兵下连后，杨泽楠就向中队提出申请：“我想去当讲解员！”

通过层层筛选，他成为一名光荣的一大纪念馆义务讲解员。每逢双休日，他和战友来到一大会址，为络绎不绝的参观者讲解，成为传播党的知识和理论的使者。

在一大纪念馆的讲解，将红色印迹深植于杨泽楠的心中，他成为中队第一个入党的新战士——“当我举起右手庄严宣誓时，我就暗下决心:做最好的自己，为党旗增辉、为军旗添彩！”

世博会上，从开闭幕式的升旗，到世博会191个国家和国际组织的旗帜升降任务，全部落在国旗班战士的肩上，这是项十分艰巨的任务。

准备世博会的那些日子里，国旗班卷起了一阵用MP4听参展方歌曲的小风潮。他们不仅要熟记世博会参观国家和国际组织的旗帜，还要了解参展方200多首不同的歌曲。由于每个国家国歌、每个组织的会歌音律不同，演奏时间长短也不一样，要记清楚所有国歌、会歌长短及演奏方式，谈何容易。

为了尽快熟悉各参展方的歌曲旋律，战士们每天早晨上操课时，把俱乐部的音响设备搬到训练场，配合着国歌、会歌，模拟升旗，寻找感觉。

杨泽楠想到一个“土办法”——反复听，他将所有参展方的歌曲拷进了MP4中，一有时间就拿出来听。一段时间后，发现确实有效果，他就建议中队为国旗班的每个战士配发了一个MP4。

私下里，战士们相互比赛着，看谁先把MP4里面的歌曲听熟，谁先听熟谁就优先上场。为了争当这个头名，更为了顺利完成世博升旗任务，大家吃饭听，走路听，甚至连睡觉都是听着这些歌进入梦乡的，时间长了耳朵里不知不觉长出了茧子。

就这样，为了打赢世博会升降旗的战斗，班长司龙建、副班长杨泽楠和战友们准备了40多天，从辨识各国旗帜，到了解各国国歌，他们分类别、做竞赛，他们听音乐、找节奏、卡时间，一遍遍地练习。

终于，战士们都熟悉了所有的参展歌曲，他们只要听到前奏，就可以轻松地答出是哪个国家或哪个组织的国歌、会歌，演奏时间是多少，为最终实现曲终旗到零误差打下扎实基础。

世博会历来就是一场规模空前的文明盛宴，以会聚人类社会的创新成果而著称。开幕式现场在上海世博中心举行，此后184天，这里也将举行大多数国家馆日的升旗仪式。

离开幕式还有一个月的时候，时任副指导员安康带队去看旗台才发现，受旗杆所在位置的限制，撒旗手必须使用左手撒旗，才能正面面对出席仪式的国家领导人和出席贵宾，要知道平时升旗以及为世博会做准备训练时，他们撒旗用的都是右手，这么短的时间里必须修改手势，而且必须做到零失误，这个问题一下给国旗班带来很大的困难。

右手撒旗几乎都已经刻在肌肉的记忆里了，要使左手与右手一样有力量，全靠刻苦训练。一个月来，他们绑上沙袋练臂力，每天用左臂甩5公斤的杠铃片800次，固定撒旗的动作，在开幕式现场，他们左手撒旗的动作依旧那么帅气、刚健、有力。

每个清晨，当晨曦中第一缕阳光照射在上海市人民广场的国旗台时，杨泽楠和战友就会准点出现在旗台上，用庄严肃穆的正步丈量着武警战士对共和国的热爱和忠诚。

几年来，他们天天如此，然而2010年10月1日国庆节的早晨，杨泽楠刚一起身就觉得肚子如刀绞般疼痛，坏了生病了！怎么办？请病假？不行！国庆节，到人民广场观看升旗的人会很多，昨天刚参加了彩排，如果现在换人，万一出了问题那可是没法交代的。

他喝了点热水，稍微缓和一下后，不假思索带上队伍，踏着坚实的步伐走上礼宾道。和平时一样的程序今天却显得特别漫长，如潮的人群和不停的闪光灯时刻提醒着他必须坚持，正步踢出、齐步上台、转体靠脚、解旗撒旗、收步敬礼，每一动都是那么标准、那么潇洒、那么庄严。

当旗子升到顶端，全场瞬间爆发了雷鸣般的掌声，可此时杨泽楠的内衣已经没有一处是干的，脸色也变得苍白，回到中队他再也坚持不住了，最后被医生诊断为急性肠胃炎。

世博会上的亮相，使杨泽楠受到家乡福建泉州的媒体关注，记者闻讯赶到杨泽楠家中，对其母亲进行了采访，以“走近世博旗手”为题在6月4日《泉州晚报》刊出，泉州广播电台也播出了这一专题。一时间，杨泽楠的名字传遍了泉州的大街小巷！

面对家乡人对自己的关注，杨泽楠平静地说：“荣誉是国旗班全体战士共同努力获取的，我只是其中普通的一员；荣誉只能代表过去，我会一如既往地升好旗，当好一名国旗卫士。”

“富二代”在这里百炼成钢

“军队是育人的学校，炼人的熔炉。孩子进来是铁，出去成钢。”一个退伍战士的家长在给十中队的感谢信中这样写道。

这些年，“富二代”“高富帅”已经成为人们常用的口头语，当兵入伍的战士中，家庭富裕的“少爷兵”也多了起来，他们已经习惯了穿名牌、用高档产品，参军来到上海这个国际化的繁华大都市里，巡逻在号称“中华第一街”的南京路上，他们将经受一番“炼狱”般的考验。

来自浙江宁波的战士胡庄科，就是这样一个“富二代”，家里资产过亿。由于母亲忙于生意，导致他从小就很叛逆，常与闲杂人员厮混在一起，后来他母亲花重金把他送到国外留学，不到半年，他自己办了退学手续就回来了。妈妈为他寝食难安，万般无奈，只得将儿子送到了部队。才来第一个月，他就找到指导员安康说要回家，要让他母亲接他回去，否则他就去跳楼。他妈妈把武装部领导也叫来了，一起做他的思想工作。

安康在旁边，听他母亲说起自己的辛酸史，原来胡庄科8个月的时候，父亲就去世了，是母亲一直带着他，安康心里一酸，这位母亲太不容易了。

安康心想部队一定要改造好这个孩子，就对胡妈妈说：“你如果相信十中队的话，那你就把这个孩子留下来，给我两个月的时间，到时候如果我们还不能把他改变过来的话，回去也可以。”

接下来，支部召开会议，研究如何改造这个富二代。雷锋班班长任海波举手发言：把胡庄科分到我们雷锋班来，我肯定把他带好。

就这样，胡庄科分到了雷锋班。任海波把他安排睡在自己的床铺旁边，到了晚上发觉这个战士睡觉时躬成一团，任海波懂一点心理学，他跟安康报告，这个战士没有形成价值观，也没有安全感。

从此，任海波每次去为民服务，无论去敬老院，去社区，还是去参加残联的活动，都带着他去，还教会他补鞋子，过了一个月，胡庄科不再提出要回家了。

这时候，任海波又找到安康："指导员，我有个想法，下个月20号让他到南京路上去真正参加为民服务活动，以前都是去社区或者养老院，南京路上没有去过，我想带他去感受一次。"

中队特意把胡庄科的母亲也找来了，听说儿子要去南京路帮人补鞋，胡妈妈叫上家里的几个亲戚，躲在人群里用录像机全程拍摄他补鞋的经过，这引起了队伍里一个阿姨的误会，以为她要插队，胡妈妈解释说："我就是战士的妈妈。"

人群中的吵闹，引起了骚动，胡庄科抬起头来，看到妈妈从天而降，两眼也湿润了。

那个阿姨一见真的是战士妈妈来了，紧紧地握着胡妈妈的手，激动地说："大妹子有福气啊，生了一个好儿子。"胡妈妈听罢泪水涟涟，她没有想到儿子进雷锋班不久，就已经判若两人了。

"他母亲边录像边哭，她没有想到儿子竟然能为老百姓补鞋了。后来，胡庄科去酒店看望妈妈时，第一次为她妈妈倒水，他妈妈开心极了，问他，你们部队有多少战士？为了答谢他们，我要给每一个战士送上一张最好的竹席。"

学习雷锋精神，不是说一句话宣传一下，而是在学雷锋活动中，让官兵们得到真正的心灵的洗礼。

面对物质利益的诱惑，十中队官兵有自己清廉的风骨。2007 年 2 月，一个在外地经商的大学同学找到副队长王凯，希望能将中队那个闲置库房提供给他，作为在上海招商引资的基地。并表示，只要王凯愿意挂个名，年底就给他分红。

这对家境清贫的王凯来说确实是个不小的诱惑，但王凯没有接受老同学的"美意"。他对老同学说："你关心我，我非常感谢，但我不能伸这个手，作为十中队的干部，你就是送我一座金山，我也不能借给你一寸土地。"

柏拉图说，人的灵魂来自一个完美的家园，那里没有我们这个世界上任何的污秽和丑陋，只有纯净和美丽。灵魂离开了家园，来到这个世界，漂泊了很久，寄居在一个躯壳里面，它忘记了自己是从哪里来的，也忘记了家乡的一切。但每当它看到、听到或感受到这世界上一切美好的事物时，它就会不由自主地感动，它就觉得非常舒畅和亲切。它知道那些美好的东西，来自它的故园，那似曾相识的纯净和美好唤醒了它的记忆。于是它的一生都极力地追寻着那种回忆的感觉，不断地朝自己的故乡跋涉。人的生命历程就是灵魂寻找它的美丽故乡的归途。

后来安康问胡庄科，到底什么事情促进你改变了？胡庄科不好意思地笑了，但他还是坦承道："第一次去敬老院，我觉得老人很脏，不敢接近，但是班长一定要我为老人剪指甲，我不情愿地剪了。结果我们走的时候，有个老人扶着墙壁站起来送我们，并且不断地说着感谢，我当时很感动，这是我第一次感觉到了自己的价值。"

就这样，胡庄科成了中队通信员，他脑子灵活，干得很好，中队有了一个叫作"富二代变形记"的故事，一个灵魂找到了它的美丽故乡的归途。

跟着《战狼》的步伐

2017 年 9 月，上海海事大学。刚报完名的二年级生李海港，正沉浸在电影

《战狼》的热血场面中。他平时就喜欢看军事题材的影视剧，也无数次幻想着成为一个亮剑沙场的英雄，那时候，他感觉自己的心彻底沸腾了……

李海港，山东菏泽人，在海事大学读商船航海专业。“一想到毕业后可能会长期在船上工作，心里难免有些忐忑。我想转专业，文化水平又不够，这时候爸妈考虑让我入伍，不仅可以锻炼一下，当兵后也可以考取军校。而且电影《战狼》的上映，让我完全没有犹豫，就提交了报名申请。

“刚开始进来十中队的时候，跟我想象的还是不一样的，我入伍前所有的想象，就是在山上整天扛着枪训练，而这个中队不仅仅是要求你有很强的军事素质，还要求你有很高的政治素养。当时来十中队以后宣誓：‘只有给十中队增光添彩的义务，没有给中队抹黑的权利。’简简单单两句话宣誓完毕，心理压力还是很大的。这是个有很多荣誉的中队，我们不能当中队的罪人，这个荣誉的接力棒要接好，要一代一代传下去……”

虽然觉得自己的语言表达水平不是很高，来到十中队后，李海港还是争取到了一大讲解员这个平台。“那时候是老同志姜平在带我，当初和他刚接触，对他也不了解。一次，我看到一位老爷爷推着轮椅上的一位老奶奶进入一大纪念馆，他们的年龄都很大了，头发花白，当时我也没有太多想法，只见姜平就过去了，我不知道他去干吗，一直进入展厅了没有出来。直到我背完稿子准备去找他的时候，才发现他一直在给这对老人义务讲解。当时并不是他轮班，我问他为什么去讲解，他说他在展馆里看到这两个老人，站在巨星铜板浮雕画前迟迟不肯离去，这点让他非常地感动，后来他过去询问，老奶奶好像说不了话，老爷爷告诉他，他们是党龄长达30多年的共产党员，然后姜平就给他们做了一场没有带话筒的义务讲解。这让我印象特别深刻，在一大会址，我们不仅要把自己当成是讲解员，更是要把自己当作南京路上学八连，霓虹灯下新一代的哨兵，去为人民服务，这个不是说教得来的，而是亲眼感悟到的，所以感触很深。”

李海港喜欢中队的这种凝聚力，无论是迎接领导或共建单位来参观，还是承担什么任务，中队官兵通常都会花自由活动时间提前把工作做好，把标准提高，而且没有一个人会抱怨，所有人都是主动站出来，忙碌在角角落落里。“在这样一种氛围之下，潜移默化地就会提高自己的积极性和干劲。”

看得出来，李海港对自己在十中队的一切都很满意。“来到这个中队我还是很高兴的，现在想想大学的生活，与这里相比还是很散漫的。大学毕竟比较自由散漫，而在这里比较简单，反而可以学到更多东西。起初我自己也不觉得，前段时间和家人聊天，爸妈都说我比以前成熟多了，比以前改变很多。对我个人而言，让父母知道我在部队有进步，有成长，得到父母的认可，让他们觉得欣慰，我想这就是目前我所能给予父母的最大的回报了。”

作为“90 后”一员，李海港虽然现实，可是没有“90 后”一代身上的一些毛病。“从去年第一年新兵到现在，我在中队发展得特别好，政治素养也提升得不错，中队长和指导员都鼓励我考军校，我的目标现在没有那么清楚……当我拿起课本，看到这些知识都比较生疏了。我会尽努力考，如果考不上我还是回海事大学。”

为了激励李海港，指导员程巍把自己上军校的故事和他分享，还送了他一首诗。“我现在还记得，是郑板桥的一首诗：咬定青山不放松，立根原在破岩中。千磨万击还坚劲，任尔东西南北风。我觉得他对我的帮助可能没有太多实质性的东西，可是那种激励和鼓励，我一辈子都不会忘记。”

落选“优秀士兵”评比后，李海港心里很失落，队长和指导员汪长旌三番五次找他谈心，有时还跑到哨位上给他宽心，这让李海港心里特别感动。“后来自己想了想，这只不过是对工作的一种认可，这份认可谁都想争取。自己虽然落选了，可是在中队得到的锻炼，包括一大的讲解，还是很感谢中队，让我成长了许多。”

一天早上，李海港来到一大会址，刚开馆时他没有讲解任务，正在熟悉展板内容。这个时候，他看到两个外国人。“他们之所以给我印象比较深，是因为他们当时说的是中文，而且我听到了中国共产党这几个字，我就主动去跟他们交流，我用的是英文，他们用中文回答，他们好像是研究中国历史的研究生，连外国人都对我们党的历史感兴趣，我们肩上的责任非常重大。”

习主席和政治局常委们来一大纪念馆后，每天至少有5000人以上游客来参观。李海港觉得，自己对党史可能也还是简单的了解，但是在“一大”做讲解，让他了解了什么叫作“钉子精神”，往那一站，就要有军人的风骨。“这些是我在学校学不到的东西，教会了我面对困难，怎么去克服。”

岁月，温度和旌旗

旌者，旗也。屈原在《楚辞》上有云：“旌蔽日兮敌若云。”《资治通鉴》上又说：“旌麾南指，刘琮束手。”旌旗所到之处，或遮天蔽日，或旗开得胜，自然豪气干云，别有一番气势。

现任指导员汪长旌，土生土长的上海人，1987年6月出生在南市区一个小弄堂里，母亲是第六百货店的营业员，父亲是司机，退休后开了一间小小的寿司店。在汪长旌的身上，有着海派文化的儒雅，更有着军人的豪气，颇见旌旗之风貌。

从小，汪长旌就是个学霸，高中考取到南洋模范中学，这是上海知名的市重点中学，18岁时高考，考了519分，比当时一本录取线还高出50分，完全可以进入上海交大，可是填报志愿的时候，汪长旌选择了武警上海指挥学院，似乎冥冥之中，注定了他与军旗有缘，与国旗有约。

武警上海指挥学院条件非常艰苦，夏天只有吊扇，汪长旌几乎是一路摸爬滚打过来的。在学校，他最常做的一件事就是给家里写信，每次写完信后，情绪才稳定平复下来。

在学校，汪长旌不改学霸本色，四、六级英语都是第一个通过。从指挥学院毕业后，他考取南京政治学院上海分院读研究生。

为了执行上海世博会任务，武警上海总队扩招了5000人，汪长旌分配在一支队6中队做排长，保留学籍。“从2009年9月开始我们就担任了世博会执行任务，在沿江水岸、2号物流仓库、南京东路、老西门那里值班。世博会结束后，我准备继续读研，没有想到不符合规范。当时我的心情跌落到谷底，一点提不起劲，心里想：我是为了世博会才放弃读研的机会，现在却不让我保留学籍，继续深造，觉得特别郁闷，那一年来心情一直很不好，一直是烦躁低落的状态。”

一次有个事情深深震动了汪长旌，2011年5月10日，6中队一个战士擦玻璃时候，从4楼掉下去，腰椎体爆裂性骨折，一辈子不能干重活了。“当时整个中队都在反省，我作为排长，在这个岗位多待一天，也要对手下的战士多一份责任感。”

翌年，汪长旌参加了总队心理咨询师培训，通过培训开阔了视野，拓展了认识，也提高了履职能力，不久调到机关工作。

2017年6月，汪长旌来到十中队。“很不适应，赶上七一，八一，一个月有十几天接待，数百人参观慰问，电视台来采访，拍摄升国旗的视频，工作性质有很大的改变。”

来十中队之前的三年时间里，汪长旌一直在松江的五中队担任指导员，由于此处偏僻，五中队缺少外界刺激，战士上进动力不足，最初的一段时间，汪长旌一直在摸索。

五中队营区驻扎在松浦大桥底下，这座横跨黄浦江的大桥，下层铁路桥和上层公路桥，分别于1975年、1976年建成通车，改写了黄浦江无大桥的历史，也是黄浦江上唯一一座公路、铁路两用双层桥。铁路金山支线于2012年9月通车试运营后，守桥官兵从松浦大桥南北两个执勤点撤勤，中队成为申城最后一批守桥兵。

汪长旌抓住了这个机会，他在中队党支部会议上建议，尽管中队已从大桥哨位撤勤，但是定期到松浦大桥开展队史教育，通过交接哨仪式、参观铁路桥、老兵讲故事等形式，让新兵们继承守桥兵的光荣传统，牢记自己肩上的使命担当。

站在桥面上极目远眺，只见黄浦江宽广壮阔，松浦大桥巍峨矗立，它们见证着一段历史。2015 年 3 月，记者王小磊来到这里采访，写了篇报道《最后的守桥兵》。

“文章引起很大轰动，部队面貌发生了很大变化，2015 年到 2016 年都是先进单位，2017 年拿到流动红旗。”汪长旌说。

“这里地处黄浦江边，周围大都是农田，冬天异常寒冷，比市区温度至少低四五摄氏度。到了夏天，白天要忍受高温，晚上成堆的蚊子聚集在哨位的探照灯下，对战士进行‘狂轰滥炸’，甚至隔着衣服裤子都能叮住战士的皮肤。一班哨下来，战士们几乎‘体无完肤’。对于一茬茬守桥官兵来说这不算什么，关键是还有更危险的事情，以前上下哨时，在小路上踩到蛇是常有的事；雷电天气时，暴露在野外的营房也是雷电袭击的目标，营区里一棵大树就曾被雷电拦腰击断；台风来时，在确保大桥安全的同时，维护自身安全也成为一种挑战。一茬茬官兵历经 40 年坚守，在艰苦的条件下，忠诚地履行着肩上的使命，将最美好的年华雕刻在大桥上。”

汪长旌记得，在五中队时一个战士患急性淋巴癌，去世了。“我们曾经每个礼拜去看他，作为一个指导员，像兄长一样对待他，有的战士有事的时候家长会到部队来闹，他和家长从来没有闹过，他在病床上过的生日，经过了 7 次化疗，姐姐配型做骨髓移植，手术后还是去世了，这更加坚定了我对于每个生命的尊重，工作要做得有温度。”

与五中队迥然不同，十中队肩负的使命是显性的，关乎国旗尊严，关乎部队形象，任何时候都疏忽不得，所有战士都要关心关怀，因为他们的一切与国旗尊严和雷锋形象息息相关。

一次军事考核，汪长旌胳臂脱肘了，也不能动手术，全靠养着，他吊着手，继续工作。汪长旌的爱人刘才华每天过来照顾他。“他胳膊都不能动，也不能穿衣服。我当时是既生气，又心疼。”

刘才华在总队医院心血管内科担任医生，三年前经医院卫生队队长介绍认识汪长旌，2017 年 6 月 3 日两人举办婚礼。“当时因为中队长集训去了，他一直在中队忙，6 月 2 号下午 5 点才赶到家里，我几乎也没有新婚感觉。以前他在五中队，还经常和他打打电话。到了十中队，他每天要处理很多事情，有时候我打过去，他总在忙，一般晚上 11 点左右才能打电话给我，我一开始不适应，因为第二天要上班，这么晚我得休息了。到部队看他，他也就叫我在接待室待着，一会就有人找他，干这干那的，他根本没有时间陪伴我，爸爸妈妈对此很有意见，但是我还是很理解他的。我婆婆年纪大了，家里很多事情都是我来做，我没有想到自己能做这么多。”说到这里，刘才华笑了。

结婚前，两人在闵行颛桥镇买了房子，装修都是刘才华在跑。“以前我什么都不会做，现在什么都做。他工作很忙，我支持他，也理解他，他性格温和，也没有不好的情绪，对我也很好的，我也很支持他，只是我们现在不敢要孩子。”

汪长旌家在上海，可是十年里，没有回家过上一次春节。刘才华说：“他妈妈也支持他，没有什么抱怨的，他说别的战士家里远，就把春节回家过年的机会让给其他战士了。”

刘才华长得很清秀，皮肤白皙，性格伶俐。汪长旌送她一句诗：“若有才华藏于心，岁月从不负美人。”我问刘才华喜欢这首诗吗，她笑着说不知道汪长旌送她诗歌，说完好看地笑了。

采访结束，汪长旌说陪她去地铁站里走一圈，巡查下执勤情况，顺便陪她走一下……我看着他们走远，好像两道红色的光标，闪烁在来来往往的人群里，我的心中泛起一丝暖意。

尾　声

故事里的年轻战士们，他们身上的军人血性、军人士气，既是“听党指挥，能打胜仗，作风优良”的精神，也是长存于我们这个民族血脉里的一股狭路相逢勇者胜的“浩然正气”，这股英勇无畏、一往无前的“气”是打赢战争必不可少的“精神刀锋”，也是我们这个民族自立于世界民族之林、不断前进的复兴底气。

十中队向着信仰，向着军歌中的太阳，穿过重重的历史天空，穿过繁华时代的物质侵蚀，时刻以狭路相逢勇者胜的血性胆气、高扬甘洒热血为胜利的斗志豪情，以“一不怕苦，二不怕死”的精神，勇敢地去战胜一个个顽敌、闯过一道道难关，走过“一条比记忆还要长的路”，如一座永远坚固的钢铁长城，坚守在一片圣洁的精神高地上。

一头睡狮渐渐苏醒，一曲激昂的主旋律渐渐响起。“万里长城永不倒，千里黄河水滔滔……冲开血路，挥手上吧！要致力国家中兴……个个负起使命，万里长城永不倒，千里黄河水滔滔！”

节选自文汇出版社 2018 年 9 月《风展红旗》

温暖的桥

傅逸尘 *

我们曾如此渴望命运的波澜，到最后才发现人生最曼妙的风景，竟是内心的淡定与从容。

——题记

一

2016 年深冬的一个傍晚。

坐落在八大处旁边、西山脚下的原北京军区善后办。

这里接近北京东西轴线的最西端，西五环外。营区周遭少有高层建筑，视野非常开阔，据说天气好时，能隐约看到东三环的国贸大楼。

办公室里，他拿着手机正在接听电话，冲推门进来的我点点头，示意我坐；然后转身走到窗前，背对着我继续接听电话。

办公室里光线昏暗。他接听电话一定已经有些时候，以至于没顾得上将灯

* 傅逸尘，本名傅强，现为《解放军报》报社文化部编辑；中国作家协会会员、中国作协军事文学委员会委员、中国报告文学学会理事、解放军军事文学研究中心研究员；著有文学评论集《重建英雄叙事》《叙事的嬗变》、长篇纪实文学《远航记》；曾获中国当代文学研究优秀成果奖、"紫金·人民文学之星"文学奖、全军文艺优秀作品奖等。

打开。

窗外，最后一抹霞光也已经褪去。不远处残雪逶迤的西山，亦在恍惚间如一抹水墨般在宣纸上渲染开去，随后便影影绰绰地模糊起来。

他的个头该有一米八的样子，我心中标准的军人身高。坐在椅子上，我久久地注视着他的背影，想从中读出一点我所需要的信息。第一次近距离采访全军重大典型，尽管之前做了不少功课，陌生感还是让我感觉有点紧张。

他显然很有耐心。在我进门后的五分钟里，他将手机从左耳换到了右耳，又从右耳换到了左耳，但还是静静地听着，偶尔嗯嗯两声，刚想插话，又被对方抢白。

办公室里已经黑了下来，窗外路灯并不明亮的光，将他的身体勾勒出一个微微前曲的剪影。我觉得这个剪影似乎哪里有点不对劲儿，终于发现，厚实的冬常服穿在他身上像披在衣服架上似的，有些晃荡。我感觉到了一丝莫名的酸楚。终于，他挂断电话，转回身来。我赶紧抿住嘴唇，从椅子上站了起来。

他冲我抱歉地一笑。“傅记者，让你久等了。”没等我客套，他径直朝门口走去，伸手摁下白炽灯的开关，办公室里一下子亮了起来。

隔着办公桌，我们对面坐下。“稍等，我喝口水啊！”他侧过身去，右手麻利地从上衣兜里掏出几片药，匆忙地塞进嘴里。端起桌上的茶缸，仰头喝了几口。他一边用手抹了抹嘴巴，一边说：“没办法，你看我官儿不大，但每天都这么忙。”

采访前，我看过一些关于他的资料和当年的照片，彼时的全忠白白胖胖，高大威猛。如今，坐在我对面的这个男人，面容清癯，身形干瘦。我迅速地在脑海中搜索着与他对应的物像，想到的却是冬日北京街头的槐树。1971 年 12 月出生的全忠，刚满四十五周岁。灰暗的脸色、细密的皱纹透露出不堪的憔悴与疲惫。额头上布满一层细密的汗珠，在灯光里晶莹闪亮。

之前我已经听说，他胃溃疡挺严重，经常疼得趴在桌子上。腿上还长了一个脂肪瘤，有拳头大小，刚刚做过切除手术。同事和妻子多次劝他去医院做个全面检查，他每次都答应说忙过这几天，或者等把这件事落实了就去。可是，一拖再拖，直到现在仍然没去。他的妻子李亚红对此忧心忡忡："这样下去会把老全拖垮的。他原来体重 160 多斤，现在只剩 130 斤了。他在单位像个好人似的，回到家里不是这儿疼，就是那儿疼。我催他去做一下胃镜，看看是怎么回事；还有，腿上那个瘤长这么大了，赶紧上医院把它做了吧，拖久了，万一再恶化了怎么办呢？因为实在影响走路，他前两天刚去做了手术。可这住院体检的事，就一天天往后拖，我拿他真是一点办法也没有。"

我试图捕捉他因为病痛而显露出的异样表情，但他显然不愿让外人看出他的病痛，始终以微笑示人。吃过药，喝过水后，他那比实际年龄略显苍老的脸上仍然满是从容和淡定的微笑。

全忠，1990 年 12 月高中毕业后从四川省营山县入伍。几个月后，他所在部队参加全军炮兵拦截海上目标实弹演习，历时 1 个多月。那次参演经历激发他要当一个响当当的、出类拔萃的军人的壮志豪情。当兵干吗？就是要练成精兵，具有打胜仗的能力。当兵第三年，他当了班长，带着他的班，代表所在旅，参加集团军比武，拿到第二名的好成绩；他个人也被评为集团军和旅的训练尖子，还连续两次荣立三等功。最让他感到骄傲的是他担任连队指导员后，临时接到通知参加集团军比武考核。当时连长不在位，就由他带领全连官兵进行冬季适应性训练。那些天，他白天冒着严寒，组织全连进行野外课目训练；晚上和战士们挤在一顶帐篷内相互取暖。全连官兵一起摸爬滚打，完全拧成了一股绳。最终，取得了集团军比武第一名；他个人在政工干部比武中拿了集团军的第二名，被评为"优秀四会教练员"，荣立个人二等功。

此时此刻，坐在我对面的这个全处长，与我想象中的那个曾经在基层连队当过主官、在原北京军区某集团军的军事比武中带队获得第一名、个人参加四会教练员比武获得第二名的全忠之间，显然有着不小的反差。我心中陡生不忍："全处长，你也劳累一天了，该休息了。而且身体还不太好，我们明天再谈吧？""咳，没啥大不了的，我已经习惯了。今天的事儿还是今天了结了吧。不瞒你说，明天呀，你还未必找得到我了。你别不高兴，在我心里，上访者比记者重要，上访比采访重要。”我一时语塞……

“十多年过去了，你还怀念基层连队时的生活吗？”我的话音未落，他脸上立刻泛出难以掩抑的激情与光彩。“当然会想！尤其是刚刚离开连队做信访工作的时候，为了压抑对连队的思念，我甚至于不让自己的工作停下来。忙，忙，忙，只要忙，什么都顾不上了，时间一久，那种感觉也就渐渐淡了。”

我发现，某一瞬间里，镜片后面的眼神似乎有些迷离，他的思想甚至灵魂短暂地出离。我没有继续提问，想让他沉浸在那久违的情绪中，回望曾经的幸福与快乐，或者痛苦与悲伤。沉静下来回忆过往的人生经历，对如此忙碌的全忠而言，也可以说是不无奢侈的。

二

办公室里短暂静默，我不自觉地向窗外瞥去。路灯将窗外的空地照耀得灰白而朦胧，远处的黑暗深处有少许星星般的灯火忽明忽暗地闪烁。

回过头来，他仍然沉浸在复杂的情绪中。我想，还是谈点轻松的话题吧！忽而，我发现他放在桌上的手机，便说：“你这个手机可是有点儿老旧了。”

他噢了一声，低头看了看手机。“不是我换不起新手机，现在市面上流行的都是一体机，单电池，不能拆换。我这个后盖可以打开，我每天都要备三块电池，不然不够用。晚上回家的第一件事儿是给电池充电，第二天早晨起来的第一件事儿就是把电池揣兜里。”

刚说到这儿，手机铃声就响了起来。他抓起手机看了一眼，接听后匆匆说了几句就挂断了。“我家那口子，问我怎么还不回家。”说完，脸上现出一种无奈，又似乎掺杂着一种幸福的味道。我们都笑了。他笑得很粲然，我却体味到那笑容背后的苦涩。眼前这情景，让我联想起一年前，那个与今天有些相似的冬夜。

彼时的全忠，刚从原北京军区政治部信访办主任的岗位上履新原北京军区善后办兵员文职处副处长没几天，一大帮上访群众就主动登门，给他来了个“下马威”。

那天，快下班了，本来和妻子约好要回家吃晚饭，一起给女儿全欣过生日、切蛋糕的，可全忠因为处理一个老上访户的棘手事情，迟迟脱不了身。他正在和妻子通电话解释，一群人突然涌进了信访接待大厅，将他包围起来，吵吵嚷嚷的，个别人还冲他推推搡搡，他匆匆挂断了电话。已经干了十年信访工作的全忠，面对眼前的场景并不惊讶，更不慌张，他甚至都没有躲避。待躁动的人群稍显安静，他才睁开眯着的眼睛。“同志们哪，是不是该我说啦？你们这个样子能解决问题吗？没用的。咱们还是要坐下来协商啊。”

一个六十多岁的男人道：“全处长，我们的条件，军区到底是答应还是不答应啊？这都三年啦，你当处长了，必须得给我们解决啊！”“这件事情的情况我基本上都了解了，问题明摆着，就是你们的要求太过分了。”另一个男人挤到前边，手指已经点到全忠的鼻子上了。“军区这么大的单位，跟我们老百姓较什么劲呢？钱是公家的，又不是你个人的，你又何苦这么认真呢？”全忠正色道：“你说话可要先摸摸自己的良心，军区亏待你们了么？你们不能提过分的要求，否则这个事情就没办法推进，最后的结果就是公家和你们个人都受损失。”这个男人似乎有些理屈，提高嗓门叫喊道：“甭管你怎么说，不答应我们的条件就是不行。”

时间一分一秒过去，不知什么时候，妻子李亚红已经站在接访大厅窗外的夜色里，默默注视了他好一会儿，而全忠并不知道。李亚红是一位朴实、温柔、能干的军嫂，自己就在民政部门工作，业务水平、工作能力都堪称优秀。有趣的是，偶尔接到丈夫的工作，竟然是向她咨询相关的法规政策，在这方面，夫妻俩算是同行，也很有共同语言。李亚红从来都很支持丈夫的工作，更不会在工作时间打扰他，可她还是不理解，这都晚上九点多了，丈夫还有什么要紧的工作，说好的事情都食言，连女儿的生日都不管不顾。

从宿舍到全忠的办公室，走路大约十分钟。一路上，寒风凛冽，李亚红下意识地裹紧大衣，想着，今晚无论如何也得把他拉回家。善后办的办公楼灯火通明，她一抬眼就看见了丈夫。接访大厅里，全忠正被一群人围着，比比画画地正在解释着什么。李亚红停下了脚步，没有走进去，就那么怔怔地看着，眼睛湿润了。寒风中，她给丈夫编了条短信，只四个字：别太晚了。想想，还是没发出去。终于，还是扭转身，向暗夜里快步走去。

全忠刚刚履新善后办，领导就找他谈话，交代的第一项重点任务就是想办法解决军区经济适用房建设中的钉子户问题。这不，他刚刚花了两天时间梳理清楚这一积案的来龙去脉，这些人就“打”上门来了。

那个夜晚之后，凭着他十年的信访工作经验，他主动上门，一家一户地了解情况，耐心细致地做他们的工作，有几家前前后后跑了十几趟。三个月后，他的心血和辛劳，他的真情和坦诚，赢得了尊重和回报。拆迁协议终于达成了，足足延误了三年的工程，在春天的气息渐浓的时候恢复开工了……

全忠掀开手机背板，一边换电池一边说：“还好，这是第三块。”夜空开始渐蓝，有星星次第闪烁。周遭完全静谧下来，本就幽静的西山脚下，人世喧嚣的一切有如虚幻般消散无迹。

从穿上军装的那时起，全忠就梦想着能上战场。尤其是当了排长、指导员后，更是渴望能带兵打仗，冲锋陷阵。然而，随着军旅生涯的延伸，他距离自己曾经的梦想却渐行渐远，工作性质也越来越远离部队中心。先是去了原北京军区军事监狱当军法干事，2006 年又调到原北京军区政治部信访办，当了主任。十年后的 2015 年底，在军队改革大潮中，他又放弃了去军委机关、陆军或战区机关的机会，主动选择了到军区善后办任职。“作为一个非常优秀的军事干部，十年前的 2006 年，你为什么会突然转身去做信访工作了？十年后的 2015 年底，你又为何主动选择了军区善后办？好多熟悉你的人对此都不太理解。你是怎么考虑的？”

他微微一笑，淡然道：“2006 年的时候，军、师、旅三级机关都想调我。

但是，当时身患癌症的军区信访办老主任的一句话感动了我。他说：‘信访工作是好汉不愿干，懒汉干不了。我就看准你行，认准你了，你愿不愿意来。也有人托关系想来，但是我看不上，我顶住不要。’我这人就怕人家信任我，这一信任我就不知道怎么好了。就这么简单，冲着老主任的一句话，我就到信访办报到去了。”

“在我看来，这信访工作要应对的很多都是那种死缠烂打，或者说是剪不断、理还乱的麻烦事。作为一名军事干部，突然改行干这个，适应吗？”

他回道：“我当时对信访工作一无所知，以为就是接接电话，收收材料，协调联系一下各个业务部门。没想到，这信访工作比起军事训练复杂多了，真正是千头万绪。所以，初接信访工作，非常不适应，整个人变得烦躁易怒，回到家里满身的负面情绪，我妻子感觉我像变了一个人似的。因为她的脾气本就很急，过去都是我让着她。这回可好，到信访办后，我的脾气见长，很长一段时间她都不太理解。”

“但是，你坚持下来了。”“是啊，连我自己都没想到，而且一干就是十年。2016 年初，北京军区撤销了，我很纠结，说心里话也想去战区，换个活法；可是手里有好多案子没有结，有些案子都努力很多年了，此时放弃实在是于心不甘。而且你说谁能比我更清楚这多年积案的来龙去脉？谁能比我更熟悉相关政策法规？这一摊我太知道了，不是说大话，临时换个人一时半晌地肯定弄不来。所以，领导找我谈话时，说善后办需要我，我就义无反顾地在志愿表格上，只选了善后办一项。我妻子说我这人太好面子，也可能。但是这么多年，我跟那些上访的人有了感情，我对他们有过许诺。我觉得，我的态度释放的是组织的温度，我的形象代表的是党的形象。归根结底一句话，我放不下他们。”

我说：“你是把个人的梦想转化为替更多的人圆梦。”

他说：“也可以这么说吧，但愿我的转身能成就军队的转型。我来解决那些遗留问题，就可以让战区和陆军的战友们能在强军征程上轻装前行。这不是往高里大里说，我的工作，就是为强军兴军断后，提供保障。打仗，既要有先头部队，也要有断后和清理战场的，我的工作意义就在这儿。”

我在想，这次被称为“史上最强”的军改，遗留下来的各种问题，都需要善后人来解决。而全忠，无疑就是善后人的优秀代表。

电池刚换上，手机铃声就响了。我不由得笑了，他看了我一眼，笑着说：“是不是？没三块电池真的不行。”然后一边接听手机，一边站起来在屋子里来回踱了起来。

我发现，他刚刚坐下来的时候，脸上还写满疲惫，可是接听上电话后，似乎变了一个人，异常精神起来。他说自己虽然身在善后办，却时刻要准备着当先锋。他把自己的工作比喻成冲锋陷阵，攻山头，拔据点，那股子基层连队带兵人的感觉和劲头儿始终都在。

三

绵延着的西山呈现出一条雄浑的灰蓝色暗影。月亮不知什么时候挂在了半空，如水的月光从夜空中倾泻下来，皎洁的月辉给这寒夜又添了几分冷意。

“有时回家已经很晚了，但是还会有电话打进来。我不敢关手机，我担心有人着急给我打电话找不到我。我爱人对此十分不满，埋怨我说，你说你，早出晚归的，家里什么也不指望你，反正我也习惯了，也就罢了。你还把工作带回家来，这日子让我们咋过啊？”

“你问我是怎么想的？如果这些上访户不是实在想不开，实在忍不住，实在不放心，他能半夜给我打电话吗？从我这里讲，如果我不接电话，或许会导致对方更加紧张、焦灼，已经脆弱的神经可能会更加躁动不安，此前我所做的安抚疏导工作就可能半途而废，甚至前功尽弃，如果再有极端的事情发生，那我不就是罪人了吗？”

透过全忠鼻梁上厚厚的镜片，我依然能看清他的目光。那目光是少有的单纯而清澈，更准确地说，应该是诚挚与澄明，是经过了无数的生命困境与磨难，以及人生历练与锻造才可能有的一种境界。通过这双眼睛，我似乎可以一直进入到他的肺腑，看到他对党和人民的赤子之心。

我终于让自己平静下来，听到了墙上的石英钟急速的咔咔声响在办公室里回荡。我说："你帮上访群众解决这些问题，改写了他们的命运，挽救了陷入绝境的家庭，让困境中的人们实现多年的梦想；而中国梦不正是由这样一个个看似微小个体的梦想组成的吗？换句话说，你是在另一条战线上建构着你的强军梦与中国梦。"他显然是很赞同我的话，虽然涉嫌宏大叙事，但不能不说是他正在践行着的价值观与人生理想。他的眼睛有了显著的明亮。

"我想问的是，你凭什么能十几年如一日地坚持下来，又是什么样的理想信念支撑着你一路如此艰难地走下来？"

这一次他没有如往常那样的微笑，他的表情庄重又有些深沉，似在回想。时间似乎在那一刻静止了，但他的心一定是在翻江倒海。停了停，他才说："我小时候的名字叫全中，我弟弟叫全国。七岁那年上小学，需要一个正式的学名，父亲就在中字下面加了一个心。父亲是个医生，一个老党员，他希望我长大成人后能不忘记党的恩情，能全心全意地为人民服务，报效祖国。这话现在听起来好像有点不真实，但当时他就是这么嘱咐我的，直到今天，我仍然记得当时他对我说这些话时的表情，那份儿严肃哦。这好比我人生中的第一堂党课，给我打下了坚实的思想基础。"

入伍之前，全忠曾经有过几个月的村委会工作经历，高中毕业的他在那时就加入了中国共产党。多年后，全忠对那段经历依然记忆犹新："这党入得可以说是一波三折。"1990 年，他高中毕业回到村里，被安排到村委会当计生干部。他有文化，又有激情，工作干得风风火火，有声有色。成为一名共产党员代表着至高的荣誉，也是全忠心心念念的理想与方向。他这样回忆当年的情景："我连续三次申请入党，直到第三次才通过。其实评议我的人都是乡里乡亲的，好多还是亲戚，可一上会就是通不过。真紧张啊，一屋子熟悉的乡亲长辈、亲戚朋友，平日里大家特别亲切，可会场上却异常严肃，丝毫不留情面，专拣问题说，就连对自己特别好的堂舅，也投了反对票。”村委会第一次审议全忠入党的问题便没有通过，大多数党员认为他太年轻，资历浅、贡献少，尚需历练。第二次党员大会依然没有通过。直到第三次党员大会，他才赢得了多数村民党员的支持，光荣地加入了党组织。两次入党受挫不但没有打击他的积极性，反倒让他对党，对党组织有了一种全新的认知，有了一种更加神圣的信念。“每一张反对票，都代表着党员们对党组织的责任，他们给我提意见、指缺点，其实是对我寄予厚望，让我在以后的工作生活中牢记入党时的初心。这辈子我都感谢他们！”

曲折的入党过程，让全忠对党员的身份倍加珍惜。“我也在不断地反思和审视我的工作，逐渐加深我对信访工作意义的理解。我虽然身在善后办，但要把自己当先锋看待，我解决那些遗留问题，是为了让战区和陆军的战友们能在强军兴军的征程上轻装前进，没有后顾之忧。打仗还有先头部队和断后清理战场的呢。信访工作，说到底就是代表党在做群众工作，这项工作连着党心、军心、民心，你说重不重要？至于我个人，我的梦想就负载在那些上访群众的梦想上，他们的梦想实现之时，就是我的梦想实现之际。古人所谓皮之不存，毛将焉附？傅记者，你说是这个道理吧？”

我不自觉地冲他点了点头，心里玩味思索着他的独白。我向他提起了王帅，这个甚至不会主动向他说声谢谢的孩子，却让他食不甘味，费尽了心力。

2012年10月的一天午后，他接待了从山西长治来军区上访的父子俩。孩子叫王帅，退伍前系某部战士，2006年患偏执型精神分裂症，2007年12月退伍。王帅退伍时部队并没有认定其所患病症，这为他后来的生活留下了隐患。回家后的王帅不但不能工作，生活也不能自理，家里极其困难。军队卫生部门认为王帅是退役后才患病的，无法评残；地方民政部门认为责任在部队。军地互相推诿，王帅的问题拖了几年都无法解决。作为信访办主任，当时他也找不到解决的办法，他所能做的就是多次协调军队有关部门，从经济上给予王帅帮助。

2015年9月，得知军区因军改而整编，王帅父亲再次进京上访。

十年的经历让他对信访工作有了不少独到的认知与见解，有些事本来是合情合理的，但你若按政策法规去卡，就没法办了。他往往采取逆向思维，这事儿如果办成了，是否违反政策法规；如果不违反政策法规，那就努力去争取。理论上显然没有这一说，可谓真正的经验之谈，甚至多少有点儿江湖之气。

王帅评残事情的焦点是退伍时没有部队的医疗鉴定，但王帅退伍又确实是因为偏执型精神分裂症，他反复地梳理这个案件后紧紧地抓住了这一要害之处。经他多方努力，王帅评残的事儿军务部门终于同意了，让他没想到的是却在军区卫生部那儿卡住了，几次协调未果。无奈之下，一天下午，他鼓起勇气，大着胆子去找原北京军区联勤部海部长。

海部长正在开会，他足足等了四个小时，晚上六点钟的时候海部长走出了会议室。他在走廊里拦住了海部长。海部长耐心地听了他的汇报后很不高兴，说："这事儿你应该去找卫生部长啊！"他说："找啦，而且不止一次。可是，卫生部长不给我办啊！实在没办法了，我这才来麻烦首长您。"海部长仍然冷着脸，道："你就说是我让你找他的。"说完，海部长转身走向了自己的办公室。全忠坦言，当时他感到有些绝望了，首长不亲自出面，这事儿肯定是解决不了啦！看着海部长高大的背影，他长长地叹了口气，只好打道回府了。他拖着疲惫的身体，转身往楼梯口处走去。眼看下楼了，身后却传来海部长叫他的声音——全处长，你回来。他以为是幻听，但还是抱着一线希望地回过身去。一看，海部长正站在办公室门口向他招手。他连忙小跑着回到海部长身前。海部长说："全忠，你也不容易啊，为了一个不相识的战士，你不辞辛苦，一遍遍地找各个部门。这样，我马上给卫生部长打电话，把这件事情办好。你这就去找他吧！"海部长的话让他差点掉下眼泪来，他两脚并拢，抬起手臂，向海部长敬了一个标准的军礼。

我没有采访海部长，但我能想象出来，海部长一定是在他走后，突然意识到，自己的态度是不是有些冷淡啊？这样会伤害全忠的自尊心不说，还会影响信访工作的推进啊！于是，海部长转回身来。转回身来的海部长一定是看到了他的背影，瘦高的个子，后背微驼，军装在他身上显得空空荡荡；而且他步履蹒跚，腿上的脂肪瘤作祟，走起路来还一瘸一拐的。那一瞬间，海部长的心情想必也是一种五味杂陈的复杂存在。

“傅记者，不瞒你说，我这个人脸皮薄，自己的事情从不愿求人，但是为了这些上访群众，我不但到处求人，还得看人家脸色。你说哪个部门的人愿意和我打交道，见面就是给人家添麻烦的，甚至有人见了我都绕着走。但是善后办就是处理各种遗留问题的。你想，留到最后的肯定都是最难啃的硬骨头。善后办虽然不是中心岗位，但却是为中心工作提供保障的。我和同事们之所以这么拼命，就是为了让战区、陆军的同志们能够轻装前进，专心谋打仗！”

2016 年 5 月，全忠亲赴山西长治，和当地民政部门交接王帅的评残手续。当他把王帅的残疾军人证送到他父亲王秀生的手中时，这位革命老区的普通农民激动得浑身颤抖，紧紧握着全忠的手，感谢的话似乎忘了说，两行浑浊的老泪早已夺眶而出。

四

间或能听到窗外寒风掠过的声音，办公室里温暖如春。

回想起一年前军改关头的人生抉择，全忠说他并不后悔。他说，这个问题需要客观地看待。“我毕竟离开一线带兵的岗位十年了，重新去做类似的工作也需要很长时间适应；而别人来接替我的工作，也需要熟悉和适应。就目前而言，我的优势在这里。既然组织需要，那就扎下根来，踏踏实实地干。更重要的是，我割舍不下那些上访者，他们信任我。我对他们有承诺，有责任。”

在很长一段时间里，罗开友都是全忠心头最牵挂的人。自然，这是个绕不开的话题。

罗开友上访案件的解决带给我的心灵震撼是很难形容的。这似乎是一个小说的故事，一部电影的情节；然而，它却真实地发生在一个曾经参过战的军人的生活中、生命里。它让我不能不感到沉重，还有昆德拉所谓的“不能承受的生命之轻”。

在全忠的记忆里，罗开友的事情则是一个复杂的存在。他说：“当我第一次接待罗开友上访的时候，看着他绝望的目光，我就下了决心，一定要给他平反。他立过二等战功，决不能让英雄流汗流血又流泪。”灯光里，全忠的脸上闪现出少有的愤怒、坚毅和果敢。他端起茶缸，没往嘴里送，却重重蹾在桌子上，水从茶缸里迸裂般地迸出，溅落在桌子上。我终于看到了一个与微笑相反的表情，那个身高体壮、脾气火爆的四川汉子，那个风风火火、雷厉风行的连队主官的影子与面前的全忠叠印了起来。

罗开友是四川雷波县营盘村人，1983 年 10 月入伍，某部战士，参加边境作战期间超期服役。1989 年 1 月，罗开友回老家探亲期间，发现妻子有外遇。夫妻俩发生争吵，妻子离家出走，下落不明，数日杳无音讯。十天后，当地群众从金沙江打捞出一具女尸，岳父母及妻子亲友一致指认是罗开友妻子，遂向公安局报案。但女尸已经被毁容，警方一直无法辨认真假。为了查明真相，公安机关将罗开友及其父亲、哥哥，还有邻居等六人收容羁押。这个位于四川凉山彝族自治州的偏僻村庄像炸开了锅一样，关于罗开友杀妻的消息，迅速传遍了整个凉山彝族自治州。老百姓说什么的都有，有的人说罗开友没有良心，罪不可赦；而大多数人却说罗开友这么个老实人，又是一个当兵的，不可能杀妻毁容。收容羁押期间，罗开友遭受刑讯逼供，并险些被枪毙。罗开友所在部队派人前往雷波县，征得地方同意后，将其开除了党籍，并做退伍处理。其间，罗开友不断地给地方信访部门写信反映情况，申诉自己是冤枉的，但都石沉大海，没有音讯。而公安机关又没有确凿证据，认定罗开友就是杀妻犯。最终，因为没有足够的证据，在羁押 21 个月后，公安机关只好把罗开友等人释放了，但仍不排除罗开友的杀人嫌疑。随后，罗开友到公安部上访，军地成立联合调查组重新核实，终因其妻子下落不明，调查组认为罗开友仍有杀妻嫌疑。

1993年的春天，营盘村下了一场少有的大雪。为了洗清自己的冤屈，罗开友抛家舍业，一个人悄悄离开村子，踏着大雪，走上了上访路。无论如何他都不会想象得到，这条上访路一走就是17年，从当年风华正茂的小伙子到年近50岁的中年人。17年间，罗开友历尽千辛万苦，一边打工，一边寻找妻子。他卖过血，干过苦力，还聘请过私家侦探，想尽一切办法寻找妻子。功夫不负有心人，最终，罗开友在天津市静海区找到已经改名换姓、整了容的妻子。时过境迁，他的妻子又结婚生子，一切早已物是人非了。2010年12月，雷波县公安局依法撤销案件决定书，承认对罗开友收容羁押错误，并召开恢复名誉大会。

2012年5月，罗开友因善后问题一直得不到解决而到北京军区上访。推开北京军区信访办的大门，罗开友见到了全忠。

看过罗开友厚厚的上访材料后，全忠感到很不轻松，心里也很不是滋味，他的心好像在流血。一个参加过老山作战的战士，一个曾经是提干苗子的优秀班长，就因为岳父的诬告，不仅毁了光明的前程，而且还在看守所羁押了21个月，这对于一个公民，尤其是一个为国家、军队做出过牺牲奉献的老兵来说太不公平了。

全忠认为，在证据不确凿的情况下，罗开友所在部队将其双开对罗开友造成严重伤害，对其后来的生活与生命产生重大影响，理应对其补偿。他把罗开友安顿好后，迅速向当时的北京军区分管首长做了汇报。北京军区当即成立了由他牵头的军区、集团军、旅三级工作组，先后五次前往罗的家乡和所在部队调查协调有关事宜。还以组织名义与罗开友所在地的信访部门、公检法部门取得联系，协调这些部门尽快处理此事，以维护一个退伍战士的合法权益，很快各个部门都有了反馈。但接下来查证的工作并不轻松，让他没想到的是竟然花了那么长的时间。

四川凉山彝族自治州，位于四川省西南部，南至金沙江，北抵大渡河，东临四川盆地，西连横断山脉，成昆铁路和川云国道纵贯全境，为“南方丝绸之路”上的重要通道。三年来，他翻山越岭，涉水过河，走访了上百名群众，几十次与公检法部门座谈了解情况，光做笔记就有5万多字，说了多少话，走了多少路他都记不得了，但他能记住的就是他收集到的这些大量证据和材料。2013年的春天，罗开友的案子出现了转机，地方司法机关不仅把诬陷罗开友的岳父判了刑，而且，还赔偿罗开友限制人身自由和精神损害抚慰金16万元。远在北京的他借势而动，依据相关政策，也向上级部门为罗开友申请了100万元救助金。

罗开友常年上访，生活面临绝境，欠下的高利贷即将逾期，走投无路下给全忠打电话求助。全忠二话没说，从自己的工资卡里给他打了3万元，使其渡过难关。当100万元救助金即将下发给罗开友的时候，有关部门问他，是否从补助款里扣除3万元还给他，以防事后扯皮。他拒绝了同事的好意，说："这样不好，是对罗开友的不信任，对他无疑是一种人格上的伤害。如果他真的那样做了，我就当捐给他了。"结果，罗开友在收到100万元困难补助后的第二天，便把借他的3万元还给了全忠。

罗开友对全忠给他的无私帮助，尤其是几年来坚持不懈地奔走和努力，感激涕零，无以报答，便找人做了一面锦旗，上绣"洗冤昭雪，情深似海"八个字亲手送给了全忠。罗开友后来跟许多人都讲，当年自己已经丧失了生活下去的信心，是全主任给了他希望和勇气。如今，罗开友不仅还清了所有债务，还用剩余的国家补偿款和部队的救助金，在自己的家乡开办了一家诊所，用自己在部队学到的医学知识，造福百姓，回报社会。现在，罗开友已经娶妻生子，开始了全新的生活。

事件一口气讲完了，但那份坚毅、果敢却似乎凝固在了全忠瘦削的脸上，迟迟不肯散去。他这才想起来要喝水，但我想水可能早就凉了。

五

他对案件的执着与意志力让我叹为观止。历时几年甚至十几年地去不懈努力，最终把一个个看似不可能实现的梦想实现了；尽管后来组织上给他调配了助手，但更多的时候，他都需要单枪匹马地面对。尤其是处置群体性上访事件，对方往往都是有组织、有计划的，而且怨气很大，应付这种棘手事件，在某种意义上说更像是一场单刀赴会。

采访全忠前，我不曾想到信访工作也会面临危险甚至是生死考验。一次接访时，全忠发现长年上访的卢某目光游离，神情慌张，不时去摸裤兜里的瓶状物。全忠十分警惕，借给卢某倒水之机一把掏出他口袋里的瓶子。拧开一闻，气味呛鼻。卢某气急败坏，边抢瓶子边掏打火机。原来，卢某这次是带着汽油瓶来的，想制造一起大事件。危急时刻，全忠使劲将瓶子扔出门外，又把卢某按在座位上，耐心劝说，向他讲述解决问题的艰难过程。两个小时过去了，卢某终于被感动，流着眼泪一个劲儿道歉。不久，在全忠的努力下，卢某的上访诉求得到妥善解决。

像这样的危险，全忠经常遇到。有一次，全忠正在处理一份密码电报，一位女上访者气势汹汹冲进办公室。全忠耐心听取事件过程后，建议她通过法院解决。这位大姐一听就火了，顺手将一个金属水杯甩向全忠，全忠下意识地扭头躲过。她又冲上前来，夺下全忠手中的密码电报。全忠伸手去抢，右手被狠狠咬了一口，顿时鲜血直流。全忠强忍疼痛抢回电报，对她进行耐心劝解。后来，她的家庭纠纷在全忠帮助下通过法院得以解决……

在全忠看来，前提是你心里得装着群众，装着官兵，然后拿出打仗时攻山头、拔据点的勇气，还须讲究战略战术，有时候就得斗智斗勇。尽管是一个人在冲锋和战斗，也要像带领千军万马一样，要有那种精神和气势。当然，更多的时候，还是靠真情、真心去做工作，去感染人，打动人，与上访者交心知心。“只有把来访群众当亲人，把群众来信当家信，把群众难事当家事，才能赢得群众的理解与信任，才能使信访难题迎刃而解。”全忠时常这样告诫提醒同事，而“有困难，找全忠”则成为来访群众挂在嘴边的口头禅。

我说：“再谈谈张明蛟那个案子吧？”他噢了一声，略有迟疑。“有些人和事情我实在是不愿意回忆，每次回忆都像是揭刚好了的伤疤似的。”我能理解他的心情，但作为记者，我需要细节，需要他的重新叙说，哪怕是履行程序。更何况我想在他的叙说中寻找我所需要的那种文学张力——他的思想、精神的脉络就在他的讲述中倾泻、流淌，进而铺展开来……

张明蛟原为某集团军高炮旅战士，1983 年 10 月出生，2000 年 12 月入伍。张在一次训练时摔伤头部造成昏迷，后出现精神异常。2002 年 12 月退伍时，部队派人护送其回原籍民政局报到时，将退伍登记表“身体状况”一栏中填写为“健康”，隐瞒了病情。在战友陪同下，张回到家中，其父母发现异常，迅即带其到医院检查，确诊为精神分裂症，且病情较重。张系家中独子，其父母心急如焚，想尽办法为儿子治病，时间过去半年，但病情仍然没见好转。一次，张明蛟病情发生，非常狂躁，拿着棍子对其父亲猛击，造成其父右侧三根肋骨断裂，另有多处受伤，落下残疾。之后他又放火将自家房屋点着，引起火灾，不仅将自家房屋烧毁，还殃及邻居，赔了不少损失费。2003 年年底，张明蛟所在部队调整整编，张母王凤芝多次与部队联系，要求帮助解决，但部队以张回家后患病为由，不予受理。张母为了给儿子讨个说法，无奈之下，放弃了工作，带着铺盖卷进京上访，并很快结识了不少上访人员，多次参与拦车上访、举牌喊冤、到敏感地区滋事，想借此引起领导重视，推动问题解决。王凤芝由此成为军地挂号的上访重点人，每逢重大节日和重要时期，其所在街道、居委会都要派人轮番看守，防止其滋事。

因为隶属关系的缘故，张明蛟上访案件线索被通报移交给了全忠。全忠了解情况后，马上将王凤芝接到信访室。听着她难懂的方言，一把鼻涕一把泪的哭诉，看着她满脸的哀求，想一想这个家庭的不幸，全忠对于这个母亲的过激举动，有了深切的理解和同情。他当时想，曾经的战友面临如此困难的处境，如果我们漠然视之，让正在服役的战士能不寒心吗？想到这儿，他当即就把案子接了过来。

经过他耐心解释，细致开导，王凤芝听从劝告回家了。但接下来的工作注定是漫长而艰辛的。全忠多次与张明蛟原所在部队联系，原部队一口咬定张是退伍后患病的，虽然他按组织程序发了督办函，但仍然无济于事。他经过对整个案情的分析，发现要解决此事，必须要有有力的证据来认定涉访单位的责任。虽然目前有张同期退伍战友的证明，但部队认为这些人是张的同乡，有可能是伪证，因此不认可。经过多方打听，他终于找到了已经转业回原籍、当年护送张明蛟退伍返乡的干部，证实了张是在部队服役期间患病的。事情看似出现了转机，但现实却很残酷，即使查清了张没有评残，责任在部队，但涉访单位却答复说，张已经退伍，因而无法补办评残，这是政策规定。事情再次进入死胡同。怎么办？难道就这么放弃吗？不，绝不，一是责任使然，二是劝王凤芝返乡时的承诺如何兑现，全忠把自己关在办公室，陷入了沉思。

冥思苦想了许久，他终于有了思路。他想到张明蛟训练时头部受过伤，精神病与受伤是否有关联是决定案件走向的关键环节。他坐不住了，马上与解放军 261 医院精神病科陈元旺主任取得了联系，陈主任的答复再次燃起了他对解决这件事的信心。他满心欢喜，似乎看到了问题解决的希望。然而意想不到的是，涉访单位担心留下证据，给单位惹麻烦，拒不同意出具证明。事情到了这个地步，他只好向首长汇报，得到支持。他立刻督促原部队出具证明、说明情况，然后协调辽宁省驻京工作组和辽宁省民政厅给予帮助，并三次组成工作组到抚顺市民政局协调。辽宁省民政厅很重视，很支持，坚持特事特办，为张明蛟补办了评残手续。为了帮助张的家庭走出困境，他又多方寻求支援，为其解决了 20 万元的困难补助。

张母王凤芝给他打来电话，只讲了两个字“谢谢”就哽咽得说不出话来了。这两个字太沉重了，承载着这个家庭十多年的痛苦与煎熬。握着听筒，全忠的泪水也流了下来。后来，王凤芝还专程给他送来“人间有大爱，信访来彰显”的锦旗。

与罗开友和其他所有上访者赠送的锦旗一样，全忠都把它们锁在档案柜里，从不示人。而那一份份沉甸甸的信任和厚重的情谊，则被他珍藏在心底。

六

我跟他一样，沉浸在了时而亢奋、时而低沉的情绪中，一时间似乎无法回环。我们再次陷入沉默的泥沼，几乎同时将头扭向了窗外。

八大处是北京城观看星空的最佳地点之一，周边少有高楼，污染也相对较少，有着漆黑般迷人的天幕。很多天文爱好者，都会慕名前来观测。

此时的夜空深邃靛蓝，繁星璀璨。我是在北京读的大学，一晃十几年过去了，却从没有过观星的经历。当然，我不懂星辰，我说的观星仅仅是静静地仰望夜空而已，是一种休闲的状态。

我瞥了他一眼，问："你在这里工作生活了十几年，这样迷人的夜空一定经历过无数次，认真地观赏过吗？"他顿了一下才回答说："第一次，第一次这样静静地看夜晚的天空，没想到，真的是挺美的。这里可以说是北京视野最宽阔深远的地方，早上还会看到西山的天际线和火红的朝霞。而且这里环境优美，山势平缓，非常适合散步，可是我好多年也没有正儿八经地去散过步了。"有点慨叹的味道。

全忠的同事对我说，从微信朋友圈可以看到，他们处长手机里自带的运动软件显示，全忠每天的步数平均在一万五千步左右。这个量几乎是我日常的两倍，可见他每天光是来回奔忙在接访和协调各种事情需要走多少路。可他几乎没有散步的时间。"你每天没有属于自己的休闲时间了吧？""是啊，时间都去哪儿了呢？"镜片后面，两眼微闭，有点儿茫然，想必也有无奈吧。

他没有个人的时间和个人的生活，原有的兴趣爱好都搁置多年了。他的部下陈秋是善后办成立时从军事监狱借调来的年轻人，协助全忠工作。有一次午饭后，陈秋和他路过机关，看到不少干部在打乒乓球，他禁不住停下脚步，看了十几秒，回头对小陈说："我以前乒乓球打得可好了。"小陈知道，全处长也想去打一会儿，可是手头还有堆积如山的工作啊。

或许，一天中属于他的个人时间，除了吃饭、睡觉就要算是上下班的路上。宿舍距离办公室很近，走路仅仅需要十分钟。然而就在这短短的十分钟里，他还难免要接打电话。

“听说你当兵之前，还学过厨师？”“是啊，我还在一家饭店当掌勺厨师干了十多天呢。但是，这么多年，我几乎就没给家里正经做过几顿饭。”为了和上访者拉近感情，更好地解决问题。全忠倒是给一位常年上访，在军区大门口附近搭窝棚居住的上访户结结实实地做了好几天饭。说起这事，女儿全欣的意见很大。2016 年元旦放假两天，女儿在家，全忠认真地给女儿做了两顿中午饭。头一天做的是排骨炖萝卜，四川做法；菜心水煮后用酱油拌；清炒油菜；还做了个家乡的酥肉。第二天做的是小鸡炖蘑菇、咖喱牛肉。女儿说好久没吃过这么好吃的饭菜了。他说：“其实我的手艺已经退化了，毕竟多年不做，手生得很；但是女儿仍然说好吃，我还挺欣慰。不过那两天我心里觉得挺不是滋味的，亏欠妻子和女儿的实在是太多了。”

亏欠家里的当然不止这么一点点。2016 年 2 月，春节期间，他一连值了七天班，吃住都在办公室。因为春节，往往是上访的敏感时期，他得格外小心。回家之后，他和妻子、女儿商量，想要回四川老家看看。女儿就说，你好不容易休几天假，为什么不在家陪陪我？全忠说：“我也有爸爸妈妈，我得回去看看他们啊。”女儿反问道：“那我也有爸爸，我也想要和爸爸在一起。”女儿的话让他哑口无言，倍觉辛酸。一晃 16 年，女儿的成长过程，他似乎始终是一个缺席的在场者。现在，女儿上高三了，即将成为大学生了，可是，自己连过年都不能陪她两天。妻子说：“今年你好不容易要休几天假，咱们一家三口去旅游一次，否则，等女儿上大学了，就不和你玩了，你就没机会了，你会终生遗憾的。”他何尝不明白这个道理，下决心，终于答应了妻子和女儿：“好吧，就陪你们出去玩玩，你们选地方，去哪儿都行。”说得好好的，甚至于信誓旦旦的，可是最后还是落空了。临出发前，一个棘手的任务还是把他拖住了。最后，妻子带着女儿去成都、重庆玩了一星期。

2016 年 5 月底，全忠被提拔为原北京军区善后办政工组老干部处处长（副师级），主要负责老干部和信访工作，并被授予大校军衔。肩章上的星星又多了一颗，军衔，代表着军人的资历和荣誉。戴上大校肩章的那一刻，他回想起刚当排长时，被授予少尉军衔的情景，肩膀上只有一杠一星，但那种兴奋和激动，让他彻夜难眠。虽然职阶不高，但那是真正的军人向着价值与梦想前进的起点。那一时刻，每一个当兵的人都会血脉偾张，激情满怀。现如今，二十来年过去了，肩膀上扛了两杠四颗星，又是善后办第一个提升副师职的干部，他当然有理由高兴；但是，全忠已经不是当年的毛头小伙子了，他的心情是复杂难言的。

毫无疑问，他是一个追逐梦想的人。从信访办，到善后办，十几年来，他的工作岗位离军队中心工作越来越远，离当初的那个从军梦想，似乎也越来越远；但是他心中的梦想却越滚越大，因为其中裹挟包蕴着更多上访人，更多个家庭的梦想。

授衔那天，他掩饰着自己激动的心情。他想赶快回到家里，跟妻子和女儿一起分享自己的快乐。回家路上，遇到一个多年上访的老职工，调侃他道："全主任，我的事情从你当上校时就在办，现在你都大校了，怎么还没办成啊？"这句不软不硬的话对他而言无疑是当头棒喝，一下子就将他打蒙了，他不知道如何回答是好，愣在了那里。半晌，他回过神儿来，老职工已经不见了踪影。

那天晚上，他没有直接回家，而是在营区里漫无目的地散步，他的脑海里回想起老职工的事情，也回想起无数的上访者们的事情。他想整理一下那些事情，可是却如同面对一堆乱麻一般，真的是"剪不断，理还乱"，如山的烦恼、压力还有无奈向他扑面而来。那个本来想回家庆祝一下的夜晚，他不知道自己走了多久，又是怎样回到家里的。妻子和女儿都睡了，他关了灯，半躺在客厅的椅子里，仅有的一点兴奋与喜悦早已不见踪影。他不能不重新思考他已经干了十几年的信访老课题。老职工虽然是调侃，但却给自己敲响了警钟。

窗户开着，有暖风在屋子里流淌。窗外的树木与楼房在灯光和月光里显得分外的清亮。桌子上，高高低低地有几摞子书和杂志，但他知道，已经好久不曾翻动过它们了。他已经很久没有像今夜这样的“闲暇”时光了，就这样静静地望向窗外，思考或者说反思着自己，还有自己的工作……

刚干信访工作时，他很不适应，是因为还没有建立起对群众的特殊情感，所以也非常烦躁，不耐烦，有畏难情绪。时间长了，他是怀着情感去做工作，凭的是责任感，所以才能坚持下来。有的部门的同志对他的工作也不理解，毕竟总是给人家找麻烦嘛。

我说：“你给人家协调解决的都是关乎切身利益的事，你又这么卖力气，是不是也有人不理解？”“是啊，都说无利不起早，可是，你说这些常年上访的人，自己都困难得不行，能给我什么好处，我又怎么能要？”

他不仅没有得到好处，还经常要自掏腰包。有时候，接访地方和时机敏感，开军车不方便，他要开着自家的车去处理公务，油费都要自己承担。他还经常请上访人在小饭馆吃饭，联络感情做工作，也是他自己花钱。

干信访工作，要有很强大的心理承受力和性格的耐力，不然很容易被抑郁。他当然知道与上访对象见面要用真心和热情，要用诚挚的态度对待他们；但是，上访对象却是什么情况都有，他们是不会考虑你的心情的，甚至于辱骂、殴打、撕咬的极端情况也常出现。信访干部的角色是多重的，有时候是裁判员，帮着双方进行裁判；有时又是上访者的代言人，替他们争取合法权益。遇到个别单位不理解的时候，常常是两头不讨好。

他从小就有洁癖，平时在家时一天都要洗好几遍手，甚至打完电话都要洗一遍。自从干上信访工作后，就顾及不到这一点了，这洁癖不改也得改。有一次去天津，处理谢焜如的案子。老谢七八十岁了，非要留他在家吃饭，边吃边说，吐沫星子全喷到他的碗里。他内心里很难接受，但是为了和上访对象拉近距离，只能硬着头皮吃了这顿饭。

他是白天靠嘴工作，晚上靠手工作。白天接待来访，把事情接下来，晚上得去查阅各种资料，梳理案情，寻找政策法规依据。更多的劳动量，是在下班之后，利用自己业余时间在做。尤其是来到善后办前后，信访量激增，因为很多人知道军区要撤销了，军区在的时候都好多年解决不了问题，这回军区都撤销了，是不是更难解决了。都说善后办也是临时机构，最后我们找谁去啊。所以他的工作量和压力陡增。信访工作，从来没有彩排，永远都是现场直播，都是突发的，每天都有新情况。

七

他已经打起了哈欠，不过聊天的兴趣却似乎被我激发起来了。我对于授衔的那个夜晚很感兴趣，他聊起他的困惑和思考，我亦在印证着内心对他的理解和判断。

我说："中国人家庭观念很重，所谓家国情怀，是一种同构，或者互文关系，这是中华文明几千年得以稳定守恒的重要原因。每一个个体都关系到家庭，甚至家族；而上访者无疑是这个稳定结构中，最为活跃，也是最为脆弱的一环。解决哪一件事都不是孤立的，都不仅仅是一个个体的利益，而是关系到家庭、家族，甚至社会的稳定。"

他说："是啊，你的心如果真的沉浸在他们的生活里，你就会觉得他们的事儿其实都是大事；而且只要你用心了，他们对你的那种感激，真的是无以言表，在许多人看来也许会觉得很可笑。一个快八十岁的上访者，走路都费劲了，却千里迢迢地带来两瓶家乡产的白酒。我不要，老人说，我这一点儿心意，你还让我再带回去？ 不瞒你说，我拿不动了。我问老人，你花了多少钱买的这酒？老人也实在，回说 36 元。我掏出 100 元钱，塞给老人，说，好，你的酒我留下了，这点钱给你当回家路费。还有一个山西的上访者给我带来十斤小米，用黑乎乎的袋子装着。我实在是不好拒绝，就将刚刚发下来的一副军官皮手套给了他。我不想让这些远道而来的上访者心留余虑地返回家中，那样会让我寝食不安。"

我冲他不住地点头，时而还发出会心的微笑。然而转瞬间，我就对自己产生了怀疑，我真正理解他了吗？也许吧。可是，我立刻就否定了自己，哪里是这么简单呢？或许还只是皮毛而已。不知不觉中，我自己也开始纠结犹疑起来。

任北京军区信访办主任的十年里，他先后接待来访群众约 4 万人，处理来信 5 万余件，协调解决军地纠纷百余起。履职善后办一年间，他先后接访了 2000 多人次。需要处理的问题有的是原北京军区遗留的，也有的是归属关系不太明确的；但不论是哪种情况，他都先把事情接下来，把责任担下来。

这是常人能做得到的吗？你敢说你能理解他？

“无穷的远方，无尽的人们都与我有关。”“念念不忘，必有回响。”我怎么觉得这些话有些近似于佛家的经文？不对，这是更大的情怀，更高的境界。他每天都承受着心灵的煎熬和巨大的压力；但他要让上访的群众看到希望，找到对组织的依靠。在他看来，信访工作就是代表党做群众工作，树立的是党的形象，释放的是组织的温度。这种坚定的信念来源于何处？

十几年的信访工作，让他赢得了无数上访者的尊重和感激，光是锦旗就有几十面，可他的办公室里却一面都见不到，原来他把锦旗都锁在了保险柜里，从不示人。在这个男人身上，有一种特别的力量，或许他自己都没有清晰地意识到，但是所有与他近距离接触的人，都能感受到这种力量的存在。想要真正地理解全忠，这个问题太复杂了，我无疑给自己出了一个很大的难题。

授衔的那个夜晚注定了他无法入眠，他想的，或者说思考得太多，甚至可以说是十多年来的总和。

再后来，他真的睡着了，就在客厅的椅子上。妻子发现他的时候，黎明的曦光已然升起。

八

讲述结束后，他又恢复了招牌般的微笑。

时间走得太快了，墙上的石英钟已经指向了午夜时分。月亮在夜空的中央，地上的景物格外洁净清亮。

虽然我想了解更多的细节，还有他内心那些隐秘的、不愿示人的东西。而且，我觉得他已经进入我所期待的一种忘我的境界，我完全有可能更大限度地挖掘出弗洛伊德所谓之无意识的精神层面，这对我揭示他丰富的内心世界，进而实现对人物精神的升华无疑是太重要了。但看他那疲惫，又勉力地坚持着的表情，我确实是不忍心了。不论下次是否有机会再采访，我都不想再折磨他了。他现在需要马上休息，休养生息，等待他的人，等待他的事儿太多了。

我想起他当兵之初是在秦皇岛，便随口道："从一个最内陆地区到了海边，你那时是一种什么心情？"

他噢了一声，连说了两遍不得了，不得了。"不会形容，记得当时就想起毛主席的诗词：'大雨落幽燕，白浪滔天，秦皇岛外打鱼船。一片汪洋都不见，知向谁边？往事越千年，魏武挥鞭，东临碣石有遗篇。萧瑟秋风今又是，换了人间。'到现在还记得，一句都没忘。"

不是微笑和内敛，完全一副澎湃的激情。

"在北京看不到海，你现在还向往着海吗？"

"想，想看海。看到海的一瞬间，你的心境就完全不同了，开阔起来，忘记了一切。"

我突然想到了一个比喻，或者一个意象——桥。全忠，不，当然不仅仅是他，还有那么多从事信访尤其是善后工作的军人，他们不就是党和军队与群众之间的桥吗？这座桥只有完好无损，才能确保党和军队与上访群众之间的联系畅通无阻。但全忠似乎并不满足于当一座完好无损的桥，他试图将这座桥向海之深处延伸，无限地延伸。在他的眼里、在他的心中，那些上访的群众就好像大海。他见识过海的博大、深邃和力量，他的工作就是要将这海的力量转化为强军兴军的动能，让每一个艰难中寻求希望的个体实现自己心中的梦想，而这些微小的梦想最终将会汇聚成为中国梦强军梦。

夜已经很深了，我站起来向他告辞，他微笑着送我出门。当我一头闯入冷夜时，身后又传来一阵清脆响亮的手机铃声。

我不知道，这个清冷的夜晚，他几时才能回家。我仿佛看到，一座细长的桥伸进茫茫大海，不断向海之深处延伸，以至于不见了踪影。那桥，在茫茫大海里显得有些瘦弱，就像全忠的身体一样……

在发动车子的瞬间，我突然想问自己，我将这个男人装进这个夜晚了吗？

选自2017年第12期《中国作家》

年选系列封面绘图画家介绍

乔晓光 1957年生于河北邢台，中央美术学院人文学院教授、非物质文化遗产研究中心原主任、博士生导师。代表著作有《活态文化》《沿着河走》《本土精神》等，主编教育部艺教委高等师范院校教材《中国民间美术》，主持中国民间剪纸申遗及教育传承项目多个。

中宣部全国文化名家暨“四个一批”人才，2006年获“民间文化守望者”提名奖，2007年被国家人事部、文化部授予“全国非物质文化遗产保护先进工作者”称号。

长期从事中国非物质文化遗产与民间美术的研究、教学，从事剪纸、油画、现代水墨等多媒材艺术创作，多次参加国内外展览并获奖。近十年与芬兰、挪威、瑞士、美国等国家合作完成不同国家文化遗产主题的现代剪纸艺术创作，所举办的展览产生了比较广泛的艺术影响。同时，在海外积极推介中国民间剪纸，多次赴北欧及美国、日本等地讲学。

格未央 Palace 乔晓光 97cm×179cm 纸本水墨 2015 年

乔晓光的艺术

乔晓光从原始艺术中的图像出发，建立自己的当代艺术空间。与大多数传统型和学院型的水墨画家不同，乔晓光在艺术媒介的运用方面相当自由。他将中国明清以来的文人水墨画文脉与中国远古艺术的血脉接通，同时又将明清以来日渐狭窄的文人画解放出来，通过与原始艺术和民间艺术的结合，使水墨画获得了更为宽阔的发展空间。在这一过程中，乔晓光突出了现代艺术中表现主义的个性抒情，同时在形式上又与 20 世纪欧洲的现代主义艺术相通，这很像高更、卢梭等原始派艺术家的所作所为——将最现代的与最远古的艺术沟通。

——殷双喜《从原始到现代——乔晓光的艺术密码》